LE VISAGE DU MAL

www.editions-jclattes.fr

Sarah Hilary

LE VISAGE DU MAL

Traduit de l'anglais (Grande-Bretagne)
par Carole Delporte

JC Lattès

Titre original :
SOMEONE ELSE'S SKIN
publié par Headline Publishing Group

Maquette de couverture : Atelier Didier Thimonier

ISBN : 978-2-7096-4571-3

Première édition septembre 2015.

Pour Anna

Cinq ans plus tôt

À son arrivée, ils ont déjà établi un périmètre de sécurité autour de la maison. Un inconnu en uniforme déroule méthodiquement la bande jaune.

Marnie observe la scène depuis l'intérieur rassurant de sa voiture, ses doigts glacés sur la clé de contact, le moteur toujours en route, comme si elle s'apprêtait à prendre la fuite et à rouler sans jamais s'arrêter…

Elle sait qu'elle ne franchira pas le cordon de police, pourtant elle doit le faire. Peu importe ce qui se trouve dans la maison – et elle a peur, si peur qu'elle claque des dents –, elle y trouvera forcément des réponses. Elle doit absolument entrer.

Elle coupe le moteur et serre la clé, dont les dents mordent la chair tendre de sa paume. Son corps est secoué de tremblements.

Une ambulance est là, silencieuse. Pas de sirènes ni de gyrophares. L'équipe médicale se trouve dans la maison, mais ne semble pas pressée de partir. C'est mauvais signe. Cela signifie qu'il n'y a aucun espoir, que le pire s'est produit. Son visage est moite. Elle lève les yeux en quête de la pluie, mais le ciel est vide, gris, comme si on avait jeté une bâche dessus. Pas de pluie, seulement le ciel lourd, terne et grenu qui précède l'orage. Il a plu tout le mois précédent. Comme tous les Londoniens, elle est habituée aux intempéries et a toujours un parapluie dans sa boîte à gants, un dans son bureau au poste de police, et un troisième dans le sac qu'elle porte en bandoulière. Pas question d'être trempée pendant qu'elle attend son café, à la sortie du métro, ou aux alentours d'une scène de crime. Parer à toute éventualité n'est pas une devise, c'est du bon sens. Si tant est que ce soit possible, et qu'on ne doive pas affronter quelque chose de si impressionnant et si terrible qu'on n'ose même pas s'en approcher.

Elle cherche des yeux l'agent de liaison.

Là, avec sa veste fluorescente par-dessus son uniforme, près de la voiture, une Vauxhall marron, la joie et la fierté de son père. La voiture brille malgré l'absence de soleil, comme les fenêtres de la maison, dont les reflets l'éblouissent. Comme si tout ce qui se trouvait derrière le cordon était en verre, friable. Même le panier de pétunias suspendu au-dessus de la porte. Friable.

Marnie se tient sur le trottoir, transie de froid, consciente qu'elle doit entrer dans la maison tout en sachant qu'elle ne le peut pas.

Elle a de nouveau quatorze ans, est en retard, et espère se faufiler en douce à l'intérieur et échapper au radar de ses parents. Son mascara lui pique les yeux, sa bouche est sèche et pâteuse à cause de la tequila. Elle a l'impression qu'un serpent s'est glissé dans sa botte gauche et enroulé autour de ses orteils, à présent tout engourdis. Elle boite, héroïque et coupable. Elle n'y arrivera jamais…

Elle se force à revenir au présent. Elle n'a pas quatorze ans, mais vingt-huit. Ce qu'elle risque de découvrir au-delà du cordon de police la terrifie. Le silence, cette puanteur noire et animale qui va imprégner ses vêtements pendant des heures, et sa peau plus longtemps encore.

Penser à autre chose. Une scène de crime différente, une scène à laquelle elle a survécu, pire que celle qui l'attend dans la maison. Albie Crane…

Elle pense à Albie Crane. Un vieil homme sans abri, sans famille. Brûlé vif dans une embrasure de porte près des docks, par des gamins défoncés à l'héroïne. Avant la pluie, quand l'air était assez sec pour qu'un vieux manteau et six cartons aplatis brûlent toute la soirée, et qu'il ne reste du pauvre homme qu'un petit tas de côtes blanchies et un crâne laqué de noir. Le vieux Albie Crane n'avait personne pour le pleurer. « Il dormait quand c'est arrivé » – elle s'est répété inlassablement ce mensonge, comme si on pouvait dormir pendant un tel calvaire. Elle n'avait jamais rien vu d'aussi atroce, jusqu'au drame suivant : un couple dans une maison en feu, fondus ensemble par les flammes.

L'agent de liaison est assez jeune pour avoir de l'acné, mais cela ne fait aucune différence. Ici, c'est lui le responsable. Il a le droit d'empêcher le chef de la police de franchir cette ligne.

Un souffle – l'effet de la brise ou du passage d'une voiture – raidit la bande jaune et la retourne avec un petit claquement sec.

Du coin de l'œil, Marnie repère Mme Poole, la voisine de ses parents, recroquevillée sous le porche du numéro douze. Son visage est blanc comme un linge et elle a une couverture de survie sur les épaules, mais personne n'est auprès d'elle. Toute l'action se déroule dans la propriété d'à côté. Il n'y a pas d'autre blessé, sinon le périmètre de sécurité serait plus large.

D'habitude, c'est un soulagement de savoir que les dommages sont restreints. Privés.

En voyant Marnie, Mme Poole gémit et plaque la main sur sa bouche.

Marnie se baisse pour passer sous le cordon.

— Mademoiselle, vous ne pouvez pas passer.

De près, l'acné est purulent, rouge et jaune. Le jeune homme se campe devant elle, grandi par l'autorité qu'il représente.

Elle lui montre son badge, se rappelant trop tard qu'après le S de sergent se trouve son nom de famille. Rome, comme le couple de la maison. Sergent Marnie Rome. La petite fille de Greg et Lisa.

Une paume large sur son épaule la fait sursauter.

Tim Welland, son chef.

Maintenant, elle sait que c'est grave.

— Sergent Rome, dit-il doucement. Marnie.

Il l'appelle par son prénom. Cela ne peut pas être pire.

— S'il vous plaît…

Elle veut seulement entrer dans la maison. Elle grelotte de froid dehors.

— S'il vous plaît, commandant…

Welland a une croûte sous l'arcade sourcilière gauche, trop haute pour être une coupure de rasoir. Une grosse croûte enflée, comme un œil de taureau. Des veinules rouges zèbrent le blanc de ses yeux. Il a l'air malade. Vieux.

— Laissez-moi entrer. S'il vous plaît. Laissez-moi les voir.

— Non. Pas tout de suite.

Sa grosse patte d'ours l'oblige à ne pas bouger, mais il ne peut empêcher Marnie de regarder par-dessus son épaule et de voir un membre de la police scientifique sortir, la blouse tachée de sang au niveau des genoux, un sac en plastique transparent à la main.

Un couteau. Le couteau à pain de sa mère, des lambeaux de peau rouge accrochés à ses dents d'acier.

Elle entend un gémissement de protestation, tel un animal à l'agonie, puis un bref sanglot. Incapable de le supporter, Marnie veut se boucher les oreilles, mais ce sont ses lèvres qu'elle devrait sceller. Le cri vient d'elle.

Welland l'oblige à pencher son buste. Elle résiste. Elle n'est pas ce genre de femme. Elle ne veut pas être cette fille qui s'évanouit au bord de la route, incapable d'encaisser le choc, qui s'écroule et ne se relève jamais.

La victime. Elle ne veut pas être la victime.

— Prenez une minute, sergent Rome.

La main de Welland pèse lourdement sur sa nuque. Elle n'a d'autre choix que de poser son front sur ses genoux.

— Allons… respirez…

I.

1.

De nos jours

Depuis la rue, l'immeuble de l'inspecteur Marnie Rome avait l'air propret, avec sa façade de stuc. Noah Jake l'imaginait meublé très simplement, dans un style purement fonctionnel. Des persiennes aux fenêtres, un vase couleur pierre rempli de fleurs orange. Deux chambres, devinait-il. Il était curieux d'en voir l'intérieur, mais pas assez pour s'inviter chez elle. Les mains sur le volant, il préférait patienter et observer les rais du soleil percer la couche nuageuse du ciel londonien.

Certains jours, on se rappelait facilement que la ville avait été construite sur des fosses communes. Rien n'était stable, pas même la route, qui vibrait sous l'intense circulation de l'artère principale jusqu'au West End. Il avait lu quelque part – sans doute dans l'un des guides de Dan – que Primrose Hill avait failli n'être qu'un immense cimetière. Au XIXe siècle avaient été dessinés les plans d'une pyramide plus haute que l'église Saint-Paul destinée à abriter cinq millions de morts. C'était à l'époque où les architectes, obsédés par l'égyptologie, ajoutaient des hiéroglyphes partout, sur le conseil des pilleurs de tombes revenus de leurs chantiers de fouilles.

Noah consulta sa montre, puis l'immeuble.

La porte d'entrée de l'inspecteur Rome était d'un bleu foncé, brillant. Comme ses yeux. Encore une minute et elle serait en retard. Il ne l'avait jamais vue en retard. Devait-il aller frapper à sa porte ? Non, cela serait intrusif. Depuis cinq mois qu'il travaillait avec elle, il avait appris que Marnie Rome était une personne très secrète concernant sa vie privée.

La porte bleue s'ouvrit avant que la minute soit écoulée. En pantalon noir et chemise blanche, Marnie Rome descendit les marches et se dirigea vers la voiture, sa besace de cuir en bandoulière. Tout chez elle était soigné, de ses courtes boucles rousses à ses petits talons.

Noah jeta un coup d'œil au siège passager de la voiture, même s'il savait qu'il était propre, et épousseta les manches de sa veste dans l'espoir de la faire passer pour impeccable. Il étira le bras et ouvrit la portière à son intention.

— Bonjour.

— Bonjour, dit-elle en se glissant sur le siège passager et en laissant tomber son sac à ses pieds. Tu as de la chance d'avoir trouvé une place.

— Je suis venu tôt, je voulais être sûr de ne pas arriver en retard.

— Tu as bien fait.

Noah démarra le moteur, et attendit que Marnie boucle sa ceinture.

Le voyant patienter, elle l'attacha avec un soin exagéré.

— La sécurité avant tout, sergent, dit-elle avec un sourire.

Noah était loin de se sentir en sécurité quand il observa, une demi-heure plus tard, les photographies étalées sur le bureau du commandant Tim Welland.

— Nasif Mirza… (Welland jeta les photos l'une après l'autre sur la table, comme s'il distribuait un paquet de cartes.) Un type qui mérite d'être connu en matière d'agressions violentes. Avec un cimeterre, au cas où cela vous aurait échappé.

Les photos rassemblées faisaient penser à un scénario de film d'horreur. Un film d'horreur interdit aux moins de dix-huit ans, avec les scènes coupées en bonus sur le DVD.

Marnie Rome prit un cliché et l'étudia avant de le reposer. Noah garda ses distances.

— Vous avez là ce qui reste du bras droit de Lee Hurran, déclara Welland.

Ce qu'il en restait était jaune, mangé de graisse et lardé de chair. La main de Hurran avait été tranchée par le cimeterre au niveau du poignet. L'amputation n'était pas franche. Il avait fallu s'y reprendre à deux ou trois fois pour sectionner la main, et l'os du moignon avait éclaté sous l'impact.

Les paumes de Noah étaient moites de transpiration. Il faisait une chaleur de tous les diables dans cette pièce. Tim Welland, en rémission d'un cancer de la peau, laissait le chauffage allumé toute l'année dans son bureau. Insensible à la chaleur, il ne suait pas une goutte. Pas plus que Marnie Rome. Noah jeta un bref regard à sa chef, admirant le col impeccable de sa chemise, la peau fraîche de sa nuque. Une perle de sueur coula entre ses propres omoplates, provoquant chez lui une sensation de démangeaison.

— On ne tirera rien de Hurran. Apparemment, il a la trouille de perdre son autre main, voire ses couilles. (Welland désigna les photos du menton.) Nasif ne fait pas dans la dentelle quand il s'agit de boucherie.

— Hurran est toujours à l'hôpital, dit Marnie en passant plusieurs photographies en revue. Ils craignent une infection. La plaie n'est pas belle à voir… Peut-être qu'il se sentira plus en confiance une fois rentré chez lui.

— Chez lui ? Vous parlez du trou à rats où ils l'ont trouvé ? J'en doute fort.

— Nous avons le cimeterre. Avec les empreintes de Mirza dessus. Ça ne suffit pas ?

— Loin de là. Le Service des poursuites judiciaires, dit Welland en détachant chaque syllabe, comme s'il en savourait le goût suave, a besoin de plus de preuves avant de s'attaquer à Nasif. À croire que ce dîner pour chien n'est pas suffisant.

Marnie prit le cliché le plus sanguinolent pour l'étudier de près. Noah aurait aimé avoir les tripes de sa boss concernant cette partie du boulot. Lui était trop facilement écœuré, il avait besoin de s'endurcir, de s'habituer à voir ce genre d'horreurs. Des horreurs comme…

La main de Lee Hurran à moitié dévorée. Par des rats, ou un chat sauvage. Le membre n'avait pas été retrouvé dans l'entrepôt où avait eu lieu l'agression.

— Ayana Mirza…, dit Marnie.

— Le SPJ veut sa déposition à propos du tempérament violent de son frère, dit Welland. Encore mieux, ils voudraient qu'elle porte plainte pour ce qu'il lui a fait.

— On peut arrêter Nasif sans son témoignage.

— Pour ça ? demanda Welland en désignant les clichés. Ou pour le reste ?

Noah ne voulait pas penser au « reste », à ce que Nasif Mirza avait infligé à sa sœur dans la maison familiale. Les images de la main à moitié rongée de Hurran lui suffisaient amplement.

Ni lui ni Marnie n'avaient rencontré Ayana Mirza. Ils avaient hérité du dossier d'un autre département, à cause des récentes coupes budgétaires dans le secteur public.

— Le SPJ a des doutes sur les chances de procès de Nasif. D'autres empreintes ont été trouvées sur l'arme du crime… le cimeterre a peut-être été volé, blablabla. Ayana pourrait faire pencher la balance. Elle est la preuve vivante des penchants maladifs de Nasif. Pas de doute qu'elle ferait bonne figure au tribunal.

— Et ils ne voient pas ça comme du harcèlement de victime ?

— Ils sont méfiants, inspecteur Rome. Vous et moi savons ce qui se passe quand le SPJ est dans cet état d'esprit.

— Je sais ce qui est arrivé à Ayana, répondit Marnie, le regard sombre. Nasif n'était pas seul, d'ailleurs. Ils s'étaient mis à trois – ses trois frères.

— Les atrocités qui ont lieu dans ces familles…

Welland grimaça, comme s'il avait fait une remarque déplacée, et détourna les yeux.

Marnie haussa les épaules.

— Ça donne du boulot aux psychologues.

Noah crut que son cœur allait manquer un battement, s'arrêter pendant quelques secondes vitales. La chaleur faisait bouillir son cerveau sous son crâne. Comment Welland pouvait-il travailler dans ces conditions ?

— Bon, allez-y en douceur. Elle est terrifiée à l'idée que ses frères la traquent. Elle se cache…

Welland consulta un calepin.

— … dans un refuge pour femmes à Finchley, termina Marnie. J'ai parlé à Ed Belloc.

— Finchley, répéta Welland. Que dit Ed à propos d'elle ?

Ed Belloc travaillait dans l'unité du Soutien aux victimes. Noah ne le connaissait pas, mais d'après Marnie c'était un type bien, qui faisait un boulot difficile. Il avait aidé la police à retrouver Ayana Mirza après sa fuite.

— Elle ne prendra pas le risque de bouleverser les femmes du refuge, ou de perdre sa place là-bas. Elle n'a guère de solutions, elle ne peut pas se permettre de payer un loyer. Si elle prenait un petit boulot et touchait un salaire, ses frères la pisteraient grâce à son numéro de sécurité sociale. Donc… elle préfère être portée disparue.

Welland hocha la tête et se leva.

— Sergent Jake, vous devriez consulter vos mails. Inspecteur Rome, vous avez une minute ?

Marnie attendit que Noah ait quitté la pièce, consciente de ce qui allait suivre. Elle serra ses mains sur ses genoux pour les empêcher de trembler. Les bouts de ses doigts collaient à force de manipuler les photos. Elle avait envie de se laver les mains. Le fait que Tim Welland ait transformé cette pièce en sauna n'arrangeait guère les choses. Elle était prête à parier que Noah Jake avait filé prendre une douche froide au poste de police.

Lorsqu'ils furent seuls, Welland se pencha en arrière et croisa les bras.

— Comment allez-vous ?

Sous la lumière vive, le dôme de son crâne était lisse et constellé de taches. Son visage, dépourvu de sourcils, paraissait nu. Ouvert à la confidence. Ou à la confession. Il avait failli perdre un œil à cause du cancer. Aujourd'hui encore, après deux années de rémission, le fantôme de la maladie rôdait dans cet œil lugubre et grand ouvert, qui lui valait de la part de ceux qui n'étaient pas au courant de son opération – de son combat – la plaisanterie suivante : Tim Welland ne dormait jamais que d'un œil.

— Je vais bien.

Elle lui sourit. La chaleur faisait luire les images étalées entre eux. Les empreintes de dents sur la main morte de Lee Hurran. L'avait-il vue ? se demanda-t-elle. Hurran. Avait-il demandé à voir sa main, même si les chirurgiens n'avaient pas pu la rattacher ? Le temps qu'on la retrouve, la main était morte depuis longtemps.

— Je vais bien, répéta-t-elle.

Welland sonda son regard, à la recherche d'une réponse différente. Cela faisait partie du protocole. Règle 101 : toujours faire preuve de sollicitude envers ses subordonnés, surtout dans les périodes de stress. Cela n'amusait pas Welland.

— Je donne sûrement l'impression d'être totalement insensible, mais je sais très bien quel jour on est.

— On est vendredi, dit-elle sans se départir de son sourire.

Il fit un signe de tête en direction du calendrier. Des photographies de ponts. Welland adorait les ponts. Celui de mars était le pont roulant de Paddington Basin. On aurait dit une roue pour hamster géante.

— Demain… ça fera cinq ans. Vous vous en sortez ?

— Je ne compte pas les jours.

Ne pas compter. Ne pas se rappeler. Ne pas en parler.

— Mais vous le voyez toujours.

— Oui.

Elle n'avait jamais fait mystère de ses visites, sachant que Welland finirait par le découvrir. Les policiers spécialisés dans les affaires de meurtres ne se rendaient pas dans les unités de haute sécurité sans déclencher un voyant rouge dans le système.

— Demain, en fait.

— Demain, répéta Welland. Le jour anniversaire.

— J'ai pris ce rendez-vous il y a des lustres. Je ne lui apporte pas de ballons. (Son propre sourire lui faisait mal, pourtant elle le gardait plaqué sur son visage.) Si c'est ce que vous pensez.

— Bien sûr que non, je ne pense pas à des putains de ballons. Je pense à ce qu'il a fait il y a cinq ans…

— C'est long, cinq ans…

Elle prit la photo de la main de Hurran et fit semblant de l'examiner. Au moins, elle pouvait cesser de sourire, c'était déjà ça.

— Pour lui, cinq ans, c'est très long, reprit-elle. Pour Stephen.

— Pas assez long, grogna Welland avant de s'éclaircir la gorge. Inspecteur… Marnie…

Il fit la grimace. Les prénoms n'étaient pas son truc. Il y a cinq ans, devant la maison de ses parents, cela lui avait coûté de l'appeler Marnie, de la prendre dans ses bras.

Elle décida de lui épargner tout désagrément supplémentaire.

— J'ai du pain sur la planche, dit-elle en se levant.

Visiblement soulagé, Welland se laissa tomber sur son siège. Il se passa la main sur la peau tirée de son visage, résultat de ses multiples interventions chirurgicales.

— Bien, conclut-il.

2.

À Finchley, les nuages avaient vaincu le soleil.

Le refuge pour femmes occupait un bâtiment bas de béton brun, au toit plat, recouvert de trop nombreuses couches de goudron. Un échafaudage quadrillait la façade et des bandes rouges et blanches donnaient aux étais métalliques des allures de poteaux de barbier. Une bâche en plastique recouvrait l'intégralité du toit pour le protéger de la pluie. Avec ses fenêtres masquées de noir, l'immeuble avait l'air abandonné, délabré.

— Alors, première impression ? demanda Marnie en coupant le moteur. Moi, pas de doute, je ne suis pas une grande adepte du préfabriqué.

— Je dirais que c'est l'un des endroits les plus déprimants que j'aie jamais vus, dit Noah en scrutant l'immeuble à travers le pare-brise. Peut-être que c'est mieux à l'intérieur…

— C'est ce que dit Ed. Enfin, dans les foyers normaux. (Marnie descendit de voiture.) Je ne parierais pas sur celui-là.

Noah la suivit. Le vent faisait bruisser la bâche en plastique et l'échafaudage dégageait une odeur métallique. Le trottoir devant l'entrée était troué de nids-de-poule. Cet endroit était un vrai taudis.

— Que font-ils au toit ? demanda Noah.

— Aucune idée. Peut-être qu'il fuit ?

Marnie observa les fenêtres opacifiées du refuge.

— Tu t'imagines vivre comme ça, sans laisser de traces ? Je crois que je ne pourrais pas. Et toi ?

— Si j'étais désespéré, peut-être, dit Noah. Si je n'avais pas le choix.

— Bien sûr, si tu étais désespéré. (Elle se massa la nuque.) Si Ayana Mirza se sent en sécurité ici, on doit respecter son choix. Mais si on pouvait la convaincre de témoigner contre ses frères, ce serait gagné. Surtout, il ne faut pas la brusquer.

Noah hocha la tête. Au-dessus d'eux, les nuages paraissaient de plus en plus noirs.

— Il va pleuvoir. J'espère qu'ils ont bien colmaté les trous.

— Ce n'est pas la pluie, répliqua Marnie en jetant un coup d'œil au ciel. C'est l'orage. Tu ne le sens pas venir ?

À l'intérieur, l'air était chargé d'électricité. À présent, Noah pouvait sentir l'orage. Le silence du refuge était artificiel. Presque dérangeant. Marnie se raidit et se retourna pour observer la porte qui se refermait derrière eux.

— Où est l'agent chargé de la sécurité ?

L'œil d'une caméra fixée sur le mur extérieur leur renvoya leurs visages en miniature. Marnie avait sa carte d'identité à la main, mais personne n'était là pour la lui demander.

— La porte n'était pas verrouillée, dit Noah, n'est-ce pas ?

— En effet.

Marnie se tenait immobile, aux aguets.

— Peut-être qu'ils ont évacué le bâtiment le temps d'installer l'échafaudage.

— Pas d'après Ed. Son équipe travaille de 9 heures à 17 heures du lundi au samedi. Il devrait y avoir un responsable. Suis-moi.

Ils empruntèrent un couloir imprégné d'odeurs de tabac froid, de talc et de lait. Tout au bout, la sortie de secours, verrouillée. Le silence était plus épais que jamais.

Noah se frotta les mains. Ce n'était pas seulement le silence… Rien ne paraissait normal dans cet endroit, comme s'ils fonçaient tout droit dans un piège ou…

Un hurlement déchira l'air.

Marnie Rome détala en direction du cri.

Noah s'élança à sa suite, parcouru d'un frisson glacé.

3.

Quand ils pénétrèrent dans la pièce, le cri cessa. Abruptement, comme si quelqu'un avait enclenché un interrupteur. Une femme obèse en survêtement noir avait les deux mains plaquées sur sa bouche, au milieu d'un groupe de femmes silencieuses. La pièce disposait de grandes fenêtres obscurcies par des rideaux, et les peintures murales représentaient des animaux de la jungle tapis dans les herbes hautes. Surréaliste.

Un homme gisait sur le sol. À côté de lui, une femme, debout, un couteau ensanglanté à la main.

L'inspecteur Rome leva la main vers elle.

— Tout va bien. Tout va bien maintenant.

La femme tourna vers Marnie des yeux exorbités, le couteau dans son poing tremblant.

Noah, qui cherchait fiévreusement son téléphone, arrêta son geste. Il voulait avoir les mains libres au cas où la femme tenterait d'agresser Marnie, ou l'une des autres pensionnaires. Son cœur battait à tout rompre dans sa poitrine. Sur le sol, les pieds de l'homme étaient agités de soubresauts. Noah devait s'occuper de lui au plus vite, mais il n'osait faire le moindre mouvement tant que cette femme était dans cet état : le regard affolé, capable de tout. Sous l'effet de l'électricité statique, de longues mèches de cheveux blonds lui collaient au visage.

— Voici le sergent Noah Jake, déclara Marnie d'une voix calme et ferme. Je suis l'inspecteur Rome. Nous sommes ici pour vous aider.

Elle fit un signe de tête à Noah sans quitter des yeux la main de l'agresseur, dont le poing cessa de trembler. Elle écoutait fiévreusement Marnie, tout son corps semblait concentré sur cette tâche, comme hypnotisé par l'expression sereine de l'inspecteur.

Noah avait oublié que Marnie Rome pouvait produire cet effet. Calmer les gens simplement en leur parlant. Il l'avait vue à l'œuvre au poste, mais jamais dans une situation critique. Sans quitter le couteau du regard, il prit son portable et composa le 999.

— J'ai besoin d'une ambulance…

Puis il donna l'adresse, conscient de contrevenir au protocole. L'adresse du foyer était un secret jalousement gardé, pour la sécurité de ces femmes.

C'était un couteau de cuisine. Un couteau de cuisine ordinaire. Dans le poing de l'agresseur.

Quelqu'un avait jeté une brassée de roses jaunes sur le tapis. Les pieds du blessé tressautaient toujours, au milieu d'une nuée de pétales. Sa respiration était altérée et un liquide rouge s'écoulait de sa poitrine.

— Sergent Jake ! le pressa Marnie.

Noah rempocha son portable, s'accroupit près de la victime et vérifia son pouls au niveau de la carotide, tout en cherchant de sa main libre la source du saignement : un coup de couteau à la base des côtes, du côté droit. Il glissa ses doigts dans les tissus déchirés et vacilla une seconde, pris de vertige.

— Désolé, je suis désolé…

Il posa une main par terre pour retrouver son équilibre, l'autre toujours plaquée sur la blessure.

— Ça va aller, dit Marnie. (Il fallut une seconde à Noah pour comprendre qu'elle parlait à la femme derrière lui.) Posez ce couteau. Ou donnez-le-moi. Je suis là pour vous aider.

Le visage du blessé était grêlé et terreux. Sa poitrine se contractait convulsivement et des bulles roses se formaient sur ses lèvres. Noah jeta un coup d'œil autour de lui, s'efforçant de prendre la mesure de ce qui s'était passé dans ce lieu. Le teint blême de la femme au couteau, ses yeux noirs, son poing rouge. Elle avait planté l'arme blanche si profondément dans la poitrine de cet homme qu'elle avait les doigts englués de sang. Une lame de vingt centimètres. Entièrement enfoncée. Cela signifiait…

Noah sentit l'aspiration de la plaie sous sa paume. Des bulles de salive éructaient de la bouche de la victime. Son poumon était perforé.

Merde.

Il devait stopper l'affaissement du poumon. Tout de suite.

Pressant sa main gauche sur l'aspiration, il glissa son bras libre sous la nuque de l'homme pour le redresser en position assise. Ce n'était pas simple. L'homme mesurait plus d'un mètre quatre-vingts et était baraqué, tout en graisse et en muscles.

Du sang chaud s'écoulait de la paume de Noah. Il devait trouver un moyen d'arrêter le saignement, de colmater la plaie.

Il savait le faire…

Stage de traumatologie. En théorie, il savait comment procéder. Mais c'était sa première application pratique.

— Tenez.

Une jeune fille noire et svelte s'agenouilla près de lui et lui tendit une carte de téléphone prépayée avec un foulard de coton orange et rose.

— Servez-vous de ça, dit-elle.

Son intervention le fit réagir.

— Merci. (Noah voyait l'utilité de la carte, pas celle du foulard.) Y a-t-il du film alimentaire ici ? Dans la cuisine peut-être ?

Elle hocha la tête et se releva pour disparaître presque aussitôt de son champ de vision.

Noah maintenait l'homme en position assise.

— Crachez si vous pouvez.

Moins il avait de bave dans la bouche, mieux c'était.

Derrière lui, l'inspecteur Rome tenait la femme blonde. Noah ne voyait plus le couteau, mais il entendait les sanglots de la femme, tremblant comme une feuille, en état de choc. L'une des pensionnaires demanda :

— Comment est-il entré ici ?

C'était une voix de fille, qui monta dans les aigus lorsqu'elle répéta :

— Putain, comment ce salaud est entré ici ?

Marnie murmura quelque chose et la voix étranglée se tut. La fille noire revint au côté de Noah avec un rouleau de film alimentaire. Il boucha le trou à l'aide de la carte de téléphone dans l'espoir d'empêcher l'air de s'échapper du poumon perforé, puis se débattit avec le film plastique, jusqu'à ce que la fille noire vienne à son secours et qu'ils le déroulent ensemble. Puis elle soutint l'homme – elle était forte, en dépit de sa frêle stature – et coupa le film avec ses dents après que Noah eut fait trois tours bien serrés autour de la poitrine de l'homme.

— Merci, dit Noah en la regardant pour la première fois.

Il vit une tignasse de cheveux noirs, un visage ovale, des yeux en amande, mais le gauche était estropié, la paupière et le sourcil enflés et brûlés.

— Ayana ?

— Oui.

C'était la sœur de Nasif Mirza, le témoin qu'ils étaient venus interroger. Elle avait dix-neuf ans, mais paraissait bien plus jeune.

L'inspecteur Rome s'accroupit sur ses talons près d'eux.

— Comment va-t-il ?

— Pneumothorax. On a fait ce qu'on a pu, mais il doit aller d'urgence à l'hôpital.

Marnie balaya une mèche bouclée de son visage d'un revers de la main.

— Son nom est Leo. Leo Proctor. (Elle fit un signe de tête à Noah.) Bien joué, sergent.

— J'ai eu de l'aide.

Marnie se tourna vers Ayana.

— Bon boulot, lui dit-elle.

Ayana essuya le sang de sa main sur sa jupe.

— Je ne comprends pas comment il a pu entrer ici. C'est sécurisé. Ils verrouillent toujours les portes, j'ai vérifié.

Elle s'arrêta, consciente que sa voix était la seule de la pièce. Le blessé ne convulsait plus, mais sa respiration restait saccadée.

— Ils verrouillent toujours les portes, répéta-t-elle.

Des sanglots échappèrent à la femme à la main ensanglantée. Une Africaine aux cheveux tressés la serrait dans ses bras. Toutes deux portaient les mêmes vêtements informes : pantalons de survêtement et chemises gris.

— Elle est en état de choc, dit Marnie avant de baisser les yeux sur le blessé. Elle s'appelle Hope Proctor. Cet homme est son mari. Je vais chercher les ambulanciers.

4.

Putain. Deux voitures de flic. Trois, si on compte la Mondeo banalisée.

La salope avait du renfort.

Il se renfonça dans son siège et baissa la casquette achetée dans une boutique de souvenirs : *I ♥ London*. La visière masquait ses yeux et sa bouche. Il ne devrait pas être là. Il ne devrait pas être dans une voiture à moins d'une centaine de mètres du refuge. Le hurlement d'une sirène le fit paniquer et il cassa une dent de la clé dans le contact. Imbécile.

C'est *elle* qui t'a fait ça…

Il vérifia les rétroviseurs. La pluie tombait à verse, comme si le ciel s'était brutalement ouvert, libérant des torrents d'eau froide et drue sur la voiture. Il mit les essuie-glaces en route et essuya la buée des vitres à l'aide de ses manchettes, afin de pouvoir épier la rue.

Tant pis s'il était en retard.

Il lui avait fallu des semaines pour la retrouver dans ce bouge. Le refuge puait, même de loin. Humide. Putride. Comme son odeur à elle. Avant, cela lui faisait tourner la tête.

Une ambulance frôla le trottoir en se garant et la gouttière déversa une trombe d'eau sur ses portières arrière, juste au moment où elles s'ouvraient.

Merde.

Il se recroquevilla encore davantage dans son siège. Et guetta la porte du refuge. Qui allait en sortir ? Un homme ou une femme ? Vivant ou mort ?

Plutôt intérêt à ce que ça ne soit pas elle…

Putain.

Il allait lui faire payer. Juste elle et lui, comme avant. Sauf que, cette fois, il ne lui tournerait pas le dos.

Quel imbécile.

Il ne referait jamais cette erreur.

5.

Les ambulanciers – un homme et deux femmes – étaient trempés jusqu'aux os. La pluie s'était mise à tomber une heure plus tôt. À présent, des trombes d'eau grêlaient le toit de l'ambulance et obscurcissaient l'allée.

— On s'en occupe, merci, dit l'un des secouristes à Noah.

Noah s'écarta et se releva, les genoux encore tout tremblants.

L'homme leva les yeux.

— Ça va aller ?

— Oui, confirma Noah.

— Leo, c'est bien ça ? Très bien, mon vieux, on va vous mettre plus à l'aise.

Noah s'éloigna pour lui laisser le champ libre.

Sur le canapé, la femme de Leo était enveloppée dans une couverture de survie, son amie africaine lui avait passé un bras autour des épaules. Une des ambulancières s'agenouilla près de Hope et lui banda la main droite. Elle s'était coupée avec le couteau. Son amie tenait un morceau de coton couleur rouille dans son poing gauche. Derrière elles, dans la jungle murale d'un vert criard, le museau rose d'un lion pointait au milieu des herbes hautes.

Une lumière jaune zébra le plafond, faisant sursauter les femmes : la foudre.

L'inspecteur Rome avait raison à propos de l'orage. Elle expliquait la situation à l'équipe de police arrivée avec l'ambulance. Elle parlait d'une voix posée, retenant toute leur attention. Noah l'observait et savait ce qu'elle avait en tête : ne pas compromettre les preuves, ménager les témoins… pour pouvoir reconstituer fidèlement la scène au tribunal. Ils étaient bien entraînés : « Vous n'aurez qu'une seule chance de reconstituer toute l'histoire dans le bon ordre. »

— On va vous installer sur le brancard maintenant, Leo.

Ayana et les autres pensionnaires observaient les ambulanciers avec le calme affecté de personnes qui ont déjà été témoins d'agressions violentes. Sans doute plusieurs fois. Noah devait absolument laver le sang de ses mains pour ne pas les effrayer.

Il quitta la salle commune et se rendit dans la cuisine. Des peintures d'enfants étaient épinglées aux murs et aimantées sur la porte du frigo. À l'extérieur, la cour de béton était déserte et silencieuse, en dehors du crépitement de la pluie. L'ordinarité de ce spectacle le fit cligner des yeux. Venait-il réellement de colmater un poumon humain avec une carte de téléphone ? Oui, ses paumes poissaient du sang de Leo Proctor. L'adrénaline picotait l'extrémité de ses doigts. Sa bouche avait un goût de cuivre.

Un tiroir était ouvert sous l'évier. Sans doute était-ce là qu'Ayana avait trouvé le film alimentaire. Il le referma, puis fouilla les autres tiroirs en quête de couteaux. Il cherchait un couteau comme celui que l'équipe médico-légale avait placé dans un sac plastique – la lame souillée des tissus pulmonaires de Leo Proctor. Il ne trouva rien de plus tranchant qu'un épluche-légumes dans cette cuisine. Poursuivant ses recherches, Noah dénicha enfin les couteaux, au-dessus du réfrigérateur, sur une planche de boucher noircie et graisseuse. Hors de portée des enfants. Hope Proctor aurait eu besoin d'une chaise pour les atteindre. Noah ne la toucha pas. Il fit couler de l'eau chaude et se frotta les paumes du bout du pouce, attendant que son pouls retrouve un rythme normal.

Un éclair illumina la cour, dont l'éclat se refléta fugitivement dans l'évier. Noah compta jusqu'à six avant le grondement du tonnerre. L'orage se rapprochait.

— Comment ça va? demanda Marnie du seuil de la cuisine.

— Ça va. (Il arracha une serviette en papier et se sécha les mains.) Tu avais raison à propos de l'orage.

On aurait dit que quelqu'un faisait frire la cour écumante et battue par la pluie.

Marnie s'approcha de l'évier.

— Il va nous falloir du temps pour recueillir les dépositions des témoins. La plupart des femmes sont calmes, mais je crois que ça ne va pas durer.

Elle ôta sa veste et roula ses manches avant de se frictionner les mains avec du savon.

— Tu as impressionné les ambulanciers avec tes premiers soins. Pas mal pour un flic.

— J'ai fait un stage en traumatologie. Ils ont donné un pronostic?

— Non, ils ont juste dit que tu avais fait du bon boulot. Mais un poumon perforé est un poumon perforé.

— Pourquoi a-t-elle fait ça, elle l'a dit?

— Elle ne dit rien.

Marnie jeta un bref coup d'œil à la planche de boucher au-dessus du réfrigérateur. Elle se massa le côté gauche de la nuque, comme si elle avait mal.

— Sa copine avec les tresses, Simone, dit que c'est le couteau de Leo, qu'il est venu avec une arme. Si c'est vrai, c'était sûrement de la légitime défense.

— Il est venu ici avec un couteau?

Noah pensait au corps pesant de Proctor, à son visage tordu de douleur. Hope faisait la moitié de la taille de son mari et devait être un poids plume. Pas plus de cinquante kilos alors que Leo en pesait sûrement au moins cent. Le bras de Noah avait été ankylosé à force de maintenir le blessé en position assise, en attendant l'arrivée des secours.

— Comment a-t-elle fait pour avoir le dessus sur lui ?

— Je ne sais pas. C'est ce qu'on doit découvrir. On ne manque pas de témoins, mais il est très tôt pour débuter les interrogatoires, d'après l'équipe médicale.

De nouveaux éclairs zébrèrent la cour. De la couleur de l'acier, comme des câbles tranchés. Marnie remit ses manches en place, sans en boutonner les manchettes.

— Je vais préparer du thé…

Noah chercha des mugs dans le placard au-dessus du fourneau.

Marnie remplit la bouilloire électrique et la brancha à la prise murale.

— Ils préconisent de ne pas déplacer Hope tant qu'elle est en état de choc. (Elle jeta un bref regard à la vitre ruisselante de pluie.) Simone dit qu'elle a peur de l'eau. Que Leo obligeait sa femme à s'asseoir sous la douche pendant des heures, pour être propre. (Son regard était vide d'expression.) Une des raisons de sa présence ici.

Noah se rappela le cri de l'une d'elles : « Comment est-il entré ici ? » Même si elles pensaient toutes à Leo Proctor, ces femmes, il le savait, pouvaient très bien parler de lui, Noah. Un inconnu, un homme. Il se demandait pourquoi Marnie n'était pas venue seule.

— Comment Leo est-il entré ?

— Encore une réponse que je n'ai pas. Jeanette – la fille qui a crié – répète que les portes étaient fermées à clé, selon la procédure standard. Elle est responsable de la sécurité, pour ce que ça vaut. D'après l'odeur de ses vêtements, elle faisait une pause cigarette. Elle a beaucoup insisté pour nous dire qu'elle était à son poste. Un peu trop même.

— Tu penses qu'elle cherche à couvrir ses arrières ?

— C'est une possibilité.

— Est-elle en état d'arrestation ?

— Hope ? Je dois lui lire ses droits avant de l'interroger. (Marnie paraissait réticente.) Je pensais attendre qu'elle soit moins bouleversée. Elle ne va pas s'envoler.

Noah revoyait les tremblements de Hope pendant que son mari respirait avec peine, ses deux gros bras inertes le long du corps. Leo portait une alliance. Et Hope ? Il ne s'en souvenait pas. Voilà le genre de détails auxquels il devait faire plus attention.

— Qu'est-il arrivé à la main de Hope ? Je les ai vus la bander.

— Elle a été maladroite avec le couteau, mais les ambulanciers disent que la blessure est superficielle. Juste une égratignure. (Marnie versa l'eau brûlante dans les mugs.) Jeanette n'a rien vu de plus. Elle était à son poste, et quand elle est entrée dans la salle commune, Leo gisait déjà par terre.

Sa voix cassante trahissait ses doutes quant à cette version des faits. Marnie ramassa un pétale de rose jaune écrasé sur le genou de son pantalon.

— Des roses, comme c'est romantique…

— Tu penses qu'il avait l'intention de se servir du couteau contre elle ?

— Pour quelle autre raison l'aurait-il apporté ? J'ai dans l'idée que les roses ont servi à cacher l'arme.

Noah ouvrit le réfrigérateur et prit une brique de lait.

— Et les témoins ?

— Simone. Ayana. Mab, cachée derrière le canapé, mais très bien placée pour voir la scène. Deux autres à qui je n'ai pas encore parlé… Je mets Jeanette de côté pour le moment.

Cinq témoins. Toutes des femmes réfugiées dans un foyer pour échapper à des hommes violents. Qu'avaient-elles ressenti en voyant Leo Proctor entrer avec un couteau dissimulé dans un bouquet de roses ? Et Hope poignarder son mari, peut-être mortellement ?

— Y a-t-il une caméra de surveillance dans la salle commune ?

— Seulement à l'entrée – si elle fonctionne. J'ai passé un coup de fil au commissariat pour réquisitionner l'enregistrement. Pas de caméras à l'intérieur. Il est important pour ces femmes de savoir qu'elles ne sont pas surveillées. (Marnie prit le plateau.) Tu te dis que ce serait infiniment plus simple si nous avions des preuves objectives de ce qui s'est passé ici, n'est-ce pas ?

— Absolument.

— Moins de boulot ? Plus de chance ? (Elle se renfrogna.) Personne ne nous aime à ce point.

6.

Assise sous la gueule du lion mural auprès de son amie Simone, Hope Proctor n'avait pas bougé du canapé. Noah regarda autour de lui et eut l'impression de voir la salle commune pour la première fois. Un écran géant mangeait presque tout un mur, le plâtre se craquelait sous les fixations métalliques. Les canapés et les chaises faisaient face à la télévision, comme s'il s'agissait d'une cheminée. Tout dans la pièce avait l'air jetable et bon marché. Une tache sur le tapis fin virait au noir. Quelqu'un avait ramassé les roses, mais il restait çà et là quelques pétales, balayés par les pieds.

Hope et Simone n'étaient pas seules dans la pièce. Trois autres femmes avaient pris place sur le canapé. Deux jeunes, aux cheveux noirs. La troisième, bien plus âgée, portait une robe à motif floral, et avait les mains nichées dans son giron, comme si elle cachait quelque chose. Ses joues étaient creusées par ses dents manquantes et sa bouche semblait ratatinée sur elle-même. Mab, devina Noah. Jeanette, qui était censée surveiller la porte d'entrée, était assise à l'écart des autres. Debout près de la fenêtre, Ayana Mirza triturait le foulard orange et rose dans ses mains.

D'épais rideaux masquaient la vue du dehors. La pluie continuait de tambouriner contre les fenêtres et les murs.

Hope semblait gênée par le grondement sourd, comme si la pluie brûlante frappait sa peau nue. Simone la serra dans ses bras, faisant glisser la couverture de ses épaules. Sur ses mains brillait le sang de Leo Proctor.

— J'ai préparé du thé, annonça Marnie Rome à la ronde avec un sourire.

C'était un beau sourire, rassurant sans être exagéré. Noah devrait en prendre de la graine.

— Je ne sais pas qui veut du sucre. Quelqu'un peut me donner un coup de main ? Simone ?

Simone se leva du canapé. Ses tresses étaient nouées avec des perles de verre jaune, qui s'entrechoquaient à chacun de ses mouvements. Elle se concentra sur la tâche que l'inspecteur Rome lui avait confiée. À peu près de l'âge d'Ayana, Simone était encore assez jeune pour rechercher l'approbation de Marnie.

Hope Proctor agrippa la main de Noah.

— Vous étiez avec lui. Avait-il peur ? Oh, mon Dieu…

Sa voix était féroce, grave, et plus caverneuse qu'il ne l'aurait imaginé. Son visage était toujours blême, et le bandage de sa petite main d'enfant laissait entrevoir les extrémités glacées de ses doigts. État de choc.

— Je suis désolée, je suis désolée, haleta-t-elle. Il a cru… qu'il allait mourir ? Il était très… en colère ?

Noah prit la place vacante laissée par Simone.

— Il était choqué, dit-il doucement. Comme vous.

— Les secours sont arrivés très vite, ajouta Marnie. C'est un bon point. Cela signifie qu'il a les meilleures chances de s'en sortir.

Hope tourna vers elle un visage exsangue.

— S'en… sortir… s'en… Oh, mon Dieu !

Elle plaqua les mains sur ses joues. Son sweat-shirt gris était si large que ses manches chutèrent sur ses coudes, révélant les hématomes de ses avant-bras et ses poignets. Noah dut détourner le regard.

Ayana buvait son thé près de la fenêtre. Elle lui avait donné sa carte de téléphone car elle savait qu'il pouvait s'en servir pour boucher la perforation du poumon de Leo Proctor. Comment savait-elle cela ? Et que savait-elle d'autre ?

Noah n'oubliait pas la raison qui les avait amenés ici, ce que le commandant Welland attendait de leur visite : le témoignage d'Ayana attestant du tempérament violent de Nasif Mirza.

Hope se balançait sur le canapé, le visage dans ses mains. Noah sentait l'odeur de sang sur les mains de la jeune femme.

— Je suis désolée, dit-elle de la même voix féroce que tout à l'heure. Ça ira mieux dans une minute. Vous pouvez m'inculper. C'est votre boulot. Je comprends.

— Il n'y a pas d'urgence, dit Marnie.

— Qu'êtes-vous venus faire ici ? (Chaque mot prononcé était dans un souffle, comme si parler lui coûtait un effort qu'elle était néanmoins décidée à faire.) Dieu merci vous êtes là, mais pourquoi ?

— Nous sommes venus voir Ayana.

Hope regarda en direction la fenêtre, puis au loin, vers les autres pensionnaires, avec leur tasse de thé à la main.

— Je ne peux rien boire, dit-elle en baissant la tête, la gorge serrée. S'il vous plaît, je vais être malade.

Ses iris formaient deux fins anneaux autour de ses pupilles dilatées. Un froncement creusait des rides profondes entre ses sourcils, comme si cet état d'anxiété extrême était normal.

— Rien ne vous oblige à boire, dit Marnie.

Simone retourna vers le canapé et ouvrit les bras pour étreindre son amie.

Noah s'approcha d'Ayana.

— Comment allez-vous ?

— Je vais bien.

Sa voix était forte, son regard direct.

Elle avait un accent du sud de Londres, sans doute appris à l'école, se dit-il.

— C'était bien pensé tout à l'heure… La carte de téléphone.

— Et le film alimentaire. (Elle lui fit un pâle sourire.) Je l'ai vu à la télévision. Dans une série policière. Je regarde beaucoup la télévision ici. Des émissions à ligne ouverte. Très mauvais pour moi. Tout ici a une mauvaise influence sur moi. (Son sourire s'élargit, révélant des dents parfaitement alignées.) J'aime bien cet endroit. Je lis aussi, et j'étudie. La psychologie criminelle.

— Un cours par correspondance ?

Elle hocha la tête. Elle ne pouvait pas quitter le refuge, Noah le savait très bien. Elle observa le canapé où les trois femmes étaient assises en silence, Mab et les deux filles aux cheveux noirs.

— Ils m'ont proposé une place avec d'autres Asiatiques. Ce sont leurs propres mots : « d'autres Asiatiques ». Je connais une fille dans l'un de ces endroits. Les femmes en parlaient à la mosquée. (Elle porta le mug à ses lèvres.) Je préfère être ici.

— Même après ce qui vient de se passer ?

— Je ne comprends pas comment il est entré. C'est un endroit sûr. Ils sont très stricts. Les portes sont toujours fermées, sauf si on leur demande de les ouvrir. (Elle fronça les sourcils.) On aime être enfermées.

Comme dans une prison. Une prison avec une télévision, des livres, et une chance d'étudier, de se faire des amis. Noah se demandait qui elle appelait avec sa carte téléphonique, quels numéros elle composait quand elle avait besoin de parler. Peut-être s'en servait-elle pour ses émissions de télévision.

La pluie ruisselait sur la vitre à côté d'eux. Il sentait son odeur, froide et métallique, au travers des rideaux épais.

— Je vais t'acheter une nouvelle carte, pour ton téléphone. Tu as un portable ?

— Oui. (Elle toucha le porte-monnaie de tissu fixé à sa taille.) Merci. Il ne restait plus grand-chose sur la carte. Moins de cinq livres.

— Je t'en achèterai une nouvelle, promit Noah.

Ils ne pouvaient pas lui faire subir un interrogatoire si tôt après l'agression. C'était déjà une tâche pénible avant, sachant ce que Nasif et les autres lui avaient fait subir.

Les frères d'Ayana. Dans leur propre maison. Deux d'entre eux l'avaient maintenue par terre pendant que le troisième lui jetait de l'eau de Javel dans les yeux. Quand ils l'avaient laissée partir, elle avait réussi à sortir de la maison à tâtons et à gagner la rue en appelant au secours. Les chirurgiens avaient sauvé son œil droit. Pas le gauche.

Avec un œil en moins, elle voyait encore. Le SPJ pensait que son témoignage enverrait Nasif derrière les barreaux, mais jusqu'ici elle n'avait pas dit un mot sur les exactions de ses frères. D'après les rapports dont Noah et Marnie avaient hérité, personne n'avait rendu visite à Ayana à l'hôpital après l'agression à l'eau de Javel. Jusqu'au troisième jour, où une femme était arrivée, vêtue d'un anorak à capuche.

— Je suis venue chercher ma fille pour la ramener à la maison, avait dit l'inconnue.

C'était Mme Mirza, la mère d'Ayana.

Ayana n'avait cessé de hurler que lorsque la femme était partie.

7.

— Un couteau ? répéta en écho le commandant de l'unité opérationnelle Tim Welland. Dans un refuge pour femmes ? Je pensais que ce genre d'endroit était sûr.

— On essaie d'en savoir plus, dit Marnie en s'écartant pour laisser l'agent de liaison des familles pénétrer dans la salle commune. On doit découvrir comment Leo est entré et comment il a su que sa femme était ici. Mais d'abord, on doit s'assurer que toutes les pensionnaires se sentent de nouveau en sécurité.

— Après une agression au couteau ?

Elle entendait Welland grimacer à l'autre bout du téléphone : bonne chance !

— Comment va Ayana Mirza ?

— Elle a aidé Noah à sauver la vie de Leo Proctor.

— *Si* ils le sauvent. D'après ce que vous m'avez dit…

— Proctor était stable quand l'ambulance est partie.

— Vous pensez qu'elle voulait le tuer ?

Marnie frotta sa nuque à l'endroit de la douleur, massant la peau comme elle avait appris à le faire.

— D'après nos témoins, c'était de la légitime défense.

— Ils sont fiables ? (La voix de Welland trahissait son scepticisme.) Un coup de couteau dans la poitrine ressemble plutôt à une tentative de meurtre. Je ne dis pas qu'elle n'avait pas une bonne raison de le faire. J'imagine qu'il n'était pas là par hasard.

— Vous ne l'avez pas vue, ni entendue. Elle a vraiment la trouille qu'il survive, et ne se cherche pas d'excuses. Et oui, elle est couverte d'ecchymoses, bien sûr.

Quand elle avait lâché le couteau, la main de Hope tremblait. Marnie avait alors compris, pour la première fois, combien il était effrayant de se servir d'un couteau comme d'une arme… mortelle.

— Je vais l'emmener à l'hôpital, dit-elle à Welland, et voir si tout va bien.

— Comment s'en sort l'agent Jake ?

— Très bien. Je lui ai dit d'aller se changer au commissariat…

— Il est dans quel état ?

— Pas terrible. Proctor s'est pratiquement vidé de son sang dans ses bras.

Welland perçut une certaine froideur dans la voix de Marnie.

— Et vous, inspecteur Rome, comment allez-vous ?

Son regard erra jusqu'au bout du couloir, où se trouvait la sortie de secours.

— C'est un cas de violence domestique avec agression au couteau. La moitié de notre boulot consiste à traiter des affaires comme celle-là… mais Proctor est stable. Je serais étonnée qu'il ne s'en sorte pas. C'est un sacré morceau. Drôlement costaud. (En d'autres termes, ce n'était pas un meurtre.) Pour être honnête, je m'inquiète plus pour Hope. J'aimerais savoir ce qui s'est passé avant son arrivée ici, ce qu'elle a enduré.

Des réponses. Elle voulait des réponses.

— Vos plans ont changé ? demanda abruptement Welland.

— Pour demain ? (Elle balaya une mèche de son visage.) Non. Évidemment, si Proctor meurt… j'irai un autre jour.

— Tenez-moi informé. Je veux être sûr que vous êtes à fond sur cette affaire.

— Bien sûr.

Elle imaginait le visage ouvert de son supérieur, l'invitant à la confidence. Personnellement, elle pouvait facilement ne pas tout dire à Tim Welland. Il la connaissait déjà beaucoup trop bien. Elle était heureuse d'avoir gardé certains secrets, de s'être protégée de ses questionnements.

Il sait comment ils sont morts, songeait-elle souvent. Il a vu leurs visages sans vie. Il m'a vue, moi, en train de sangloter dans la rue devant la maison… Mais il ne connaît pas le goût du chocolat salé ni les séries d'espionnage idiotes où l'héroïne porte une perruque différente chaque semaine et botte les fesses de tout le monde. Au moins, il n'est pas au courant pour les écritures. Les mots sur sa peau.

Des secrets qu'elle cachait à tous. À Greg, son père. À sa mère, Lisa. À Lexie, la thérapeute qu'on lui avait assignée après les meurtres. Même à Ed Belloc, à qui elle confiait presque tout… instinctivement.

Les clichés écrits sur sa peau, la rébellion de l'adolescence. Comme il était embarrassant, maintenant qu'elle avait la trentaine, de regretter la fille tempétueuse qu'elle avait été, avec ses yeux noircis de mascara, ses bottes de motarde, sa solitude étudiée et ses silences proches de l'autisme. Elle avait cessé d'être cette fille quand elle avait eu l'âge d'Ayana, dix-neuf ans. Les hormones s'étaient évaporées comme les feuilles des platanes dans l'atmosphère viciée de Londres. Après s'être fait renvoyer, elle avait pensé à entrer dans l'Air Force. La vitesse, la puissance, l'infinité du ciel et les poussées d'adrénaline. Elle s'était engagée avec fougue dans la police, sans cependant vouloir y rester, comme si c'était une porte de sortie, une échappatoire…

Parce qu'elle avait peur, si elle tardait trop à choisir une voie, de redevenir cette fille. Celle qui faisait le mur pendant que ses parents dormaient et qui prenait le premier bus pour aller en ville, dans une boutique où elle payait l'homme aux mains les plus propres qu'elle ait jamais vues pour graver sur sa peau d'adolescente de sulfureux secrets à l'encre noire.

8.

Ce n'était pas elle dans l'ambulance. Un inconnu, un gros costaud avec un masque à oxygène sur le visage.

Jamais vu ce type.

Il essuya de nouveau la buée du pare-brise avec la manche de son bleu de travail. Sous sa casquette – *I ♥ London* –, sa bouche se tordit en un sourire.

Ce n'était pas elle.

Puis des va-et-vient. La police partout. Pas le choix : il devait démarrer la voiture et s'en aller. Pas question de prendre le risque d'être pris. Il n'avait pas le droit de conduire, plus de points sur son permis en plus du reste, mais comment était-il censé se déplacer ?

La police adorerait le coffrer. Il le savait.

Il se gara deux rues plus loin, moteur en marche, essuie-glaces à fond pour les regarder partir. Les lueurs rouges qui s'effilochaient dans la nuit lui indiquaient que la voie était libre. Il ne lui en fallait guère plus. Juste une ouverture. Vingt minutes, peut-être moins.

Les réverbères se réveillaient, plus tôt que d'habitude. Londres se donnait du mal, comme si ériger de nouveaux gratte-ciel pouvait empêcher les gens de voir la misère à chaque coin de rue, les clochards, les flaques de vomi et les prostituées partout.

Il avait regardé la télé l'autre soir, une connerie sur un politicard qui avait cogné un type maintenant dans le coma, et qui n'arrêtait pas de geindre, debout sous la pluie, la morve au nez. La caméra s'obstinait à filmer Londres du ciel, à vouloir la faire passer pour Los Angeles, avec ses gratte-ciel et ses luxueux héliports, quelle putain de blague ! Londres ne ressemblerait jamais à ça vu d'en bas, où se vivait la vraie vie.

Il attendit dix minutes, puis fit le tour du pâté de maisons et repassa devant le refuge. L'eau de pluie ruisselait dans l'allée et cascadait du toit en rideaux sales.

La Mondeo banalisée était toujours là, tout comme les deux voitures de police, mais ils n'étaient pas venus pour lui, ni pour elle. Simple coïncidence.

Les gens ne croyaient pas aux coïncidences ; ils regardaient de l'autre côté. Voilà ce dont il avait besoin. Dix minutes, vingt tout au plus, pendant que tout le monde était occupé ailleurs…

Lui faire payer.

Le refuge n'avait pas franchement l'air sûr, c'était juste une planque. La sale garce, elle croyait qu'il ne la retrouverait pas dans ce taudis ? Avec ce putain de trou dans le toit en plus.

Pas besoin de beaucoup de temps. Il avait eu le luxe de prendre tout son temps, mais c'était terminé, il le savait. Plus de danses langoureuses à la regarder se déhancher.

Cette fois, ce serait violent, rapide – et sans merci. Quand il en aurait fini avec elle, elle ne risquerait pas de s'enfuir ou d'aller se cacher.

Vingt minutes, pas plus.

9.

Sale petite garce t'est morte. Tu te crois a l'abri ? Tu rêve salope.

Ces mots étaient écrits au stylo bille bleu sur une feuille de papier avec des lignes, grossièrement arrachée d'un calepin. L'encre coagulait par endroits, disparaissait presque à d'autres. L'auteur était repassé sur certains mots, quand l'encre se voyait à peine.

Marnie Rome leva la feuille pour l'observer à la lumière de la chambre d'hôpital, étudia les pâtés et les ratures, la surface scarifiée du papier.

On peut en savoir long sur une personne grâce à son écriture. Grâce aux termes employés, au stylo et au papier choisis. On peut deviner sur quelle surface il a travaillé, s'il était ivre ou malade. Tout était dans la typographie. Même sans l'original, même avec seulement le calepin. La force imprimée aux lettres, l'aération du texte… et l'auteur apparaissait comme par magie.

Tu te crois a l'abri ? Tu rêve salope. Peu de magie là-dedans. Pas de message secret. Seulement trois lignes haineuses.

Marnie avait trouvé la lettre dans le sac de Hope Proctor, non signée.

Elle n'avait aucun moyen direct de avoir si Leo Proctor l'avait écrite. Elle avait fouillé son portefeuille, mais les signatures sur ses cartes bancaires étaient pratiquement illisibles. Elle prit son téléphone et appela Noah Jake.

— J'ai besoin d'un exemple de l'écriture de Leo.

— D'accord. Qu'est-ce que tu as trouvé ?

— Pas grand-chose, dit-elle en retournant le morceau de papier dans ses mains. Juste quelques lignes écrites par un illettré... Où es-tu ?

— Au poste. Je me suis changé. Comment va Leo ?

— Toujours en vie, aux dernières nouvelles. Essaie de me trouver une lettre de sa main. Peut-être dans les affaires de Hope au refuge. Et vois si tu peux parler à Ayana. Tu as créé un lien avec elle.

— Un lien ?

— Elle t'a aidé à maintenir Leo en vie. Vous formez une bonne équipe. Sers-toi de ça. Vois si tu peux obtenir d'elle ce que Welland nous a demandé.

— Tu penses qu'elle voudra bien me parler ? À moi seul ?

— Tu ne seras pas seul. Les agents de liaison sont sur place. Et j'ai demandé à Ed Belloc de passer plus tard. Écoute... Essaie de savoir dans quel état d'esprit est Ayana. Je parie qu'elle voudra bien se confier à toi. Parfois, c'est plus facile avec un étranger.

— D'accord. Je ferai de mon mieux.

— Bien. Je te retrouve là-bas après avoir parlé au médecin. Et à Hope.

Elle raccrocha et consulta sa montre.

Dans huit heures, c'était le cinquième anniversaire de leur disparition. Qu'avait-elle dit à Welland déjà ?

Je ne compte pas les jours.

D'accord.

Elle plia la lettre de menaces et la glissa dans sa poche. Inutile d'en tenir compte pour le moment. Inutile d'imaginer ce que Noah allait découvrir. Leo n'était peut-être même pas l'auteur de la lettre. Il avait aussi pu grimer son écriture ; les erreurs de conjugaison pouvaient être intentionnelles. Hope était une femme intelligente, qui s'exprimait bien. Leo, un illettré ? Il travaillait sur un chantier. Marnie n'en savait guère plus. Du moins pour le moment. Elle attendait la fin de l'examen médical pour connaître la gravité des violences infligées par Leo à sa femme. Bien sûr, Hope avait besoin de préserver ce qui lui restait de dignité et d'intimité après les événements de ce matin, mais Marnie avait insisté pour qu'elle se soumette à cet examen. Des preuves concrètes, avait dit Welland.

Hope Proctor avait planté un couteau dans le poumon de son mari. Marnie devait savoir comment, et pourquoi. Au refuge, Simone Bissell avait dit :

— Elle voit flou. Elle pose des objets sur le rebord des tables et renverse un tas de trucs. Il l'a tellement cognée qu'elle ne voit plus bien. Elle ne savait pas où elle plantait le couteau.

Dans la poitrine de son mari, si profondément qu'elle lui avait perforé le poumon.

Leo était un homme costaud. Une grosse cible.

Hope était terrifiée, à bout de nerfs. Marnie le croyait sans peine. La lettre de menaces était opaque par endroits, là où Hope l'avait tenue dans ses mains moites. Peut-être avait-elle paniqué et enfoncé le couteau le plus profondément possible sous l'effet de la terreur.

Un couteau de cuisine. Manche noir, lame d'acier. Trente livres au bas mot. Peut-être quarante dans un magasin chic. Une très belle pièce, signée par un chef célèbre sur la lame d'acier, et une deuxième fois en lettres argentées sur le manche noir.

Marnie avait fait mettre l'arme dans un sac plastique pour les pièces à conviction au poste de police. Le couteau s'équilibrait parfaitement dans la main. Du moins l'imaginait-elle : elle n'avait pas encore trouvé la force de le toucher.

Un employé de l'hôpital poussa un fauteuil roulant vide à travers les portes battantes au bout du couloir, qui se refermèrent avec un bruit sourd.

— Elle est à vous, déclara le médecin, un homme d'une trentaine d'années portant des lunettes, l'air exténué.

— Quel est le verdict? s'enquit Marnie.

— J'ai vu pire, mais c'étaient des prostituées. Contusions vaginales dues à l'insertion répétée d'objets, dit-il en consultant ses notes, qu'il lut d'une voix atone. Traces de morsures sur les seins et les cuisses. Crevasses et cicatrices dues à des pénétrations anales répétées. Hématomes sur les bras et les jambes. Une ceinture est probablement responsable des ecchymoses de son dos. C'est le genre de blessures qu'on peut trouver chez une personne adepte des rapports sexuels sadomasochistes.

Cela s'était passé chez Hope. Derrière les portes closes.

Marnie frissonna de la tête aux pieds. Une sensation qui lui était aussi familière que le bâillement.

Un foyer sans histoires. Heureux.

Cela existait-il pour certaines familles, quelque part ?

— L'examen l'a pas mal perturbée, continua le médecin. Je lui ai prescrit un sédatif. Allez-y doucement avec elle, même si tout va bien du côté intellectuel. (Il lui adressa un sourire entendu, admiratif.) Elle n'est pas d'humeur à être prise de haut.

— Comment va son mari ? Du nouveau ?

— Pas encore. (Il consulta une autre page de son calepin.) Je peux vous dire qu'il a des lésions hépatiques de longue date, mais sans gravité.

— Alcoolique ?

— Très certainement. Son taux d'alcool dans le sang indique qu'il a beaucoup bu au cours des deux heures précédant son admission.

— En d'autres termes, Leo Proctor était allé au refuge armé et ivre.

— En dehors de ça ? Blessures mineures dues à son travail sur les chantiers, et son passe-temps, le rugby. D'après son dossier médical, nous l'avons soigné plusieurs fois pour des côtes cassées et des blessures de contact liées au sport. Il y a huit mois, il s'est cassé deux os à la main droite. On l'appelle la fracture du boxeur.

— La fracture du boxeur ? Vous voulez dire qu'il s'est brisé la main en frappant quelqu'un ?

— Ou quelque chose. Cela s'est passé au travail, d'après son dossier.

— Pouvez-vous me donner des dates et des détails ?

Elle parcourut des yeux le document qu'il lui tendit. Leo Proctor s'était cassé la main huit mois plus tôt. En frappant un objet, ou une personne. Hope habitait chez elle à cette époque-là. Elle glissa le document dans sa poche, avec la lettre de menaces.

— Combien de temps après son réveil pourrai-je lui parler ?

— On lui a posé un drain thoracique. Avec tout le sang qu'il a perdu, il va rester dans les vapes un bon moment. Un poumon perforé, c'est très grave, surtout quand il s'agit d'une blessure au couteau.

— Elle a paniqué. D'après les témoins.

— Pas de chance qu'elle ait frappé en pleine poitrine. (Il regarda de nouveau ses notes.) Ou un coup de chance… Son entaille à la main, cela dit, est superficielle. En bref, il est trop tôt pour dire quand il pourra répondre à vos questions.

— Mais est-ce qu'il va… reprendre connaissance ?

— En l'état actuel des choses, nous avons bon espoir.

Leo Proctor n'allait pas mourir. Bien. Marnie voulait l'interroger, et elle n'avait pas l'intention d'être tendre avec lui, contrairement à sa femme.

— Autre chose, dit le médecin. Je ne sais pas ce que cela signifie. (Il hocha la tête en regardant son calepin.) Ils ont les mêmes tatouages.

— Ils…

— On a failli les rater avec tout ce sang. Celui de Hope est – ha ! – juste sous le sein droit. (Cela le gênait davantage que les abus sexuels.) Un cœur transpercé d'une flèche. (Il grimaça.) Pas très original.

— Et lui ? Où est le sien ? (La peau de Marnie lui brûlait au niveau des côtes et au-dessus des hanches.) Vous avez dit que vous aviez failli le manquer ? Pourquoi ? Où est-il ?

— Au même endroit. (Le médecin frotta ses verres de lunettes de l'index.) C'est pour ça qu'on a failli ne rien voir. Avec tout ce bazar. (Il essuya son index sur sa blouse blanche.) Le tatouage est exactement à l'endroit où le couteau s'est enfoncé. En plein dans le mille, si on peut dire.

10.

— En éthiopien, mon prénom signifie « belle fleur ».

Ayana Mirza était assise au pied de son lit dans la petite chambre du refuge.

— En cachemiri, Ayana signifie « jour du jugement ».

— Votre frère…, commença Noah.

— Nasif. Ça veut dire « le plus juste ». Un autre de mes frères, Turhan, est « le miséricordieux ».

— Nasif… est soupçonné d'une agression grave.

Ayana releva le menton, donnant à voir le blanc aveugle de son œil détruit.

— Encore ?

— Une agression avec un cimeterre. Un homme a perdu sa main.

Ayana se mordilla la lèvre comme pour s'empêcher de parler. Le silence emplit la petite chambre. Noah regarda autour de lui. Pas d'armoire, seulement un portant de vêtements avec une série de pulls de supermarché et une jupe en jersey. Des rideaux de lin occultaient les fenêtres. Les murs avaient été repeints si souvent qu'on aurait dit une peau vérolée. Sur un bureau, une pile de livres empruntés à la bibliothèque et des devoirs de cours par correspondance. Rien d'autre dans cette pièce n'appartenait à Ayana, pas même la robe rouge qu'elle portait. Elle n'avait pas eu le temps de faire sa valise quand elle était partie de chez elle.

— Je te l'avais promise, dit Noah en lui tendant la recharge téléphonique.

Il avait mis dix livres dessus, pensant que vingt pourraient paraître insultants.

— Merci, dit-elle en prenant la carte, qu'elle caressa de son pouce.

— Tes oncles ont témoigné en faveur de Nasif. Comme toute ta famille. Ils ont dit que c'était un homme très gentil. Sans penchant pour la violence.

Ayana hocha la tête, comme si elle acceptait ce fait.

— Bien sûr.

— Tu sais que c'est faux.

— Je sais que vous n'avez pas besoin de mon témoignage pour l'inculper.

Ayana pencha la tête vers le murmure de la télévision qui s'échappait de la salle commune.

— La police peut agir seule.

— C'est ce que tu as appris dans tes cours par correspondance ?

— C'est vrai, dit Ayana en faisant un geste de ses mains graciles. La police n'a plus besoin de la déclaration d'une victime pour agir.

— La victime ne nous est d'aucune utilité dans cette affaire.

— Est-ce qu'ils vont le tuer s'il vous aide ? Parce que c'est ce que ma famille me fera, à moi. (Ayana plongea la main dans la poche de sa robe rouge et en sortit un porte-monnaie en tissu.) Vous savez ce qu'il y a là-dedans ? (Elle dénoua le cordon.) Des cosses.

Du porte-monnaie ouvert s'échappa la fragrance épicée du *garam masala*.

— C'est l'odeur de chez moi. (Son sourire faisait mal à Noah.) Je la garde toujours avec moi, pour ne jamais oublier. Ne pas oublier que ce n'est jamais aussi simple que bien ou mal, sécurité ou danger. Vous comprenez ?

Noah comprenait. La maison, pour Ayana, était un riche mélange d'amour et de loyauté, d'honneur et d'obéissance, de récompense et de punition. Il comprenait cela, mais il avait tout de même besoin qu'elle se confie à lui, qu'elle lui raconte son histoire. Elle ne se libérerait pas tant qu'elle ne l'aurait pas fait. Était-ce une femme du refuge qui lui avait acheté ces cosses ? Ou bien avait-elle le porte-monnaie sur elle quand elle s'était enfuie de la maison, après l'agression à la Javel ?

— Ma maison me manque, dit-elle simplement. Quand elle me manque trop, quand je suis tentée d'utiliser ceci – elle avait son portable bon marché dans la main –, je m'oblige à me rappeler le bon comme le mauvais.

Elle remit le téléphone dans le porte-monnaie au milieu des cosses et serra la cordelette. À travers le mur derrière elle leur parvenait le bourdonnement de la télévision. Elle se coinça une mèche de cheveux derrière l'oreille et déclara, comme si c'était une évidence :

— Nasif a une épée. Mon oncle la lui a offerte quand il avait six ans. Ce n'est pas un jouet.

— L'avez-vous vu s'en servir ?

— Seulement pour s'amuser. Pour faire le fanfaron.

Elle croisa de nouveau ses mains sur ses genoux.

— Parfois, il me menaçait de s'en servir si je ne me conduisais pas bien à l'école, mais ce n'était qu'un jeu. Il est lâche, comme Turhan et Hatim. Aucun n'ose faire quoi que ce soit sans les autres. (Elle parcourut lentement la pièce du regard.) Ma mère me gardait à la maison pour m'apprendre à être une bonne épouse, comme elle. À être malheureuse, comme elle. Mes frères m'emmenaient à l'école quand elle l'autorisait. Il était de leur devoir de me surveiller. Si je parlais à un Occidental, en particulier à un garçon, ils me dénonçaient. Parfois, ils m'accusaient même quand je n'avais parlé à personne. Je jetais l'opprobre sur la famille. Qui épouserait une fille pareille ? Or que pouvais-je attendre de la vie en dehors du mariage ? (Son regard revint à Noah.) Ce n'était pas seulement les filles. Je connais des garçons que leurs familles ont forcé à se marier. S'ils refusaient de se marier, ils étaient battus.

— Vous pourriez porter plainte contre lui. Pour les violences qu'il vous a infligées.

— Devant un tribunal ? (Son sourire se fit triste.) Et ensuite ? Revenir ici ? Ils me retrouveraient. Ils feraient passer le mot à toute la communauté. Ils connaissent beaucoup de monde. Des gens qui travaillent dans des magasins, des taxis. Même dans des hôpitaux. Vous ne savez pas ce que c'est d'être surveillée en permanence, par tout le monde.

Cette conversation ne menait nulle part, tournait en rond. Ayana était convaincue de son impuissance, et semblait presque la savourer.

Noah s'était trompé : il ne la comprenait pas du tout. Il allait devoir fouiller la chambre de Hope pour trouver des lettres de Leo.

— Pouvez-vous me dire ce qui s'est passé entre Hope et Leo ce matin ?

Ayana lissa la jupe de sa robe.

— Que voulez-vous savoir ?

— C'était la première fois que vous voyiez Leo ?

— Oui.

— Tout le monde était dans la salle commune, dit Noah. Est-ce habituel ?

— Oui. Après le petit déjeuner, on regarde la télévision. On fait du café ou du thé chacune notre tour. Ça nous aide à nous sentir comme une famille. On regarde une émission ensemble. Comme les gens normaux.

Regarder la télévision durant la journée. Sa définition de la normalité.

— Leo Proctor est arrivé juste après 9 heures, c'est bien ça ?

— Il était 9 h 20. *Lorraine* était presque fini.

— Vous étiez toutes dans la salle commune. Hope, Simone et les autres.

Ayana compta sur ses doigts.

— Hope, Simone, Mab, Shelley et Tessa. Et moi.

— Où était Jeanette ?

De nouveau, Ayana fit mine de compter sur ses doigts.

— Elle fumait dehors. Fouinait dans nos chambres. Ou dévalisait le frigo en douce.

— Elle était dans la salle commune quand on est arrivés.

— Elle est entrée juste avant vous et s'est aussitôt mise à hurler. C'est la seule d'entre nous qui a émis un son.

— Qui a vu Leo en premier ? Hope ?

— Probablement. Nous autres, on regardait la télévision, mais Hope, ça ne l'intéressait pas beaucoup. Ni *Lorraine* ni rien. (Ayana retourna ses mains sur ses genoux.) Elle est nerveuse, incapable de rester en place.

— Ce sont ses premiers jours, n'est-ce pas ? J'imagine qu'il faut du temps pour s'adapter.

— Elle est ici depuis trois semaines. Et elle n'allait pas mieux, au contraire, elle allait de plus en plus mal.

Il était clair à son ton qu'elle désapprouvait l'incapacité de Hope à s'intégrer au refuge.

— De plus en plus mal ? Que voulez-vous dire ?

— Elle était tout le temps agitée. Impatiente, comme si elle ne voulait pas être là.

— Comment était-elle ce matin ?

— Comme d'habitude, répondit Ayana en haussant les épaules. Ni mieux ni pire.

— Impatiente, répéta Noah. Nerveuse.

— Oui.

— Où était-elle quand Leo est arrivé ?

Ayana prit le temps de réfléchir.

— Près de la fenêtre. Elle se met toujours près de la fenêtre. Pas pour regarder dehors, aucune de nous ne le fait, mais elle aimait se tenir là. Peut-être que la pièce est trop étouffante pour elle.

— Comment a-t-elle réagi quand elle a vu Leo ?

— Elle s'est retournée à la vitesse de l'éclair. Ça nous a toutes incitées à regarder ce qui se passait. C'est là qu'on l'a vu.

La porte se trouvait derrière les canapés, face à la télévision. La fenêtre offrait un point de vue idéal sur la porte. Il était logique que Hope ait vu Leo la première.

— Vous l'avez toutes vu en même temps ? Quand Hope s'est retournée ?

— Oui.

— Hope a-t-elle poussé un cri ou appelé quelqu'un ?

— Elle a pris une grande inspiration. (Ayana imita le bruit, inspirant l'air entre ses dents avec un sifflement.) Elle n'a pas dit un mot.

— Ensuite, que s'est-il passé ?

— Il est resté sur le seuil. Elle s'est avancée vers lui.

— Elle s'est avancée vers lui ? Tu es sûre que ce n'est pas l'inverse ?

— Regardez la tache sur le tapis, dit Ayana d'un ton placide, sûre de son souvenir. S'il s'était approché d'elle, la tache se trouverait plus près de la fenêtre.

— A-t-il dit quelque chose ?

— Non. Il lui a tendu les roses.

— Comment les tenait-il ? Tu peux me montrer ?

Ayana joignit ses mains, les bras tendus.

— Il s'est servi de ses deux mains ?

Elle hocha la tête.

— Hope a pris les roses ?

Un sourire éclaira fugitivement son visage.

— Non.

— Mais elle s'est avancée vers lui. Tout près.

— Si elle avait eu un pistolet, elle serait restée près de la fenêtre. Elle devait s'approcher. Elle avait un couteau.

Dans le silence qui suivit cette déclaration, Noah entendit le jingle publicitaire pour une assurance automobile bon marché.

— Qu'est-ce qui te fait dire que Hope avait le couteau ?

— C'est le seul scénario plausible. Il ne serait jamais venu ici avec un couteau. Pourquoi ? Parce que s'il avait voulu la tuer, il l'aurait fait à la maison. Ici ? Devant tous ces témoins ? (Ayana écarta les bras.) Ça n'a pas de sens.

— Tu penses que c'était intentionnel. (Un frisson glacé parcourut l'échine de Noah.) Ce n'était pas un accident selon toi.

— Il s'est vidé de son sang sur vous. Ça a l'air d'un accident d'après vous ?

— Simone dit qu'elle a paniqué. (Il parlait lentement.) Qu'elle a eu peur, et qu'elle a paniqué.

— Elle avait peur, confirma Ayana. Mais ce n'était pas de la panique. Ce n'était pas un accident. (Elle tricota avec ses doigts sur ses genoux.) Rien n'est jamais accidentel, dans notre monde. Aucune de nous ne *tombe dans l'escalier* ni ne *glisse et se cogne la tête*. Ce sont des excuses, pour nous couvrir, mais ce ne sont jamais des accidents.

— Où Hope a-t-elle déniché un couteau ?

— Eh bien… dans la cuisine j'imagine. Ou bien elle l'a apporté de chez elle.

— Simone a dit que c'était de la légitime défense. Pourquoi aurait-elle menti ?

— Pour protéger Hope. Elles sont devenues proches. Simone est la seule à qui Hope parle, je crois. Et aussi parce que Hope avait une bonne raison de le tuer.

Elle toucha le coin de son œil éteint.

— Une meilleure raison que mes frères de me faire ça. Ils ont dit que j'avais regardé un garçon, mais c'est faux. Je ne regarde jamais personne en dehors d'eux. Ils se font un malin plaisir de me surveiller ! Jouer les geôliers ! Cela leur donne un sentiment de puissance. De virilité. (Sa voix se durcit, mais elle paraissait déroutée, comme si elle n'en revenait toujours pas de ce qu'ils lui avaient fait.) Voilà pourquoi ils m'ont fait ça. Parce que je les ai regardés de travers. Personne d'autre.

Elle releva le menton, comme pour défier Noah.

— Si j'avais eu un couteau, j'aurais fait comme Hope. Et pire encore. J'aurais tout mis en œuvre pour que ça s'arrête. C'est ce qu'elle voulait. Que ça s'arrête. Vous n'avez pas idée de ce qu'il lui a fait subir, comment il la terrorisait. Vous devriez être content. De Hope. La police a besoin d'aide pour se débarrasser des monstres comme lui.

11.

Hope Proctor était allongée sur un lit roulant contre un mur défraîchi de l'hôpital. Une couverture blanche gaufrée la couvrait de la poitrine aux pieds. Dessous, elle portait une blouse d'hôpital, fine comme du papier. Elle avait les joues roses de honte, comme si elle s'était pincé la peau. Elle savait ce que le médecin avait raconté à Marnie, ce n'était plus un secret.

Marnie tira une chaise à côté du lit roulant.

— Nous ne sommes pas obligées d'en parler maintenant. Je peux attendre que vous vous sentiez mieux.

— Je veux en finir, répondit Hope avec une pointe de férocité dans la voix. Ça ne peut pas être pire. À moins que… comment va Leo ? Ils n'ont pas voulu me le dire, sinon qu'il est toujours inconscient.

— Il n'y a pas grand-chose de plus à dire. Il va s'en sortir, apparemment.

Hope hocha la tête.

— Bien.

Au refuge, elle avait l'air terrifiée à la perspective que son mari survive à ses blessures. Était-ce par peur des représailles ?

— Je ne veux pas qu'il meure. Au cas où vous pensiez que… (Son visage se crispa.) Je n'ai jamais voulu lui faire de mal.

— Mais lui vous a fait du mal, n'est-ce pas ?

Son regard se fit fuyant.

— C'est… privé. (Sa voix se mua en un murmure.) Le mariage est une affaire *privée*.

Était-ce ainsi que Leo l'avait convaincue de ne rien dire à personne des mauvais traitements qu'elle avait subis ? Ce qui se passait derrière les portes closes ne regardait pas les autres. Combien de fois Marnie avait-elle entendu cette excuse dans les affaires de violences conjugales ?

— Le médecin m'a parlé de vos blessures. Je comprends qu'il vous soit pénible d'en discuter, mais si vous viviez au refuge, c'est que vous vouliez que cela s'arrête.

— Je voulais du temps. (Hope serra la couverture, les doigts blanchis par le froid.) Pour réfléchir. Pour lui donner le temps de réfléchir aussi. Je pensais que… si on pouvait simplement réfléchir à ce qu'on veut…

— Que voulez-vous, Hope ?

Marnie ne parvenait pas à l'appeler « madame Proctor ».

— J'aime mon mari, dit-elle avec nervosité. Quel mal y a-t-il à cela de nos jours ? Je l'aimais quand je l'ai épousé et je l'aime toujours. J'étais sincère quand j'ai prononcé mes vœux.

Un discours d'une époque révolue. Hope avait vingt-huit ans. Des allures de poupée avec ses cheveux soigneusement peignés, son visage en forme de cœur, ses mains menues aux ongles nacrés. Elle avait dû faire une très jolie mariée, dans sa robe de dentelle vintage, avec son voile et son bouquet de fleurs d'oranger. Quand s'était-elle fait tatouer ce cœur ? Sûrement pas avant son mariage.

— Vous êtes allée au refuge il y a trois semaines. Pourquoi ?

— Pour réfléchir. Je vous l'ai dit. Pour prendre le temps de réfléchir.

— Vous êtes mariée depuis neuf ans. Quand vous a-t-il fait mal la première fois ?

Hope plissa les lèvres et détourna le regard.

— Il s'est passé quelque chose il y a trois semaines, insista Marnie. Quelque chose qui vous a fait fuir. Quoi ?

— J'ai paniqué. Parfois j'ai ces… crises de panique. Je ne sais pas quoi faire.

— Avez-vous vu un médecin à ce sujet ?

Hope fit un brusque mouvement de tête.

— Leo m'a emmenée chez le médecin quand ça allait vraiment mal. Il a pensé que des médicaments pourraient m'aider. À me calmer.

Camisole chimique. Leo Proctor. Quel homme.

— Le médecin vous a-t-il donné un traitement ?

— Oui, mais les pilules m'ont rendue malade. Abrutie. Je n'arrivais pas à me lever le matin. Leo a besoin d'un bon petit déjeuner. Il travaille sur des chantiers. Il lui faut trois solides repas par jour.

Elle récitait ces mots comme s'il s'agissait du code de conduite de son existence, un code qu'elle était forcée de suivre.

— Donc, vous avez cessé de prendre ces pilules. Qu'est-il arrivé alors ?

— Tout allait bien tant que j'étais… occupée. Leo faisait beaucoup d'heures supplémentaires, à cause d'un gros chantier qui devait être rapidement terminé. Il travaillait très tard. Je n'arrivais pas à suivre le rythme.

Elle dégagea ses cheveux de son visage avant de les laisser retomber sur ses yeux.

— Je n'arrêtais pas de faire des bêtises. Faire brûler la nourriture, acheter ce qui n'allait pas. J'ai… cassé un miroir. Sept ans de malheur ! Ça me hante, ce miroir cassé. (Ses épaules se mirent à trembler. Des larmes mouillaient le col de sa blouse.) Sept ans ! Encore… sept ans.

Marnie attendit qu'elle se calme.

— Alors vous êtes allée au refuge. Lui avez-vous dit où vous vous rendiez ?

Ed Belloc, au Soutien des victimes, l'appelait la Règle n°1 : si vous pensez à quitter votre agresseur, ne le lui dites surtout pas. Partez. Les femmes qui avertissent leurs maris de leur départ ne s'en sortent pas toujours vivantes.

— Je ne lui ai rien dit, répondit Hope sans conviction.

— Mais il l'a découvert, ce matin. L'avez-vous appelé, Hope ? Est-ce comme cela qu'il a su que vous étiez au foyer ?

Hope tritura le bandage de sa main droite, qui s'effilocha. Au bout d'un long moment, elle poussa un profond soupir.

— Oui…

— Comment a-t-il réagi ? Quand vous le lui avez dit ?

Marnie dut attendre une réponse. Enfin, Hope déclara :

— Il s'inquiétait pour moi. Il voulait s'assurer que j'allais bien. Il est inquiet quand je suis avec des étrangers. Je ne suis pas très douée pour percer les gens à jour, pas très maligne. C'est pour ça que je m'attire des ennuis.

Le médecin avait souligné l'intelligence de Hope. Pourtant Leo l'avait convaincue qu'elle n'était pas très futée. Technique d'isolement classique. Faire des autres des menaces. Leo en figure de héros, unique garant de sa sécurité.

— Vous a-t-il demandé de rentrer à la maison ?

Le visage de Hope se plissa comme celui d'un nouveau-né, toujours avec ce regard fuyant.

— Non, il ne l'a pas fait. Pas à ce moment-là. Il a demandé à venir me voir. Quand je lui ai dit qu'ils n'aimaient pas beaucoup les visiteurs ici, il s'est… énervé. (Elle s'essuya le nez avec ses doigts, à présent luisants de morve.) Il voulait me voir. Je suis sa femme. Toutes les femmes du refuge sont des étrangères. Je pouvais être en danger.

— Vous sentiez-vous en danger ?

Hope secoua la tête.

— Je me sentais en sécurité. Je lui ai dit. Mais il s'inquiétait pour moi.

— Alors que vous lui avez bien expliqué qu'il n'y avait aucune raison.

— Je lui ai dit que je m'étais fait des amies. Simone et Mab. Surtout Simone.

— Comment a-t-il réagi ? À l'idée que vous aviez des amies ?

Hope tira sur la couverture.

— Je n'ai jamais eu d'amies avant.

— Jamais? (Marnie l'aida à remettre la couverture en place.) Ou pas depuis que vous êtes mariée?

— Pas depuis... l'école, je pense. Je ne suis pas très douée avec les gens.

Elle se tordit les mains dans le coton gaufré. De fines rainures musculeuses apparurent sur le dos de ses mains. Le genre de muscles que l'on a en soulevant des poids ou en travaillant dur de ses mains. Les femmes de ménage du poste de police avaient les mêmes, en moins bien manucurées. Leo voulait une épouse à l'apparence impeccable.

— Leo vous a dit que vous n'étiez pas douée avec les gens.

Hope se raidit.

— C'est vrai. Leo ne ment pas. Non... pas à moi.

— Il ment à d'autres personnes?

— Oh, seulement pour des détails. Quand il est en retard au travail, ou à son entraînement de rugby. Pas pour ce que vous pensez. (Elle rougit, et tira de nouveau sur ses cheveux, en quête de fourches.) Je sais ce que vous pensez, ce que vous essayez de faire, mais c'est *moi* qui l'ai poignardé. Moi. (Elle frappa sa poitrine du poing, qui émit un son creux.) C'était moi.

— C'était vous. J'essaie simplement de comprendre pourquoi. Vous dites que vous ne vouliez pas sa mort.

— Je ne voulais pas. Je ne veux pas.

— Mais vous l'avez poignardé en pleine poitrine.

— J'ai paniqué!

Son regard s'échappa de nouveau.

— Pourquoi avez-vous paniqué, Hope? Qu'allait-il se passer, d'après vous?

Marnie attendit, mais Hope s'était refermée sur elle-même, un poing dans les cheveux, l'autre serré contre sa poitrine. Elle avait en tête le tatouage décrit par le médecin. Sous le sein gauche de Hope. Un cœur transpercé d'une flèche. Sa propre peau la brûlait en manière de communion.

— Avait-il déjà utilisé un couteau ? Pour vous menacer ? Pour vous faire du mal ?

— Non. Non !

— D'où vient ce couteau ?

— De… la maison. Il l'a apporté de chez nous.

Un couteau de cuisine ordinaire. Comme tout le monde en a chez soi. Marnie s'obligea à se concentrer sur la femme allongée sur le lit roulant, à ne pas laisser son esprit s'égarer dans ses propres souvenirs.

— Le couteau était à vous. À Leo et vous.

— Nous l'avons acheté chez Peter Jones, quand… quand nous nous sommes mariés.

— Comment Leo l'a-t-il introduit dans le refuge ?

— Il… il l'a caché dans les roses. (Quelque part dans l'hôpital, une alarme retentit.) Ce sont mes fleurs préférées. Les roses jaunes.

Les roses n'avaient aucune signification. Hope ne le voyait-elle donc pas ? Cinq ans auparavant, Tim Welland avait envoyé une couronne de la part de la police. Des lys, une fleur qui se décomposait à une vitesse vertigineuse, comme une bougie odoriférante dans un laboratoire d'analyses. Marnie haïssait les lys depuis lors.

Un lit roulant heurta le couloir à l'extérieur de la chambre.

— Pourquoi Leo est-il venu au refuge avec un couteau ?

— Pour moi, murmura Hope. Pour que je me sente en sécurité.

Marnie se pinça l'arête du nez. Cette conversation était… insensée.

— Leo a apporté un couteau au refuge pour vous rassurer.

— Oui.

— Est-ce que cela vous a rassurée ?

Hope ne répondit pas.

— Pouvez-vous me regarder, s'il vous plaît ? Hope ?

Hope leva la tête, une froideur fugitive dans le regard. Du mépris. Parce que Marnie la forçait à se confronter à la réalité ? Aux mensonges de son mariage ?

— C'est mieux. Merci. (Elle lui adressa un sourire d'encouragement.) Leo vous a tendu le couteau ? Est-ce ainsi que vous l'avez eu entre les mains ?

— Oui. Il a dit que je ne connaissais pas ces femmes. Qu'il y avait toutes sortes de gens ici. Comme dans une prison. Il y a toujours de la violence dans les prisons.

— Il vous a tendu le couteau et vous, vous l'avez pris.

— Oui.

— Ensuite, que s'est-il passé ?

— Ensuite… (Elle plaqua sa main sous son nez.) Ensuite, il m'a tendu les roses et… j'ai voulu les sentir. Elles étaient si belles, si parfaites, mais je me suis piqué le doigt à une épine… (Elle tendit la main gauche, l'air hébété, pour montrer à Marnie l'égratignure sur son annulaire.) Je n'ai même pas eu mal. Une simple éraflure, je l'ai à peine sentie, mais j'ai paniqué. J'ai paniqué !

Son regard devint sauvage.

— J'ai poignardé mon mari à cause de ça ! (Elle brandit son doigt écorché.) Une piqûre de rien du tout ! Rien ! Pourquoi ? Qui fait ce genre de choses ? Ce n'était rien, vraiment. Comment ai-je pu ? Comment ?

Marnie lui prit la main.

— Hope… qui puis-je appeler ? Y a-t-il quelqu'un que vous aimeriez avoir auprès de vous ? Un membre de votre famille ?

Ils avaient posé à Marnie la même question, cinq ans auparavant. Elle avait été incapable de penser à qui que ce soit. Ce n'était pas si simple. Seulement à Ed Belloc, dont c'était le boulot. Elle avait eu peur qu'il vienne en professionnel, et non en ami.

— Je n'ai plus de famille. (Hope se recroquevilla sur elle-même, comme si cette confession lui avait coûté ses dernières forces.) Ils sont morts. Papa quand j'étais petite. Maman… l'année dernière. D'un cancer.

— Je suis désolée… Des amies peut-être ?

— Simone…

— Du refuge ?

— Oui. Si elle accepte de venir. Je sais qu'elle a peur. (Hope ôta sa main de celle de Marnie, pour essuyer de nouveau son nez.) Je n'ai pas de mouchoirs ; ils étaient dans mon sac à main…

— Simone a peur… de quitter le refuge ?

Hope hocha la tête. Puis détourna le regard.

— J'étais comme elle. Je pensais être en sécurité là-bas. Je pensais que rien ne pourrait m'arriver tant que je resterais là-bas. C'était… mon foyer. On est censé se sentir en sécurité chez soi.

— Oui, dit Marnie en se levant. Je vais demander à Simone si elle peut venir. Et je vous rapporterai votre sac à main. (Elle marqua une pause.) Il y avait une note… dans votre sac à main. Très désagréable.

— Quoi ?

La voix de Hope était atone, comme désincarnée. Elle frotta la peau sous son sein droit : le cœur tatoué.

— Une lettre de menaces, dit doucement Marnie. Dans votre sac à main.

— Oh. (Elle secoua la tête.) Ce n'est pas la mienne. Je l'ai prise parce qu'elle faisait vraiment peur à Simone. Elle était persuadée qu'il ne la retrouverait pas… C'est pour ça que je ne suis pas sûre qu'elle va venir. Elle est tellement effrayée…

— La lettre a été envoyée à Simone ?

Hope hocha la tête.

— Par Lowell.

— Lowell qui ?

Marnie sentit une nouvelle démangeaison entre ses omoplates.

— Je ne sais pas. Juste… Lowell. Il lui a fait subir des choses terribles… Au moins, Leo… ne m'a jamais fait souffrir, pas comme Lowell. Un vrai monstre. Simone dit qu'il n'abandonnera jamais. Pas tant qu'il ne l'aura pas récupérée.

12.

— Que faites-vous ici ?

L'amie de Hope avec les tresses, Simone Bissell, se tenait sur le seuil de la chambre de Hope et toisait Noah.

— Je suis venu lui prendre quelques affaires pour la nuit, dit-il sur une impulsion. Pour l'hôpital. (Il tenait une trousse de toilette en plastique.) C'est tout ce que j'ai pu trouver.

La chambre de Hope était parfaitement en ordre. Toutes ses affaires étaient rangées dans l'armoire et le placard près du lit. Noah avait cherché un échantillon de l'écriture de Proctor, sans succès. La trousse de toilette ressemblait à celles qu'on achète toutes prêtes dans les aéroports, avec le déodorant, la brosse à dents et le gel douche.

Simone ouvrait de grands yeux.

— Vous ne devriez pas être ici. (Son accent était difficile à situer. Nord de Londres, mais rupin, pas populaire.) Sa chambre est privée.

— Tout va bien (Il cherchait une phrase pour la rassurer.) Je suis de la police. J'étais déjà là tout à l'heure, avec le sergent Rome. Et j'ai parlé à Ayana…

— Je sais qui vous êtes. (Elle leva le menton.) Vous êtes un étranger. Hope ne vous connaît pas. Elle n'a rien fait de mal.

— Elle a poignardé son mari.

— Vous n'avez rien vu, dit-elle, la bouche tordue. Il est dangereux. Hope nous a protégées. Elle nous a sauvé la vie.

Le lit avait été fait avec une rigueur toute militaire. Noah avait glissé sa main sous le matelas des deux côtés : rien. Le vide de la chambre lui faisait un pied de nez.

— Pourquoi reste-t-elle toute la nuit à l'hôpital ? demanda Simone.

— Seulement pour s'assurer qu'elle va bien.

— Je veux la voir.

Le regard de Simone parcourut la pièce, pour explorer l'espace vide ou pour savoir ce que Noah avait dérangé.

— Elle ne devrait pas rester seule.

— Elle n'est pas seule. L'inspecteur Rome est avec elle.

Son regard papillonna vers la fenêtre. Pour la première fois, il lut de la peur dans ses yeux. Elle avait peur de ce qui se trouvait au-delà de ces murs. Quelle forme cette peur pouvait-elle bien prendre ? Un mari, un père ? Des frères, comme pour Ayana ?

— Vous feriez ça pour elle ? Quitter le refuge ?

Simone releva le menton. Le défi la transformait, ajoutait une touche de rose à ses joues couleur acajou. Par le passé, son nez avait été cassé, mais elle était toujours belle.

— Elle a besoin de moi, dit-elle avec force. Vous avez quelqu'un, n'est-ce pas, qui serait là pour vous ? (Elle désigna la fenêtre d'un signe de tête, comme si c'était l'enclos d'une bête sauvage, un endroit où personne n'oserait s'aventurer. Quelque part, vous avez quelqu'un.

Oui, il avait quelqu'un.

— L'inspecteur Rome sera bientôt de retour. De l'hôpital. Je lui demanderai si vous pouvez rendre visite à Hope.

— Vraiment ?

— Oui.

Simone hocha la tête.

— Elle devait le faire. (Ses yeux s'arrondirent de nouveau.) Elle n'avait pas le choix.

— Comment s'est-elle procuré le couteau ?

Il avait parlé avec douceur, gardant en mémoire les conseils des ambulanciers : il était trop tôt pour poser des questions sur l'agression.

— Simone ? Où Hope a-t-elle trouvé le couteau ?

— Il voulait la tester… voir si elle oserait… (La voix de Simone se mua en un murmure. Elle se frictionna les avant-bras, cachés sous les manches de son sweat-shirt.) Elle m'a dit ce qu'il lui a fait… Des choses que vous n'imaginez pas. Il pensait sûrement l'avoir brisée. Qu'elle n'oserait jamais… Il pensait l'avoir brisée en mille morceaux, mais parfois… quand on est détruit… (Elle sortit les mains de ses manches et mêla ses doigts en un poing serré.) On se répare plus dur que le roc.

13.

La pluie avait cessé. Les réverbères jetaient des flaques orangées sur la route. Il faisait assez noir pour qu'il ôte sa casquette – *I ♥ London* – tant qu'il restait tapi dans la voiture.

Il avait cru qu'une fois la nuit tombée il pourrait facilement épier ce qui se passait dans le foyer, mais ils avaient occulté les fenêtres à l'aide de tissus épais, de sorte qu'il ne voyait rien d'autre que le mouvement des ombres à l'intérieur.

Pas question de rester plus longtemps, pas aujourd'hui. Il avait promis de faire certaines choses et il ne voulait pas être en retard. Voilà à quoi ressemblait sa vie aujourd'hui : des promesses, la plupart du temps à d'autres, mais certaines aussi à lui-même. Comme celle qu'il venait de se faire, ici même.

Ne pas laisser passer sa chance, avec elle.

Il mâchonna le bout de son index gauche jusqu'à ce qu'il sente le goût du sang. Dans le faible halo de lumière en provenance de la rue, sa main était hideuse, recourbée, comme celle d'un vieil homme arthritique. Il la ferma en poing, s'imaginant l'écraser sur son visage à elle…

Cette pensée l'apaisait.

La colère était pareille à un nouveau-né : parfois, il fallait la laisser brailler un bon coup. Quand enfin il se calma, il remit son doigt dans la bouche et suça le sang.

Il avait manqué quelque chose, pendant qu'il évitait les voitures de police et attendait que les sirènes se taisent. Après le départ de l'ambulance avec le gros costaud, il s'était dit : Qui c'est celui-là ? Qu'est-ce qui lui est arrivé ? Mais en réalité il s'en fichait. Aucune importance.

Ce qui comptait, c'était la Mondeo banalisée.

Quand il était repassé devant le refuge, il avait vu…

La Mondeo avait changé de place. Elle était garée ailleurs, de l'autre côté de la rue. La même voiture : il avait retenu la plaque d'immatriculation.

Et s'ils l'embarquaient avant que je mette la main sur elle ?

Pendant qu'il se planquait au coin de la rue, la Mondeo était partie, et revenue. Et s'il l'avait loupée ? Si la police l'avait eue avant lui ? L'espace d'une seconde, le soulagement s'était niché au creux de son ventre, jusqu'à ce qu'il se rappelle ce qu'elle lui avait fait, pourquoi il ne pouvait pas la laisser filer. Et la promesse qu'il s'était faite.

La police était toujours là, ce qui signifiait qu'elle était là elle aussi. Elle n'oserait jamais quitter le refuge seule, il en était persuadé. Elle savait qu'il la traquait.

Lui écrire la lettre avait été amusant.

Sale petite garce t'est morte.

Prendre le stylo de la main gauche – ce qui en restait –, se faire passer pour un parfait crétin, incapable d'écrire trois mots sans fautes, au cas où elle la montrerait à quelqu'un. Elle devinerait tout de suite qui l'avait écrite.

Il espérait lui avoir fichu les jetons. Terrorisée dans son refuge.

Elle le méritait. Pour ce qu'elle lui avait fait.

Elle méritait tout ce qu'il lui avait promis.

Tu te crois a l'abri. Tu rêve salope.

14.

D'après ce que Marnie lui avait raconté sur Ed Belloc, Noah s'était représenté un gros ours affectueux et compétent. Asexué.

À son arrivée, Ed, un mètre soixante-quinze et svelte, était trempé jusqu'aux os, le visage ruisselant de pluie, et les cheveux noirs si humides qu'ils faisaient penser à un casque. Il s'ébroua comme un chien sur le seuil du refuge et fit un signe à la caméra brouillée de l'entrée.

Noah le fit entrer dans le bâtiment et alla lui chercher une serviette dans la salle de bains.

— Merci, dit Belloc en se frictionnant le crâne avec une serviette d'une main et en lui tendant l'autre. Ed. Vous devez être le sergent Jake.

Sa main était fine et glacée.

— Noah. Voulez-vous une tasse de thé ?

— Avec plaisir, merci. (Ed s'épongea la nuque.) Où est Rome ?

— Elle vient juste de rentrer de l'hôpital. Elle est dans la salle commune.

Rome ? Cette familiarité le surprenait, mais Ed connaissait Marnie depuis des années, au moins cinq ans. Il était plus jeune que ne l'avait imaginé Noah. La trentaine, avec ce regard légèrement flou des étudiants en plein examens de fin d'année. Habillé comme un étudiant aussi, pantalon de velours côtelé et chemise bleue au col effiloché et trempé. Il était plutôt mignon, avec ses boucles brunes indisciplinées et ses grands yeux sombres. Noah préférait le style plus moderne, mais il admirait l'effort de look de Belloc. Ed était l'homme le moins menaçant qu'il ait vu depuis longtemps.

Marnie les attendait dans le couloir qui menait à la salle commune. Dès qu'elle vit Ed, un sourire éclaira son visage.

— Merci d'être venu. Comment c'était au tribunal ?

— Étouffant. (Il termina de se sécher avec la serviette.) Prendre l'air m'a fait du bien.

Elle releva le col mouillé d'Ed.

— On dirait que tu as pris un bain.

— Alors, qu'est-ce qui se passe ? demanda Ed en jetant un coup d'œil à la salle commune où les femmes étaient assises. Tu as parlé d'un incident. Pas beau à voir, on dirait ?

Marnie entraîna Ed et Noah vers le bureau.

— L'une des femmes a planté un couteau dans la poitrine de son mari. On est arrivés au beau milieu du chaos. Heureusement que Noah était avec moi. Il a sauvé la vie du mari.

Le bureau était une petite pièce aux murs aveugles. Trois des quatre murs étaient de simples cloisons, au travers desquels on percevait tous les bruits du refuge. La table était pratiquement invisible sous l'amas de tasses sales, d'emballages de bonbons vides, de magazines *people* aux couvertures de papier glacé.

— Qui est l'auteur de l'agression ? demanda Ed.

Marnie poussa un exemplaire du magazine *Heat* pour pouvoir se percher sur un coin du bureau.

— Hope Proctor.

— Connais pas. Depuis combien de temps est-elle ici ?

— Trois semaines.

— Ma dernière visite remonte à un mois, dit Ed d'un air d'excuse.

— Je m'interroge sur les conditions de sécurité de cet endroit, dit Marnie. Apparemment, le mari de Hope est entré ici armé, et personne n'a tenté de l'arrêter.

Ed garda le silence un moment.

— Il est entré avec une arme ?

— Personne ne l'en a empêché.

— Quelle heure était-il ?

— 9 heures. La porte n'était pas verrouillée. Est-ce normal, dans un endroit pareil ?

— Rien n'est normal dans des endroits pareils. (Ed se frictionna de nouveau la tête.) J'aimerais te dire que des professionnels entraînés sont en poste vingt-quatre heures sur vingt-quatre, mais la plupart du temps, ce n'est pas le cas. On devrait avoir du personnel compétent en permanence, la porte devrait être fermée à double tour, le système d'alarme devrait fonctionner. On ne devrait pas avoir à faire appel à des bénévoles faute de moyens… (Il se passa la main dans les cheveux.) Où est Hope à présent ?

— À l'hôpital. Sous sédatifs. (Marnie jeta un coup d'œil à Noah.) Le sergent Abby Pike est avec elle.

— Dans quel état est-elle ?

— Pas terrible. (Marnie se massa la nuque.) Secouée, honteuse. En plein déni. Neuf ans de mauvais traitements, abus sexuels surtout. Lui parler n'a pas été facile. Elle rejetait les questions…

Noah dut s'appuyer contre le mur, pris de vertige. Était-ce l'homme à qui il avait sauvé la vie ? Un violeur et un tortionnaire ?

— Elle s'en veut terriblement, continua Marnie, malgré tout ça. Elle dit que Leo avait apporté un couteau pour la protéger, tu peux le croire ?

— J'ai entendu bien pire, dit Ed. Le rejet des questions… cela n'a rien de personnel. Garder son secret lui donnait un sentiment de puissance, même si c'est elle qui en souffre. C'est contre-intuitif, je sais, mais je suis persuadé qu'elle se sentait plus forte avant de s'être confiée à toi… (Un pli barra son front.) Qui d'autre était présent au moment de l'agression ?

— Simone Bissell. Mab Thule. Tessa Stebbins et Shelley Coates. Ayana. Et la responsable, Jeanette Conway.

— Mon Dieu, dit-il avec un soupir, l'air abattu. Elles ont toutes été témoins de l'agression ? Mab, Simone et les autres ?

— Oui.

Ed avait passé la journée au tribunal, se rappela Noah. Pas étonnant qu'il ait l'air aussi lessivé.

— Ayana a aidé Noah à lui administrer les premiers secours, dit Marnie. Elle a été géniale. Les autres… avaient l'air calmes, sur le moment.

— J'imagine. Bon… Où en êtes-vous avec les dépositions ?

— Elles peuvent attendre. Nous voulons sécuriser ce lieu avant de poser trop de questions.

Ed hocha la tête, apparemment soulagé.

— Merci pour elles.

— Parle-moi de ce refuge. Manque de ressources ?

— En effet, et pas seulement pour celui-ci.

Ed se jucha sur le bord du bureau et croisa les jambes au niveau des chevilles. Il portait des chaussettes dépareillées, une marron, une bleue.

— Les récentes coupes budgétaires nous ont fait très mal. C'est triste à dire, mais les victimes de violences conjugales sont des cibles faciles. Elles ne se plaignent pas et ne peuvent pas constituer des groupes de pression. Cela les rend invisibles.

— Tu as dit que tu n'avais jamais vu Hope. Elle n'était pas non plus dans notre base de données. Je me demande comment elle a obtenu une place ici.

— Elle a sûrement appelé un numéro d'urgence pour femmes battues et été redirigée ici. Elle vient du coin ?

— Oui, de Finchley. Est-ce habituel ?

— Parfois. Ça dépend de son angoisse d'être traquée par son mari. (Ed se gratta le genou.) Elle t'a dit comment il avait fait ? Pour la retrouver je veux dire ?

— Elle l'a appelé.

— Ah. (Il n'avait pas l'air surpris, seulement triste.) Ça arrive.

— Le couteau, dit Marnie. Simone et les autres disent que c'était de la légitime défense. Je suppose qu'à leurs yeux c'est la seule explication logique.

— Les couteaux… font peur.

Marnie regarda le calendrier mural, puis son regard se perdit dans le vide. Ed l'observait avec une vigilance et une tendresse qui incita Noah à se demander s'ils n'étaient pas plus proches qu'il ne l'avait cru. Il garda l'avertissement de Belloc dans un coin de son esprit, la prudence avec laquelle il avait énoncé ces mots : *Les couteaux font peur.*

— Simone s'est exprimée plus que les autres : elle est persuadée que Leo a eu ce qu'il méritait, mais que c'était de la légitime défense. Une crise de panique.

Marnie l'avait dit comme si elle testait la pertinence de cette théorie.

— Simone… (Ed hésitait.) avait plus de raisons que les autres d'avoir peur des couteaux.

Marnie lui jeta un regard interrogateur, mais il secoua la tête.

— Ce n'est pas à moi de raconter son histoire, mais… Ménage-la. Simone. Elle n'est pas aussi forte qu'elle en a l'air.

— Elle veut aller voir Hope, dit Noah. À l'hôpital.

Ed eut l'air surpris.

— Vraiment ?

— Elles sont devenues proches, dit Marnie, et Simone se montre très protectrice avec Hope depuis qu'on est arrivés.

— Et elle est prête à quitter le refuge ? (Ed essuya une coulure de pluie sur sa joue.) Ça te dérange si je viens avec toi ?

— À l'hôpital ? J'allais te demander si tu comptais rester ici…

— Si tu as besoin de moi ici, mais je dois parler à Simone d'abord, si tu veux bien.

— Bien sûr. Hope est sous tranquillisants de toute façon. J'espère qu'ils vont la garder au lit tout le week-end. Elle doit passer un scanner demain. D'après ce que j'ai glané auprès de Simone, on va sûrement découvrir des blessures plus graves.

Marnie se dirigea vers la porte.

— Je sais qu'il se fait tard et que tu es fatigué. Je ne m'attends pas que tu restes très longtemps.

Ed dit simplement :

— Je resterai aussi longtemps que nécessaire.

— Merci. Noah… tu devrais rentrer chez toi. Pas la peine qu'on reste tous ici.

— Tu es sûre ?

— Profite de ta soirée, Noah. S'il y a du nouveau, je t'appelle. (Elle jeta un coup d'œil à sa montre.) Je ne serai pas dans le coin demain, à moins qu'il ne se passe quelque chose à l'hôpital.

— D'accord.

Demain, c'était samedi. Noah ne s'attendait pas à la voir. À moins, comme elle l'avait dit, que quelque chose ne se produise à l'hôpital.

— Des projets pour le week-end ? demanda Ed après le départ de Noah.

Marnie s'approcha de la fenêtre et souleva un coin de l'épais rideau. Le ciel était zébré de traînées blanchâtres. Il ne faisait jamais vraiment nuit à Londres.

— Je vais rendre visite à Stephen.

Elle laissa retomber le rideau et se tourna vers Ed.

Il baissa la tête et fouilla dans sa poche, convoquant l'étrange fantôme de son adolescence.

— Comment ça se passe ?

— Pour être franche, pas terrible. (Elle avait gardé une voix légère.) Si cela ne tenait qu'à lui, on ne se verrait pas. Mais son avocat dit que c'est une bonne chose, continuer à avancer.

— La route est longue… (Ed avait des mèches de cheveux sur les yeux.) Si tu veux de la compagnie…

— Tu n'as pas envie de passer ton week-end comme ça.

— C'est vrai. Je pourrais regarder des rediffusions de *Buffy contre les vampires* et essayer de battre mon record personnel de consommation de chips.

Elle lui sourit.

— D'accord, maintenant, je suis obligée de t'emmener. Mais le départ est à 7 heures.

Elle pensait le faire changer d'avis avec un départ aussi matinal, mais il hocha la tête.

— Je serai prêt.

— À propos de Simone… Je sais que tu ne peux pas tout me raconter, mais Lowell… (La lettre de menaces était pliée dans sa poche.) A-t-il un rôle dans toute cette histoire ?

Ed parut surpris.

— Simone t'a parlé de lui ?

— Hope m'a dit que Lowell avait menacé Simone.

Le regard de son ami s'assombrit.

— Récemment ?

Marnie sortit la lettre de sa poche et la tendit à Ed, qui la déplia et la parcourut sans un mot.

— Pas de date, dit-il en lui rendant le bout de papier.

— Non, pas de date, confirma-t-elle. Elle vient de Lowell selon toi ?

— D'après ce qu'elle m'a raconté ? Non. Mais je ne connais pas son écriture.

— Où est Lowell d'ailleurs ? À Londres ?

— Oui, c'est ce que j'ai entendu dire.

— Donc s'il a retrouvé la trace de Simone… est-ce qu'il faut la placer dans un autre foyer ?

— Mais nous n'avons aucune certitude. (Ed réfléchit un moment.) Elle ne m'a pas parlé de cette lettre.

— C'est un problème ? Est-ce une condition à son placement au refuge ? Ou bien est-elle censée te garder dans la boucle ?

— Non, non, elle n'a aucune obligation de ce genre. Seulement… je pensais qu'elle me faisait confiance. (Il sourit timidement.) Mon ego, désolé.

Ed n'avait pas d'ego. Ou s'il en avait un, elle ne l'avait jamais vu à l'œuvre.

— Parle à Simone. Je vais m'assurer que quelqu'un reste ici tout le week-end avec les femmes. Au moins, on est sûrs qu'elles seront en sécurité.

Tout était réglé pour ce soir. Inutile de réfléchir à deux fois pour le voyage du lendemain.

— Je passe te prendre demain à 7 heures, dit-elle à Ed.

— Je t'attendrai.

15.

Vers 20 heures, le quartier de King's Cross devenait louche, avec son commerce de drogue, sa prostitution et sa musique douteuse. De l'extérieur, le club brillait de néons bleus. À l'intérieur, il y avait foule, mais aucune trace de Dan Noys.

Dan lui avait envoyé un texto pour le prévenir de son retard. Noah commanda un shot de vodka, pour bien commencer la soirée. Il avait besoin d'oublier cette journée. Le refuge, toutes ces existences vérolées par la haine et la peur. Le miroir suspendu derrière le bar lui renvoyait un visage aux multiples facettes de verre. Il but sa vodka d'un trait et se tourna pour étudier les lieux.

La musique éructait de la sono, invitant les couples à danser. Deux hommes tournoyaient en rythme, les mains sur les hanches l'un de l'autre. À l'écart de la piste, d'autres couples buvaient, discutaient, se pelotaient et s'embrassaient. Noah se sentait de plus en plus détendu. C'était sa version personnelle de la télévision : sa définition de la normalité.

Une main chaude lui toucha l'épaule.

— Tu attends quelqu'un… ? lui susurra Dan en lui picorant le cou de baisers.

Noah l'enlaça, lui posa la main sur la joue, et l'embrassa avec un mélange de soulagement, de gratitude et de désir brut.

— Vodka ? interrogea Dan en poussant du doigt le verre vide de Noah.

Il portait son vieux jean, un T-shirt blanc et des chaussures de montagne Red Chili.

— Si on passait à la tequila ? proposa-t-il.

Ils emportèrent leurs verres dans un coin sombre, où Dan poussa Noah contre un pilier pour l'embrasser de nouveau, avec urgence, comme si lui aussi voulait oublier cette journée. Il passait ses semaines à gérer des artistes et leurs ego. Certains soirs, il était encore plus lessivé que Noah.

— Bon début, dit Dan. Pour un vendredi soir.

Il finit par reprendre son souffle et alla chercher une nouvelle tournée au bar. Ensuite, ils léchèrent chacun le sel sur le cou de l'autre, puis aspirèrent le jus du citron sur leurs lèvres. La bouche de Noah était en feu.

— Hé les gars, vous voulez un truc plus fort ?

Noah leva les yeux sur un inconnu, chemise à carreaux, piercing à l'arcade sourcilière, main droite fourrée dans la poche arrière de son jean.

Il secoua la tête.

— Non, merci.

— Sûrs ?

Le type à la chemise à carreaux leur montra sa paume. Des pilules dans un sachet plastique.

Une lueur d'avertissement traversa le regard de Dan.

— Oui, sûrs et certains.

Le type s'éloigna.

— Heureusement que ta boss n'était pas là pour voir ça, dit Dan.

Noah fit rouler son cou, poisseux de jus de citron.

— Tu crois qu'elle est sortie faire la fête ? (Dan suça le zeste sur son pouce.) L'inspecteur Rome.

Noah ne répondit pas. Il ne savait pas comment Marnie passait ses vendredis soir, ou ses week-ends. Ce n'était pas ses oignons.

— À moins qu'elle soit heureuse en mariage…, railla Dan. Peut-être qu'elle a un ex. C'est bien le genre. C'est une forte tête, ton inspecteur Rome.

— Je passe au Pepsi, tu en veux un ?

Noah se dirigea vers le bar, préférant ne pas se lancer dans cette discussion – la discussion habituelle à propos du boulot.

Dan trouvait que la police était un choix de carrière dingue. Pour n'importe qui. « Dégradant », selon ses propres termes. Un corps de métier corrompu, inepte, et géré de façon absurde par des gens malsains. En plus de tout cela, Noah était à moitié jamaïcain. Avait-il sympathisé avec qui que ce soit pendant sa formation ? Non, mais il n'avait pas choisi la police pour se faire des amis. Mais pour faire une différence. Pour des personnes comme Ayana Mirza, qui s'était battue pour sauver la vie de Leo Proctor, même si c'était un inconnu et sans doute un tortionnaire, un homme qui ne méritait pas de vivre.

De l'autre côté de la pièce, le type à la chemise à carreaux proposait ses pilules à un autre couple. Peut-être que Noah allait revoir sa définition de la normalité…

Ils avaient compté, Noah et Ayana, dans les chances de survie de Leo Proctor. Mais les femmes du refuge ? Et Ayana elle-même ?

Noah avait-il brisé le sentiment de sécurité d'Ayana dans cet endroit, avec sa nouvelle tache sur le tapis et son trou dans le toit ? Se sentait-elle en sécurité en ce moment même ? Pendant que Noah commandait un Pepsi dans un bar rempli de monde où l'« étranger » était synonyme de sexe sans culpabilité ni engagement…

Ayana se sentait-elle en sécurité parmi les étrangères avec qui elle cohabitait dans un foyer de Finchley dévasté par la pluie ?

16.

La pluie avait laissé des traces de buée sur les vitres du refuge. Simone tendit la main sous les rideaux pour poser sa paume sur la paroi de verre. Elle était froide, dure et glissante. Elle écarta les doigts à plat sur le verre, en se demandant de quoi sa main avait l'air de l'extérieur. Une main sans rien au bout du bras, le reste de son corps étant masqué par les rideaux.

La voiture était-elle toujours là, à les épier ?

Elle l'avait repérée quand la police avait emmené Hope : une voiture garée avec les essuie-glaces en marche, qui balayaient les trombes d'eau du pare-brise.

Quelqu'un était tapi là, dehors, l'œil aux aguets. Il y avait toujours quelqu'un. Simone avait peur pour Hope. Il était dangereux de quitter cet endroit. Surtout seule.

Elle retira sa main de la vitre pour étudier les marques d'humidité sur sa paume. Elle ne s'était pas encore nettoyée. Le sang de Hope avait séché entre ses doigts. À moins que ce ne soit celui de Leo. Elle renifla ses mains. La pluie leur avait laissé une odeur métallique, une odeur de seau ou de balle de pistolet. Elle toucha la peau entre les doigts du bout de la langue – goûta à peine – et sut que c'était le sang de Hope. Il était trop doux pour appartenir à un homme. S'écartant de l'espace froid de la fenêtre, elle vit la silhouette plate du lit.

La chambre de Hope était pratiquement vide. Simone voulait être la première à y entrer après le départ de son amie pour l'hôpital. Pour protéger son espace, ses maigres possessions. Au lieu de quoi, le policier était arrivé le premier et avait fouillé la petite pièce avec ses mains et ses yeux. Que cherchait-il ? Un autre couteau ?

Comment s'est-elle procuré le couteau, Simone ?

Elle avait dit au sergent Jake que Leo l'avait mise au défi. Qu'il n'aurait jamais imaginé que Hope oserait…

Leo avait brisé Hope, Simone le savait. Hope lui en avait dit assez. Pas tout, mais assez. Même si elle n'avait rien dit, Simone aurait su. Elle avait su que le toit fuyait avant l'apparition des craquelures, et bien avant que la pluie ne creuse un trou dedans.

Les objets cassés étaient comme de mauvais miroirs ; ils renvoyaient une lumière particulière, comme… entrapercevoir son propre visage dans un seau de lait brouillé par une tempête.

Simone avait su que Hope était une femme brisée avant même d'échanger une parole avec elle. Dans l'obscurité de cette même pièce, elle avait serré les mains de son amie. Elles étaient restées longtemps immobiles, à l'écoute du silence. Celui de Hope et le sien.

Toutes les autres avaient posé des questions. Ces questions la rendaient malade. Avec Hope, c'était différent. C'était comme si, il y avait bien longtemps, elle avait laissé tomber un caillou dans un puits et que bientôt – enfin – elle l'entendrait frapper la surface de l'eau. Tout au fond du puits obscur. Mais pas tout de suite. Pas avant que le silence n'en ait fini avec elles.

Le silence avait des vertus curatives. S'asseoir ainsi, les mains jointes, sans parler, mais avec le savoir… Simone sentait ses plaies se refermer. Et Hope aussi.

Elle avait raconté ça au policier, le sergent Jake. Elle lui avait dit comment Leo avait brisé Hope. Comment, lorsqu'on était détruite, on se reconstruisait autrement.

Elle ferma lentement le poing, piégeant l'humidité de la vitre dans les sillons de sa paume.

On se répare plus dur que le roc.

17.

Cinq ans plus tôt

Dans la salle du tribunal règne une chaleur étouffante. Toutes les demi-heures, l'air froid du système archaïque d'air conditionné lui gifle les chevilles, avant que la moiteur ne reprenne le dessus.

Stephen est assis dans le box des accusés, tête basse, les épaules ployées sous un fardeau invisible. Ses avocats lui ont expliqué comment se tenir. « Baissez les yeux. Ayez l'air désolé. » C'est ce que Marnie lui aurait conseillé si elle avait été chargée de sa défense. Bien sûr, elle ne l'était pas. Elle était là, selon les mots du procureur, pour voir la justice être rendue. Si cette expression avait un sens. Elle le pensait autrefois, ou du moins croyait le penser.

Ils veulent qu'elle témoigne à la barre, qu'elle se lève et dise à ces étrangers ce qu'elle ressent, ce qu'il a fait. Elle a refusé, car que peut-elle dire ?

« La douleur est dans ma tête aujourd'hui, au-dessus de mon oreille gauche. Il est possible d'enfoncer un couteau là, si on frappe assez fort. Il a planté un couteau dans le crâne de ma mère à cet endroit précis. Je ne sais pas pourquoi. »

Si elle allait à la barre, elle dirait seulement : « Je ne sais pas pourquoi. Je veux savoir pourquoi. »

Ils ne la laisseront pas poser cette question. À la place, ils espèrent qu'elle se mettra à nu. Dévoilera toute l'étendue de sa souffrance. Versera des larmes. Qu'elle leur dira combien sa vie a changé, qu'il ne lui reste presque rien. Elle n'a pas le droit de demander pourquoi.

Tout le reste – tout ce qui est autorisé – est encore un moyen pour lui de la faire souffrir. Si elle lui laisse prendre le dessus sans obtenir de réponses, elle est maudite.

Jour après jour, il s'assoit à la même place. Dans la chaleur tropicale du tribunal. Tel un lézard, une sauterelle, un serpent ou une mangouste. Pas question d'être considérée comme la victime, même si l'accusation pense que cela l'aiderait.

— Le jury veut savoir ce qu'il a fait. Montrez-lui ce qu'il vous a fait.

Le jury a vu les photos, le visage du légiste. Marnie pensait que ce dernier cacherait mieux ses émotions. Elle voit le regard des jurés, leurs grimaces, leur malaise. Vous ne me donnerez pas en pâture, pense-t-elle.

Elle ne parlera pas de son amour pour eux, de l'abîme qu'il a creusé dans son existence. Si elle s'offre à lui, il la ramènera avec lui dans sa cellule et se délectera du festin, ou se punira. Il a déjà pris leurs vies. Elle ne lui en donnera pas davantage.

La sentence, quand elle tombe, n'est ni un choc ni un soulagement. Elle ne comprend pas comment cela pourrait être l'un ou l'autre, même si les marches du tribunal sont toujours noires de monde – des proches, des parents, tous des victimes, désespérés, reconnaissants ou furieux de l'issue du procès. Pour elle, il n'y a pas d'issue. Pas de « enfin ». Coupable ne signifie rien, s'il baisse la tête et que personne ne voit vraiment ses yeux, pour savoir si *lui* est reconnaissant ou furieux.

Lorsqu'ils le font sortir de la salle, c'est différent. À ce moment-là, elle a envie de bondir de son banc et de fendre l'espace étouffant qui la sépare de Stephen. Pour les empêcher de l'emmener loin d'elle. De mettre des grilles, des verrous et des murs entre ses questions et les réponses de Stephen.

Que lui ont-ils fait ? Voilà ce qu'elle veut savoir. Ont-ils fait quelque chose, ou bien est-ce seulement toi, Stephen ? Toi avec tes yeux de serpent, ton regard fixe de sauterelle – était-ce juste toi ?

18.

De nos jours

L'unité de sécurité de Sommerville se situait entre Bristol et les collines de Mendip. Son terrain d'exercice correspondait à quelques dizaines de mètres carrés de bitume, où une bande de vieux scotch délimitait les contours d'un terrain de football. Partout ailleurs, ce n'était qu'acier et verre, des surfaces réfléchissantes qui tremblaient dans la lumière blafarde du soleil.

Samedi matin, 10 heures. Marnie avait laissé Ed sur le parking, où il se dégourdissait les jambes après leur long trajet. Il avait un Thermos de café et les journaux du week-end.

Marnie avait appelé l'hôpital à 7 heures, pour prendre des nouvelles de Leo et Hope. Rien de neuf. Leo était toujours inconscient et Hope devait passer un scanner. L'agent Abby Pike était auprès d'elle, pour monter la garde.

— Attendez une minute.

L'employé de la prison lui demanda de patienter devant l'entrée vitrée de Sommerville, si près qu'elle décela son reflet sur la porte verrouillée. Une mèche de cheveux s'était échappée de son chignon au niveau de la nuque. La vitre lui renvoyait un reflet brut, sans complaisance, avec les moindres zones d'ombre. Venir ici lui donnait toujours l'impression d'être vieille.

— Bon, entrez, déclara l'employée de la prison en lui tenant la porte.

Marnie entra dans une pièce carrée, à la moquette constellée de taches qui renvoyaient une odeur de marée basse, lui laissant un goût âcre au fond de la gorge.

— Marnie Rome, dit-elle en réponse à la question monocorde de l'employée. Je viens voir Stephen Keele.

19.

Un seul détenu attendait dans la salle des visites, assis à une table métallique, sous une série de néons lumineux. La lumière crue faisait ressortir les couleurs.

Marnie s'assit en face de lui. Les deux chaises, comme la table, étaient boulonnées au sol. Pour éviter toute bagarre avec le mobilier.

En face d'elle…

Stephen Keele dégageait une fragrance de savon, avec une note métallique : l'eau de Cologne des prisons. À en juger par son teint blême, on pourrait penser qu'il avait passé les cinq dernières années dans sa chambre, privé de la lumière du jour, alors qu'il avait toujours été pâle.

Marnie se rappelait leur première rencontre : un gamin de huit ans étrangement maître de lui, au visage d'ange digne de l'Ancien Testament. Ses boucles noires, ses yeux bleus, ses lèvres charnues, légèrement retroussées sur de petites dents bien alignées. L'incarcération ne l'avait pas changé, du moins pas en apparence. À dix-neuf ans, il purgeait une peine de prison pour un double meurtre commis à l'âge de quatorze ans.

Il était assis bien droit sur sa chaise, les épaules blanchies par la lumière crue. Marnie se demandait ce que cachait le survêtement gris. Cachait-il, comme Hope Proctor, les sévices qu'il avait subis ? Ou ceux que lui-même avait infligés à d'autres ? Il gardait les mains sous la table, à l'abri des regards.

— Je t'ai apporté un livre, dit-elle en le posant sur la table. Des nouvelles, j'espère que ça te va.

Il ne toucha pas le livre. Elle attendit qu'il lève les yeux sur elle, mais il avait le regard fixé sur le mur derrière elle.

— Jeremy dit que tu aimes lire, dit-elle en posant un doigt sur le livre. C'est l'un de mes recueils préférés.

— Jeremy, répéta-t-il en écho.

Sa voix était toujours la même. Précise, grave. Pas la voix d'un adolescent, plutôt celle d'un homme de trente ans. Il ne la regardait toujours pas.

— Jeremy Strickland, ton avocat.

Stephen inclina la tête sur la gauche, comme s'il avait du mal à l'entendre.

À sa connaissance, il n'avait aucun problème d'audition. Il avait encore pris quelques centimètres. À huit ans, il était déjà filiforme et ne serait sans doute jamais gros, à moins qu'il ne cède au régime riche en glucides de la prison. Pour l'instant, il avait toujours cette silhouette gracile, anguleuse au niveau des hanches et des épaules. Et ce visage angélique, aux lèvres charnues.

Elle attendit qu'il prenne le livre, qu'il le regarde au moins.

— Comment vas-tu ? demanda-t-elle, gardant ses autres questions pour plus tard.

Quelque part dans l'unité de sécurité, quelqu'un tapait dans un ballon. Un son répétitif et étouffé.

Marnie observait le gamin qui avait assassiné ses parents.

— J'ai demandé à Jeremy si je pouvais t'apporter quelque chose. Il m'a dit qu'il avait l'impression que tu avais tout ce qu'il te fallait.

Lentement, très lentement, telle une araignée descendant de sa toile, les yeux de Stephen trouvèrent les siens. Il retira ses mains de sous la table et en mit une dans ses poches.

Chacun de ses mouvements était calculé, calibré. De sa poche, il sortit une paire de lunettes, qu'il chaussa. La fine monture dorée accentuait l'arête fragile de son nez. Une tache de peinture blanche avait séché sur le coin gauche du verre droit. Il ramena le livre vers lui du pouce et en observa la couverture par-dessus ses montures dorées. Avant de lever les yeux sur elle.

— J'avais tout le ciel dans les yeux… (Les mots coulaient de sa bouche comme du miel.) … et il était bleu et doré.

Elle ne pouvait plus respirer, pétrifiée par le choc. Un monde perdu dans un simple regard et une poignée de mots qu'il ne pouvait connaître, qu'il n'avait pu découvrir, à moins que…

Il l'avait *vue*. À l'époque. Avant de détruire sa famille.

Il l'avait vue. Nue.

20.

Le soleil lui fit l'effet d'une gifle.

Près de la voiture, Ed buvait du café à même le Thermos. Marnie le dépassa sans un mot, prit place au volant et démarra. Il bondit sur le siège passager.

— Rome ?

Elle fit marche arrière dans un crissement de pneus et prit la direction de la sortie. Sommerville était un mensonge. Tout à son sujet – tout le monde – était un mensonge. Elle roulait dans un silence furieux, et se concentra pour évacuer l'adrénaline par le bout de ses doigts, sous lesquels vibrait le volant.

— Rome ?

Quelques gouttes de café giclèrent sur la manche d'Ed.

Elle ralentit et surveilla sa vitesse, renfermant peu à peu la colère dans sa boîte.

Pas question d'admettre que ces visites étaient une erreur. Auquel cas elle faisait la même erreur depuis trois ans. Il était trop tard pour faire machine arrière.

Une fois sur l'autoroute, elle prit la voie lente et se coula dans le sillage d'un van. Les alizés charriaient l'odeur automnale des chevaux. Elle se remémora un bracelet porte-bonheur, cadeau de sa mère. Avec un fer à cheval. Elle l'avait gardé dans un coffret dans sa chambre. Elle ne savait pas du tout ce qu'était devenu ce bracelet. Ni le coffret.

— Stephen n'a touché à rien dans ma chambre. Pas un objet déplacé en six ans. J'y suis retournée après son arrestation. Mes posters étaient toujours au mur, mes affaires dans les armoires. Il avait mis quelques vêtements à lui dedans, mais à part ça ? Tout était intact. Ça m'a fait peur.

Elle se rappelait le frisson qui avait couru dans tout son corps lorsqu'elle se tenait debout sur le seuil de la chambre qui avait été la sienne pendant dix-huit ans, et qu'elle s'attendait à la voir transformée, méconnaissable. C'était le repaire d'un ado de quatorze ans désormais. Un meurtrier de quatorze ans. Alors qu'en réalité pas du tout. C'était toujours sa propre chambre, exactement comme elle l'avait laissée le jour de son départ pour l'université.

— Je croyais qu'ils l'aménageraient avant son arrivée. Pas parce qu'elle était trop rose ou trop soignée – j'étais un garçon manqué –, mais cela me semblait logique qu'ils la vident et la repeignent. Je revois maman dire qu'ils attendaient que Stephen choisisse la couleur. Je suppose qu'il ne l'a jamais fait.

— Comment il va ? demanda Ed.

— Toujours le même. (Elle jeta un coup d'œil à ses rétroviseurs.) Il est toujours le même.

La prison transformait les gens. C'était l'un des principes de leur métier. Ils devaient croire que la prison changeait les gens. Mais pas Stephen Keele.

— Il avait les lunettes de mon père. (Elle fit un écart en voyant une voiture tenter de s'intercaler devant elle.) Il les a sûrement depuis tout ce temps.

— Tu en es sûre ? (Ed hésitait, sans doute par peur de la braquer.) Certaines montures se ressemblent.

— C'étaient celles de mon père. Une tache blanche sur un verre, datant de l'époque où il a refait la peinture de la salle de bains. (Elle crispa ses mains sur le volant.) Stephen… les a mises… et m'a regardée, comme papa le faisait quand il avait un truc pas facile à me dire.

Elle ne raconta pas à Ed ce que Stephen lui avait dit en la regardant avec les lunettes de son père. Des mots qui prouvaient qu'il l'avait vue sans vêtements, même sans culotte. Il savait de quoi elle avait l'air. Un secret qu'elle avait caché à tous. Elle avait eu envie de lui arracher les lunettes et de le pousser par terre. De crier, de pleurer, de démolir ce visage angélique, de le renvoyer dans sa cellule – *sa chambre privative* – avec du sang dans les yeux.

— Il savait ce qu'il faisait. Tout à l'heure à la prison. Et il y a cinq ans aussi. Quand il avait quatorze ans. Il savait… Certains enfants naissent… déjà vieux.

Ed lui toucha la main, comme pour la décharger de son fardeau, pour la dévisser du volant.

— Il y a une station-service pas loin. Arrêtons-nous pour déjeuner. Je t'invite.

— Déjeuner dans une station-service ?

Malgré ses réticences, elle prit la sortie suivante, laissant le van poursuivre sa route seul.

Ils commandèrent un hamburger, des frites et un jus d'orange qui avait l'air relativement buvable. Marnie brisa le sceau de la bouteille. Une rangée de jeux d'arcade clignotaient et crachotaient dans un coin. À une table près de la fenêtre, une famille de quatre s'empiffrait mécaniquement, comme si la nourriture leur épargnait une pénible conversation.

Le plafond bas bourdonnait de lumières fluorescentes.

Un souvenir lui revint, brut et douloureux : elle avait retrouvé le livre que son père était en train de lire sur son fauteuil, dans la maison vide. Elle l'avait pris et avait posé son pouce sur la page où il s'était arrêté, jusqu'à ce que son cœur palpite dans son doigt.

Ed ne lui avait pas demandé si elle voulait en parler. Il l'avait encouragée à manger. Elle avait besoin de calories. Elle le vit ajouter du sel sur ses frites. Comment faisait-il pour rester aussi mince ? Et pour ne pas avoir le teint du pain des hamburgers ? Elle l'appréciait beaucoup, peut-être même un peu plus que cela. Cela ne l'empêchait pas de se demander si elle l'avait choisi pour ami à cause de son métier. Soutien aux victimes. Elle détestait se voir ainsi, comme une victime. Elle avait vu ce que Stephen avait fait, du moins ce qu'on lui avait laissé voir. Les taches sur le carrelage et les murs. Elle n'avait pas essayé de se défiler, convaincue que ce serait plus facile avec le temps. Plus facile de le voir, de lui parler. De trouver un sens à son geste. Au lieu de quoi, c'était de plus en plus douloureux. Peut-être avait-elle besoin d'Ed, pas seulement en tant que collègue et ami, mais en tant que professionnel.

— Je rêvais de partir.

— De Sommerville ?

— De la maison. De chez mes parents. J'avais tellement hâte de m'en aller, de faire mieux qu'eux. Je n'étais pas seulement ambitieuse, dit-elle en jouant avec la bouteille de jus d'orange. J'étais précoce et persuadée que je méritais mieux. Quand ils m'ont annoncé que Stephen allait s'installer chez nous… j'ai eu de la peine pour lui. Avoir à vivre dans ce trou perdu. Cette maison.

— Tous les jeunes de dix-huit ans ont ce sentiment quand ils quittent le nid.

Elle repoussa une mèche de ses yeux.

— Je ne sais pas ce que je fais, Ed. Qu'est-ce que je fabrique ?

— Tu… essaies de trouver un moyen de t'en sortir. De surmonter cette épreuve.

— Vraiment ? Je croyais que je m'efforçais d'accepter son geste, peut-être même de lui pardonner. (Elle secoua la tête.) Mais ce sont des conneries. Peut-être que tout ce que je voulais, c'était le voir écroué dans cet endroit. Le savoir dans ce trou. En train de purger sa peine.

— Ça ne te ressemble guère, Rome. (Ed mangea une frite.) Mais d'accord, si c'est ce que tu veux. Quel mal à cela ?

— Je n'arriverai jamais à tourner la page. Si c'est ce que je cherche… autant aller en prison avec lui, dans la cellule voisine.

Ed lécha le sel de ses doigts, concentré sur sa tâche.

Cela l'aidait, qu'il continue à agir comme si de rien n'était. Cela l'ancrait dans le réel.

— Tu devrais me donner la facture.

Il regarda son assiette, faisant semblant de croire qu'elle parlait du repas.

— C'est moi qui invite, tu te rappelles ?

— Je parle de la thérapie. De tes heures supplémentaires.

— Hé ! dit-il avec un sourire. On fait de son mieux, hein ?

Elle termina son jus de fruits et remit la capsule sur le goulot de la bouteille vide.

— Parle-moi des femmes au refuge. De… Mab. Quand as-tu fait sa connaissance ?

— À l'époque, je débutais dans le métier. Elle vivait dans le premier refuge qu'on m'a assigné. (Ed grimaça un sourire.) Elle m'a servi du thé dans une jolie tasse en porcelaine, et m'a parlé pendant des heures du blitz, des gens qu'elle avait rencontrés à Londres pendant cette période difficile… Finalement, elle m'a parlé de l'homme qu'elle a épousé. Un évangéliste américain. Un vrai GI Joe ! (Il perdit son sourire.) Il la frappait, pour la punir de ses péchés. Ils ont un fils, de la même trempe que son père. Quand le fils a eu treize ans, il s'est mis à la frapper lui aussi. Elle en est venue à penser qu'elle le méritait ou… Non, pas qu'elle le méritait, mais que c'était inévitable. Elle m'a dit une fois qu'elle avait l'impression d'entendre un tic-tac à l'intérieur d'elle. Comme un compte à rebours. La violence fait partie d'elle, voilà ce qu'elle pense. Impossible de lui échapper. (Son air triste disparut.) Elle a fait tout ce qu'on attendait d'elle. Le mariage, la religion, la famille. Tout a mené au même résultat : la violence. Elle ne m'a pas tout dit, bien sûr. Mab a besoin… de ses secrets. Une partie de son existence qui n'appartient qu'à elle. Est-ce que c'est logique ?

— Oui.

C'était parfaitement logique. Et pas seulement pour Mab.

— Elle m'a montré quelques objets qu'elle a sauvés des bombardements. Des petites choses comme des coupons périmés, des bijoux cassés. Rien de valeur, sauf pour elle.

Marnie l'observa pendant qu'il parlait : la douceur de son regard, le dessin harmonieux de sa bouche.

— Et Simone ? Tu lui as parlé de la lettre de menaces ?

— Non, pas de la lettre. Elle était bouleversée par Hope. Je suis content qu'elle se soit fait une amie… J'ai appris à être patient avec elle. Mab et les autres. Elles retournent auprès de maris violents, retirent leurs plaintes, refusent de parler. Autrement dit, elles échouent. Il ne faut pas perdre patience avec elles. Comme les autres.

— Le cycle de la maltraitance. N'est-ce pas ce qu'on nous apprend ? Mauvais traitements, puis pardon, puis encore des mauvais traitements…

— Cela fonctionne parfois comme ça, c'est vrai.

C'était le même schéma avec Stephen Keele. D'accord, il ne la frappait pas, mais Marnie se sentait meurtrie chaque fois qu'elle quittait l'unité de sécurité, blessée dans sa chair et émotionnellement vidée. À chacune de ses visites, il retournait le couteau dans la plaie, et elle en voulait toujours plus. Elle ne lui pardonnait pas, et y retournait. Pourquoi ? Pourquoi était-il si difficile de le laisser moisir dans sa cellule ?

— Je leur ai promis, dit-elle à Ed. Je leur ai promis de veiller sur lui.

— … à tes parents ?

Elle hocha la tête.

— On parlait du temps qui passe, du jeune âge de Stephen. Maman ne supportait pas l'idée de le laisser seul, sans personne pour s'occuper de lui, s'ils tombaient malades, ou s'ils devenaient trop vieux pour s'occuper de lui.

— Ils n'attendaient sûrement pas de toi que tu honores cette promesse, étant donné les circonstances.

— Probablement pas. Mais qui sait ? Si Stephen m'a bien appris une chose, c'est que je ne les connaissais pas vraiment. Je n'avais aucune idée qu'ils souhaitaient prendre en charge un enfant défavorisé pour se sentir utiles.

C'était le plus difficile à pardonner : Stephen avait fait de ses parents des étrangers pour elle. Tous ses souvenirs heureux détruits, car qui étaient-ils ? Le couple qui avait recueilli un enfant à problèmes, qui lui avait donné tout leur amour. Elle ne les connaissait plus. Il lui avait volé son enfance. Elle tourna la bouteille de jus de fruits vide sur la table graisseuse.

— Tu sais, j'étais douée pour jauger les gens quand j'étais petite.

— Tu l'es toujours.

— Au boulot, peut-être, les bons jours. Mais à l'époque… je me méfiais de tout le monde, je savais toujours quand on me mentait ou qu'on me prenait de haut. (Elle frotta ses côtes machinalement.) Mais lui… je ne l'ai pas vu venir. Pas une dispute, sans parler de…

Cela la rendait furieuse, aujourd'hui encore. Son aveuglement.

— Personne n'aurait pu le prévoir, dit Ed.

— Quand tu as parlé de perdre patience, avec Mab et les autres… tu crois que je risquerais de le faire ?

Ed leva la main en signe de protestation, puis la reposa.

— Peut-être. (Il inspira profondément.) Elles ne sont pas… ton genre de victimes. Elles ne se défendent pas. Elles gardent la tête basse, restent dans l'ombre.

— Pas mon genre de victimes ?

Cela faisait mal. Il était trop proche pour oser nommer sa pire crainte : les stigmates de la victimisation.

— Tu crois que je ne suis pas dans l'ombre ? répliqua-t-elle d'une voix tremblante. J'ai passé les cinq dernières années à vivre dans l'ombre alors… je sais parfaitement de quoi tu parles. Garder la tête basse… se cacher.

Ed patienta, sans ciller, qu'elle ait terminé son discours. Puis lui dit très doucement :

— Tu as repris le contrôle de ta vie, tu t'es endurcie et tu as cessé d'être une victime. Voilà ce que je voulais dire.

Son visage était blanc comme un linge.

— Peut-être, concéda-t-elle. En surface.

Mais pas sous la peau. Si tu me faisais passer aux rayons X, tu verrais les ombres en moi.

— J'ai appris à vivre avec, au fil du temps. Même après avoir vu la maison, identifié les corps… J'ai continué à vivre. Je suis devenue inspecteur à l'âge de trente-trois ans.

Elle avait travaillé tard, et dur. Les dossiers les plus laborieux, les plus compliqués possible. Un monde réconfortant dans des chemises cartonnées.

Au moins, j'ai mon travail. Un boulot à faire. Cela avait été son mantra. Et cela convenait parfaitement à Tim Welland. Tout comme à elle, du moins le croyait-elle. La distance. L'engourdissement. Les problèmes des autres.

— J'étais une garce carriériste. Une véritable emmerdeuse. Enfin, tu n'as pas besoin de moi pour te dire tout ça. J'étais l'enfant chérie de Welland. Sa tueuse de dragons.

— C'est fou ce qu'on est capable d'endurer, quand on n'a pas le choix.

— Mais elle nous rattrape, la vengeance nous rattrape.

— Presque toujours, confirma Ed.

Il déplaça légèrement son plateau sur la droite, comme s'il voulait dégager l'espace entre eux, ménager une place à sa confession.

— Si je te disais que j'étais terrifiée… (Elle se tut, attendant qu'un homme en costume froissé dépasse leur table.) À l'époque, je veux dire. Tous les jours. Terrifiée.

— Je te croirais.

— Tu t'en étais rendu compte ? Je croyais que mon déguisement était plutôt bon.

— En effet. (Ed dessina un motif sur la table avec son pouce.) Mais… je te connaissais avant.

Avant.

Elle pensait rarement à son existence passée. Avant Stephen Keele. Ces cinq dernières années, elle avait soigneusement évité de regarder en arrière. S'était forcée à aller de l'avant, comme si la route derrière elle était barrée d'un énorme bloc de pierre. Devant elle : un long et tortueux tunnel, dans lequel elle avait l'impression de devoir ramper avec une lampe-torche coincée entre les dents.

— J'ai réussi pourtant, dit-elle en faisant de nouveau tournoyer la bouteille vide sur la table, j'ai réussi.

— En effet, dit Ed.

C'était la première fois qu'elle faisait cela, qu'elle avouait à Ed ce qu'elle éprouvait tout au fond d'elle.

— J'ai récupéré ses carnets, de l'école. Je suppose qu'on peut appeler ça un journal. Je croyais y trouver des indices – des réponses. J'ai demandé à Kate Larbie d'y jeter un coup d'œil. Je l'ai rencontrée dans un cours d'autodéfense, son job est d'analyser des documents. J'espérais tirer quelque chose de ce journal. Si seulement je pouvais le déchiffrer.

— Ça a donné quelque chose ?

— Non. Rien.

Derrière elle, un groupe de touristes fit la queue pour commander un café.

Ed hésitait.

— Tu sais que tu peux me parler, quand tu veux.

Elle lui fit un semblant de sourire.

— J'ai raté le coche pour la thérapie. En fait, c'est faux. J'ai consulté un psychologue deux fois par semaine pendant six mois.

Six mois de perdus. Elle n'avait commencé à se sentir mieux qu'avec le cours d'autodéfense. Quelqu'un devrait dire aux psychologues de la police de financer des cours de kick-boxing.

— Pas en tant que professionnel, Marnie. En tant qu'ami. J'espère.

Marnie lui vola une frite.

— Tu es le seul à qui j'ai parlé de tout ça. Mon boss pense que je mets la main au feu chaque fois que je rends visite à Stephen.

Voyant Marnie de meilleure humeur, Ed prit un ton plus léger :

— Métaphore intéressante. Je suppose que Welland est du genre à se plaindre des Noël en famille.

— Il aime le bridge et les voitures d'occasion. Plutôt du genre Alvis.

— Ah ? Je ne connais rien aux voitures. Je ne sais même pas conduire.

— Tu as le temps d'apprendre. Quel âge as-tu ? Trente-quatre ?

— Tu as deviné juste ou bien tu as mené ta petite enquête ? (Ses yeux brillaient.) Je suis sagittaire, si tu t'intéresses à ce genre de choses. D'après Ayana, ça signifie que je suis extraverti. Un fait évident, vu ma tendance à passer le week-end à regarder *Buffy contre les vampires* en m'empiffrant de chips.

— Tu es ici aujourd'hui.

— Ouais.

— Bon sang, Belloc. Tu es doué pour ça.

— Pour quoi ?

— Pour tenir la main des gens sans leur filer la trouille. (Marnie observa ses cheveux.) Sûrement la coupe hirsute. (Elle pêcha une feuille de laitue au bord de son assiette.) Ou le look décontracté.

Ed baissa le nez dans son assiette. Était-il en train de rougir ?

— À ta disposition, dit-il.

L'Inconnu du Nord-Express, c'était le livre que son père n'avait pas terminé.

Là-haut, dans leur chambre, elle avait trouvé une écharpe que sa mère était en train de tricoter, avec plusieurs teintes de vert. La laine douce comme la plume. Les couleurs de la mer, la mousse et le lierre.

Marnie ne savait pas à qui l'écharpe était destinée, à elle ou bien à Stephen. Elle savait seulement que son frère d'adoption, le garçon que ses parents avaient accueilli après son départ de la maison, avait pris un couteau à pain sur la planche à découper de la cuisine et poignardé Greg et Lisa Rome douze fois, puis s'était assis sur la dernière marche de l'escalier, leur sang sur les mains, en attendant l'arrivée de la police.

21.

— Tout va bien ?

Tessa Stebbins, les cheveux relevés en queue-de-cheval, avait les bras serrés autour de sa poitrine.

— J'ai besoin des toilettes, répondit Ayana.

Tessa regarda la porte ouverte de la salle de bains du refuge.

— C'est encore bouché ? (Elle émit un reniflement à la manière de Shelly Coates ; elle copiait toujours cette fille.) Tu devrais utiliser l'autre. Il marchait il y a cinq minutes.

Ayana ne savait pas comment lui expliquer son problème, aussi hocha-t-elle la tête en regardant Tessa lui passer devant.

Aucune toilette n'était bouchée. Les deux salles de bains venaient d'être désinfectées, tout comme la cuisine. Le refuge tout entier puait la Javel.

Impossible d'échapper à cette odeur.

Le souvenir lui brûlait le visage, les mains, la gorge. C'était pire qu'un feu, des flammes blanches dévorant sa peau.

Elle ne pouvait pas aller dehors – non –, mais elle avait vraiment envie de le faire, même si cela signifiait ramper dans une gouttière ou se tapir dans un buisson comme un animal.

Au lieu de quoi, elle alla dans le cagibi tout au bout du couloir, la seule pièce qu'ils ne nettoyaient jamais. Elle ferma la porte derrière elle et souleva le lourd couvercle du congélateur pour se rafraîchir le visage dans les vapeurs froides.

Sa vessie était tellement douloureuse qu'elle avait peur de se faire pipi dessus. Cela lui était déjà arrivé plus d'une fois. Toujours quand sa mère l'obligeait à se mettre à genoux et frotter les taches sur le carrelage de la cuisine.

Lequel de ses frères avait été obligé de briquer le sol après son agression à la Javel ? Hatim, très probablement. Pauvre petit Hatim, toujours si apeuré.

Le couvercle du congélateur était lourd. Elle cala son épaule dessous pour le maintenir ouvert. L'odeur était légèrement moins forte ici.

La veille, il y avait eu trop d'étrangers. Le mari de Hope Proctor, les policiers, les ambulanciers. Toutes les femmes étaient bouleversées, même Shelly Coates. Ayana avait vu Simone se poster près de la fenêtre pour épier la rue. Elle ne faisait jamais cela – aucune d'elles ne le faisait –, mais elle avait vu quelqu'un là-dehors. Ayana avait lu la peur sur le visage de sa compagne d'infortune. Cet endroit n'était plus sûr, et maintenant cette… cette odeur.

Consumée par la douleur, elle cherchait quelque chose pour se soulager. Un seau ou une bouteille. C'était humiliant, mais elle ne pouvait plus tenir. Le lendemain matin, l'odeur des produits ménagers aurait disparu et elle pourrait de nouveau se servir des toilettes.

Elle voulait retourner dans sa chambre, retrouver ses livres.

Que penserait le sergent Jake s'il la voyait ainsi, à gémir pour un seau, après l'avoir aidé à sauver la vie d'un homme ? Ou l'inspecteur Rome, avec sa peau lisse et ses yeux bleus qui voyaient tout ? L'inspecteur Rome avait-elle déjà éprouvé de la terreur, comme celle que Simone Bissell avait ressentie en observant la rue ? Connaissait-elle seulement la peur ? La peur des chats, des voitures, des feuilles mortes qui tombaient des arbres, des gouttes d'eau dans le lavabo, des distributeurs de prospectus, de l'odeur de quelqu'un d'autre sur des vêtements empruntés…

Une voiture recula dans la rue. Elle sursauta et laissa retomber le couvercle, les doigts agrippés au joint de caoutchouc. Son cœur palpitait dans sa poitrine, tel un rat prisonnier de sa cage thoracique.

Elle se pencha sur le couvercle dur du congélateur en tentant de recouvrer son souffle, peinant à respirer, comme Leo Proctor.

Le haut de ses cuisses la brûlait, comme si on l'avait frappée avec une ceinture à cet endroit.

Elle baissa les yeux sur le sol pierreux du cagibi. Une flaque sombre se forma à ses pieds, un liquide ruisselait le long de ses jambes. Elle sanglota, revoyant le visage de sa mère, sa bouche déformée par la rage. Une rage qui le disputait parfois à la peur. Une rage qui craquelait sa voix et les paumes de ses mains, qui faisait ployer ses genoux lorsqu'elle se baissait pour travailler. Ayana devait s'agenouiller à côté d'elle et frotter encore et encore sans jamais lever les yeux ou la voix. C'était la seule manière pour elle d'être proche de sa mère, alors elle s'agenouillait, encore et encore, et regardait leurs mains s'activer de concert pour éradiquer la crasse qui ne tarderait pas à revenir. Si elle traînait, sa mère lui tapait sur les doigts en signe d'avertissement. Plus tard, devant ses fils, elle frapperait Ayana pour ne pas avoir terminé sa corvée à temps. Le lendemain, elles recommenceraient à briquer le sol côte à côte.

Le matin où elle avait perdu son œil, Ayana et sa mère nettoyaient le sol de la salle de bains. Il y avait des cheveux de ses frères partout, virgules noires et points d'interrogation sur les carreaux blancs. Sa mère respirait péniblement quand elle travaillait. Il restait tant à faire. Ayana, qui pensait au livre qu'elle était en train de lire, n'allait pas assez vite. Sa mère brandit le poing sous le nez de sa fille et lui rappela ce qui risquait de lui arriver si elle ne faisait pas attention à sa famille, ne respectait pas ses devoirs.

— Tu veux foutre un vrai bordel ici ? Hein ? Tu veux finir comme une loque ?

Sa mère n'était pas à la maison lorsque cela s'était produit. Mais Ayana savait qu'elle avait donné sa permission à Nasif et Turhan, et au malheureux Hatim. Cela avait été fait avec le consentement de sa mère.

Elle ne pourrait jamais rentrer à la maison.

22.

Le temps que Marnie rentre chez elle, le froid était tombé. Elle avait déposé Ed chez lui, et refusé sa proposition de prendre un café, avant de l'embrasser sur le coin de la bouche.

— Merci, pour aujourd'hui.

Son appartement avait la stérilité d'une chambre froide. Après ce long trajet en voiture, son dos lui faisait mal. Elle l'étira, sans pouvoir s'empêcher de grimacer. La colonne vertébrale conservait la mémoire de la douleur. Elle avait lu cela quelque part. Ils avaient découvert la protéine responsable des réactions corporelles à la douleur neuropathique centrale.

Sa mère avait demandé à Stephen de choisir la couleur de la peinture de sa chambre. Son ancienne chambre. Il ne l'avait jamais fait. Il avait laissé la chambre intacte, comme s'il attendait le retour de Marnie.

Non, comme s'il savait qu'il ne resterait pas.

Les souvenirs affluaient brutalement dans sa poitrine.

Marn, nous avons une grande nouvelle à t'annoncer !

Ils avaient eu l'air si heureux d'avoir de nouveau un enfant dans la maison. Marnie n'était plus une enfant depuis ses onze ans. Elle était déjà si indépendante, si heureuse seule. Solitaire, à la manière de Stephen lors de leur première rencontre.

Marn, voici Stephen.

Elle lui avait tendu la main, pensant que c'était ce qu'il attendait. La main du garçon était froide, et douce. Son regard était tout aussi froid, mais sans aucune douceur, tel le foret en diamant d'une perceuse.

C'est un sacré petit gars, Marn, qui n'a pas eu une vie facile. On aimerait l'aider un peu.

Super. C'est super.

Avait-elle été jalouse ? Elle avait vingt-deux ans quand Stephen avait emménagé chez ses parents. Elle vivait à Londres depuis trois ans, et se félicitait d'avoir opéré une coupure franche. Contrairement à beaucoup de ses amies et colocataires, qui rentraient chez elles presque tous les week-ends, et revenaient à la fac les bras chargés de cadeaux, de plats mitonnés, et de gâteaux faits maison, comme des enfants de retour d'une soirée. Pas Marnie Rome. Tout cela était terminé pour elle. Ces enfantillages n'avaient plus de sens. Une carte pour Noël et des livres en cadeau, preuve de son goût et de son intelligence. En bonne voie d'entrer dans la police, et bien déterminée à réussir. Libérée de tous les problèmes et des liens familiaux.

Jusqu'à cet appel en milieu de matinée. L'après-midi passée dans la maison, jusqu'au crépuscule. Elle s'était alors dit – pour la seconde fois de son existence – qu'elle n'en était jamais sortie. Jamais.

Le souvenir flou de cette nuit, comme un livre aux images brouillées. Elle se rappelait l'odeur, ses chaussures qui collaient au sol de la cuisine…

La chaleur lui embrouillait les idées. Elle leva le bras, renifla sa manche.

L'odeur de l'unité de sécurité était imprégnée sur ses vêtements et ses cheveux. Elle la garderait sur sa peau pendant des jours, comme l'encre d'une prison. Pas d'échappatoire.

Son téléphone vibra à sa hanche. Elle le sortit de sa poche et consulta l'écran.

Un texto d'Ed : *Je suis là si tu as besoin de moi.*

Elle baissa le front, le pressa contre le petit écran de son téléphone. Elle s'était fait la promesse, cinq ans plus tôt, de ne pas faire appel à Ed si elle était paniquée ou désespérée. Plus d'une fois, elle avait été tentée de l'inviter chez elle, pas seulement pour un café. Il l'aimait bien, elle le savait. Ce n'était pas de la fierté de sa part, et c'était réciproque. Il lui plaisait. En ce moment même, si elle allait vers lui, ce ne serait qu'une aventure d'un soir. Cela ne valait pas la peine de gâcher leur amitié, simplement pour satisfaire son besoin brûlant d'être touchée.

Elle se leva et retapa les coussins du canapé avec une ardeur telle qu'à la fin elle était en nage. Quand elle éteignit les lumières, les ombres prirent possession de l'espace. Elle traversa l'appartement sans un bruit, et vint se poster, nue, devant le miroir de l'armoire.

Pas de créatures mythiques. Pas de cœurs transpercés de flèches ou de roses entrelacées, ni de barbelés. Seulement des mots. Parce que les mots font mal. En particulier quand ils sont inscrits à l'encre noire sur les os de votre cage thoracique et les hanches saillantes de vos dix-huit ans.

Dois-je me tuer ou préparer du café ?

Deux lignes parallèles le long des deux dernières côtes du côté droit.

Du côté gauche : *Un invincible été.*

Nos lieux d'exil… en travers de la hanche gauche.

Et sur l'os incurvé de la hanche droite : *J'avais tout le ciel dans les yeux, et il était bleu et doré.*

Prétentieuses génuflexions post-adolescentes. L'invincible été, après avoir trop lu Albert Camus et décidé de faire de sa peau un étendard. Cela aurait dû lui suffire. Mais, suite à l'assassinat de ses parents par Stephen Keele, elle avait recherché la torture délicieuse de l'aiguille sur sa peau. Le besoin d'être piquée par une pointe de plomb, encore et encore. Le tatoueur épongeait l'encre et le sang à l'aide d'une compresse stérile, ce qui faisait encore plus mal que l'aiguille elle-même, comme si on frottait un genou sanguinolent, avant de l'écorcher de nouveau, et ainsi de suite. Chaque étape du processus avait sa propre douleur. L'aiguille. Le frottement. Le retrait des pansements. La sensation de brûlure quand l'encre commençait à sécher sous l'épiderme. Elle devait traiter sa peau comme celle d'un bébé : la laver et l'hydrater avec soin. Éviter le frottement des vêtements. Ne pas la gratter, voilà ce qui avait été le plus difficile. Si elle se grattait, elle arrachait l'encre et tout était à refaire. Elle versait religieusement de l'eau douce sur ses tatouages, jour et nuit, et les séchait avec une tendresse qu'elle n'avait jamais témoignée à son corps jusqu'ici, nourrissait sa peau de crème, soufflait doucement dessus, une brise douce comme un baiser.

Bien sûr, il s'agissait d'une punition. Elle n'avait jamais cherché à le nier. Sauf la toute première fois. À dix-huit ans, c'était un geste de rébellion, un scandaleux secret qu'elle cachait à Greg et Lisa Rome, qu'elle dissimulait sous plusieurs couches de vêtements sombres pendant les dîners en famille. Elle aimait ce rituel. La leçon était acceptable – délectable – une petite quantité de douleur. Un exercice de maîtrise de soi. Surtout, cela la préservait de toute intimité. Pas de relations sexuelles, même temporaires, sans avoir à expliquer les tatouages. Elle tentait d'imaginer la réaction d'Ed à la vue des mots à l'encre noire qui couraient sur ses hanches, mettant en valeur leur étroitesse, leur absence de courbes. Elle ne parvenait pas à imaginer sa réaction, seulement un grand blanc, comme l'espace entre les lignes de textes sur sa peau.

Que ressentait Hope Proctor en regardant sa nudité tous les matins ? Le tatouage identique à celui de Leo, rehaussé des hématomes de son mari.

Marnie se détourna du miroir et éteignit la lumière, puis s'allongea sur le lit. Les oreillers étonnamment doux sous sa tête. Pas de réveil, pour ne pas être arrachée au sommeil par la sonnerie stridente. Elle préférait se dire : « Tu dois te lever tôt.

6 heures. » Son subconscient, plus fiable que n'importe quel réveil, prit bonne note de l'instruction.

J'avais tout le ciel dans les yeux, et il était bleu et doré.

Elle avait vingt-six ans, il en avait douze. Stephen Keele. Il l'avait observée nue, dans la maison, lors de l'une de ses rares visites à ses parents et leur fils adoptif. Deux ans avant le double meurtre.

Elle frissonna en pensant aux yeux de Stephen posés sur sa peau. Dormir lui faisait peur, si jamais il l'attendait dans ses rêves. Elle sentait son regard tapi dans un coin de la chambre. En train de l'épier.

Le téléphone la tira d'un demi-sommeil, volutes rouges dans l'obscurité, à 5 h 25. C'était le médecin du North Middlesex.

— Vous m'avez demandé de vous informer des progrès de Leo Proctor. Il a repris connaissance. D'ici quelques heures, il sera en état de répondre à vos questions.

— Comment va Hope ?

— Ça va. Nous ne lui avons pas annoncé la nouvelle à propos de son mari. Difficile de savoir comment elle va le prendre. J'ai pensé que vous aimeriez le lui dire vous-même.

23.

Plusieurs rangées de fenêtres noircies par la pollution trouaient la façade de briques de l'hôpital North Middlesex.

Noah Jake descendit de la Mondeo avec Ed Belloc et Simone Bissell pendant que Marnie Rome s'éloignait de l'entrée principale pour trouver une place de parking. Une fine pluie tombait, froide et drue. Simone n'avait pas de manteau, seulement un sac en tissu décoré de grosses fleurs en bandoulière. Ed l'entraîna à l'intérieur, suivi de Noah.

Un simple bureau faisait office d'accueil. L'éclairage cru des plafonniers était l'équivalent visuel d'une craie crissant sur un tableau noir. Simone enfouit ses mains dans les manches de son pull.

— J'ai besoin d'aller aux toilettes.

La femme assise à l'accueil pointa le doigt vers la gauche.

Ed Belloc posa la main sur l'épaule de Noah.

— Ça va?

Noah lui jeta un regard surpris.

— Je vais bien.

Il réalisa qu'il avait les épaules rentrées et le front barré d'un pli soucieux. Il se détendit et sourit.

— Je pensais à Ayana. Cette histoire avec ses frères…

— Vous lui avez demandé de quitter sa cachette, dit Ed. Le premier endroit où elle se sent en sécurité. Cela ne va pas être facile pour elle.

— Je comprends, mais je veux qu'ils soient punis pour ce qu'ils lui ont fait. Nasif et les autres.

— C'est une réaction naturelle, dit Ed sans cesser de surveiller la porte des toilettes, attendant le retour de Simone.

— Je peux aller voir si tout va bien, proposa Noah.

Le regard d'Ed se porta sur l'entrée principale derrière Noah.

— Rome est là, dit-il avec soulagement. Il vaut mieux qu'elle s'en charge.

Marnie revint des toilettes en compagnie de Simone. Tous les quatre grimpèrent l'escalier jusqu'au service du troisième étage, où les lits étaient séparés de simples rideaux de guingois sur des tringles métalliques. Dans le lit voisin de celui de Hope, une femme corpulente au visage défait faisait des mots croisés en grommelant. Sa respiration était difficile.

L'agent Abby Pike était assise à distance respectueuse du lit de Hope. Elle se leva quand elle vit l'inspecteur Rome et vint à sa rencontre.

— Comment est-elle ? lui demanda Marnie à voix basse.

— Calme. Elle a dormi presque tout le temps. Elle s'est inquiétée de l'état de Leo.

— Et si tu faisais une pause ? On va rester ici un moment.

— Merci, patron.

Abby adressa un grand sourire à Noah et Ed, un autre plus réservé à Simone, avant de quitter les lieux.

Simone se percha sur une chaise à côté du lit de Hope. Une couverture bleue recouvrait ses jambes. Le personnel l'avait à moitié redressée sur ses oreillers. On aurait dit une poupée de chiffon bizarrement positionnée.

Ed et Marnie restèrent au pied du lit, n'osant s'approcher davantage. Simone prit la main de son amie de sous le drap et la serra. Les deux femmes échangèrent quelques paroles à voix basse, assez fort néanmoins pour que Noah les entende.

— Tu m'as manqué, dit Simone. Je me suis inquiétée pour toi.

— Je vais bien.

La main de Hope reposait, inerte, dans celle de Simone.

— Inspecteur ?

Un médecin venait d'apparaître deux lits plus loin.

Marnie laissa Ed pour rejoindre le médecin. L'homme lui dit quelques mots, trop bas pour que Noah puisse les percevoir par-dessus la musique diffusée par la radio de l'hôpital dans tout le service. Depuis son lit, Hope Proctor les observait avec une intensité qui incita Simone à tourner la tête pour voir ce qui se passait.

Le visage de Marnie était fermé. Noah connaissait ce regard : problèmes à l'horizon. Le médecin tourna les talons et s'éloigna, sans un regard pour ses patients. Marnie fit signe à Noah de la suivre. Ed n'avait pas besoin de consignes pour rester auprès des deux femmes. Noah et Marnie quittèrent le service dans le sillage du médecin.

Dans le couloir, Noah déclara :

— Hope a l'air d'aller un peu mieux.

C'était un peu exagéré, mais il voulait faire parler Marnie.

Elle lui jeta un regard sceptique.

— Elle est dans un sale état, répondit-elle en continuant à suivre le médecin dans l'escalier.

Noah dut allonger le pas pour se maintenir à sa hauteur.

— Est-ce qu'on va la mettre en examen ?

— Il nous faut des preuves. Tu as entendu ce qu'Ed a dit à propos de ces femmes ? Plus les sévices durent, moins les victimes portent plainte. L'être humain est capable de s'habituer à tout apparemment.

— Mais si elle doit répondre à une accusation… ? Ce serait quoi ? Tentative de meurtre ? Homicide ? Elle risque la prison, pour des années. Son avocat la persuadera sûrement de donner des preuves contre Leo, non ?

— Il va essayer. Nous allons tous essayer. Tu as vu comme elle s'est tout de suite mise en cause au refuge ? Mentalité de victime fortement enracinée.

Le médecin avait pris de l'avance, mais il s'arrêta pour les attendre.

Marnie dit à Noah :

— Leo a repris connaissance. Voyons ce qu'il a à nous dire.

24.

Elle était là, à l'hôpital. Il l'avait vue, putain.

La sueur rampait partout sur son corps telle une éruption cutanée. Il était garé en double file au volant de sa voiture, sa casquette *I love London* baissée sur son front, le cœur cognant dans sa poitrine.

Voilà. Il était temps…

Sur la banquette arrière, le mugissement s'éleva, comme s'il avait attendu qu'il se rapproche, comme s'il *savait*.

Une plainte infime, pareille au bourdonnement d'un haut-parleur, qu'on croit pouvoir arrêter d'un simple geste de la main alors que c'est impossible. Au contraire, ce serait encore pire.

Il se retourna brusquement, furieux parce qu'*elle était là*.

C'était sa chance, peut-être son unique chance.

La plainte s'amplifia, se coula à l'intérieur de son crâne.

— La ferme, gronda-t-il. La ferme ou elle ne sera pas la seule à avoir ce qu'elle mérite.

25.

Leo Proctor avait l'air moins mal en point que sa femme, en dépit de l'opération chirurgicale qu'il venait de subir pour réparer le trou dans sa poitrine. La transfusion sanguine lui avait laissé le teint rose. Il était plus grand que dans le souvenir de Noah, avec le regard d'un ancien sportif qui a rendu les armes. Le double menton, les bajoues, les yeux brun pâle, larmoyants, fixés sur Noah et Marnie.

Debout à côté du lit, Marnie lui montra son badge.

Leo ferma les yeux, puis les rouvrit.

— Où est Hope ? murmura-t-il.

— En sécurité, dit Marnie. Avec un médecin.

Son ton froid signifiait clairement : *Nous savons ce que vous avez fait.*

Leo s'humecta les lèvres.

— Elle va… bien ?

— Elle est dans l'état où vous l'avez laissée.

Noah recula d'un pas, aussi discrètement que possible, afin d'avoir une meilleure perspective de Marnie et de l'homme alité.

— Elle ne voulait pas faire ça, murmura Leo.

— *Elle* ne voulait pas… ?

— Le couteau…, dit Leo en s'humectant de nouveau les lèvres.

— Hope ne voulait pas vous poignarder. C'est ce que vous vouliez dire ?

Il fallut un moment à Proctor pour encaisser l'acrimonie de sa voix. Il baissa les yeux et serra les poings. Tête baissée, bouche en berne. La caricature de la honte. Il savait qu'ils étaient au courant.

Marnie déclara abruptement :

— C'est un peu confus ce qui s'est passé avec le couteau. (Leo ne la regardait pas.) C'est vous qui l'avez apporté au foyer ?

Noah masqua sa surprise en baissant les yeux sur les pieds du lit. Si Proctor faisait des aveux dans ces conditions, le SPJ risquait de ne pas les prendre en compte. L'homme souffrait, était sous sédatifs, allongé dans un lit d'hôpital. À cause de sa mauvaise humeur, Marnie posait des questions qui risquaient de compliquer l'affaire. Jusqu'à preuve du contraire, Leo Proctor était la victime ici.

— Oui…

— Oui, vous avez apporté une arme au foyer. Pourquoi ?

Leo gardait la tête basse. Il marmonna quelque chose comme :

— Pour elle.

Marnie croisa les bras et détourna la tête. Elle capta le regard de Noah, et se troubla imperceptiblement. Puis elle revint à Leo Proctor.

— Pourquoi Hope était-elle dans un refuge ? demanda-t-elle d'une voix monocorde.

— Je… je ne sais pas.

— Vous ne savez pas. Pourquoi les femmes vont-elles dans les refuges en général, vous le savez ?

Proctor prit une douloureuse inspiration.

— Pour… s'échapper. (Il leva la tête. Son regard luisait de larmes.) Fuir.

— Que fuyait-elle ? (Il gardait le silence.) Était-ce vous, monsieur Proctor ?

Leo ne répondit pas. Les larmes ruisselaient sur ses joues roses. Marnie prit la feuille de papier dans sa poche et la lissa, puis la mit sous les yeux du blessé.

— Avez-vous écrit cette lettre à votre épouse, monsieur Proctor ?

— Non, répondit-il dans un murmure. Non.

— Ce n'est pas votre écriture ?

Elle reprit le message et fixa du regard l'homme alité.

— Vous l'avez brutalisée, n'est-ce pas ? Vous l'avez frappée, et violée. Vous l'avez soumise à votre volonté. J'ai appris aussi que vous aviez les mêmes tatouages… C'était tellement dur qu'elle a fini par trouver le courage de s'en aller. Puis elle vous a appelé pour vous dire qu'elle était en sécurité. Vous saviez où elle se trouvait. Qu'avez-vous ressenti en apprenant qu'elle était partie ? Et qu'elle vivait avec d'autres femmes battues, avec qui partager ses souffrances ? Avec qui parler de vous. Vous n'avez pas apprécié, n'est-ce pas ?

La voix de Marnie restait de marbre, en dépit de l'agitation du malade. Son absence d'expression ne faisait qu'aggraver la situation, comme si elle lisait une déposition ou un procès-verbal.

— Vous avez pris un couteau et vous avez acheté des roses. Parce que c'est ainsi que procèdent les hommes comme vous. Des roses dans une main, un couteau dans l'autre, ou bien les fleurs sont-elles une idée de dernière minute ? Une extravagance ? Elle ne s'attendrait pas à des fleurs, pas de votre part. Ce n'est pas votre genre. Quoi de mieux qu'une côte cassée pour dire « je t'aime » ?

Enfin, elle se tut.

Leo sanglotait, la poitrine affaissée, le visage ravagé de larmes.

Noah était incapable de le regarder. Pas plus que Marnie. Il était désolé pour cet homme, et avait honte du comportement de sa supérieure. Après tout, c'était elle qui lui avait tout appris à propos du SPJ, et des méthodes d'interrogatoire.

Il pensa à Hope, étendue telle une poupée de chiffon brisée sur son lit d'hôpital. Peut-être devrait-il se réjouir de voir Leo Proctor dans cet état, pourtant…

Il avait en partie sauvé la vie de cet homme. Merde, il s'était battu pour le sauver.

Ce n'était pas bien. Il restait là, au pied du lit de Leo, pourtant il ne voulait pas être là, ni nulle part ailleurs dans cet hôpital. Il refusait d'être complice de Marnie dans ses procédés douteux.

26.

Marnie retrouva Noah dans le couloir. Il regardait le paysage par la fenêtre. La pluie mouchetait les carreaux. À son approche, il leva sur elle un visage contrarié.

— Il a reconnu avoir apporté le couteau au refuge. Cela nous donne l'intention.

Noah enfouit ses mains dans ses poches. Un muscle joua dans sa joue.

— Son témoignage n'est pas fiable. Il est complètement azimuté.

— Il est allé au refuge avec un couteau, insista-t-elle. Pourquoi faire une chose pareille ?

— Je ne sais pas. C'est bien le problème, n'est-ce pas ? On ne le sait pas. Pas encore. Et pourquoi l'avoir interrogé au sujet de la lettre, alors que Hope nous a dit qu'elle avait été adressée à Simone ?

— Parce que je ne sais pas si c'est la vérité ou si Hope cherche à le couvrir. Avec la lettre *plus* le couteau, on a un dossier solide – et je sais qu'elle le protège. Parce qu'elle est traumatisée. Terrorisée. Tu n'as pas parlé avec le médecin qui l'a examinée. Ses blessures prouvent qu'elle est victime de sévices sexuels depuis des lustres. Violée, pendant plusieurs années.

Le regard de Noah s'assombrit.

— Cela ne nous dit pas *qui* l'a frappée et violée.

Marnie avait envie de le secouer.

— Il y a huit mois, Hope vivait encore chez elle, Leo s'est brisé la main. La fracture du boxeur, comme l'appellent les médecins. Tu sais comment il se l'est faite ? (Elle ferma le poing sous son nez.) On se casse la main en cognant quelqu'un.

— Il travaille sur des chantiers. Il a très bien pu se fracturer la main au travail. Ou en jouant au rugby.

— Et les blessures de sa femme ne sont qu'une coïncidence ? Allons ! C'était lui. C'est une brute et un lâche, nous le savons tous les deux.

— Mais ça ne suffit pas, hein ? Tu me dis toujours qu'il faut des preuves tangibles, qu'on doit constituer un dossier solide. Ce que tu viens de faire dans cette chambre…

Elle lui coupa la parole.

— Ça ne t'a pas plu. Tant pis pour toi. N'hésite pas à déposer une plainte contre moi.

Noah lui fit un pâle sourire, comme un enfant qui lèverait la main pour éviter une gifle.

Marnie lui tourna le dos avant qu'il puisse répondre, et descendit l'escalier pour regagner le service où Ed l'attendait. Elle avait tort et elle le savait, mais elle n'avait pas l'intention de s'arrêter, encore moins de retirer les paroles qui avaient poussé Leo Proctor à bout. Son seul regret était de devoir annoncer à Hope que l'homme qui avait fait de sa vie un enfer sur terre allait s'en sortir.

Quelqu'un avait tiré les rideaux autour du lit de la patiente. Ed n'était nulle part en vue.

Marnie stoppa net.

— Hope ?

Pas de réponse.

— Simone ?

Rien.

Elle tira le rideau et examina l'intérieur de la salle. La chaise où Simone était assise était vide.

Tout comme le lit.

27.

— Hope Proctor, dit Marnie à la femme allongée dans le lit voisin. Vous l'avez vue ?

La malade tapota le masque à oxygène sur sa bouche et secoua la tête.

Où était Ed ? Marnie prit son portable quand elle vit Ed et Noah franchir les portes battantes. Ed avait une blouse d'hôpital et une robe de chambre à la main.

— J'ai prévenu la sécurité de l'hôpital, dit Ed, blanc comme un linge. Mais on dirait qu'elles se sont envolées.

— Toutes les deux ?

— Ensemble. Hope voulait aller aux toilettes. Simone a dit qu'elle l'accompagnait. Elles avaient l'air normal. Hope portait sa robe de chambre. (Ed secoua la tête et posa la blouse et la robe de chambre sur le lit.) Simone avait sûrement des vêtements dans son sac. Je suis désolé…

Marnie l'interrompit et s'adressa à Noah :

— Va voir les agents de sécurité. Dis-leur qu'on a besoin des bandes de vidéo-surveillance des entrées et sorties de l'hôpital. Et trouve-moi Abby Pike.

Noah hocha la tête et s'en alla.

Ed paraissait dépité.

— J'aurais dû rester avec elles… Merde, Rome, je suis désolé…

— Ne le sois pas. J'aurais dû fouiller le sac de Simone. Et je n'aurais pas dû libérer Abby Pike.

Ses paumes étaient moites. Ses aisselles aussi.

— C'est moi la responsable ici, pas toi.

Elle se baissa pour fouiller le placard à côté du lit de Hope, une manière de cacher son visage à Ed, juste une minute, le temps de reprendre contenance.

— Comment va Leo ? demanda Ed.

— Il a repris connaissance. C'est ce que le médecin voulait me dire.

— Tu penses que Hope l'a deviné ?

— Oui, en effet. (Le placard était vide. Elle se releva et se tourna vers Ed.) Mais cela n'explique pas pourquoi Simone a apporté des vêtements de rechange. Avant même de savoir que Leo était réveillé. Elle avait prévu leur fuite. Je ne vois pas d'autre explication.

Ed se passa la main dans les cheveux.

— Bon sang. (Puis avec plus de hargne :) Bon sang !

— Arrête ! J'ai besoin de toi ici. Garde ta panique pour plus tard.

Son expression blessée la déstabilisa un bref instant, tout comme l'avait fait l'air désapprobateur de Noah dans la chambre de Leo Proctor. Elle se radoucit :

— J'ai besoin de ton aide, Ed. Tu dois me dire tout ce que tu sais sur Simone... qui elle est, où elle a pu aller.

Il hocha la tête.

— Tout ce que tu voudras, mais je n'arrive pas à croire qu'elle ait fait une chose pareille. C'était la dernière personne capable d'une telle imprudence à mes yeux.

— Si elle avait été imprudente, elle serait partie sans réfléchir, elle aurait entraîné Hope avec sa blouse d'hôpital. (Elle pointa le tas de vêtements sur le lit.) Tout cela était planifié.

— Faire sortir une femme malade d'un hôpital... (Ed secoua la tête.) Je croyais Simone plus sensée. Elle peut se montrer intraitable, je le sais, mais je n'aurais jamais imaginé qu'elle risque la santé de quelqu'un.

— Peut-être pensait-elle agir pour le bien de son amie.

— J'aurais dû attendre devant la porte des toilettes. (Ed s'en voulait terriblement.) Mais je ne voulais pas leur donner l'impression d'être sous bonne garde.

Simone s'était servie de la galanterie d'Ed, voilà ce qui la rendait furieuse. Mais Marnie avait seule décidé de renvoyer Abby Pike. Abby aurait accompagné les deux femmes aux toilettes et Hope serait retournée dans son lit. Que lui avait dit Simone pour la convaincre de fuir avec elle ? Si Hope s'était confiée à Simone, si elle lui avait avoué qu'elle avait saisi la chance d'arrêter Leo…

Et ensuite ?

— Hope va-t-elle tenir le coup physiquement ? demanda Ed. D'après l'examen médical…

— Elle n'a pas de blessures récentes. Le scanner n'a rien révélé. Je m'inquiète plus pour son état mental. De quelle salle de bains s'est-elle servie ? Où s'est-elle changée ?

— La salle de bains où tu es allée chercher Simone quand on est arrivés.

— Elle étudiait les lieux, comprit Marnie. J'ai l'ai trouvée en train de vérifier si les verrous fonctionnaient. J'ai cru que c'était pour se rassurer. Quelle idiote !

Depuis samedi, elle déraillait. Sa visite à Sommerville l'avait laissée fragile et impressionnable. Elle avait exorcisé en partie ses faiblesses en s'en prenant à Leo Proctor, avec ses propres armes, mais elle risquait de faire d'autres erreurs, peut-être pires encore. Elle frappait au hasard – pour voir ce qui brillait et ce qui se brisait.

Ed ne la lâchait pas d'une semelle. Prêt à la rattraper, si jamais elle trébuchait. La vigilance de son ami la rendait encore plus intransigeante envers lui.

— Tu vas me dire tout ce que tu sais sur Simone Bissell. Oublie la confidentialité, oublie le besoin de ces femmes d'avoir leurs petits secrets. Je pense que Simone savait exactement comment exploiter ton respect de l'intimité, qu'en dis-tu ?

28.

— Alors ?

Abby Pike était à bout de souffle, les joues rouges d'avoir couru.

— Rien.

— Essayons les arrêts de bus. Peut-être que quelqu'un les a vues monter dans un bus.

Noah n'était guère confiant. Il se remémorait sans cesse ce que Marnie avait dit sur le mode de vie de ces femmes : ne pas laisser de traces. C'était comme si Hope et Simone s'étaient évanouies dans l'air stérile de l'hôpital. Il se rappelait l'intensité avec laquelle Hope avait étudié le visage du médecin quand celui-ci avait annoncé à Marnie que Leo était réveillé. Hope pouvait-elle lire sur les lèvres ? Peut-être était-ce inutile. Elle savait déjà que son mari avait de bonnes chances de s'en sortir. Pour elle, cela voulait tout dire.

Personne à l'arrêt de bus n'avait vu une Africaine aux cheveux tressés, ni une blonde correspondant à la description de Hope.

— On ferait bien de faire le point avec Marnie. (Abby jeta un coup d'œil à Noah.) Qui appelles-tu ?

— Ron Carling, au commissariat. Il a examiné les bandes vidéo du refuge. (Il désigna du menton les caméras de la rue.) Il faut visionner celles-là aussi.

De retour dans le service, ils trouvèrent l'inspecteur Rome en grande discussion avec un homme vêtu d'un costume bon marché, visiblement sur ses gardes. Sans doute un membre de l'administration de l'hôpital, se dit Noah.

— Elle n'était pas en état d'arrestation, murmura Abby à Noah. Qu'est-ce que ça veut dire ?

— L'hôpital ne lui avait pas donné d'autorisation de sortie. Ils vont lancer une procédure de recherches. Pour le moment, elle est portée disparue.

— Je ne comprends pas, dit Abby. Pourquoi Simone l'aurait-elle persuadée de s'enfuir ? Dans son état en plus !

— Son mari vient de se réveiller.

— Merde. Tu crois qu'elle l'a appris ?

— Elle s'en doutait, je pense.

Abby enfila sa veste et la boutonna.

— Elle n'avait pas l'air en état de marcher, encore moins de courir. Si seulement je n'avais pas fait cette pause. Si j'étais restée ici…

— C'est l'inspecteur qui t'a dit de prendre ta pause. Ed Belloc était avec les filles.

— Pauvre type, murmura Abby. J'ai l'impression qu'elle lui en fait voir.

Noah jeta un coup d'œil à Ed. Abby avait raison : Marnie n'était pas tendre avec lui. Cela ne donnait guère envie à Noah d'annoncer à sa chef que personne n'avait vu Simone ou Hope sortir de l'hôpital. Si les bandes vidéo ne leur fournissaient aucun indice, ils étaient fichus.

— Si elle est portée disparue, on a le droit de la ramener, n'est-ce pas ? (Abby ôta quelques peluches sur le devant de sa veste.) Même si elle n'est pas en état d'arrestation ?

— Si on arrive à la trouver…

Marnie fit signe à Noah de s'approcher. Noah et Abby rejoignirent le petit groupe. L'homme en costume bon marché se tourna vers eux. Tout comme Marnie et Ed. Seul Ed avait une lueur d'espoir dans le regard. Noah secoua la tête.

— Les vidéos de surveillance de l'hôpital montrent qu'elles sont parties par l'entrée principale à 11 h 37 et ont pris la direction de Bull Lane. Il y a un arrêt de bus sur Bridport Road, mais personne ne se rappelle les avoir vues monter dans un bus.

— On est à Londres. Chacun se mêle de ses affaires.

L'administrateur de l'hôpital paraissait résigné, indifférent au sort des deux jeunes femmes. Il avait sans doute vu pire. Au moins, Hope Proctor ne venait pas de subir une intervention chirurgicale, ni n'était en proie à un épisode psychotique.

— J'ai demandé au poste de visionner les bandes des caméras de la rue, dit Noah.

— Eh bien, bonne chance ! dit le bureaucrate de l'hôpital, avant de s'éloigner.

— Nous allons faire passer cette affaire comme un cas d'enlèvement.

— Sur quels fondements ? (Ed Belloc avait l'air d'être passé dans une essoreuse.) Simone n'est pas une kidnappeuse.

— Je ne sais pas qui elle est. Tu vas devoir nous éclairer sur ce point. L'enlèvement nous donnera plus de moyens d'action que les personnes disparues. Nous ne savons pas si Hope l'a suivie de son plein gré. Abby, tu as passé plus de temps avec elle que nous tous. Qu'en penses-tu ?

— Elle est restée au lit, à dormir la plupart du temps. J'ai essayé de lui parler, mais elle n'en avait pas envie. Elle ne voulait pas écouter de musique, ni lire. Je lui ai proposé d'aller lui chercher un magazine ou un journal, mais elle a répondu que cela ne l'intéressait pas.

— Comment était-elle avec le personnel ?

— Très calme et très polie. Elle faisait tout ce qu'on lui disait, remerciait tout le temps les infirmières. (Abby baissa la voix.) Certaines malades ont fait toute une histoire à propos de la nourriture et des draps sales. Pas Hope. Je m'attendais qu'elle n'apprécie guère les plateaux-repas, mais elle a tout mangé sans se plaindre. Elle disait tout le temps qu'elle ne voulait causer de troubles à personne.

D'après ce récit, il n'était pas difficile d'imaginer Hope suivre docilement Simone, à la simple demande de cette dernière.

Marnie fit un signe de tête à Abby.

— Appelle le commissariat et lance la procédure. On ferait bien d'aller faire un tour au refuge, au cas où elles seraient allées là-bas, même si c'est peu probable. (Elle regarda Ed.) Est-ce que Simone Bissell a d'autres noms ?

Simple question de routine. Noah et Marnie s'attendaient à une réponse négative, or Ed Belloc répondit :

— Nasiche Auma.

Les trois policiers l'observèrent avec incrédulité. Marnie retint son souffle.

Ed épela le nom pour qu'Abby Pike en prenne note.

— Elle a été adoptée par un couple d'Anglais qui l'a rebaptisée. C'est une citoyenne britannique. À ma connaissance, elle n'utilise jamais son ancien nom. (Ed était encore réticent à trahir la confiance de la femme qu'il voulait aider.) Elle est née en Ouganda. Nasiche Auma est son nom de naissance.

29.

— Nasiche Auma est née dans la région d'Apac, dans le nord de l'Ouganda, en 1988. Elle ne sait pas exactement quand et où. Elle pense que le couple qui l'a adoptée a falsifié son certificat de naissance. Tous deux travaillaient pour un organisme humanitaire. Charles et Pauline Bissell.

Ed posa les mains sur la table de la cafétéria.

— C'est l'histoire qu'elle m'a racontée. Je l'ai crue à l'époque. Je la crois toujours, mais je ne l'ai pas vérifiée personnellement. (Il regarda Marnie.) Au cas où tu te poserais la question.

Elle hocha la tête.

— Continue.

Noah prenait des notes pendant qu'Ed racontait toute l'histoire. Il avait de la peine pour Ed. L'humeur de Marnie ne s'était pas améliorée, du moins pas sensiblement.

— Son village était un vivier pour l'Armée de résistance du Seigneur, qui a enrôlé tous les frères de Simone alors qu'elle n'avait pas six ans. À l'époque de sa naissance, l'ARS avait recruté environ trois mille enfants. Ils entraînaient les garçons à se battre et vendaient les filles à des trafiquants d'armes comme esclaves sexuelles, ou les gardaient pour eux. (Ed marqua une pause.) Cette partie est certainement vraie. Nous avons de nombreuses preuves des crimes de l'ARS contre les enfants dans le nord de l'Ouganda, le Congo et ailleurs. Même si la situation semble s'être améliorée ces derniers mois. (Il prit une grande inspiration.) Pauline et Charles Bissell, un couple de Britanniques, ont pris Nasiche dans son village et l'ont emmenée à l'hôpital de l'Apac, sous prétexte qu'elle avait des problèmes de vue dus à la malnutrition. En réalité, ils voulaient la sauver des griffes de l'ARS. Ils l'ont ramenée avec eux à Londres et l'ont adoptée. Elle n'est jamais retournée dans son village et n'a jamais revu sa famille d'origine.

— Comment s'est-elle retrouvée au refuge ? demanda Marnie.

— Je vais y venir. Vous devez connaître toute son histoire pour comprendre comment elle a atterri au refuge. (Ed se raidit.) Elle avait dix ans quand elle est arrivée à Londres. Les Bissell avaient de l'argent. Ils l'ont envoyée dans une école privée, lui ont payé des cours particuliers pour lui apprendre l'anglais rapidement, et des cours de danse classique le week-end. (Son regard erra par la fenêtre.) Nasiche signifie « Née à la saison des sauterelles ». Elle connaissait son prénom, même si les Bissell ne l'employaient jamais. Ils craignaient que les professeurs n'arrivent pas à le prononcer correctement, que cela ne l'empêche de se faire des amis. En Angleterre, elle a toujours été Simone.

Il attendit qu'un couple de personnes âgées dépasse lentement leur table pour s'asseoir sur une chaise près de la fenêtre de la cafétéria.

Marnie avait décidé de rester à l'hôpital, essentiellement pour être près de Leo et obtenir la permission de fouiller la maison des Proctor. Un appel de Jeanette Conway avait confirmé que Simone et Hope n'étaient pas rentrées au refuge. Personne ne savait où les chercher. Marnie pensait que la maison des Proctor était trop risquée pour les deux femmes, mais voulait malgré tout s'en assurer. Obtenir un mandat lui prendrait trop de temps. Il serait plus rapide d'arracher à Leo sa permission, mais ils avaient besoin de la coopération du personnel médical, qui n'était pas très content de l'état de leur patient depuis le dernier interrogatoire.

— Les Bissell voulaient que Simone étudie la médecine, continua Ed. Ils rêvaient de la voir retourner en Ouganda à l'âge adulte, en qualité de médecin. Ils ont pris le temps de lui parler des méthodes brutales de l'ARS, de l'état misérable de l'Ouganda. Je pense qu'ils ont passé beaucoup moins de temps à l'entourer d'amour et à lui enseigner l'autonomie. Elle m'a dit qu'ils contrôlaient tout, qu'ils prenaient toutes les décisions pour elle. Je pense qu'elle leur reproche ce qui lui est arrivé après qu'elle les a quittés – ils ne l'ont jamais encouragée à exercer son propre jugement, ni à faire ses propres choix. Cela ne l'a pas préparée à se défendre par la suite… (Il poussa un soupir avant de reprendre.) Simone a abandonné l'école à l'âge de dix-sept ans, et elle s'est mise à traîner avec une bande de jeunes des rues, à se faire du mal… Elle m'a dit que c'était une manière d'avoir une idée de l'existence qu'elle aurait eue dans son village en Ouganda. Les Bissell ont vu rouge. Ils se sont disputés avec elle. Simone les a accusés d'être des tyrans, elle leur a dit qu'elle aurait préféré être enrôlée par l'ARS. Je crois que s'ils lui avaient dit qu'ils l'aimaient, ou lui avaient parlé de sa solitude, les choses se seraient passées différemment. La dispute a été terrible. Alors elle a pris ses affaires et elle est partie.

Ed s'interrompit pour boire une gorgée d'eau minérale à la bouteille. Il faisait chaud dans la cafétéria, l'air était desséché par le chauffage central.

— Elle a eu la vie dure pendant un bon moment. Son instinct de survie était rouillé après neuf années passées dans un cocon, mais elle s'est rapidement endurcie. Elle s'arrangeait pour éviter les ennuis, elle sentait le danger. D'instinct, du moins le croyait-elle. D'après ses descriptions… on aurait dit qu'elle avait la guerre dans la peau… et la *honte*. La honte l'obsédait, avant même qu'il lui arrive quoi que ce soit. La culpabilité du survivant. Elle avait fui – voilà comment elle voyait les choses. Les autres enfants du village, ses compagnons de jeu, étaient tous des soldats à présent. Elle voulait se sentir dans la peau d'un soldat, se convaincre qu'elle était capable de survivre dans la rue. Peut-être qu'elle aurait réussi, si elle y était restée. (Ed tritura la bouteille d'eau entre ses mains.) Elle est tombée amoureuse d'un garçon.

Là il s'arrêta et regarda le calepin où Noah consignait leur conversation.

— Son nom ? demanda Marnie. Je m'inquiéterai du protocole quand on l'aura retrouvée.

— Lowell Paton. Il avait fugué, disait-il, parce que ses parents buvaient et se battaient tout le temps. Simone a compris qu'un tas de gamins menaient des existences plus pénibles que la sienne, mais elle ne supportait pas l'idée de rentrer chez elle. « J'étais trop fière », expliquait-elle. Lowell et elle sont devenus amis. Ils veillaient l'un sur l'autre, cherchaient du travail chacun leur tour, car un couple paraissait louche. Parfois il vaut mieux être célibataire. (Le visage d'Ed s'assombrit.) Un jour, Lowell est revenu avec un grand sourire aux lèvres. Il avait apparemment décroché un job d'agent de sécurité dans un immeuble récent, plutôt bien fréquenté. Il lui a dit qu'ils pouvaient emménager dans l'un des appartements vides au sous-sol. Simone ne lui a pas demandé comment un ado des rues avait obtenu un poste dans la sécurité. Elle l'a suivi, a emménagé avec lui dans un studio, un petit espace tout juste équipé de l'eau chaude et du chauffage. Le paradis, en somme. Ils dormaient par terre, sur un matelas que Lowell avait trouvé dans un petit débarras du sous-sol. Simone est allée fouiner dedans elle aussi et a déniché quelques pièces de mobilier, des assiettes et des tasses, une bouilloire et un grille-pain. À la fin de la première semaine, elle avait joliment aménagé leur appartement. Elle avait pris ses maigres économies en partant de chez les Bissell, et s'en est servie pour acheter de la nourriture. Elle a fait cuire un poulet. Lowell lui a dit que c'était le meilleur repas qu'il ait mangé depuis des années. Simone a répondu en plaisantant que s'il voulait la remercier, il pouvait faire la vaisselle. (Ed fit rouler son cou, comme s'il avait mal.) C'est là qu'il l'a frappée pour la première fois. Pas une petite tape ni un avertissement. Il lui a collé un coup de poing dans la figure, lui a cassé le nez. Ensuite, il l'a obligée à aller dans la cuisine et à faire la vaisselle avec le nez qui pissait le sang. (Il se tut quelques instants. Ni Noah ni Marnie ne parlaient. Enfin, Ed reprit :) Cela a continué pendant un an. Elle ne pouvait pas s'échapper. Il avait les clés de l'appartement et l'enfermait dès qu'il sortait. Elle a fini par comprendre que ce n'était pas un gamin fugueur. Ce n'était même pas un gamin. Il avait vingt et un ans. Son père était propriétaire de l'agence chargée de vendre les appartements neufs. Les ventes n'étaient pas très bonnes et la politique de la société était de ne pas montrer le studio, trop petit pour les éventuels acheteurs. Avec son jeu de clés, Lowell allait et venait à sa guise. Aucun voisin ne pouvait entendre Simone crier. Elle n'osait pas, la plupart du temps. Il la frappait sans provocation – et sans relâche – et elle croyait qu'il finirait par la tuer. Plus elle restait dans l'appartement, plus elle se persuadait qu'il allait se débarrasser d'elle, car quelle autre solution avait-il d'en finir avec elle ?

— Personne n'est venu voir cet appartement pendant un an ? demanda Noah avec incrédulité.

— C'est ce qu'elle m'a dit. Elle entendait parfois des voix, ou des coups de marteau. Elle a découvert par la suite que les régulateurs du bâtiment tardaient à donner les permis nécessaires à la vente des édifices résidentiels. Les matériaux n'avaient pas passé l'inspection de sécurité. En fait, elle vivait dans un immeuble condamné.

— Il a abusé d'elle pendant tout ce temps ? demanda Marnie.

— Il lui disait qu'il l'aimait, lui offrait des cadeaux – des bijoux, ses fleurs préférées –, suffisamment pour lui faire douter de ce qui se passait vraiment. Quand il ne l'amadouait pas, il la frappait. Scénario classique de violence conjugale.

— Comment s'en est-elle sortie ?

— Elle a cessé de s'alimenter et a perdu beaucoup de poids. Elle voulait le persuader qu'elle avait besoin d'un médecin. Elle avait peur qu'il panique et la laisse mourir là, mais elle ne savait pas quoi tenter d'autre. Les supplications n'avaient pas marché. La promesse de ne pas porter plainte non plus. Elle avait essayé de lui donner ce qu'il voulait – « Du sexe, il voulait toujours plus de sexe » –, mais rien ne marchait. Il n'est pas allé chercher un médecin, mais il s'est moins méfié d'elle. Jusque-là, il avait été très prudent, ne lui tournait jamais le dos, ne lui laissait jamais une chance de s'enfuir ou de l'attaquer. Après sa perte de poids, il voulait encore coucher avec elle, mais il a cessé de la frapper. Il lui disait qu'elle le dégoûtait, qu'il ne savait pas pourquoi il perdait son temps avec elle… un vrai sac d'os à l'haleine puante… (Ed prit une brève inspiration.) Il aimait la violer quand elle avait ses règles, mais ses règles se sont arrêtées à cause de la perte de poids, ce qui l'a contrarié. Il se moquait de ses pleurs pendant qu'il la violait. Un soir, il a tellement bu qu'il est tombé ivre mort et elle a pu prendre les clés et partir.

— Pourquoi n'est-elle pas allée trouver la police ? demanda Marnie.

— Elle l'a fait. Ils ont dit qu'elle était trop incohérente pour comprendre ce qui lui était arrivé. Elle avait des hallucinations. Ils l'ont emmenée à l'hôpital. Elle était extrêmement maigre. Les médecins ont diagnostiqué une malnutrition grave et l'ont admise en urgence. Quand la police est revenue l'interroger, elle a refusé de leur parler. Ils ont décidé qu'elle était trop traumatisée pour coopérer. C'est là qu'ils ont fait appel à moi. Mais elle n'a pas voulu me parler non plus, pas pendant un long moment. Je lui ai trouvé une place au refuge. Là, elle a fini par se sentir en sécurité, mais il lui a fallu beaucoup de temps.

Marnie attendit en silence qu'Ed ait terminé son récit. Sans doute par respect pour les atrocités qu'il venait de dévoiler.

— Tu as dit qu'elle avait une bonne raison d'avoir peur des couteaux, dit-elle enfin. Est-ce que Lowell l'a entaillée ? S'il est porté sur le sang…

— Non. C'est à cause d'un autre traumatisme, dont Lowell n'est pas responsable.

Ed prit une nouvelle inspiration. Raconter l'histoire de Simone lui avait coûté. De profondes rides creusaient les coins de sa bouche.

— Elle a été excisée à huit ans. Par sa mère et une autre femme.

L'indignation saisit Noah.

— Qu'est-il arrivé à Lowell ? demanda Marnie d'un ton neutre. Il a été arrêté ?

— Oui, et aussitôt relâché, faute de preuves. Le studio était vide, la police n'a trouvé aucune trace de vie dedans. J'imagine que le père de Lowell l'a aidé à tout faire disparaître. (Ed s'arracha un sourire.) En supposant, bien sûr, que son histoire soit vraie.

— Pour quelle raison aurait-elle menti ?

— Je n'en vois aucune. Le refuge est une solution de la dernière chance. Les gens qui en arrivent à cette extrémité sont désespérés.

— Elle ne voulait pas rentrer chez elle.

— Dans la maison des Bissell ? Elle ne se considère pas chez elle là-bas.

— Ils n'ont pas essayé de la retrouver, la première fois qu'elle s'est enfuie ?

— Je pense que si. Simone disait qu'ils craignaient que l'adoption soit remise en cause, parce qu'elle n'était pas légale. J'ai fait quelques recherches et, sur le plan légal, elle est citoyenne britannique et la fille des Bissell. Ils ont prévenu la police de son départ de la maison. Elle est sur la liste des personnes disparues depuis un an. Les Bissell ont voulu lui rendre visite à l'hôpital, mais elle a refusé de les voir. Elle n'a pas voulu non plus leur donner l'adresse du foyer.

— Ont-ils abusé d'elle ? demanda Marnie.

— Elle n'a rien dit à ce sujet. Je doute qu'ils l'aient brutalisée physiquement, mais c'est une enfant traumatisée de dix ans qu'ils ont ramenée d'Ouganda. D'après elle, ils lui ont imposé l'école privée et les cours de danse classique dès son arrivée à Londres. Ils ne lui ont jamais parlé de son village, sauf pour lui dire qu'elle pourrait y retourner quand elle serait médecin. Ils n'ont jamais abordé le sujet de l'excision, alors que Mme Bissell savait ce que la mère de Simone avait fait. Ils semblaient croire qu'il n'était pas politiquement correct de juger les coutumes d'un autre pays, même quand il s'agissait de mutiler des petites filles. (Ed réprima un frisson, comme s'il souffrait.) Simone m'a dit qu'elle se sentait muselée, qu'on lui avait interdit d'être Nasiche, la petite fille qu'elle était depuis dix ans. Les Bissell n'ont pas réclamé d'aide pour elle, pour l'aider à se remettre du traumatisme d'avoir quitté son village et du drame qu'elle a vécu à huit ans. Pour moi, c'est clairement de la négligence.

— Tu penses que les Bissell l'ont enlevée ? demanda Noah. Ou bien que ses parents biologiques étaient de mèche ?

— Difficile à dire. Simone n'en savait rien. Je ne sais pas ce qui est le pire.

— Elle n'a pas eu le sentiment d'être sauvée par les Bissell ? interrogea Marnie. Après ce que lui a fait sa mère biologique ?

— Si elle le pensait, elle ne l'a jamais exprimé devant moi. (Ed lui adressa un faible sourire.) Tu penses que c'est ce qu'elle avait en tête aujourd'hui ? Elle voulait sauver Hope.

— Peut-être. Qu'en penses-tu ?

— Elle vit au refuge depuis plus de trois ans. Hope est la première personne dont elle est proche et il ne leur a fallu que – combien ? – trois semaines ? Tu m'as dit que Hope n'était au refuge que depuis trois semaines. J'ai du mal à le croire.

— Cela n'était jamais arrivé avant ? Depuis les trois années que tu la connais ?

Ed secoua la tête d'un air dépité.

— Non, jamais. Elle s'est toujours montrée fiable, serviable, loyale… Voilà, maintenant, j'ai l'air paternaliste, en plus de crédule.

Il allait lui falloir un bon bout de temps pour se remettre du choc causé par la trahison de Simone.

— Si leur fuite était prévue, dit Marnie en se levant, on ferait bien de se remettre au travail.

Elle effleura l'épaule d'Ed.

— Tu me déposes ?

— Je préférerais venir avec toi au refuge. Laisse-moi t'aider à parler à ces femmes. Je peux le faire.

— D'accord. Retrouvons-nous là-bas. Noah, on va passer au poste. J'ai quelque chose à faire d'abord.

30.

Ce putain de geignement sur la banquette arrière.

— La ferme! aboya-t-il entre ses dents, avant de répéter plus fort : LA FERME!

Le feulement s'intensifia et se coula dans sa nuque. Il s'obligea à compter jusqu'à dix, mais craqua à sept.

C'était la musique de ses journées : un insupportable crissement de craie sur un tableau noir pour lui rappeler qu'elle – ou plutôt *elles* – le tenait par les couilles.

Il donna un coup de poing dans le volant.

— La ferme! Putain vos gueules!

Il frappa la gaine en plastique si fort qu'il s'érafla la peau au niveau des jointures, qui se mirent à saigner.

— Regardez ce que vous avez fait!

Les jumeaux, sanglés dans des sièges auto identiques, l'observèrent de leurs grands yeux ronds, et se turent une minute, avant de reprendre leurs pleurs – en chœur – emplissant leurs petits poumons d'air pour le recracher à tue-tête.

C'était leur faute s'il l'avait perdue. Elle. Il était juste derrière elle, n'en croyant pas sa chance de la voir sortir tranquillement de l'hôpital avec sa petite copine.

La copine était un problème, mais pas difficile à régler. Cela ne lui faisait pas peur. Mais elles se déplaçaient vite, et savaient se perdre dans une foule, les garces. Ensuite, les jumeaux avaient recommencé…

Il l'avait perdue de vue. À cause de ces putains de gamins à l'haleine chargée de lait caillé. La puanteur de Freya, les seins ravagés qu'elle ne lui laissait plus toucher, toujours sensibles après l'allaitement.

— Taisez-vous, petits bâtards voraces.

Il les avait observés à l'hôpital, en train de lutter pour leur survie. Prématurés. Dans leur berceau de Plexiglas, le cœur prêt à éclater, leurs petits poumons assoiffés d'air, de vie…

Les aimer jusqu'à en avoir mal. C'était il y a bien longtemps. Une éternité. Il ne reconnaissait plus les deux monstres hurleurs derrière lui, sanglés dans leurs jolis sièges auto, qui coûtaient au moins une semaine de salaire chacun – autrefois, il gagnait facilement de l'argent. Autrefois, tout était plus facile. Avant les jumeaux.

Ils vont bouleverser ta vie, lui avaient dit ses potes.

Il n'avait pas compris que c'était un avertissement.

Sans les jumeaux, il ne serait jamais allé dans cette boîte de nuit six mois plus tôt, en quête d'un peu de paix et de tranquillité. D'un changement de décor, une manière de lui rappeler son existence d'avant. Le bouge au plafond de verre et aux murs de béton, la promesse de cocktails pas chers, de sexe débridé, sans attaches. Une aventure d'une nuit. C'était là qu'il l'avait rencontrée. Cette salope qui avait fait de sa vie un cauchemar.

Il ferma le poing et lécha ses jointures, le goût familier du sang provoqua une agréable pression dans ses testicules.

— La ferme, grogna-t-il de nouveau, mais cette fois, il n'aurait su dire s'il s'adressait aux jumeaux ou à lui-même.

31.

Six mois plus tôt

Sous les stroboscopes de la boîte de nuit. C'est la première fois qu'il la voit. La lumière bleue brillante. Les zébrures de couleur sur sa peau. Elle n'a pas d'âge. Pas d'identité.

Ce n'est pas son idée. Il n'a pas fait le premier pas. D'accord, il est d'une humeur massacrante. Une heure plus tôt, il a quitté la maison en claquant la porte, écœuré par Freya et les jumeaux. Personne ne te dit la vérité sur ce truc de jeune papa, sûrement par peur de sonner le glas de la race humaine. Les nuits sans sommeil, bien sûr, tout le monde a sa petite histoire déprimante là-dessus. Mais personne ne te parle de la peur, le couteau qui te lacère les entrailles dès qu'ils commencent. Personne ne te parle de ce bruissement, comme du papier déchiré, quand ils se retournent dans leurs lits d'enfant et que tu retiens ton souffle, priant pour que les pleurs ne commencent pas, parce que après ils ne s'arrêtent jamais. Ils durent toute la nuit et plus encore.

Six semaines et c'est à son tour de les nourrir, de se lever et d'aller farfouiller dans le réfrigérateur pour prendre les biberons qu'elle a préparés avant de se coucher. La nuit dernière, il a fait une double garde, il était lessivé. Il a grogné quand ils ont démarré – il a grogné et s'est tourné vers elle pour enfouir sa tête dans ses seins. Sauf qu'il n'avait pas le droit, il n'avait pas le droit d'être épuisé, ni de râler quand c'est elle qui est avec eux toute la putain de journée ! Elle l'a repoussé, trop mal en point pour être touchée. Les ongles de ses orteils, qui poussaient depuis huit mois, tranchants comme des rasoirs.

Ce soir, c'est différent. Ce soir, il s'est échappé une heure, parce que s'il était resté, il aurait cassé quelque chose et ils ne peuvent se permettre de remplacer quoi que ce soit ; ils économisent pour une poussette double. Tout en double.

Sous les lumières clignotantes des stroboscopes, la peau de la fille a des reflets cuir et pourpre. Un simple coup d'œil quand elle se penche vers lui, le col de son T-shirt entrebâillé lui laisse entrevoir de fines raies sur la peau diaphane au-dessus des côtes.

Tout autour d'eux, des couples s'embrassent et se pelotent bruyamment. La salle tout entière est saturée de phéromones. Un homme à peine plus jeune que lui a les deux mains sur la minijupe d'une fille de moins de vingt ans. Obscène. Désespéré.

La tête lui tourne.

Pas le mélange des corps. Le dégoût et la honte : deux sentiments qu'il associe au sexe maintenant. Depuis les jumeaux, d'accord, il ne peut pas s'envoyer en l'air chez lui. D'abord, Freya était trop abîmée – les points de suture, les saignements, les tiraillements – et maintenant qu'elle va mieux, ils sont tous les deux trop crevés – et puis ces seins, putain ! qui coulent quand les jumeaux pleurent, qui puent le lait, de cette même odeur aigre-douce que leur vomi. Il ne peut pas. Impossible. Sois un homme.

Sous les stroboscopes, les seins de la fille sont petits et durs. Plus comme des muscles que de la graisse.

Elle a une odeur de miel et d'argent. De pièces de monnaie.

Ce n'est que des heures plus tard, dans la chambre d'hôtel, qu'il découvre que l'odeur de cuivre est celle du sang.

32.

Cinq ans plus tôt

La thérapeute, Lexie, est perchée sur son tabouret, les bras autour de ses genoux repliés. Ses cheveux couleur des blés sont coupés court, et quelques mèches rebiquent au niveau de ses petites oreilles. Elle porte une tunique verte et un legging, et ses pieds aux ongles vernis sont chaussés de sandales de cuir plates et ouvertes. On dirait un lutin, dans cette posture. Rien en elle ne paraît réel, pourtant Marnie reste sur ses gardes. Elle connaît la ruse : ces professionnelles endorment votre vigilance par leur attitude décontractée. Elle n'a pas l'intention de craquer pour Lexie le Lutin.

— Où est la douleur aujourd'hui ? demanda Lexie en inclinant la tête.

C'est leur douzième séance. Douze semaines et trois jours depuis le double meurtre. Elles ont établi à la huitième séance que la douleur – un objet physique – est insidieuse et mobile, comme une tête chercheuse qui vous trouvera où que vous soyez.

Aujourd'hui, la douleur est dans le cou de Marnie. Du côté droit. Un nerf coincé, qui tressaute.

— Dans mon cou.

Une douleur dans le cou. Elle espère que Lexie ne le prend pas personnellement. Marnie a cessé d'en faire une affaire personnelle – Lexie et sa forêt de plantes en pots, l'odeur écœurante du patchouli – à leur quatrième séance. Ce n'est qu'une formalité, obligatoire si elle veut garder son job, rester dans la police. Prouver qu'elle est saine d'esprit dépend apparemment de sa capacité à dire à cette étrangère combien elle souffre. Elle a résisté au début, mais elle a appris à se sacrifier aux pieds de Lexie, à lui faire l'offrande de sa douleur.

— Dans votre cou, répète Lexie avec un petit signe de tête, faisant tinter ses boucles d'oreilles, des merles bleus miniatures. Pouvez-vous me décrire le genre de douleur dont il s'agit aujourd'hui ?

— Un coup de couteau, répond Marnie sans réfléchir.

Ou presque. Lexie prend des notes dans son calepin à spirale. A-t-elle compris ? A-t-elle découvert ce que Marnie sait depuis des semaines ? Que la douleur dans son corps se concentre – toujours – sur l'un des douze points. Dans sa tête, son cou, sa poitrine ou ses épaules. Jamais plus bas.

Si on cartographiait les points où s'ancre sa douleur, on obtiendrait la carte exacte établie par le médecin légiste qui a écrit les rapports d'autopsie de Greg et Lisa Rome. Les points d'impact du couteau. Fatals. Douze coups par corps, avec le même couteau de cuisine.

Marnie ne l'a pas compris tout de suite. La souffrance lui paraissait aléatoire. Elle l'a mise sur le compte du stress, d'une mauvaise position quand elle dormait ou était penchée sur son clavier d'ordinateur, à faire des recherches sur Stephen. Elle a pris l'habitude de plaquer sa main à l'endroit de la douleur, quand enfin elle a eu la révélation.

C'est leur douleur qu'elle ressent.

Tenace, aiguë.

Douze points d'entrée entre la tête et la poitrine.

Là où il a planté le couteau.

33.

De nos jours

Marnie Rome s'assit dans la petite salle au fond du poste de police. Seule, avec le sac plastique épais devant elle sur la table. Derrière elle, une série d'étagères métalliques crasseuses avec le contenu du bureau de quelqu'un : une tasse, une vieille bouteille de produit pour lentilles de contact, du gel antiseptique. Une carte du quartier de Hendon.

— Rien que toi et moi, murmura Marnie au sac en plastique.

Elle avait fermé la porte à clé. À strictement parler, c'était contre le règlement, mais elle voulait éviter que Tim Welland ne déboule dans la pièce et ne la trouve en train de faire la conversation à une pièce à conviction emballée dans un sac. Un comportement qui l'enverrait tout droit chez le psy, or elle n'avait pas de temps à perdre avec ce genre d'introspection en ce moment. Pas avec Hope dans la nature et un trou dans les poumons de Leo Proctor. Elle aurait dû faire cela il y a des jours, quand le sang était encore frais.

Elle le poussa du bout du doigt, comme un enfant approcherait son index d'un nid de guêpes.

— Tu ne me fais pas peur…

Ce n'était pas le premier couteau qu'elle affrontait. Ni le dernier, d'ailleurs.

Ce n'était qu'un couteau. Un autre couteau. Elle posa la main sur la partie propre du plastique taché, pour s'habituer à la sensation.

— Les empreintes sont cruciales, lui avait dit un jour un expert scientifique, peu après son admission dans la police. Elles sont comme une extension de vos cinq sens… vous pouvez toucher un objet avec, même à travers le latex, et sentir que c'est vital. Il lui avait raconté qu'il avait passé toute sa soirée du dimanche soir à fouiller les eaux boueuses de la Tamise, à la recherche d'un couteau. Dans la fange de la rivière, sa fouille avait été hasardeuse. Le liquide poisseux et sale, où il peinait à se mouvoir, était totalement opaque. Se fiant aux extrémités aveugles de ses doigts, il avait cherché l'arme à tâtons – et fini par la trouver.

À travers le plastique, Marnie sentait la lame du couteau que Hope Proctor avait utilisée pour perforer le poumon de son mari. Juste un autre couteau.

Elle ferma les yeux, comme pour se protéger. Un effluve de zeste d'orange… son père qui préparait le punch de Noël. Un autre souvenir, vert, de sa mère préparant une salade…

Un demi-avocat niché dans la main de sa mère, la chair olive autour du noyau couleur noisette. Le tranchant du couteau stoppé par le noyau. Un moulinet du poignet et le noyau était délogé de son cœur et chutait dans la poubelle. Elle avait regardé sa mère dénoyauter les avocats pendant des années. Avec toujours une seconde d'inquiétude au moment où les doigts effleuraient la lame.

Orange et avocat. Les couleurs des couteaux de cuisine. Aujourd'hui encore, Marnie percevait une fragrance de citron, pas de sang. La mémoire était une bonne menteuse.

Elle s'obligea à se concentrer sur l'arme dans le sac. Le couteau que Hope Proctor avait retourné contre son mari. Pourquoi ? Comment ?

Hope mesurait un mètre soixante-cinq, soit deux centimètres de moins que Marnie. Près de trente centimètres de moins que son mari, et elle pesait la moitié de son poids. Elle avait enfoncé le couteau entre les côtes, en brisant une au passage, comme le montrait la radio. L'impact avait dû lui faire mal au poignet. Puis la lame avait rencontré moins de résistance en pénétrant dans la chair tendre, si profondément que la poignée et les doigts de Hope étaient maculés de sang.

Marnie lissa le plastique de ses doigts. Quand la lame rencontre la surface de l'os, elle laisse des empreintes, même si le couteau est tout neuf. Ces marques font souvent office de preuves.

Le couteau que ses parents utilisaient pour trancher des oranges et des avocats…

Plus tard, le même couteau couvert d'indices, au rang de pièces à conviction. Ils n'avaient pas voulu laisser Marnie voir les preuves. Ils l'avaient écartée, comme elle l'avait fait avec ses souvenirs. Mais les souvenirs se rappelaient à elle, tel un animal resté trop longtemps en cage.

La mort projette l'ombre la plus longue. Qui avait dit ça? Quelqu'un qui ne connaissait rien à la mort, pas intimement. Les ombres offraient d'agréables cachettes. La mort s'apparentait à la lumière directe du soleil, pas à une ombre. Un lieu où brûler. Elle prit le sac plastique à bout de bras et se leva si vivement qu'elle eut un vertige. Prenant son téléphone, elle appela Noah Jake.

— Tu peux venir dans l'ancienne salle d'interrogatoire, s'il te plaît?

— J'arrive tout de suite, répondit-il avant de raccrocher.

Elle déverrouilla la porte et l'ouvrit toute grande. Noah ne perdrait pas de temps, même s'il n'avait pas perçu l'urgence dans sa voix.

Effectivement, il arriva dans la pièce avant qu'elle ait pu compter jusqu'à trente.

— Quoi de neuf?

— Place-toi sous la lumière, dit-elle.

Il se recula jusqu'à l'autre bout de la table. Il n'avait pas la corpulence de Leo Proctor – il n'avait de graisse nulle part –, mais faisait à peu près la même taille. Elle s'empara du couteau dans le sac, la poignée au creux de sa paume. Le plastique dégageait une odeur particulière, comme de la peau sale. Elle contourna la table pour s'approcher de son partenaire.

— Ne bouge pas, le prévint-elle.

Noah ne fit pas un geste. Elle plia le coude à l'angle voulu et fit mine de le frapper au torse, arrêtant son geste quand la pointe du couteau toucha le tissu de sa chemise. Trop bas.

Trop bas pour perforer le poumon.

— Recule d'un pas.

Noah s'exécuta sans mot dire. Voilà ce qu'elle aimait chez lui. Elle baissa son coude au niveau de la taille et fit de nouveau le geste de poignarder son collègue. Han !

Cette fois, la pointe effleura la courbe des côtes de Noah. Encore trop bas pour atteindre le poumon.

Noah l'interrogea du regard. Elle secoua la tête.

— Ne bouge pas.

Elle fit mine de le frapper selon différents angles. Avec le couteau horizontal. Vertical. La pointe vers le haut, puis vers le bas. Si Leo était mort, le légiste n'aurait eu aucune difficulté à leur dépeindre le mouvement exact, et leur aurait évité cette mise en scène compliquée.

Finalement, le couteau toucha un point entre la cinquième et la sixième côte de Noah. Elle se figea, bras et poignet tendus. Noah resta immobile, attendant qu'elle ôte la pointe du couteau de sa chemise.

— Ça n'a pas été facile, commenta-t-elle en reposant l'arme dans son sac plastique sur la table.

— Ah, non ? dit-il, le regard brillant. Tu avais l'air assez à l'aise pourtant. (Il perdit aussitôt son sourire.) Désolé. Comment ça, pas facile ?

— Il aurait été facile de te poignarder dans l'estomac. Une mort bien plus atroce – et plus lente. Cela aurait donné plus de temps aux secours pour intervenir et tenter de te sauver la vie. (Elle s'éloigna du couteau.) Quoique aucune des femmes de Finchley n'aurait pu le faire. Elles étaient bien trop terrorisées ou occupées à se dire que tu l'avais bien mérité...

Noah prit le couteau emballé.

— Je suis Leo ?

— Tu es Leo. Tu es venu au refuge avec un couteau. Pourquoi ?

Il tenait le sac plastique à deux mains, attentif à ne pas empoigner l'arme. Tenu ainsi, on aurait dit une offrande.

— Je veux te faire peur. Lui faire peur. À Hope.

— Tu aurais pu le faire sans couteau. Tu es un grand gaillard, avec des poings d'acier. Tu n'as pas besoin d'une arme pour faire peur aux gens.

— Alors... je voulais te blesser. (Noah jeta un regard consterné à l'arme blanche.) Te tuer ?

— Alors pourquoi ne suis-je pas morte ? Un gros costaud comme toi. Face à une petite bonne femme comme moi. Pourquoi est-ce toi qui es à l'hôpital, en train de lutter pour survivre ?

Il réfléchit un long moment. Puis :

— Je t'ai donné le couteau.

— Et ensuite ? Tu es resté sans bouger, à attendre que je te le plante dans les côtes ?

— J'ai fait une erreur, dit-il, sourcils froncés. Je te testais, et je me suis fait avoir. (Il baissa les yeux sur le couteau dans ses mains, puis le reposa sur la table.) Tu m'as eu par surprise. Pour moi, il était impossible que tu te rebelles. J'étais venu te rappeler qui était le patron, te donner une petite leçon pour t'être enfuie.

— Tu ne pensais pas que j'en serais capable.

— Je ne pensais pas que tu oserais.

— Alors j'ai paniqué. C'est ce que tu penses ?

Noah plaqua la main sur son estomac.

— Si tu avais paniqué, tu m'aurais poignardé dans le ventre. Tu… tu voulais sûrement me tuer. Il laissa retomber sa main. Ayana avait raison. Tu voulais me tuer.

— Ayana ?

— J'ai pris sa déposition, je l'ai posée sur ton bureau. Elle a dit que c'était un acte délibéré : Hope n'avait pas d'autre solution pour faire cesser les mauvais traitements. Une autre forme de légitime défense, en quelque sorte.

— Mais ce n'était pas de la panique, dit Marnie en s'approchant de la table et en donnant une pichenette au couteau dans son sac. La lame n'a pas perforé le poumon par accident.

— C'était un acte délibéré…

— Donc, Hope avait toutes les raisons de s'enfuir.

— Elle l'a tué pour faire cesser ce cauchemar. C'est une bonne ligne de défense, et son dossier médical prouve les sévices qu'il lui a infligés. Elle n'avait pas besoin de fuir.

— Pas si elle raisonnait normalement. Et si sa meilleure amie avait une bonne raison de faire confiance à la police.

— Mais… si c'était intentionnel, l'une des femmes aurait dû réagir. Voir quelque chose. Tous ces témoins…

— Toutes ces femmes martyrisées. Venues cacher leurs hématomes après avoir fui un mari, un fils ou un frère. Comment voir autre chose en Leo qu'une menace… ?

Marnie prit sa veste.

Il est temps de retourner au refuge. De découvrir ce qui s'est réellement passé. (Elle jeta un coup d'œil à Noah.) Ne le prends pas mal, mais je veux mener les interrogatoires avec Ed. Il connaît ces femmes, elles lui font confiance.

— Compris. (Il saisit le sac avec l'arme.) Je le rapporte au département des pièces à conviction et je te retrouve là-bas.

34.

Mab Thule se tenait bien droite sur une chaise à haut dossier, les deux pieds bien ancrés sur le sol de sa chambre au refuge. Ses mains étaient masquées de gants de coton rouge. La chaise en plastique lisse couinait au moindre de ses mouvements. Elle tenait dans une main une fourchette aux petites dents abîmées. Mab avait tiré sur la couture du coussin de sa chaise et glissé un doigt dans le trou. Le coussin était rebondi, comme si elle avait fourré des objets dedans. On aurait dit une pie sur un nid rempli de trésors douteux, la tête inclinée sur le côté. Son gant gauche, lâche, semblait vide. Elle se pencha et darda sur Marnie son regard pénétrant. Ses lèvres remuèrent et Marnie se rapprocha encore pour entendre ses paroles.

— Vous sentirez votre cœur se briser, murmura-t-elle, avant de s'adosser à sa chaise, épuisée.

Marnie jeta un regard impuissant à Ed. Il prit la fourchette de la main de Mab, la posa à côté de son assiette, et prit sa main dans la sienne.

— Teddy…

— Mab, lui dit-il avec un sourire. Nous avons besoin de ton aide. Nous devons savoir ce qui s'est passé ici vendredi. Avec Hope et son mari. Et avec Simone. Hope était son amie, n'est-ce pas ?

— Vous le sentirez, dit-elle tristement. Vous le sentirez se briser.

Ed reposa sa main sur ses genoux.

— As-tu besoin de quelque chose, ma jolie ?

Elle secoua la tête. Leva une main gantée. Ed lui rendit sa fourchette. Puis il fit un signe de tête à Marnie et tous deux quittèrent la pièce.

Une fois à bonne distance de la chambre de Mab, Marnie demanda :

— Elle est en assez bonne santé pour rester ici ?

— Elle ne serait pas mieux ailleurs. Les services sociaux viennent régulièrement lui rendre visite. Ils voudraient la faire admettre dans un centre de soins, mais elle n'en a pas les moyens. Cela coûte moins cher de la garder ici, du moins tant qu'elle n'a pas besoin d'un suivi médical.

— Mais elle a besoin d'aide, non ?

— Pour se laver et s'habiller, oui. Mais les autres s'occupent d'elle. Chacune son tour. Ça fonctionne.

Marnie jeta un coup d'œil au couloir, dans la direction de la salle commune.

— Qu'est-ce qui lui est arrivé aux mains ? Les gants, c'est contre le froid ?

— Elle a perdu deux doigts à cause du gel, quand elle avait dix ans. (Le visage d'Ed était rongé d'inquiétude pour Hope et Simone.) Alors qui est la suivante sur notre liste ?

— Pas Ayana, elle étudie. J'ai promis de ne pas la déranger, à moins d'une nécessité absolue. Donc… pourquoi pas Shelley Coates ?

Shelley Coates était l'un des témoins les plus jeunes de l'agression de Leo Proctor. Vingt-trois ans, exagérément maquillée, petits yeux bruns, un anneau d'argent dans la narine droite. Sa bouche triste faisait penser à une mimique de marionnette.

La chambre de Mab Thule avait du charme, malgré son caractère miteux. Celle de Shelley évoquait l'atmosphère d'un motel en bord d'autoroute, avec ses meubles bon marché, dont le revêtement stratifié se soulevait sur les bords. Un lit déglingué à la tête décolorée. Des fers à lisser en céramique sur la table de nuit. Marnie sentait l'odeur de cheveux brûlés et vit une mèche fondre dans les fers.

Assise en tailleur au pied de son lit, Shelley repoussa ses cheveux noirs de ses épaules. Elle portait un survêtement de velours noir orné de strass, des chaussures de sport blanches, et une chaîne en or à la cheville. Sa veste ouverte révélait un généreux décolleté, manifestement à l'attention d'Ed. Celui-ci fit semblant de ne pas le voir, ou ne le vit pas.

— Bonjour, Shelley. Merci de répondre à nos questions, dit Marnie sans lui tendre la main. (Ces femmes n'aimaient pas les contacts physiques.) Ce ne sera pas long, je te le promets.

Shelley détailla Marnie de ses chaussures plates à sa poitrine inexistante, et lui jeta un regard torve.

— D'accord, grommela-t-elle, mâchant ses mots.

— Nous voulions revoir quelques détails de votre déposition. À propos de vendredi.

Marnie et Ed s'étaient mis d'accord pour ne poser aucune question susceptible de nourrir les angoisses de ces femmes concernant Simone et Hope, après la panique de vendredi. Ils ne leur diraient rien de la disparition des deux jeunes femmes pour le moment.

— Vous étiez dans la salle commune quand Leo est arrivé.

— Ouais. On était plusieurs à regarder *Lorraine*. On a éteint quand il est entré.

Elle tritura l'anneau de son nez. La peau autour s'était encroûtée, sans doute le résultat d'une entaille, ou un coup de poing.

— Comment est-il entré, vous le savez ?

— Il est passé sous le nez de cette bonne à rien de Jeanette. (Shelley fit la grimace.) Elle fiche rien celle-là. Tout le temps à glander ou à s'empiffrer.

— Doucement, Shell, intervint Ed. Elle est bénévole. Tu sais ce que ça signifie.

— Ouais. On a intérêt à lui lécher le cul sinon on se prend un coup de pied aux fesses. (Sa grimace se mua en sourire, puis elle se pencha un petit peu plus, offrant son vertigineux décolleté à la vue d'Ed.) Mab a encore fouiné dans mes affaires, tu sais.

— C'est quoi cette fois ?

— Deux bagues. Pas très grave, sinon j'aurais fait un scandale. Mais récupère-les, d'accord ? Tu m'avais dit de te prévenir si elle recommençait.

— Bien sûr, tu as bien fait. Je suis désolé de l'apprendre. Je vais lui parler une nouvelle fois.

— Il est déjà venu au refuge ? reprit Marnie. Leo Proctor ?

Shelley secoua la tête.

— Nan.

— Vous l'avez vu rôder dans les parages ? Dans la rue peut-être ?

— S'il l'avait fait, quelqu'un aurait prévenu Hope. Ou t'aurait appelé, dit-elle en regardant Ed. Ou la police, ajouta-t-elle en jetant un nouveau regard froid à Marnie.

— Il a dit quelque chose quand il est entré dans la salle commune ?

— Non.

— Comment Hope a-t-elle réagi ?

— Elle lui est tombée dans les bras, cette idiote. (Shelley regarda autour d'elle, comme si elle s'attendait à une objection.) À cause des roses. C'est le genre de fille qui tombe dans le panneau. (Elle tira sur la chaînette à sa cheville.) Au moins je lui en ai fait voir. À mon Clark.

Marnie jeta un coup d'œil à Ed.

— Clark est le petit ami de Shelley.

— Ouais, des larmes et des poings, dit-elle en reniflant. J'suis pas du genre à me coucher sans rien dire.

— Vous pensez que c'est ce que faisait Hope avec Leo ?

— Je sais que oui. J'ai vu ses bleus dans la salle de bains. Elle ne ferme pas la porte à clé. À la maison, il ne l'autorise pas à s'enfermer, c'est elle qui nous l'a dit. J'ai vu dans quel état il l'a mise.

— Quelqu'un d'autre a-t-il vu ces hématomes ? Simone par exemple ?

— Sais pas. Je sais juste ce que j'ai vu. (Elle croisa les bras, se raidit.) Je lui aurais planté ce putain de couteau moi-même.

— Vous pensez que c'était… de la vengeance ?

Shelley secoua la tête.

— Pas elle. C'est le genre à s'accrocher quoi qu'il arrive. Elle a paniqué. Simone a tout vu. Comme nous toutes. (Elle mordilla sa lèvre inférieure, mangeant son gloss rose.) Vous faites gaffe qu'elle se suicide pas, hein ? C'est le genre, vous savez.

— Vous pensez que Hope pourrait tenter de se suicider ?

— Ça dépend. (Ses petits yeux étudièrent le visage de Marnie.) Il est mort, au fait ?

— Il a repris connaissance. Il se pourrait bien qu'il se remette totalement.

— Zut. (Shelley frissonna, le visage soudain blême. Puis elle ajouta entre ses dents :) Typique.

— Qu'est-ce qui est typique ?

— Les salauds comme lui s'en sortent toujours. Elle se retrouve derrière les barreaux et lui est libre comme l'air. Putain de typique.

— Selon vous, Hope ne devrait pas aller en prison.

— Vous vous foutez de moi ? (Shelley ouvrit les bras et saisit ses chevilles. Elle jeta à Marnie un regard de défi.) Ce n'est pas comme si elle avait le choix. Il l'aurait massacrée si elle ne l'avait pas frappé la première !

— Comment s'est-elle emparée du couteau d'après vous ? C'est un type imposant.

— Une brute épaisse, oui !

— Exactement. Alors comment Hope a-t-elle réussi à lui prendre l'arme ?

Shelley haussa les épaules.

— Elle a dû l'avoir par surprise. Il était habitué à la tenir en laisse, lui faire faire ce qu'il voulait, il ne s'attendait pas qu'elle se rebelle. (Elle prit une grande inspiration et resta un moment en apnée avant d'expirer.) Ici, dit-elle en regardant timidement Ed, on retrouve un peu de cette dignité qu'on nous a volée en nous faisant croire qu'on valait rien. On reprend courage.

Ed lui sourit.

— Tu n'as jamais eu de problème de courage.

— Ouais, reconnut Shelley, mais les femmes comme Hope… (Elle haussa de nouveau les épaules.) Fallait voir dans quel état elle était. C'est tout. Quand vous voyez ces trucs, vous savez pourquoi elle l'a fait. Elle n'avait pas le choix. Elle essayait juste de rester en vie.

Tessa Stebbins était bien plus petite que Shelley Coates, mais elle aussi jouait les dures à cuire.

— Ce salaud a eu ce qu'il méritait, hein ?

Pas de fers à lisser ni de vernis à ongles dans cette chambre. Son lit était soigneusement fait, ses couvertures impeccablement tirées. Tessa poussa les oreillers comme si l'ordre l'agaçait.

— Vous étiez là quelques semaines avant l'arrivée de Hope, dit Marnie en consultant ses notes. Comment était-elle la première fois que vous l'avez vue ?

Les cheveux noirs de Tessa étaient noués en une queue-de-cheval si stricte que cela lui tirait les traits du visage. Elle gardait les bras croisés sur sa poitrine, sans quitter Ed du coin de l'œil.

— Elle était dans un état lamentable.

— À quel niveau ?

— À tous les niveaux. Les hématomes… les crises de larmes… les sursauts à chaque fois qu'on changeait de chaîne à la télé… Enfin, vous voyez…

Elle s'essuya le nez sur sa manche de velours. Cette fille était habillée comme Shelley, sauf que son survêtement était rose bonbon à paillettes. Et bien trop large pour elle. Un cadeau de sa nouvelle copine ? se demanda Marnie.

— Shell l'a vue… dans la salle de bains. La journée, elle se cache, mais Shell l'a vue.

— Parlait-elle de ses parents ? À Simone par exemple ?

— Ouais, dit-elle en clignant des paupières.

Elle avait des yeux de chat, vert-jaune.

— Pas seulement à Simone. Elle pleurait parce qu'elle l'avait quitté. Elle s'inquiétait de savoir qui lui préparait ses repas. Putain, vous imaginez ?

Elle se mordit la lèvre au moment du juron, comme si elle n'avait pas l'habitude d'employer ce genre de mots. Elle jouait les dures, mais Marnie devinait derrière ce masque une gamine effrayée.

Le petit ami de Tessa, Billy, l'avait partagée avec ses amis, la forçant à coucher avec eux pour payer ses dettes. Au refuge, Tessa imitait les manières de Shelley Coates. Consciemment ou non, elle cherchait à ressembler à la femelle dominante. Un procédé classique. Marnie l'avait souvent constaté parmi les détenus. Elle se demandait si Shelley en tirait avantage ou si Tessa avait remplacé un tyran par un autre.

— Simone dit qu'elle a vu Leo avec le couteau.

— Oui. Enfin ouais. Je l'ai vu aussi.

— Vous avez vu Leo avec le couteau.

— Ouais.

— Mais c'est lui qui a été poignardé.

Tessa sourit, révélant ses couronnes.

— Ouais.

— Comment est-ce arrivé d'après vous ?

Tessa haussa les épaules.

— Je suppose qu'elle a eu du cran. Je veux dire, un couteau, c'est pas rien. On ne rigole pas avec ça. (Elle grignota l'ongle de son pouce.) Mon Billy… il ne touche jamais aux couteaux. Il est déjà assez effrayant sans… mais ouais. Les couteaux foutent les jetons.

— Pourquoi Leo serait-il venu ici avec un couteau ?

— Facile. Pour en finir avec elle. Alors elle n'a pas eu le choix, hein ? C'était elle ou lui. Légitime défense. Fin de l'histoire.

Tessa n'avait rien à ajouter par rapport au récit de Shelley Coates. Marnie la laissa retourner dans la salle commune. Dans le couloir, elle fit rouler son cou endolori.

— On ferait bien d'interroger Jeanette maintenant. Elle termine son service à 16 heures.

Ed dut percevoir la réticence dans sa voix, car il répondit :

— Les bénévoles sont tous très différents. J'imagine qu'aucun d'eux n'a pris ce boulot pour le salaire, qui est loin d'être mirobolant, mais tout le monde n'a pas la vocation non plus.

Jeanette Conway était en effet loin d'avoir la vocation. Elle remplissait tellement son survêtement qu'on n'imaginait même pas la place pour les sous-vêtements. Ses traits étaient noyés dans les bourrelets pâles et flasques de son visage. Marnie se rappelait le cri qui avait éructé d'elle vendredi. La bouche de cette femme paraissait trop petite pour laisser échapper un tel hurlement.

— Nous aimerions passer en revue les événements de vendredi, dit Marnie.

Jeanette se raidit et jeta un bref regard à Ed.

— D'accord.

— La porte n'était pas verrouillée. C'est normal ?

— Non, et vendredi, la porte était fermée à clé.

— C'était ouvert quand je suis arrivée, dit posément Marnie. Il n'y avait personne à l'accueil.

— J'étais dans la salle commune, dit Jeanette. À essayer de savoir ce que ce salaud faisait là. Je les surveillais, Ed, comme vous m'avez dit de le faire.

Ed ne répondit pas. Malgré son langage corporel passif, il ne lui donnait aucune raison de croire qu'elle pouvait se servir de lui comme alibi.

— Comment Leo Proctor s'est-il infiltré dans le refuge ? demanda Marnie.

Jeanette s'agita sur son siège. Elle avait masqué l'odeur de cigarette par un chewing-gum au goût fruité et du désodorisant.

— C'est Hope qui l'a fait entrer, répondit-elle platement.

— Hope l'a fait entrer.

— Forcément. Puisque la porte était verrouillée, dit-elle avec une moue boudeuse.

— Pourquoi Hope lui aurait-elle ouvert ? Elle est venue ici pour lui échapper.

— Vous savez comment elles sont… (Cette remarque était destinée à Ed.) C'est plus fort qu'elles. Le vol et les appels téléphoniques, ce n'est rien. Il se passe des choses bien plus graves. Elle n'est pas la seule concernée. Un jour j'ai vu le type de Shelley Coates traîner dehors.

— Vous dites que Leo Proctor est déjà venu ici ? Rôder dans les parages ?

— J'ai vu le gars de Shelley, répéta Jeanette avec une grimace de dégoût. Et j'en ai vu d'autres.

Marnie attendit qu'elle poursuive son récit.

— C'est plus fort qu'elles, reprit Jeanette avec un sourire contrit.

Ed se gratta la tête, attirant de nouveau l'attention de Jeanette à lui.

— Que s'est-il passé dans la salle commune, entre Leo et Hope ?

— Il a voulu lui donner des roses. Elle ne voulait pas s'approcher au début. Finalement elle l'a fait. (Jeanette arracha un cuticule.) Il n'avait pas l'air d'un fauteur de troubles. Les autres non plus cela dit. Il était calme.

— L'une des femmes lui a-t-elle demandé de s'en aller ? Simone par exemple ?

— Non. (Elle leva les yeux au ciel.) Pourquoi elle aurait fait ça ?

— Hope et elle étaient amies.

— Ah ? C'est ce qu'elles étaient ? dit Jeanette avec une pointe de sarcasme.

— Vous pensez qu'elles n'étaient pas amies ? Ou qu'elles étaient plus que ça ?

La bénévole haussa les épaules.

— Hope a-t-elle demandé à Leo de partir ? demanda Marnie.

— Non.

— Ils ont discuté au moins ?

— Non. Enfin, je n'ai rien entendu. Je croyais qu'elle allait l'embrasser. Elle s'est avancée et s'est mise sur la pointe des pieds, comme si elle voulait sentir les roses. Ensuite, il s'est écroulé.

Jeanette croisa les bras et observa la pièce autour d'elle, débitant la suite de son discours d'un ton monocorde.

— Je n'ai vu le couteau qu'après. Si je l'avais vu avant, j'aurais appelé la police. Il n'avait pas l'air d'être venu semer la zizanie, mais j'imagine qu'il voulait la ramener à la maison, et qu'il lui en voulait de s'être sauvée. (Elle fit la moue.) Il n'avait pas besoin de couteau. Costaud comme il est, il aurait pu l'emmener de force. Hope est un poids plume à côté de lui.

— Elle l'a poignardé.

— Ouais, dit-elle en regardant fixement Marnie. Comment elle a fait ça ? Je veux dire, elles en rêvent toutes, de tuer leurs bourreaux. Même si Hope avait pas du tout l'air du genre à en être capable. (Elle secoua la tête.) Je suppose que c'est pour ça qu'elle a paniqué après.

35.

— Ont-elles toutes vécu un épisode de « gorille invisible » ?

Jeanette s'était éclipsée. Marnie était dans le bureau, en compagnie d'Ed et de Noah. Elle avait des fourmis dans les doigts. Toujours aucune nouvelle de Hope ou Simone. Personne ne les avait vues. Ils avaient des heures et des heures de bandes vidéo à visionner, mais obtenir les permissions nécessaires prenait plus de temps que d'habitude pour ce genre d'endroit.

— Simons et Levin, dit Noah en réponse à sa question. Des psychologues de Harvard qui ont travaillé sur la mémoire sélective. C'est bien de ça que tu parles ?

Marnie perçut l'étonnement d'Ed et sourit.

— Diplôme de psychologie avec mention très bien, dit-elle à propos de Noah.

Ed hocha la tête d'un air admiratif.

— Simons et Levin ont demandé à des volontaires de regarder une vidéo de basket et de compter le nombre de passes entre les joueurs en maillot blanc, expliqua-t-elle. À mi-parcours de la vidéo, un homme déguisé en gorille de deux mètres de haut traverse la scène et fait un signe à la caméra. Dans l'ensemble des tests, moins de la moitié des volontaires voient le gorille. C'est bien ça ?

Noah hocha la tête.

— Certains ont même cru que Simons et Levin avaient remplacé la bande. Ils n'arrivaient pas à croire qu'ils n'avaient pas vu le singe. Pourtant c'était le cas.

— La moitié… n'a pas vu Leo.

— Hope. C'était une femme dans le costume du gorille cette fois, dit Noah. Tu penses que les femmes ont nié l'évidence ? Que Hope avait l'intention de poignarder Leo par exemple ?

— Je ne peux pas en être sûre, mais je me pose la question.

— Quoi ? s'écria Ed. Hope aurait *voulu* tuer Leo ?

— C'est une théorie qui mérite réflexion. Ce n'est pas la seule, mais si Hope avait l'intention de le tuer et que Simone était au courant… C'est un motif de fuite pour elles, dès qu'elles ont su que Leo avait repris connaissance.

— Hope a dit à Leo qu'elle vivait au refuge, dit Noah. Pourquoi ? Si c'est pour fuir aujourd'hui… je ne comprends pas.

— L'attraction de son foyer, murmura Ed. C'est incroyable qu'Ayana ait tenu si longtemps sans appeler sa famille. La plupart des femmes n'attendent pas trois jours.

— On ne sait toujours pas si Ayana va témoigner contre Nasif, lui rappela Noah.

— Cette affaire peut attendre, répondit Marnie. Elle va devoir attendre. Nous avons deux femmes disparues, dont l'une pourrait avoir attenté à la vie de son mari.

Le bruit de la télévision ne s'arrêtait jamais. Ces femmes n'en avaient-elles donc jamais marre ?

— C'est quoi cette histoire de bagues entre Shelley et Mab ? demanda-t-elle à Ed.

— Mab est une sorte de pie voleuse. Je pense que cela remonte à son habitude de ramasser tout ce qui traînait pendant le Blitz… Je lui ai demandé de faire attention, mais… (Il secoua la tête.) On retrouve généralement les objets disparus dans le rembourrage du coussin de sa chaise – tu l'as vu.

Les autres comprennent la situation. Elles sont même plutôt patientes avec elle, pour tout dire.

— Je vois. (Marnie se frotta la nuque.) Je vais être franche avec toi, Ed. Ce sont les pires témoins que j'aie jamais rencontrés. Et ça veut tout dire ! Aucune d'elles n'a la moindre idée du sens du mot honnêteté. Elles ont été obligées d'apprendre à se défendre avec d'autres armes. Les mensonges, les évidences, les mots que nous voulons entendre. Aucun rapport avec la vérité. Elles ont certainement appris à mentir à tout le monde, leurs amis, leur famille. Les médecins. La police. Elles-mêmes. Je parie qu'elles ne s'en rendent même pas compte. C'est un instinct de survie chez elles. Un réflexe.

— Je ne peux pas te contredire là-dessus, dit Ed.

— Je pensais que la difficulté serait de les empêcher de parler de l'agression entre elles avant leur déposition. On a fait bien attention à ne pas les laisser ensemble. Elles n'ont pas pu se concerter avant les interrogatoires. Malgré tout, dit-elle avec un geste d'impuissance, on a différentes versions du même événement. Au moins… Shelley pense que Leo a sous-estimé sa femme, qu'il n'aurait jamais imaginé Hope se rebeller.

Noah hocha la tête.

— Simone a eu un discours similaire : Leo aurait donné le couteau à Hope pour la provoquer, mais sans croire une seconde qu'elle oserait l'attaquer. Une manière de marquer son territoire.

— Tessa pense que c'était seulement de la légitime défense, dit Ed.

— Oui. Et Jeanette n'a pas su nous expliquer comment Hope s'est emparée du couteau. (Marnie fronça les sourcils en voyant une tache d'encre sur le bout de son doigt.) Ayana croit qu'elle voulait le tuer. C'était sa seule porte de sortie, selon elle… Mais on aura beau les étudier sous toutes les coutures, on a cinq versions divergentes. La légitime défense qui a mal tourné. Je suppose qu'elles partagent toutes ce sentiment.

Elles n'avaient pas besoin de se parler pour adapter leur version de l'histoire. Elles ont déjà trop de vécu.

— Oui, dit Ed, en effet.

— Alors ça signifie… quoi? Qu'elles aimeraient toutes planter un couteau dans la poitrine de leur tortionnaire? (Marnie secoua la tête.) Je ne le crois pas. Il est possible de survivre à un traumatisme sans s'exprimer par la violence.

— On ne dit pas qu'elles le feraient vraiment, répliqua Noah avec embarras. Seulement que la légitime défense est la seule explication étant donné l'expérience passée de ces femmes.

— La légitime défense est une chose, la violence en est une autre…

Marnie se tut et se mordilla l'intérieur de la joue, tout en consultant la messagerie de son téléphone. Elle attendait des nouvelles du commissariat.

— J'ai peur qu'elles aient cherché à nous plaire. Nous, les représentants de l'ordre. On les intimide. Même moi, je leur faisais peur, alors que j'ai l'air d'un chaton.

— Ayana n'était pas effrayée, dit Ed. Vous avez dit qu'elle pensait que Hope avait l'intention de tuer Leo.

— C'est ce qu'elle a dit à Noah. Ed… tu connais Ayana mieux que nous. Penses-tu que nous devons accorder plus de crédit à son témoignage qu'à ceux des autres?

— Peut-être. Elle est très observatrice. (Ed croisa les bras derrière son cou.) Et particulièrement sensible aux femmes. Terrorisée par sa mère, presque plus que par ses frères. Cela veut peut-être dire qu'elle voit clair dans le jeu des autres femmes, qu'elle a un instinct particulier… Tu avais raison à propos de leurs armes, de la façon dont ces femmes perçoivent l'honnêteté. La violence ne fait pas seulement partie de leur environnement; c'est pour elles un moyen de communiquer. Tout comme la peur, et la colère. C'est pareil pour Ayana. Sa mère a grandi dans un carcan de règles et de violence, qu'elle a transmis à sa fille.

Marnie prêta l'oreille aux murmures des conversations féminines dans la salle commune, mais la télévision agissait comme un papier buvard, absorbant tous les bruits alentour.

— Personne ne nous a rien appris de neuf sur Simone. Vous les avez vues, Hope et elle, à l'hôpital. Elles ne faisaient pas semblant, si ? Si Hope voulait vraiment tuer son mari et si elle l'a avoué à Simone, je comprends que Simone ait voulu se sauver. Une réaction instinctive, qui paraît logique, à défaut d'être planifiée. Sa première expérience avec la police n'a pas été très heureuse.

— Mais où serait-elle allée ? Si elle voulait cacher Hope ?

— Je ne sais pas. J'aimerais le savoir ! Les seuls lieux qu'elle connaît à Londres sont la maison des Bissell et l'appartement où Lowell la séquestrait. Elle ne risque pas de retourner dans l'un ou dans l'autre.

— D'accord. Essayons autre chose, dit Marnie en faisant un signe de tête à Ed. Tu devrais retourner à ton travail. C'est à nous de trouver le fin mot de cette histoire.

— Tu es sûre ?

— Absolument.

— D'accord. Si Simone me contacte, je te préviens aussitôt.

— Même chose pour moi. Merci.

Une fois Ed parti, Noah demanda :

— Où allons-nous maintenant ?

— Chez les Proctor.

— Je croyais qu'il nous fallait la permission de Leo.

— Nous avons seulement besoin de ses clés, dit-elle en agitant un trousseau. L'hôpital ne lui a pas donné de décharge. Nous avons de bonnes raisons de nous inquiéter pour sa sécurité… donc nous allons faire un tour chez elle…

36.

Les maisons en disent long sur les personnes qui les habitent. Celle des Proctor était une construction neuve, qui voulait passer pour ancienne. Les murs de briques rouges, imitant le style victorien, masquaient une maison moderne en parpaings. Des murs creux, pensa Noah.

Voilà l'endroit où vivaient Hope et Leo Proctor, l'endroit qu'elle avait fui.

La maison était en tous points semblable aux autres dans la rue, à l'exception d'un détail. Toutes les fenêtres de la façade étaient occultées de persiennes en bois. Des volets qui empiétaient de plusieurs centimètres sur un espace intérieur déjà restreint. Une extravagance dans une maison de cette taille. Combien cela avait-il coûté ? Et que cachaient les Proctor ? Ou *de quoi* se cachaient-ils ?

— Ils ne sont jamais là le week-end. Elle ne dit jamais bonjour et garde presque tout le temps la tête baissée. Lui travaille sans arrêt. Vous savez, la plupart des gens sont comme ça de nos jours. Je ne dis pas qu'ils sont louches.

Le voisin des Proctor, Felix Gill, rentra complaisamment son ventre dans son pantalon.

— Ouais, un gentil couple… (Il termina d'étudier le badge de Marnie et le lui rendit.) Ils ne sont pas là, si vous voulez mon avis. Elle, je ne l'ai pas vue depuis des jours.

Il croisa les bras sur son ventre.

— C'est elle que vous cherchez ?

— On est venus récupérer quelques affaires, dit Marnie en lui décochant son plus beau sourire, ce qui le déstabilisa.

— Je n'ai pas la clé, désolé. Je leur ai proposé d'en garder une, mais ils n'aiment pas donner leurs clés.

— Inutile, répondit-elle en brandissant le trousseau de clés qu'elle avait pris dans les affaires de Leo à l'hôpital. Nous avons tout ce qu'il nous faut.

À l'intérieur, la maison paraissait vide. Une odeur de vide aussi. Avec cet air froid typique des lieux non habités pendant longtemps. Ils vérifièrent les pièces une à une, avant de retourner dans le salon du rez-de-chaussée.

Le salon avait le chic d'un magasin de meubles. Tout était agencé de manière à évoquer l'image d'un espace chaleureux plutôt que d'un véritable lieu de vie. Le petit canapé et ses fauteuils assortis jouxtaient une longue table du même bois blond que la bibliothèque. Murs et plafonds lambrissés, revêtement de sisal brut, rugueux sous les pieds, qui dissimulait sans doute habilement la poussière. Sinon, la couleur dominante était le blanc, entre le beige sale et le guano. Une télévision, plus petite que la moyenne, était suspendue en face du canapé. Les DVD sur une étagère, en lieu et place de livres. Les persiennes masquaient la rue. Impossible de savoir si Felix Gill était encore dehors, à épier la maison. Aucune plante ni fleur. Pas de photographies non plus.

Dans la pièce du fond, la table était dressée pour le dîner. Il n'y avait aucune autre manière de la décrire. La nappe de lin gris au liséré lavande était assortie aux sets de table et aux assiettes, les petites dans les grandes. Des faux diamants de la taille du poing étaient joliment disposés sur la table. L'un des murs était tapissé d'un papier peint orné de fleurs pourpres, qui ne produisait pas du tout l'effet majestueux escompté. Le dossier de chaque chaise était orné d'un nœud de satin du même gris que les nappes. On aurait presque dit un décor de théâtre. Noah imaginait mal les Proctor se servir de cette pièce, pour manger ou pour quoi que ce soit d'autre.

Ils se rendirent à l'étage. Dans la chambre côté façade, un lit double était installé sous deux affiches jumelles de fruits. Les draps de lin blanc et le jeté de lit argenté étaient pliés au pied du lit. Les oreillers pulpeux donnaient l'impression que personne ne dormait dessus. Les rais de lumière qui filtraient par les persiennes zébraient le faux plancher de fines rayures. Au plafond pendait un chandelier dont les gouttes de verre renvoyaient leurs reflets quand ils se tenaient près du lit.

— Enlève tes chaussures.

Noah regarda Marnie, incrédule. Elle ne quittait pas les oreillers renflés du regard.

— Je voudrais que tu t'allonges sur ce lit.

— Tu veux… ?

— Tu mesures un mètre quatre-vingts. C'est à peu près la taille de Leo. Ce lit a l'air petit… Mieux vaut que tu enlèves tes chaussures avant de l'essayer.

Noah les ôta et s'allongea, la tête sur l'oreiller le plus proche de la porte. Le lit était trop court d'au moins vingt-cinq centimètres, de sorte que ses pieds dépassaient du jeté de lit argenté. Il observa le chandelier.

— Peut-être que Leo dort dans l'autre chambre ?

— Confortable ? Le lit ?

Noah se déplaça pour tester les deux côtés du lit.

— On dirait qu'il n'a jamais été utilisé.

La deuxième chambre était parfaitement identique : un lit trop petit dans une chambre au décor neutre. Marnie fit courir ses doigts sur les persiennes, sans trouver de traces de poussière. Inutile de demander à Noah de s'allonger sur le lit. C'était manifestement le même modèle que le premier.

— Ce sont des meubles d'exposition, dit Marnie. Ils les font plus petits pour donner l'impression de pièces plus grandes.

Dans la salle de bains, tout était immaculé, toutes les surfaces brillaient. Pas un cheveu dans le trou d'évacuation. Des serviettes blanches et noires, si douces qu'elles semblaient neuves, soigneusement pliées dans des paniers d'osier blancs. Des articles de toilette dans des petits pots en céramique. Marnie ouvrit l'armoire de toilette fixée au mur, à l'intérieur de laquelle se trouvait une impressionnante collection de flacons de pilules, de crèmes antiseptiques, Vaseline… Elle vérifia les étiquettes des flacons.

— Les antidépresseurs de Hope… Elle a arrêté parce qu'ils la rendaient maladroite. Elle a cassé un miroir. (Elle passa le doigt sur la porte de l'armoire de toilette.) Pas celui-là en tout cas.

Noah lut les dates sur les flacons de pilules, puis inspecta leur contenu.

— On dirait qu'elle n'en a pas pris beaucoup.

— Non. J'imagine que Leo n'aimait pas sa maladresse.

Ils regagnèrent le salon du rez-de-chaussée. Marnie s'assit sur le canapé et invita Noah à la rejoindre. Le canapé pouvait accueillir deux personnes, à condition d'aimer l'intimité. Ils se dégagèrent en jouant des coudes et étudièrent de nouveau la pièce du regard.

— Ils vivaient vraiment ici d'après toi ? dit Noah. Ou bien tout ça c'est juste pour la galerie ?

— Le mariage est une affaire privée, dit Marnie en s'approchant de la bibliothèque. C'est ce que Hope m'a dit à l'hôpital.

Elle ouvrit les boîtiers de DVD et les inspecta un à un avant de les remettre sur l'étagère.

— Le caractère privé ça peut être… des serviettes sales dans la baignoire, dit Noah. Des pornos sous le lit. Il n'y a aucun secret ici.

— Alors où sont-ils ? Ils ont bien caché leur jeu jusqu'ici. Un gentil petit couple… Leo avait un boulot. Hope ne disait rien, à personne, à propos de ce qui se passait ici, avant l'agression. J'espérais trouver quelque chose…

Elle regarda autour d'elle en secouant la tête.

— Derrière les portes closes… Ces secrets sont enfouis bien plus profondément. (Elle observa les persiennes de bois.) Quelqu'un est venu faire le ménage ici récemment, mais pas ces deux derniers jours.

— Hope est au refuge depuis trois semaines. Donc à moins que Leo fasse le ménage…

— Il fait venir quelqu'un. Peut-être avant d'aller au refuge, pour s'occuper de Hope.

— Donc peut-être qu'une autre personne sait ce qu'il cache.

— Peut-être.

Marnie déambula dans les pièces. Noah la suivit jusque dans la cuisine, tout aussi immaculée, comme neuve. Les surfaces de granit lisses. Pas de tasse dans l'évier. Des fruits brillants dans un saladier sur la table. Pas d'aimants sur la porte du réfrigérateur. Aucune trace de vie. L'espace sentait la colle à bois, comme une scène de théâtre.

Un ensemble de couteaux près de la fenêtre au-dessus de l'évier. Noah se demanda s'ils étaient vrais. Tout dans la cuisine semblait faux, inusité. Mais les couteaux étaient bien réels, il le savait. Il en manquait un. Celui que Hope Proctor avait utilisé pour poignarder son mari.

— Ce qui est arrivé à Simone…, dit-il d'un ton hésitant. En Ouganda.

— Cela se produit aussi ici, termina Marnie en ouvrant le réfrigérateur.

Noah vit des canettes de bière et deux bouteilles de vin. Presque pas de nourriture.

— Ici ?

— En Grande-Bretagne. À Londres.

Le réfrigérateur fit courir un souffle glacé sur eux.

— Ces quatre dernières années, nous avons reçu – Dieu m'en est témoin – plus d'une centaine d'appels de filles et de femmes en danger de subir une MGF. Mutilation génitale féminine. D'après les dernières estimations, plus de cent mille opérations ont été réalisées en Grande-Bretagne.

— Mais… c'est illégal.

— Illégal de pratiquer cette intervention comme de la subir, confirma Marnie en refermant la porte du réfrigérateur. Cent mille opérations. Aucune condamnation. Imagine ce qu'Ed ressent à ce propos.

Ils échangèrent un regard lourd de sens. Parfois, ce métier revenait à jeter une poignée de riz sur une maison en feu. La voix de Marnie s'était adoucie à la mention d'Ed. Une question tenaillait Noah : couchaient-ils ensemble ? Il se la posait depuis vendredi. Ed n'était pas seulement agréable à regarder, il était intelligent, sérieux, drôle et chaleureux. Noah savait ce que Dan lui dirait : « Arrête d'accoupler les gens. Tout le monde n'a pas besoin d'une âme sœur. Le sexe sans lendemain convient à la grande majorité de la population. »

Quand Noah avait émis des doutes sur cette statistique, Dan avait changé de sujet.

— Allons-y, dit Marnie.

Ils regagnèrent le couloir. Le placard sous l'escalier était fermé d'un verrou extérieur. Marnie le poussa et ouvrit la porte.

C'était une simple cache sous l'escalier, avec guère plus de place que pour un aspirateur. Des murs et un sol de béton. Des relents humides. Et une autre odeur bizarre.

Noah se raidit.

Marnie serra les bras contre sa poitrine.

— Tu sens ça ?

— Oui. Les émanations d'ammoniaque d'un animal traqué.

— Technique de torture classique, murmura Marnie. Isoler la victime, réduire son champ de références. *Elle ne dit jamais bonjour, garde la tête baissée…*

Elle étudia l'espace exigu.

— Il l'enfermait là-dedans.

Tous deux imaginaient parfaitement la scène. La frêle silhouette de Hope Proctor recroquevillée sous l'escalier, avec pour seule compagnie sa propre respiration saccadée, et les marques des coups.

— On va devoir retourner interroger Leo, dit Marnie d'un ton inflexible.

Elle ne fit pas référence au premier interrogatoire, ni aux reproches de Noah.

À voir – et sentir – ce cagibi, Noah ne pouvait que se ranger du côté de sa chef. Même s'il n'aimait pas les méthodes de Marnie, il ne pouvait ignorer les implications de ce qu'il avait sous les yeux.

— Comment va-t-il réagir d'après toi en apprenant sa fuite ?

— La dernière fois, il est allé au refuge armé d'un couteau. Ça nous donne une idée…

Son portable vibra. Elle consulta l'écran et se détourna avant de prendre l'appel.

— Marnie Rome.

Elle écouta son interlocuteur en silence, les épaules tendues, la nuque raide.

— Où est-il maintenant ? dit-elle d'une voix mécanique. Toujours à l'hôpital ?

Noah referma la porte du placard et fit glisser le verrou.

— Compris. J'arrive aussi vite que possible. Merci.

Elle ferma le téléphone dans son poing et le glissa dans sa poche.

— Leo ?

Noah craignait le pire. Le mari de Hope avait-il appris la fuite de sa femme et s'était-il échappé à son tour ?

— Non, ce n'est pas Leo.

Marnie lui fit face. Son visage était d'une pâleur spectrale, ses yeux soulignés d'ombres bleues.

— J'ai besoin de la voiture. Tu vas devoir prendre le métro pour rentrer. Vois si Abby s'en sort. Et appelle-moi si tu apprends quoi que ce soit. Je m'absente pour le reste de la journée.

— Tout va bien ?

Marnie se dirigea vers la porte sans un mot.

Felix Gill surveillait la maison des Proctor depuis sa fenêtre. Il vit Marnie retourner à sa voiture, s'asseoir au volant et démarrer. Noah s'assura de bien refermer la porte à clé avant de s'arrêter dans l'allée pavée pour chercher sa carte de métro dans sa poche. Son téléphone vibra contre sa hanche. Il s'en empara et lut l'écran : Ron Carling, du poste de police.

— J'ai trouvé quelque chose sur les bandes vidéo, lui dit Ron. Une Prius. Elle était garée devant l'hôpital ce matin à peu près à l'heure qui nous intéresse, et écoute-moi bien, la même voiture se trouvait devant le refuge, à Finchley, le jour où Leo Proctor a été poignardé.

— La même voiture, tu en es bien sûr ?

— Oui, dans la rue du refuge, puis deux rues plus loin au moment où l'ambulance a emmené Proctor. Les caméras de surveillance balaient sans relâche cette partie de la ville.

— Tu as un numéro d'immatriculation ?

— Yep ! Je fais la recherche en ce moment même. Un connard dans une Prius, ajouta Carling d'un air de mépris et de triomphe mêlés. Il surveillait les filles.

37.

Six mois plus tôt

Avec ses vêtements moulants dans la boîte de nuit, elle est en sueur. L'odeur de cuivre vient du sang, frais, qui coule entre ses cuisses. Une sensation choquante, brutale, qui le bouleverse. Il sait qu'il ne devrait pas, il le sait parfaitement. Même sa vue se brouille, et il franchit le pas…

Ça l'aide. Ça l'aide que ce ne soit pas juste de la baise. Il est incapable de mettre un nom dessus, mais cela va au-delà de la honte, de la salissure. C'est…

Diabolique. Incontrôlable. Jamais il ne pourra l'avouer à Freya. Ça le rassure, d'avoir un secret.

Dans la chambre d'hôtel, sur le lit pouilleux, elle le chevauche. Ses genoux lui bloquent les aisselles, la douleur lui contracte le visage.

— Argh…, ânonne-t-il, ne…

Elle se penche sur sa poitrine, presse ses seins contre son torse, les pointes telles des têtes de clou chauffées à blanc. Les pouces de la fille cherchent les tendons dans son cou… facile. Ce n'est pas la première fois qu'elle joue à ce petit jeu. Il ne lui en faut pas plus – les genoux, les pouces, son corps brûlant pressé sur son estomac – pour que ses testicules se ratatinent, comme s'ils rentraient dans leur coquille.

— Tu me fais mal…

— Tu plaisantes…

Ce sont ses premiers mots. D'une voix douce, chantante. Son sourire tout en dents contre son cou.

— Je commence à peine, souffle-t-elle.

Freya et les jumeaux dorment quand il rentre à la maison.

Il se glisse dans la salle de bains et se lave pour faire partir l'odeur, honteux et reconnaissant à la fois, comme un chien qu'on autorise à boire après un long trajet en voiture. La maison est si tranquille ; il n'en revient pas. Il s'assoit sur le bord de la baignoire et écoute le silence. Pas seulement dans la maison. En lui. Comme s'il avait fait taire le vacarme, le mugissement en lui.

Il sait déjà qu'il y retournera.

38.

De nos jours

Un coup de tonnerre frappa le toit pentu de l'unité de sécurité avant de rouler au loin telle une boule de neige. Marnie rentra les épaules près du mur, avec la sensation d'être tapie dans le placard sous l'escalier.

C'était la première fois que l'unité de sécurité de Sommerville l'appelait. Elle avait donné son numéro pour les urgences, mais son interlocuteur était toujours Jeremy Strickland, l'avocat de Stephen. Pas cette fois. Cette fois, c'était le chef de la sécurité de Sommerville qui l'avait contactée. Dès qu'elle avait vu son nom sur l'écran de son portable, elle avait su que c'était grave.

Paul Bruton l'accueillit de l'autre côté de la porte.

— Merci d'être venue aussi vite. Allons dans mon bureau. Je vais vous apporter du café.

— Comment va-t-il ? demanda Marnie.

— Il est retourné dans sa chambre. (Bruton consulta sa montre. Il restait du côté gauche du couloir, comme si c'était la règle.) L'hôpital l'a laissé sortir tout à l'heure.

— Pourquoi ne m'avez-vous pas appelée tout de suite ?

— Il n'a pas voulu. Nous avons respecté sa volonté.

— Pourquoi ? (Son ton moralisateur l'exaspérait.) C'est un détenu, pas un invité.

Bruton lui adressa un sourire mielleux.

— Vous êtes ici en tant que parent, pas inspecteur de police. Les détenus ont le droit de refuser les visites.

Elle faillit aboyer en retour : *Je ne suis pas un parent! Je n'ai plus de famille! Il les a tués!*

Au lieu de quoi, elle répondit :

— Mais il veut me voir maintenant. Pourquoi a-t-il changé d'avis ?

— Je ne sais pas. Il ne communique guère en général. (Bruton lui ouvrit la porte de son bureau.) Après vous…

Elle prit un siège, déclina sa proposition de café et demanda un verre d'eau.

Bruton délégua cette corvée à une personne au bout du fil, et remonta légèrement son pantalon avant de s'asseoir à son bureau. Son visage, rond comme une baudruche, paraissait lisse au premier regard. Il portait un sweat-shirt Plain Lazy sur son pantalon de costume. C'était un homme à double langage : le haut s'adressait aux jeunes incarcérés d'ici, le bas représentait sa fonction. Il avait trop de cheveux sur le crâne et le front haut. De temps à autre, il prenait ses cheveux à pleines mains et les rejetait en arrière, s'imaginant sans doute qu'il ressemblait à Hugh Grant. Des photos de famille souriantes jonchaient la surface du bureau.

Une fille en legging noir et sweat blanc à capuche lui apporta un verre d'eau. Elle ne regarda ni Bruton ni Marnie, se concentrant sur sa tâche, avec l'air d'une personne qui cherche à se faire bien voir. Elle s'était rongé les ongles jusqu'au sang.

— Merci, Lynne, c'est parfait. (Après son départ, il reprit :) Je ferais mieux de vous expliquer ce qui s'est passé. J'ai bien peur que ce ne soit pas facile à entendre.

— Je m'en doute, puisqu'il a passé la nuit à l'hôpital. (Marnie but une gorgée d'eau tiède.) Mais les médecins l'ont laissé sortir, donc j'imagine que ce n'est pas si terrible.

— Il était à l'hôpital depuis samedi. C'était… une violente agression. (Il reprit ses cheveux en mains avec une grimace.) Je suis désolé, j'aurais dû être plus clair au téléphone.

— Oui, en effet. (Elle reposa son verre, la paume moite.) Alors, c'était si grave que cela ?

La chambre de Stephen se trouvait à l'extrémité d'un couloir qui courait sur toute la longueur du bâtiment principal. L'œil rouge d'une caméra de sécurité suivit le cheminement de Marnie. L'acoustique était étrange. Trop d'écho. Quand elle s'éclaircit la gorge, le plafond absorba le son et lui renvoya un grondement sonore.

Tous les gamins détenus ici jouissaient d'une chambre séparée avec sa salle d'eau attenante. Le site Internet vantait le confort et la gaieté des chambres « moquettées », comme si c'était un rare privilège. D'après le site, Sommerville encourageait ses détenus à personnaliser leurs chambres avec des posters et des photographies.

Dans la chambre de Stephen, aucune affiche au mur. Marnie l'avait deviné avant même de la voir. La moquette avait la couleur et la texture du porridge, une fausse laine dure qui cachait la crasse dans ses mailles serrées. Les murs étaient recouverts de papier peint orange. Aux fenêtres, un rideau défraîchi laissait passer de pâles rais de lumière.

Stephen était allongé sur le dos dans son lit. Un bras sur les yeux pour se protéger de la lumière. Il portait un T-shirt blanc et un survêtement gris. Des marques sombres au-dessus des coudes, là où deux paires de mains l'avaient maintenu plaqué au sol. Sur les joues, des griffures rouges et sous le menton, des égratignures là où les ongles avaient déchiré la peau.

Les pires dommages n'étaient pas visibles.

C'était dur de le regarder, sachant ce qu'on lui avait fait subir.

Marnie observa la fenêtre, puis la petite chambre. C'était la première fois qu'elle venait ici.

Une petite étagère contenait une poignée de livres, dont le recueil de nouvelles qu'elle lui avait apporté le week-end précédent. La pièce dégageait une odeur astringente, comme celle de la pommade pour les ecchymoses. L'hôpital avait prescrit un antalgique. Il avait l'air complètement sonné. Elle tira la chaise du bureau et s'assit près du lit.

— Bruton m'a dit que tu voulais me voir.

Stephen garda le bras en travers de ses yeux.

— J'ai changé d'avis.

Il serra le poing. Son coude était anguleux, osseux. Un souvenir lui revint brusquement en mémoire : elle l'avait attrapé en train de grimper à un arbre dans le jardin de ses parents quand il avait huit ans. Son corps était plus léger qu'elle ne l'aurait cru, avec ses petits os saillants.

— Il m'a fallu trois heures pour venir. Je vais rester une minute si tu veux bien.

— Je ne veux pas parler, dit-il d'une voix blanche, atone.

— D'accord. (Elle prit un livre sur l'étagère.) Tu permets ?

Comme il ne répondait pas, elle s'assit et tourna les pages, incapable de comprendre ce qu'elle lisait. Elle avait encore à l'esprit les images que Paul Bruton lui avait mises en tête : Stephen plaqué au sol, des ongles plantés dans son visage…

— Tu n'as pas ton boulot de flic à faire ?

Elle prit un moment avant de répondre.

— Bruton dit que tu n'as pas voulu raconter à la police ce qui s'était passé. Tu pourrais au moins leur dire qui sont les responsables. Ils méritent d'être punis.

— Et tu sais de quoi tu parles.

— Tu te trompes. Je sais que tu as le droit de te sentir en sécurité ici.

Il marmonna entre ses dents :

— J'ai perdu ce droit.

— Qu'est-ce que tu as dit ?

— Tu peux ficher le camp ?

Sa pitié était la dernière chose qu'il voulait.

— L'hôpital a fait des prélèvements. On peut identifier les coupables.

— Bonne chance. Ils ont utilisé une bouteille.

— Quoi ?

Il haussa le ton :

— Ils ont utilisé une bouteille à la place de leurs bites !

L'agression avait duré vingt minutes, peut-être plus, d'après les heures de ronde du personnel. Ils avaient trouvé Stephen dans la salle de bains, nu, en sang, incohérent et en état de choc. Il avait eu besoin de points de suture et d'une perfusion.

Elle reposa le livre sur le bureau.

— Ils ont prélevé des échantillons sur ton visage. On pourra retrouver les ADN grâce à cela.

Il ne répondit pas.

— Quelle garantie as-tu qu'ils ne recommenceront pas ?

C'était plus que de la peur, dans l'attitude de Stephen. C'était de la honte. Cette manière de baisser la tête. L'inflexion défaitiste de sa voix. Il lui rappelait Leo Proctor.

— Combien étaient-ils ? Bruton a parlé de trois au moins.

— Bruton n'a pas la moindre idée de ce qui s'est passé, dit-il abruptement.

— Alors combien ? Quatre ? Cinq ? Personne n'aurait pu échapper à autant de garçons.

Il serra le poing.

— Toi non plus, tu n'as pas la moindre idée de ce qui s'est passé.

Marnie étudia les griffures sur ses joues. Des demi-lunes nettes dans la peau. Peu à peu, malgré son incrédulité, elle déclara :

— Des filles ? Ce sont des filles qui t'ont fait ça ?

— Va-t'en…, hoqueta-t-il, le visage décomposé.

L'étau des doigts sur sa joue avait une envergure trop petite pour la main d'un homme. Et les ongles qui avaient lacéré sa peau appartenaient à une fille. Elles l'avaient maintenu par terre et violé, brutalement, avec une bouteille en verre. Des adolescentes étaient coupables de ce crime.

— Stephen…

Il leva son bras, révélant les larmes qui perlaient à ses paupières.

— Fous le camp je te dis ! Je ne veux pas de toi ici ! Tu es la dernière personne que j'ai envie de voir.

Elle soutint son regard.

— Pourquoi ? Je suis bien la dernière personne qui risque d'avoir pitié de toi. À moins que tu n'aies envie d'être pris en pitié.

Il se redressa sur les coudes, le visage blême. Elle savait ce qu'il allait dire. Elle lut son besoin de lui passer la douleur, comme un bâton de relais.

— J'ai poignardé tes putains de parents, salope. Je te planterai aussi.

— Non, tu ne le feras pas.

Elle se leva et se posta près du lit.

— Pour commencer, tu n'as pas de couteau.

— Je peux en trouver un, dit-il, le menton relevé, en pointant du doigt la croûte en bas de sa joue. Comment crois-tu que ces salopes m'ont obligé à rester tranquille ?

— Quelles salopes ? Donne-moi des noms.

Il laissa échapper une sorte de coassement.

— Tu te crois courageuse parce que tu viens ici tous les mois… Enfin vengée, hein ? Voilà pourquoi j'ai demandé à te voir. Pour que tu aies enfin ce que tu veux et que tu me foutes la paix.

— C'est ce que je veux d'après toi ?

— Ouais. Ouais ! Si tu n'étais pas une garce hypocrite, tu le reconnaîtrais.

— Tu crois que ça ne me suffisait pas, de voir mes parents comme ça ? Je suis témoin de ce genre d'horreurs tous les jours ! Avec mon boulot de flic. Je n'ai pas besoin de venir ici pour voir un gamin de dix-neuf ans avoir trop honte pour nommer ses violeurs. C'est mon quotidien.

— Alors fous le camp !

Sa colère était tel un mur. Chaque mot en constituait les briques pour l'édifier toujours plus haut, plus infranchissable.

— Une dernière chose, avant de m'en aller, dit-elle en tendant la main droite. J'aimerais les lunettes de mon père.

Ses épaules tremblaient, son regard était celui d'un animal sauvage.

Marnie attendit, main tendue, l'air indifférent. Stephen s'affaissa dans son lit, et leva le bras pour tenir Marnie à distance, comme la lumière fade qui éclairait la moitié de son visage.

— Dans le bureau, bredouilla-t-il. Dans le tiroir.

Elle s'approcha du petit bureau. Le tiroir, difficile à ouvrir, était bourré de papiers et de cartes – et il y avait le boîtier à lunettes de son père. Elle le prit et le posa sur la table pour pouvoir fouiller son contenu. Sous le boîtier se trouvait un portefeuille qu'elle avait fabriqué à l'école pour son père, deux pièces de cuir grossièrement cousues ensemble.

La broche en forme de mouette de sa mère.

Marnie l'avait cherchée partout dans la maison de ses parents. Une petite mouette en émail avec une aile blanche et des éclats de verre poli bleus pour les yeux. L'aiguille avait été arrachée, sans doute par le personnel de la prison. Elle posa la broche à côté des lunettes de son père.

Et puis pêle-mêle : une page arrachée du *Guardian* : les mots croisés complétés par sa mère avec quelques annotations dans la marge ; des enveloppes avec des timbres de Noël adressées à Greg et Lisa Rome par Marnie ; les cartes qu'elle leur envoyait chaque année ; les trois dernières enveloppes qu'elle avait envoyées à « Greg, Lisa et Stephen » ; des photos de famille, l'une d'elle à huit ans, en jean et T-shirt vert, le regard voilé par une ombre. Elle portait son nouveau bracelet porte-bonheur, orné d'un fer à cheval argenté…

Elle balaya le reste du tiroir du plat de la main, à la recherche du bracelet porte-bonheur, sans succès. D'autres photos d'elle enfant, seule ou avec ses parents. Dans son uniforme scolaire ou habillée en policier, désespérément fière. Elle avait peur de tomber sur une autre photo, avec les écritures sur sa peau. Le genre d'images qui s'échangeaient contre des paquets de cigarettes dans un lieu comme Sommerville.

La poitrine de Stephen ne bougeait pas. Il retenait sa respiration. Il voulait qu'elle fouille son tiroir, il voulait savoir s'il avait encore le pouvoir de la blesser. Pour lui montrer que rien n'avait changé entre eux.

Pas de photos d'elle nue. Elle résista à l'envie de tirer entièrement le tiroir et de le retourner pour vérifier s'il avait collé quelque chose dessous, mais c'était inutile. Bruton et son équipe devaient mettre ces piaules à sac au moins une fois par semaine.

Elle effleura la broche en forme de mouette du bout des doigts. L'émail était froid et lisse comme le verre. Elle pouvait sentir la fragrance fraîche de sa mère. Les bords du portefeuille fait main, mal cousus, rugueux. Elle se rappelait s'être battue avec la grosse aiguille de l'école, les doigts piquetés de rouge. Son père conservait dans la poche du portefeuille la petite clé qui ouvrait la pendule d'officier du salon. Ces horloges… elle regardait son père les remonter chacune leur tour. Elle se remémorait la sensation de la main de son père sur son épaule, l'impression de sécurité et de force que ce geste lui procurait. À l'école, quand elle avait appris les lois de la gravité, c'était le visage de son père qu'elle voyait.

Stephen ne faisait aucun bruit. Il était si immobile qu'on peinait à croire à sa présence.

Debout devant le tiroir ouvert, Marnie fouilla son contenu avec soin, avec tendresse. Un point sombre avait disparu de sa poitrine. Peut-être devrait-elle le remercier d'avoir entretenu leur mémoire. Elle avait passé tant d'heures – de mois, d'années – à les garder à distance. Stephen les avait rapprochés d'elle, un acte qui pouvait passer pour de la générosité, alors qu'il n'en était rien. Elle avait rôdé autour de ses propres souvenirs comme un enfant se coule dans une maison obscure, effrayé à l'idée de déranger les ombres. Stephen...

Stephen l'obligeait à regarder, toucher et sentir son passé. Il le rendait réel.

Elle inspira profondément et retint son souffle en se demandant si le gamin sur le lit l'avait ressentie aussi. La tension palpable entre eux. Elle courait sous sa peau. Plus prégnante que le silence, que les secrets jalousement gardés par Stephen – comment avait-il tué ses parents, et pourquoi ? Une sensation insidieuse, dangereuse. Pas une menace, mais presque...

Les ruines autour d'eux n'étaient plus les mêmes. Le chaos et la douleur du passé. Si Marnie n'y prenait garde, elle verrait de nouveau son univers s'écrouler, et les enterrerait tous les deux une deuxième fois.

Très doucement, elle referma le tiroir, laissant le boîtier à lunettes de son père à l'intérieur. Elle prit la broche en forme de mouette, et la garda au creux de sa main.

Sans un regard vers le lit, elle quitta la chambre et reprit le long couloir qui menait au bureau de Paul Bruton.

— C'étaient des filles.

— Je vous demande pardon ?

Elle ferma la porte et s'approcha du bureau du directeur.

— Il n'a pas voulu me donner de noms, mais ses agresseurs sont des filles.

La lueur qui brilla dans les yeux de Bruton le trahit.

— Vous connaissez les coupables.

— Non, non. Je soupçonnais des garçons, bien évidemment, et comme Stephen ne se montre pas du tout coopératif...

— Il a été violé, c'est déjà assez douloureux. Le fait que ce soit par des filles...

— C'est une terrible humiliation. Je le comprends très bien. Le psychiatre...

— Oubliez le psychiatre une minute. Je veux savoir comment vous allez procéder pour trouver les responsables. (Elle le regarda droit dans les yeux.) Je pense qu'il est inutile de vous rappeler que la police peut ouvrir une enquête sans la coopération de Stephen.

Bruton inspira entre ses dents, pianotant du pouce sur son bureau.

— Une des filles… Julie. Elle a dix-neuf ans. Elle est ici parce que… elle a fait croire à un garçon qu'elle voulait coucher avec lui, l'a fait boire, et l'a tenu pendant que son petit copain de seize ans le violait. Le petit ami a pris cinq ans. Julie a été identifiée comme la meneuse et a écopé de sept ans.

— Elle est ici depuis combien de temps ?

— Huit mois.

Marnie regarda les photos de famille sur le bureau de Bruton, puis les affiches optimistes au mur rappelant aux détenus qu'ils avaient le droit d'être réhabilités. Il avait rempli la pièce de fausses promesses, aussi mièvres et féroces que l'imaginaire des frères Grimm. Les photos de famille étaient pour les prisonniers un rappel cruel de ce qu'ils avaient perdu, ou n'avaient jamais connu.

— Vous avez enfermé cette fille avec des adolescents.

— Sommerville prend des délinquants sans distinction de genre. Nous les répartissons au mieux, mais… (Bruton rejeta ses cheveux en arrière.) Je l'interrogerai, elle et les autres filles. Nous suivrons la procédure, vous pouvez être rassurée sur ce point.

— Vous suiviez toujours la procédure, n'est-ce pas ? Ça n'a pas empêché ce drame.

39.

Six mois plus tôt

La deuxième fois, c'est différent. Pas de boîte de nuit, pas d'hôtel de passe. Elle est dans un sale état, mais elle ne saigne pas cette fois.

C'est différent parce qu'il sait à quoi s'attendre. Il sait exactement dans quoi il met les pieds, et merde !, se dit-il, ce n'est pas ce que je veux. Le contrôle de tout cela lui échappe. Encore une chose qui lui échappe. Alors qu'il aurait voulu rétablir l'équilibre. Laisser Freya et les jumeaux quelques heures et être quelqu'un d'autre, un étranger pour sa famille.

Il voulait se cacher de Freya et des enfants, être dans la peau d'un autre. Au plus profond de lui-même. Mais cette fois, c'est différent. Cette fois, elle lui fait vraiment mal. Elle utilise ses ongles, ses dents, ses poings.

Ce n'est pas ce que je voulais. Je voulais garder le contrôle.

Puis il se dit : Je vais devoir expliquer ces hématomes à Freya.

Ça – la surprise de Freya, ses questionnements –, ça l'excite. L'idée d'une substance sur sa peau différente du lait séché, du vomi de bébé, de la sueur puante après une nuit sans sommeil… Ça l'excite, alors il la laisse faire. Lui faire mal. Et quand c'est son tour, il sait exactement ce qu'elle veut.

Elle veut qu'il lui imprime sa marque, qu'il la rende différente… Une étrangère – un choc – pour celui à qui elle retournera, pendant que lui retrouvera Freya et les jumeaux. Si jamais elle a quelqu'un.

Peut-être – c'est ce qu'il pense en réalité – que personne n'attend cette fille.

Elle rentre dans une maison vide. Remplie de miroirs sans vie.

C'est là qu'elle se regarde.

Dans les miroirs.

Où elle ne veut pas être reconnue.

Une femme avec un autre visage.

40.

De nos jours

— Le connard dans la Prius, dit Noah Jake. On en est où avec lui ?

Ron Carling leva le nez de son mug de thé, la bouche rehaussée d'une moustache de sucre glace.

— J'ai un nom et une adresse. Pas de casier judiciaire. Seulement quelques points en moins sur son permis de conduire. (Il paraissait agacé.) Sûrement rien d'intéressant.

— C'est à voir. (Noah s'approcha de son bureau et demanda par-dessus son épaule :) Tu as son nom ?

— Henry Stuke.

Carling se leva et tendit à Noah une feuille de papier.

— Tiens, c'est tout ce que j'ai. Le retrait de points, c'était pour un excès de vitesse. Un truc comme 52 kilomètres-heure dans une zone limitée à 50. On est loin de la formule 1.

Noah alluma son ordinateur et chercha l'adresse du suspect.

Henry Charles Stuke habitait à West Brompton. D'après son assurance, il était marié, avec deux personnes à charge. Noah imprima son assurance auto, puis se connecta à la base de données des personnes disparues.

Carling l'observait par-dessus son épaule.

— Welland cherche ta boss. Le SPJ fait dans son froc à propos du cimeterre. C'est ton affaire, non ?

— Ouais.

— Alors, où est l'inspecteur ?

— Elle est sur le coup.

Noah lut attentivement l'écran, ne voulant pas donner l'impression qu'il n'avait pas la moindre idée d'où se trouvait Marnie.

— Sale histoire, hein ?

Carling croisa les bras et percha son gros postérieur sur le bureau de Noah, comme s'il voulait en tester la résistance.

— On travaille sur deux affaires distinctes, dit Noah. Le cimeterre et une agression au couteau.

Carling plissa les yeux vers l'écran.

— Et les personnes disparues. C'est qui ?

— Simone Bissell et Hope Proctor.

— Laquelle est la victime ?

— Aucune des deux. Hope Proctor a poignardé son mari au refuge de Finchley.

— Ah, je sais ! Ce salaud lui filait des roustes, c'est ça ?

— On dirait bien, oui.

— Vermine. (Carling se pencha vers lui.) Pas génial quand c'est pas mutuel, hein ? Et toi, au fait, adepte des colliers de chien en cuir ?

Noah continua à parcourir la base de données en ligne.

— Je préfère le *sounding*.

— Le *sounding* ? C'est quoi ce truc ?

Noah ferma la base de données et se leva, puis plaqua une main sur l'épaule de son collègue.

— Regarde sur Wikipédia.

Il avait plu, mais maintenant que le soleil était revenu, de la vapeur s'élevait des pavés et des vitres des voitures garées. Noah prit son portable et composa le numéro de

Marnie. Tomba sur sa messagerie. « Carling dit que Welland te cherche. Je préfère te prévenir. Le SPJ devient nerveux à propos de Nasif Mirza. Je vais au refuge avec Ed pour poser des questions à Ayana. J'en ai sûrement pour un moment. »

Le foyer était encore moins accueillant après la pluie, avec son toit recouvert de bâches en plastique noires. Aucune trace d'ouvriers dans les parages. Comme la porte d'entrée était verrouillée, Noah appuya sur l'interphone et montra son badge à la caméra de sécurité. Au bout d'environ une minute, la porte vibra et s'ouvrit. Il alla au bureau d'accueil où Jeanette était installée avec une tasse de chocolat chaud. Elle lui jeta un regard aigre :

— S'lut.

— Bonjour. Ayana est dans sa chambre ?

— Oui.

À sa réponse catégorique, Noah la soupçonna de ne pas du tout savoir où étaient les filles.

Dans la salle commune, Shelley Coates vernissait ses ongles de pied en rose. Tessa Stebbins était assise à côté d'elle sur le canapé, à mâchonner un chewing-gum, son regard vide vissé à la télévision. Mab Thule sommeillait dans son fauteuil roulant, ses mains gantées sur les genoux.

— Bonjour, dit Noah. L'une de vous a-t-elle vu Ayana ?

— Au déjeuner, répondit Shelley en rajustant la mousse entre ses orteils. Pas depuis.

Il retourna au bureau d'accueil et demanda à Jeanette de lui indiquer la chambre d'Ayana.

— Elle a des ennuis ? demanda-t-elle, la bouche pleine.

— Non, j'ai juste besoin de son aide.

La porte d'Ayana était verrouillée. Noah frappa.

— Ayana ? C'est le sergent Noah. J'ai un service à vous demander.

Il attendit un moment, mais ne perçut aucun mouvement dans la pièce.

— Ayana ?

Après hésitation, il tourna la poignée. Fermée à clé.

— C'est à propos de Hope et Simone ? Pouvons-nous discuter, juste une minute ?

Pas de réponse. Et pas le moindre bruit à l'intérieur.

Noah rebroussa chemin et tomba sur Ed. À voir son expression inquiète, Ed comprit tout de suite que quelque chose n'allait pas.

— Que se passe-t-il ?

— Ce n'est peut-être rien, mais Ayana s'est enfermée dans sa chambre. Elle ne répond pas.

Ed retourna au bureau d'accueil au pas de course, et revint avec un trousseau de clés. Pendant qu'il cherchait la bonne, il frappa à la porte de la jeune femme.

— Ayana ? C'est Ed. Tout va bien ?

Toujours rien.

— J'ai la clé. J'entre, d'accord ?

Après avoir attendu quelques secondes de plus, il déverrouilla la porte et la poussa.

La pièce était déserte, le lit soigneusement fait.

Ayana avait disparu.

41.

— Lee Hurran, dit le commandant Tim Welland comme s'il venait d'avaler une abeille.

Sa grosse voix grondait à l'oreille de Marnie, qui était prise dans les embouteillages sur le trajet du retour à Londres.

Cimeterre. Main tranchée. Frère d'Ayana, Nasif Mirza.

— Lee Hurran, répéta-t-elle, eh bien ?

— Il est mort.

— Quoi ?

— Staphylocoque doré, il y a quelques heures. Donc, on a une affaire d'homicide sur les bras. Voire de tentative de meurtre. Est-ce qu'on a ce qu'il faut pour inculper ce maniaque de Mirza ou pas ?

— On y travaille, monsieur.

— Vraiment ? Je croyais que vous et votre partenaire traîniez vos fesses à Finchley pour savoir pourquoi une femme battue a poignardé son mari. Pas franchement l'enquête du siècle. Pendant ce temps, le SPJ me harcèle parce qu'on n'a pas le moindre suspect ni la moindre preuve pour l'envoyer au trou… Sans parler de ce putain de cimeterre.

— Nasif Mirza me semble le suspect tout indiqué, monsieur. Nous avons parlé à sa sœur, comme vous nous l'aviez suggéré. Je pense pouvoir la convaincre de témoigner contre lui, peut-être même de porter plainte pour son agression à la Javel.

— On ne tranche pas la main d'un type avec une bouteille de Javel. Il faut trouver un lien avec le cimeterre.

— Nous en avons déjà un, monsieur. Ses empreintes…

— Il nous faut plus que ça, et vous le savez. (La voix de Welland se fit moins agressive.) Où êtes-vous, au fait ?

— J'arrive tout juste sur la A4, monsieur. Je serai à Londres sous peu.

Elle aurait dû se montrer plus vague.

— Que s'est-il passé ?

— Il a été agressé.

— Stephen Keele ? C'est grave ?

— Il… il est à l'hôpital. En convalescence. Ça n'aurait pas pu être pire.

— Désolé de l'apprendre. Au vu des circonstances, je vous dirais bien de prendre quelques jours de congé, mais nous savons tous les deux que c'est impossible. J'ai besoin de vous sur cette affaire de cimeterre.

— Compris, monsieur.

— Bien, dit Welland.

Marnie prit la direction de Finchley. Welland avait raison à propos de l'agression au cimeterre. Si le coupable avait un mobile racial, voire mafieux, cette affaire aurait des répercussions bien plus graves que l'agression de Leo Proctor. Ils avaient besoin du témoignage d'Ayana contre Nasif. D'après son message téléphonique, Noah Jake était déjà au refuge. Avec de la chance, il était en train de convaincre la jeune femme de l'aider à mettre son frère là où il devrait être : derrière les barreaux.

Noah et Ed se tenaient devant le bureau où était assise Jeanette Conway. La bénévole observait les deux hommes par-dessus sa tasse de chocolat. Dans son gant de laine rouge, la tasse paraissait étrangement festive. Jeanette portait de nouvelles boucles, du cristal Swarovski, un bijou de prix. Marnie se demanda si les deux hommes les avaient remarquées.

— Quoi de neuf? demanda-t-elle en voyant les visages sombres de Noah et Ed.

— Ayana a disparu, dit Noah.

— Quand?

— Après le déjeuner.

Marnie referma la porte du bureau, avec Jeanette à l'intérieur. Elle tourna le dos à la porte.

— Pourquoi? (Elle se tourna vers Ed.) Je croyais qu'elle ne devait quitter cet endroit sous aucun prétexte?

— Je pense qu'elle n'a pas eu le choix. (Il avait l'air abattu.) Je crois qu'elle a été piégée. Ou enlevée.

— On a essayé son portable, dit Noah. Il est éteint. J'ai appelé le poste et j'ai fait envoyer une voiture chez ses parents. Il n'y a personne.

Marnie réfléchit un moment.

— Des nouvelles de Hope ou Simone?

Noah se mordilla l'intérieur de la joue.

— Toujours rien, mais Ron Carling a repéré quelque chose sur les bandes de vidéo-surveillance. La même voiture, garée devant le refuge vendredi et plus tôt dans la journée d'aujourd'hui à l'hôpital.

Il lui tendit la copie du permis de conduire.

— Coïncidence? L'hôpital est situé tout près. Et si la Prius était garée…

— Elle n'était pas juste garée. La vidéo montre que ses essuie-glaces fonctionnaient pendant l'averse de vendredi. Et s'il épiait le refuge depuis sa voiture?

— Henry Stuke. (Marnie montra la photo imprimée à Ed.) Tu l'as déjà vu?

Ed étudia l'image et secoua la tête.

— Non.

Marnie plia la feuille et la glissa dans sa poche.

— Que dit Jeanette ?

— Elle faisait la vaisselle dans la cuisine, répondit Noah. Ayana a mangé avec les autres et paraissait normale. Jeanette ne l'a pas vue partir. Elle jure que personne n'est venu au refuge avant mon arrivée, un peu avant 17 heures. (Il marqua une pause.) La porte d'entrée était verrouillée cette fois.

— Et les ouvriers sur le toit ?

— Bonne question. (Il passa la tête par la porte du bureau.) Les gars sont-ils venus travailler sur le toit aujourd'hui ?

Jeanette haussa les épaules.

— Bah, pour autant qu'ils viennent.

— Entrent-ils parfois dans le refuge ?

La bénévole ouvrit de grands yeux, comme si l'idée était totalement saugrenue.

— Non.

— Avez-vous le numéro de téléphone de l'entrepreneur ?

— Je peux le trouver, intervint Ed.

Il prit son portable, composa un numéro et s'éloigna.

— Tout va bien ? demanda Noah à Marnie.

— En dehors de toutes ces personnes disparues ? Génial.

Son ton sarcastique en disait long. Noah reprit :

— Il s'est passé quelque chose à l'hôpital : Hope a reçu un appel avant-hier soir. L'infirmière de garde dit qu'elle a discuté pendant vingt minutes. Abby l'a confirmé : quand elle est revenue de sa pause, elle a trouvé Hope au téléphone. J'imagine que c'était Simone au bout du fil.

— Donc elles ont planifié leur fuite. Comment était Hope après cet appel ?

— Très calme. L'infirmière de garde a mis son attitude sur le compte de cette longue conversation, elle a pensé que c'était l'une de ces copines bavardes qui ne se rendent pas compte que le patient a besoin de repos.

— Tu penses que Hope n'avait pas l'intention de fuir ?

— Possible. D'après Ed, Simone peut se montrer très convaincante, et Hope a été conditionnée à faire tout ce qu'on lui dit.

(Noah marqua une pause.) J'ai vérifié la chambre de Simone. Elle a pris presque toutes ses affaires. La chambre de Hope a l'air d'avoir été mise sens dessus dessous. Il faut dire qu'elle n'avait pas grand-chose. Je ne crois pas qu'elles aient prévu de revenir.

Ed les rejoignit.

— Calvin Roofers, dit-il en tendant à Marnie un morceau de papier avec un numéro griffonné dessus. Je suppose que tu veux passer l'appel toi-même.

— Merci.

Elle donna le papier à Noah.

— Et il faut revoir les bandes vidéo, au cas où elle soit sortie par là. Tu peux me montrer les autres sorties ?

Ed hocha la tête et ouvrit la marche.

La sortie de secours au bout du couloir était verrouillée, mais pas protégée par un système d'alarme.

— Toutes les fenêtres ont des verrous, leur dit Ed, mais la plupart sont trop petites pour qu'une femme se faufile par là.

— Elles n'ont pas besoin d'être très grandes pour Ayana.

— Elle n'est pas partie de son plein gré, intervint Ed. Elle a été piégée. Ou forcée à suivre quelqu'un.

— Qui ?

— Ses frères. Sa famille.

— J'oubliais... Lee Hurran – l'homme que Nasif a mutilé. Il est mort il y a deux heures. Nous avons une affaire de tentative de meurtre sur les bras.

— Tu penses que Nasif Mirza est déjà au courant que nous voulons l'inculper pour meurtre ? demanda Noah.

— C'est trop gros pour être une coïncidence. Mais comment sa famille a-t-elle su qu'elle était ici ? Elle a tenu tout ce temps sans appeler chez elle. Qu'est-ce qui a bien pu se passer ?

Ed secoua la tête.

— Le bureau, dit Marnie. Est-ce que le refuge conserve les dossiers détaillés ici ? Quelqu'un aurait pu lire le sien, trouver son parent le plus proche... ?

— Impossible, répondit Ed. J'ai vérifié dès que j'ai constaté… le manque d'implication de Jeanette dans son travail. Aucun dossier n'est ici. Ils sont centralisés ailleurs, en lieu sûr.

— Donc elle a dû passer l'appel elle-même.

— Elle n'aurait jamais fait ça, répliqua Ed. Ça n'a pas de sens.

Noah dit lentement :

— Elle n'avait pas besoin de les appeler. (Il se passa la main sur le front, visiblement nerveux.) Ils ont très bien pu nous suivre. Les frères. Ils savent que nous enquêtons sur Nasif. Ils savent que nous avons besoin de preuves contre lui. Ils ont pu se dire qu'on les conduirait à elle. C'est peut-être même ce qu'ils espéraient. Nous suivre jusqu'ici. Jusqu'à Ayana.

— Tu penses avoir été suivi ? dit Marnie d'une voix blanche. Ou moi ?

— Nous sommes venus plusieurs fois ici depuis l'agression au cimeterre. (Noah observa Marnie, puis Ed.) C'est peut-être nous qui l'avons mise en danger.

— Si ses frères sont venus ici, quelqu'un a dû les voir. Peut-être pas Jeanette, mais l'une des autres filles. Elle ne serait pas partie sans réagir, si ? Ed ?

— J'aimerais croire que non. Mais s'ils ont réussi à la trouver… elle pouvait être sous le choc.

— Où sont les autres ? Il est temps qu'on leur pose quelques questions délicates.

Sur l'écran de télévision de la salle commune, une femme gesticulait en haranguant un gamin boutonneux, à qui elle dressait la liste de ses défauts.

— Vas-y ma p'tite ! glapit Shelley en claquant des doigts.

Tessa était assise par terre, aux pieds de Shelley. Mab dormait dans son fauteuil, la tête sur la poitrine. Marnie traversa la pièce et éteignit le poste. Puis elle se tourna vers les trois femmes avec un sourire ferme.

— Nous avons besoin de votre aide.

Le silence soudain réveilla Mab, qui leva la tête et regarda Marnie. Shelley croisa les bras et soupira. Par terre, Tessa serra ses genoux contre sa poitrine.

— Ayana a disparu. Je pense que vous l'avez toutes vue au déjeuner, n'est-ce pas ? (Un trio de hochements de tête.) L'une de vous l'a-t-elle vue après ?

— Elle était dans sa chambre, dit Shelley. C'est ce qu'on croyait, hein, Tess ?

Tessa acquiesça. Elle dégagea ses épaules de Shelley et jeta un bref regard à Ed et Noah avant de revenir à Marnie.

— Le toit, dit Mab.

Ed s'accroupit à côté de son fauteuil.

— Le toit ? répéta-t-il.

Mab chercha la main d'Ed et la garda entre les siennes.

— Elle est montée. (Elle montra le plafond à l'aide de la main d'Ed.) À travers le plafond.

Shelley gloussa.

— Ne dis pas n'importe quoi !

Mab se renfrogna et agrippa la main de son protecteur.

— Elle l'a fait !

— Ayana est montée sur le toit. Quand ? Après le déjeuner ?

— Il l'a tirée, dit Mab en tirant le bras d'Ed, pour mimer l'action.

La gorge de Marnie se serra.

— Qui l'a tirée ? Vous le connaissez ?

— Jamais vu ce type.

— Où ? demanda Ed. Vous pouvez nous montrer ?

Il aida Mab à se lever.

Shelley faisait la moue sur le canapé.

— C'est n'importe quoi. Elle se fait des films.

Par terre, Tessa gloussa.

Marnie suivit Ed et Mab, faisant signe à Noah de rester avec les deux autres. Mab se dirigea vers la sortie de secours, tout au bout du couloir. Ed ne la pressa pas et la laissa le guider. Parvenue à la sortie, elle leva la main d'Ed, qu'elle tenait toujours entre les siennes, et pointa les carreaux du plafond.

— Par là…

Marnie alla chercher une chaise dans la chambre la plus proche, et grimpa dessus pour pousser les carreaux, qui se soulevèrent facilement. Un vent froid s'engouffra par le trou du toit, en cours de réparation. Le trou était assez large pour le passage d'un homme.

Elle redescendit de son perchoir.

— Vous vous rappelez ce qui s'est passé ?

Mab hocha la tête.

— La pièce de théâtre de l'après-midi. Sur Radio 4. Je voulais l'écouter, alors je suis allée aux toilettes avant le début.

— 14 h 15, précisa Ed.

— Oui, dit Mab avec un grand sourire à son intention. *The Archers* était terminé. Je n'aime pas cette série, ils font toute une histoire pour pas grand-chose là-dedans.

— Vous êtes allée aux toilettes, dit Ed, et c'est là que vous avez vu Ayana être hissée par le plafond.

— Oui. (Son sourire se noya dans son regard inquiet.) Je l'ai dit à Jeanette. Et aux autres filles, mais elles ont dit que j'avais tout inventé. Ensuite, j'ai dû m'assoupir.

Elle se mit à pleurer en silence.

— Ce n'est rien, dit Ed. Est-ce que l'homme est descendu dans le refuge ? Par le plafond ? Pouvez-vous le décrire ?

— Noir, comme elle. (Elle épousseta le devant de son cardigan.) Un autre Indien.

Marnie évalua la distance entre le sol et le plafond. Il était impossible qu'un homme hisse une fille en train de se débattre par un trou entre les carreaux, pas sans aide. Si tant est qu'Ayana avait résisté.

— L'homme était seul ? demanda-t-elle à Mab.

— Des mains. D'autres mains, à travers le plafond. Qui la tiraient. (Elle regarda Ed, la lèvre tremblotante.) Comme les pompiers. Il l'a jetée sur son épaule, ses cheveux flottaient par-dessus sa tête.

— Est-ce que l'un d'eux vous a vue ? s'enquit Marnie.

Elle secoua la tête.

— Je suis restée cachée. Je ne voulais pas d'ennuis.

— Vous les avez entendus parler ?

— Je ne parle pas indien.

— Et Ayana ? A-t-elle appelé au secours ?

— Ils sont venus la secourir. Les pompiers. Pour la mettre en sécurité. (Mab regarda tout autour d'elle, le regard empli de confusion.) Il devait y avoir un incendie. Il est éteint maintenant. Ils ont réussi à l'éteindre. Elle va revenir, puisque le feu n'est plus là. (Elle se tourna vers Ed.) Hein, Ed ?

42.

— Mab vous a raconté ce qu'elle a vu. Pourquoi ne pas l'avoir rapporté ?

Jeanette Conway croisa les bras, sur la défensive.

— Pour de vrai ? C'était n'importe quoi. J'ai cru qu'elle avait des hallucinations.

Marnie se tourna vers les deux autres femmes. Shelley Coates haussa les épaules.

— Elle est toquée, comme ma mémé. (Elle admira le vernis de ses ongles de pied.) Une fois, vous savez quoi ? Ma mémé a voulu prendre le bus au milieu de la nuit pour aller danser. La police l'a ramenée.

— Donc vous ne l'avez pas crue. Et vous, Tessa ? Je pense que vous l'avez crue, je me trompe ?

— Sais pas, dit Tessa en jetant un coup d'œil effrayé à Shelley. Peut-être.

— C'est pas vrai, s'écria Shelley en tapant dans un coussin. T'es pas barjot.

Ed avait fait sortir Mab de sa chambre. Parmi les femmes présentes dans la salle commune, Noah ne faisait confiance ni à Shelley ni à Tessa. Encore moins à Jeanette. Marnie avait raison : on ne pouvait trouver pires témoins.

— Et Hope et Simone ? demanda Marnie.

— Quoi ? dit Shelley en regardant Noah. Ça commence à me prendre la tête. On est venues ici pour avoir la paix. Je veux ce putain de diplôme et après je rentrerai à la maison retrouver mon Clark.

— Hope Proctor s'est enfuie de l'hôpital plus tôt dans la journée. Avec Simone.

Tessa avait l'air mortifié. Jeanette consulta sa montre. Une montre de prix, Noah ne l'avait pas remarquée avant.

Shelley se frotta le nez.

— Non, pas possible ?

— Si.

Marnie ne donna pas plus de détails, préférant jauger leurs réactions.

— Alors vous pensez que… quoi ? Que c'est un couple de gouines ? (Shelley jeta à Marnie un regard de défi.) Sans vouloir vous vexer.

— Tessa ? dit Marnie.

— Quoi ? répondit l'intéressée, au bord des larmes.

— Tu savais que Simone prévoyait de s'enfuir ?

D'une toute petite voix, écrasée par la présence de Shelley dans son dos, Tessa déclara :

— Elle était d'humeur bizarre ce matin.

Shelley ouvrit la bouche pour parler, mais Marnie la fit taire d'un regard.

— Simone était bizarre ? Dans quel sens ?

— Comme si elle était excitée. Elle était dans la chambre de Hope. Je l'ai entendue. On aurait dit qu'elle déplaçait des objets. Et puis elle a pris toutes ses affaires de toilette dans la salle de bains. J'attendais pour prendre une douche. Elle a mis son shampoing dans un sac en plastique. Bizarre, non ?

— Vous lui avez demandé ce qu'elle faisait ?

— Non. Je ne voulais pas passer pour une fouineuse.

Shelley s'installa en tailleur sur le canapé.

— Je ne veux pas faire de mauvais esprit, mais cet endroit est censé être sûr, non ? Et maintenant, vous nous dites que trois femmes ont disparu ? Vous allez nous transférer ou quoi ?

— Cette décision ne m'appartient pas.

— Ayana, dit Shelley. Comment ses connards de frères ont-ils découvert qu'elle était ici ?

— On ne sait pas.

La fille regarda Marnie d'un drôle d'air.

— On était tranquilles avant votre arrivée. Depuis, tout dérape. Vous ne pouvez pas nous reprocher de ne pas vous faire confiance.

— Peut-être pas, mais je peux vous reprocher de ne pas nous avoir répété les propos de Mab. Et d'avoir donné l'adresse du foyer à votre petit ami.

Le visage de Shelley se contracta.

— Vous rigolez ? N'importe quoi !

— Vous avez donnez cette adresse à Clark. Vous le niez ?

Jeanette laissa échapper un rire moqueur, triomphant. Elle caressa ses nouvelles boucles d'oreilles. Marnie se tourna vers elle.

— Vous saviez que Clark venait au refuge de temps à autre, mais vous ne l'avez pas signalé. Je suppose que vous l'avez vu dans la chambre de Shelley, et plus d'une fois. Pourquoi n'avoir rien dit ?

Jeanette jeta un coup d'œil à Shelley, qui lui rendit son regard.

— On vous a donné de l'argent, continua Marnie. Pour fermer les yeux. Une jolie somme, si j'en crois les boucles que vous portez. Combien de fois cela s'est-il produit ? Avec combien de personnes ?

Ed était revenu discrètement dans la pièce. Il se tenait près de la porte, ahuri par ce qu'il venait d'entendre.

— Je vous l'avais dit ! s'écria Jeanette, elles ne peuvent pas s'en empêcher. Celle-là, dit-elle en pointant Shelley du doigt, c'est plus fort qu'elle. Une vraie chatte en chaleur.

Shelley bondit du canapé et se jeta sur Jeanette, toutes griffes dehors. Noah s'interposa entre les deux femmes, parant l'attaque de Shelley de son bras.

— Asseyez-vous ! lui ordonna Marnie.

Shelley se rassit vivement, le visage rouge de colère. Tessa se recula, préférant s'éloigner de sa comparse.

Jeanette garda les bras croisés, une expression de satisfaction sur le visage.

— Je suppose que M. Belloc dispose des documents relatifs aux comportements inappropriés, lui dit Marnie. Je veux la liste de toutes les personnes que vous avez autorisées à entrer dans ce bâtiment, ou laissées sortir pendant votre service. Ensuite, je déciderai si je vous arrête pour obstruction à la justice dans le déroulement d'une enquête policière.

Elle fit un signe de tête à Tessa.

— Nous devons discuter, vous et moi.

— Dans votre chambre, s'il vous plaît. Sergent Jake, si vous pouviez prendre la déposition de Mlle Coates concernant ses déplacements de ces trois dernières semaines, cela nous serait utile.

Shelley voulut parler, mais Marnie l'en empêcha d'un regard sans appel.

— Ce sera tout.

43.

Il était 20 heures quand ils furent enfin prêts à quitter le refuge. Ed avait fait venir une femme du nom de Britt, au regard vif, épaules larges, vêtements colorés et sourire franc. Mab était contente de la voir, car elle la connaissait d'un autre foyer.

— Elle gardera Shelley à l'œil, dit Ed à Marnie et Noah. Et gérera le refuge le temps qu'on trouve une remplaçante à Jeanette. (Il enfonça les mains dans ses poches, un geste typiquement adolescent.) Il faut aussi faire réparer ce toit au plus vite, et nous assurer que le bâtiment est parfaitement sécurisé.

— Je peux vous aider, dit Noah. Nous avons au poste une liste d'entrepreneurs pour les cas d'urgence.

— Merci. (Ed regarda Marnie.) Tu peux me déposer ?

Elle hocha la tête, devinant que cette demande n'était en réalité pas pour lui, mais pour elle. Elle avait renoncé à masquer sa lassitude.

— Pas de problème. Noah, tu veux que je te dépose au poste ?

— Je vais marcher, merci.

Ils avaient passé tous les coups de fil nécessaires concernant la disparition d'Ayana. Le reste attendrait le lendemain matin.

— Elle a un téléphone, précisa Noah. Je lui ai donné une carte prépayée. Peut-être qu'elle arrivera à s'en servir.

— Peut-être, dit Marnie.

Il lui était pénible de rentrer chez elle en sachant qu'une jeune femme était en danger. Jamais elle n'arriverait à trouver le sommeil.

Le salon d'Ed s'apparentait à un bazar organisé de vêtements, de livres et de CD. Ce chaos la rassurait, lui conférait un sentiment d'apaisement. Ed lui fit une petite place sur le canapé où elle s'assit, et laissa sa tête aller contre les coussins. Ses vêtements étaient encore imprégnés de l'odeur de Sommerville. Lorsqu'elle fermait les yeux, elle revoyait Stephen, allongé sur son lit, le bras en travers de son visage écorché. Ed se rendit dans la petite cuisine derrière elle et prépara du café.

Elle allait lui raconter, réalisa-t-elle. Sa visite de cette après-midi, ce qui était arrivé à Stephen. Elle s'était imaginée rentrer seule chez elle et retrouver un lit vide, mais elle voulait en parler. À Ed.

Il apporta le café et posa deux tasses sur la table basse, où s'entassaient des magazines en équilibre précaire. L'un des mugs était jaune avec un smiley. Sur l'autre, James Bond sortait d'un arrière-plan sombre, pistolet au poing.

— Des biscuits ? proposa Ed. Ou je peux préparer des toasts.

— Non. Merci. C'est parfait.

Il s'assit à côté d'elle, à distance respectueuse, pour ne pas envahir son espace vital.

Elle prit le mug entre ses mains et regarda James Bond jaillir de la céramique.

— J'ai vu Stephen cette après-midi… il voulait me parler. Mais quand je suis arrivée, il avait changé d'avis.

C'était un peu confus, comme explication. Elle n'avait pas encore abordé le sujet crucial, le drame qui s'était produit à

Sommerville. Elle cligna des yeux et but une gorgée de café chaud.

Ed attendit un moment, puis demanda :

— T'es-tu déjà dit qu'il avait besoin de toi ? De tes visites. Tu es la seule à lui témoigner de l'intérêt.

— Peut-être.

— Si tu cessais d'y aller… je serais curieux de voir sa réaction. S'il mettrait fin à ses petits jeux, et se déciderait enfin à te parler.

— Peut-être.

Que voulait-elle ? Elle-même n'en savait rien.

— Il s'est passé quelque chose, dit-elle enfin à Ed. Samedi, après mon départ. Il a été violé.

Ces mots secs, maladroits, lui firent l'effet d'un grattoir sur la langue.

Ed retint sa respiration, puis expira lentement, avec regret.

— Mince, je suis désolé.

Elle hocha la tête.

— Moi aussi, dit-elle en reposant la tasse. Si ce n'est que… quand ils me l'ont annoncé – je ne savais pas que c'était un viol, je croyais à une baston –, j'ai été contente. Juste une seconde. Comme si… il méritait cette punition. Au lieu de cette chambre privée, ces livres, cette salle de bains attenante… Pourtant je sais que c'est illusoire. Je sais ce qu'est la prison, bien sûr, mais il paraît toujours si… bien.

Elle balaya impatiemment ses cheveux de son front.

— Mon Dieu, Ed. Qu'est-ce qui cloche chez moi ? Je suis inspecteur de police. Je suis censée croire à la réhabilitation. Je crois à la réhabilitation ! Mais avec Stephen… Je ne sais pas, peut-être que c'est une question de châtiment. Je crois vraiment que c'est une question de châtiment. Sinon pourquoi aurais-je été heureuse d'apprendre une nouvelle pareille ?

— C'était une réaction primale, instinctive, de ta part. Tu as dit ne l'avoir ressentie qu'une seconde. Chez la plupart des gens, cela aurait duré bien plus longtemps.

Elle sentit la brûlure des larmes dans ses yeux.

— Je me dégoûte. Je n'ai rien à faire dans la police si je me réjouis qu'un gamin se fasse tabasser. N'importe quel gamin. Ils voulaient… Il est mon frère d'adoption. Voilà comment je le considérais avant. Mes parents l'aimaient sincèrement.

Elle ferma les yeux, submergée par une bouffée de colère mêlée d'apitoiement.

— Ils l'aimaient.

Ed prononça doucement son prénom et s'approcha le plus près possible d'elle.

Elle soutint son regard.

— J'ai cru que j'avais besoin de lui pardonner, mais c'est à cause d'eux. Ils l'ont fait entrer dans ma famille, lui ont donné une place. Ma place. Ils ont fait de moi une victime. Voilà ce que je n'arrive pas à pardonner. Pas à lui. À *eux*.

Elle laissa Ed la serrer contre lui, enfin.

Et se mit à pleurer, enfin.

Sur ses parents, sur elle-même, sur Stephen. Tout ce gâchis. L'écharpe et le livre inachevés. La petite fille de huit ans et son bracelet porte-bonheur argenté. Le petit garçon de huit ans dans la chambre qu'il n'a pas touchée.

— C'étaient des filles, dit-elle. Elles l'ont plaqué au sol et l'ont violé avec une bouteille, si violemment qu'il a eu besoin de points de suture. La meneuse a dix-neuf ans. Les autres sont peut-être plus jeunes.

Elle sécha ses larmes d'un revers de la main et s'écarta des bras d'Ed. Elle était censée se montrer forte, en pleine possession de ses moyens. Encore une chose que Stephen lui avait volée.

— Le psychiatre dit qu'il a souffert de négligence avant d'être placé en famille d'accueil, mais pas de maltraitances, du moins pas à leur connaissance. Je n'arrive pas à croire que ce gamin soit resté si longtemps dans le système sans que personne se rende compte de la gravité de ses dommages.

Elle se leva et se rendit à la cuisine pour se servir un verre d'eau, puis retourna dans le salon, où Ed l'attendait.

— Il avait des problèmes émotionnels. C'est la ligne officielle. Ses parents se droguaient. Classe moyenne, un rail de coke à la fin du repas dominical. Dieu sait de quoi il a été témoin quand il était petit. Les services sociaux nous avaient prévenus qu'il ne parlait pas beaucoup, mais ils ont surtout dit que c'était un enfant agréable et bien élevé. Aucun problème avec son ancienne famille d'accueil.

Elle s'assit à côté d'Ed sur le canapé, fit courir son pouce sur le bord du verre, qui émit un sifflement aigu.

— Je l'ai vu peut-être six fois en tout. Quand je rentrais à la maison pour les anniversaires, ou Noël. Il était calme. Observateur. Il ne semblait pas malheureux, ni dangereux. Il n'y avait aucun signe, je le jure… Aucun indice. La seule chose bizarre, c'était ma chambre, qu'il n'a pas voulu toucher. (Elle fronça les sourcils et but une gorgée d'eau.) Toute la maison donnait cette impression, comme s'il n'avait laissé de lui aucune trace jusqu'à la violence, et les meurtres.

— La psychiatre de Sommerville l'a interrogé ?

— Elle lui parle. Lui ne dit rien. Aujourd'hui… c'est la première fois que je le vois exprimer une émotion. La première fois qu'il m'a dit ce qu'il pensait vraiment de moi.

Une idée lui martelait le crâne, tel un papillon affolé contre une fenêtre éclairée. Elle n'arrivait pas à mettre le doigt dessus. Cela avait à voir avec Stephen, les filles, ce qu'Ed avait dit à propos de la honte et du silence…

— Dans sa chambre, le tiroir de son bureau est rempli d'affaires de mes parents. Pas seulement les lunettes de papa. Des cartes postales, des photos…

Stephen voulait qu'elle pénètre dans son univers, qu'elle sache ce qui lui avait pris. Pas seulement leurs vies, les vies de Greg et Lisa, mais leurs existences. Son enfance à elle.

— Un jour, je suis entrée dans une maison… après un terrible incendie. (Elle n'en avait encore jamais parlé à Ed.)

Tout… tombait en ruine. Le noir partout. L'odeur… amère, comme un pistolet qui vient de tirer un coup de feu.

Elle revoyait cette maison comme si c'était hier. La porte d'entrée projetée dans le jardin. De l'escalier ne restaient que six marches qui ne menaient nulle part. Depuis l'entrée, on pouvait voir à travers toute la maison jusqu'au jardin, encombré de décombres calcinés. Une partie du plafond continuait de s'écrouler, des éclats de plâtre explosaient sous le jet des lances à incendie.

— Il n'en restait rien. Une partie du lit était enterrée dans un… trou dans le plancher. Plus de pièces à l'étage. Plus de toit. Juste ce trou. (Elle s'humecta les lèvres.) Ce n'est pas le feu qui les a tués. C'est la fumée. Ils étaient… allongés dos à dos dans le lit. On aurait dit qu'ils ne s'étaient pas réveillés. J'ai cru qu'il n'y avait qu'un corps au début. Jusqu'à ce que l'équipe médico-légale les sépare en deux.

Elle ferma les yeux et serra très fort les paupières une seconde, avant de les rouvrir.

— Je me pose sans arrêt la question… Ont-ils fait quelque chose qui l'a provoqué ? Stephen. J'ai du mal à le croire, mais je me rappelle mes propres impressions avant mon départ. Papa pouvait se montrer si… impatient. Maman voulait l'aider pour tout. Je me disais souvent qu'ils avaient décidé de devenir une famille d'accueil pour avoir quelqu'un à modeler, comme ils n'avaient pas pu le faire avec moi.

Elle regarda le fond de son verre, regrettant qu'il soit rempli d'eau, et non de vin.

Quand elle reprit la parole, Ed dut se pencher pour percevoir ses paroles.

— Les mains de maman portaient des traces de lutte. La position des corps… donne à penser que papa a essayé de la protéger.

Elle ferma les yeux et serra le verre contre sa poitrine.

— J'ai tenu le coup à l'époque, voilà le problème, j'ai tout géré toute seule. Les funérailles. Le testament. J'ai loué la maison parce que je n'étais pas prête à la vendre, mais je n'ai pas voulu ralentir le rythme. (Elle entendit sa propre voix se durcir, comme si elle était sur la défensive.) Je n'ai pas perdu une journée de plus que nécessaire. Welland pensait que j'allais finir par craquer. J'ai supporté ses conneries sur la discrimination positive et je me suis mordu la langue – et je continue à le faire aujourd'hui. Mais ces derniers temps, j'ai l'impression d'essayer de remettre un des serpents dans sa boîte. Je ne m'étais même pas rendu compte que je l'avais laissé sortir. Je croyais les avoir tous muselés.

— Tu commences à te détendre, dit Ed. Peut-être. Cela donne à tes émotions une chance de s'exprimer, de se libérer.

— Je suppose que tu as raison. (Elle vida son verre d'eau et le posa par terre.) Alors, que préconises-tu ? S'il te plaît, ne me parle pas de thérapie.

— Tu n'as pas besoin de thérapie. (Il se pencha en avant, de sorte que leurs épaules se touchaient. Tu as seulement besoin de t'accorder une pause. Et de parler, si tu peux.

— À t'entendre, ça a l'air facile. Avec toi, tout devient si simple. Merci, Ed.

— Inutile de me remercier, répondit-il doucement.

— Si. (Elle l'embrassa sur la joue.) Merci.

Son portable vibra entre leurs deux corps. Elle s'éloigna d'Ed pour prendre l'appel.

— Oui, Noah. Quoi de neuf?

— Calvin Roofers a embauché des travailleurs bon marché pour réparer le toit de Finchley. Deux d'entre eux étaient asiatiques. Les noms qu'ils ont donnés sont en réalité ceux d'acteurs de Bollywood et leurs adresses n'existent pas. D'après Calvin Johns, les deux hommes tenaient tellement à travailler au refuge qu'ils ont accepté d'être payés moins que les autres. Il a été surpris, parce que ses ouvriers habituels sont polonais. Ces deux-là sont arrivés après le début du chantier, mais il les a pris quand même à cause du faible coût de la main-d'œuvre.

— Autrement dit, ils se sont bradés pour avoir le boulot, dit Marnie.

— On dirait bien, oui. Ils sont allés trouver Johns vendredi, après notre passage au refuge, dit Noah d'une voix blanche. Ce sont les frères d'Ayana, j'en suis certain. Ils nous ont suivis jusqu'ici…

— Les policiers qui sont passés chez eux plus tôt…

— Ils sont passés deux fois. La deuxième, ils ont parlé à Mme Mirza, la mère d'Ayana. Elle a dit que la famille n'avait aucune nouvelle d'elle depuis son départ de la maison. Il nous faut un mandat pour nous assurer qu'Ayana n'est pas dans la maison. Si elle l'est… Est-ce qu'Ed peut la sortir de là ?

— Seulement si elle se décide à témoigner contre ses frères. Auquel cas elle serait sous la protection des témoins et nous pourrions modifier son numéro de sécurité sociale, son nom…

— Qu'a dit Tessa ? demanda Noah.

— Pas grand-chose. Seulement qu'elle croyait l'histoire de Mab à propos des hommes descendus du toit pour kidnapper Ayana. Elle est terrorisée par Shelley. Ed a dû lui promettre de lui trouver un autre foyer pour qu'elle admette avoir vu Clark à plusieurs reprises. C'est-à-dire chaque fois qu'il pouvait acheter le silence de Jeanette Conway.

Jeanette avait dit : « Et j'en ai vu d'autres. » Marnie avait attendu qu'elle crache le morceau. Comme Jeanette avait refusé de parler, Marnie avait deviné que la bénévole acceptait des pots-de-vin.

— Ce que je ne comprends pas, dit Noah, c'est pourquoi Shelley n'a pas simplement quitté le refuge, si elle voulait retourner avec lui.

— Tessa dit que Shelley préférait cette configuration. Au refuge, Clark connaissait les règles et Shelley gardait le contrôle de la situation… Apparemment, c'était un véritable hall de gare ici. D'après la description de Jeanette, on aurait dit une maison close. Elle a nié avoir accepté de l'argent d'autres hommes que Clark, mais je ne serais pas surprise qu'elle en ait laissé d'autres entrer. Cela expliquerait pourquoi les ouvriers du toit ont pu aller dans la chambre d'Ayana sans éveiller de soupçons.

— Ed va la renvoyer, j'espère ?

— Il y pense. Ce n'est pas son rôle, mais oui. Elle ne sera pas près d'oublier la leçon une fois qu'il en aura terminé avec elle. (Elle se leva du canapé.) Nous allons devoir convaincre Tim Welland de ne pas nous tordre le cou quand il apprendra que nous avons perdu nos témoins.

— Et Hope et Simone ? La voiture qui se trouvait devant le refuge et l'hôpital ?

— Henry Stuke. (Marnie n'avait pas oublié son nom.) Vois avec Ron Carling pour Stuke et les bandes vidéo. Je n'arrive pas à croire qu'on n'ait rien trouvé d'autre qu'une Prius sur toutes ces heures de visionnage. Dommage que Leo Proctor ne soit pas mort, ça aurait été une affaire de meurtre et on aurait bénéficié des moyens nécessaires…

44.

— Alors…

La voix de Tim Welland était comme engluée dans de la mélasse. De la mélasse chaude, étant donné la température de son bureau.

— Si j'ai bien compris, vous avez commencé votre enquête avec sept femmes et maintenant, vous n'en avez plus que quatre. Je croyais que c'était un foyer pour femmes battues, pas un siphon. Quelqu'un peut-il m'expliquer la situation ?

— Simone Bissell et Hope Proctor se sont enfuies de l'hôpital North Middlesex, répliqua Marnie. Ayana Mirza a été kidnappée au refuge par des hommes à la solde de ses frères.

— Nasif Mirza.

— Et les autres. Un témoin a vu deux Asiatiques l'enlever. Je pense que le kidnapping est une bonne raison pour obtenir un mandat.

Welland se pencha en avant, telle une avalanche à l'approche.

— Heureux de constater que vous êtes capable de réfléchir. Je n'en étais plus très sûr, vu ce bordel. (Il croisa les bras et jeta un regard mauvais à Noah.) C'est quoi cette histoire de gorille invisible ?

Noah masqua sa surprise : il pensait que Marnie ne partagerait pas cette théorie avec Welland, dont la tolérance pour ce qu'il appelait ces « conneries psychologiques » était largement en dessous de zéro.

— C'est un problème que nous avons eu avec les témoins de l'agression de Proctor. Cela n'a pas de rapport avec le kidnapping d'Ayana.

— Vous n'arrêtez pas de parler de kidnapping, mais a-t-on la preuve qu'elle n'était pas consentante ?

— Nous pensons qu'elle était en état de choc…

— Votre témoin a vu des hommes l'aider à grimper par un trou dans le plafond – un trou dans le toit, pour l'amour du ciel ! –, mais elle n'a entendu ni cri ni protestation. Elle n'a pas non plus appelé au secours, ce que toute personne est censée faire quand elle assiste à un kidnapping.

— Comportement conditionné, répondit Marnie. Ces femmes ont appris à se méfier des hommes, à se taire. Leurs dépositions reflètent leur expérience personnelle. Il s'agit de ce qu'elles *s'attendent* à voir.

— Et vous, vous attendez quoi au juste ? J'ai comme l'impression que vous espériez voir les preuves tomber du ciel ! Sans parler de convaincre l'une de ces malheureuses de porter plainte contre son barjot de frère.

— C'est ce que voulait le SPJ, dit Marnie avec un sourire d'excuse. Ayana Mirza a aidé le sergent Jake à sauver la vie de Leo Proctor. Elle est plus forte que les autres.

— Je vois bien que votre équipier s'interroge, dit Welland en faisant un signe de tête à Noah. Où sont vos preuves ?

— Nous essayons de retrouver la trace des hommes embauchés par Calvin Roofers, et de les relier à Nasif. Nous pensons avoir toutes les chances d'obtenir un mandat de perquisition de la maison des Mirza et de ramener Nasif au poste pour un interrogatoire.

— Vraiment ? Laissez-moi vous dire quelque chose. Le SPJ nous a avertis de plaintes probables pour harcèlement de la part de la communauté musulmane. Il paraît qu'on les harcèle ! On doit respecter leur code d'honneur tant qu'ils ne tuent personne !

— Leur code d'honneur a déjà failli rendre Ayana aveugle. Et il a coûté la vie à Lee Hurran.

— Nous n'avons pas de preuves. Pas assez pour aller frapper à la porte de Nasif. À moins de lui demander, poliment, s'il a vu sa sœur.

Welland s'affaissa dans son siège. Il leva la main et frotta sans y penser la peau tendue au-dessus de son œil.

— Expliquez-moi pourquoi Hope Proctor n'était pas sous surveillance policière ? Mieux, dites-moi pourquoi elle n'était pas en état d'arrestation !

— Les faits ne sont pas clairs. Nous voulions d'abord interroger une nouvelle fois les témoins, et parler à son mari. Elle n'avait pas l'air de vouloir s'envoler.

— Donc, nous avons deux témoins dans la nature et une femme soupçonnée de meurtre en fuite. Et on n'est que mardi matin.

— Hope n'est pas une meurtrière, intervint Noah. C'était de la légitime défense, monsieur.

Welland lui fit un sourire qui avait tout de la grimace.

— J'en reviens à mes précédentes recommandations, sergent Jake. Des preuves concrètes !

— Son examen médical est la preuve concrète de plusieurs années de maltraitance…

— Elle n'avait pas l'air de vouloir s'envoler, répéta Marnie.

Son ton imposait clairement à Noah le silence. Malgré sa vexation, Noah se mordit la lèvre.

— Mais notre oiseau a réussi à s'envoler, dit Welland. Et cette Simone Bissell ? C'est quoi son histoire ?

Marnie lui raconta les parties les plus pénibles de l'histoire qu'Ed leur avait relatées.

— L'Ouganda, répéta Welland quand elle eut terminé son récit, comme si c'était la seule partie intéressante. Donc, je peux m'attendre à de nouvelles injonctions du SPJ.

Il jeta à Noah un regard dur, comme pour mesurer l'intérêt d'avoir un policier noir dans son unité.

— Cette fille, Bissell, pourquoi s'est-elle enfuie avec Hope Proctor d'après vous ?

— On ne sait pas, répondit Marnie. Peut-être qu'elle a cru qu'on allait arrêter Hope, ou que Leo Proctor avait repris connaissance. Ou qu'elle craignait les représailles de Leo.

— Dangereuse ?

— Simone ? J'aurais pensé que non, mais après tout ce qu'Ed Belloc nous a raconté…

— Elle pourrait craquer, termina Welland en consultant les documents que Marnie lui avait remis.

— Vous feriez bien d'aller trouver ce Lowell Paton – le gamin qui a abusé d'elle –, voir ce qu'il a à dire. Et allez parler à ses parents adoptifs. On a intérêt à limiter les dégâts. (Il pinça sa longue lèvre inférieure entre le pouce et l'index.) Revenons à Ayana… En supposant que ce sont ses frères qui l'ont enlevée, comment ont-ils su où la trouver ?

— On n'est sûrs de rien, répondit posément Marnie sans un regard à son coéquipier.

— Vous ne pensez pas qu'elle leur a téléphoné ? La plupart de ces femmes le font.

— C'est ce que nous a dit Ed. Mais je ne pense pas qu'Ayana aurait pris ce risque, et Ed est d'accord avec moi. Elle est bien trop maligne. Elle savait ce qui l'attendait à la maison.

Noah demeura de marbre, malgré la brûlure dans sa gorge. Les frères d'Ayana l'avaient suivi du poste de police au refuge. Il en était persuadé. Il les avait menés tout droit à elle. Maintenant, elle était de retour dans cet endroit où elle avait failli perdre la vue. Dieu sait quel châtiment l'attendait cette fois.

— Bon, vous feriez bien de vous y remettre, dit Welland. (Il fit un signe de tête à Noah.) Inspecteur Rome, j'ai un mot à vous dire.

— Café ? demanda Marnie à Noah une fois sortie du bureau de Welland. C'est moi qui invite.

Son expression ne laissait en rien deviner ce qui s'était passé dans le bureau après le départ de Noah. Cela dit, il n'avait pas besoin d'indices. Welland était manifestement de mauvaise humeur. Noah regrettait que Marnie ne l'ait pas laissé donner à Welland quelques faits supplémentaires concernant leur enquête, au lieu de lui clouer le bec.

Dans le café du coin, elle commanda deux crèmes, avec une dose de café en plus.

— J'ai l'adresse de Lowell Paton. Ce n'est pas loin d'ici. Allons-y à pied.

Une course de cinq kilomètres leur aurait mieux convenu à tous les deux, mais ainsi ils pouvaient continuer à travailler. Noah but une gorgée de sa boisson, tout en se calant sur la foulée de sa partenaire.

— Welland est furieux à propos de Hope. Il ne comprend pas pourquoi elle n'était pas sous surveillance policière à l'hôpital. « Une tentative de meurtre, je le cite, est encore un crime dans ce fichu pays, j'espère qu'on est bien sur la même longueur d'onde, inspecteur. » Au moins, on est couverts pour les moyens qu'on a dédiés à sa recherche.

— Pourquoi ne lui as-tu pas parlé du placard sous l'escalier ? Ni de l'examen médical ?

Elle perçut le reproche dans sa voix et haussa les sourcils.

— Nous n'avions pas de mandat. Des preuves concrètes, tu te rappelles ?

C'est toi qui as oublié ce détail quand tu as interrogé Leo Proctor sur son lit d'hôpital, songea Noah.

— Et Ayana ? Est-ce que Welland va nous laisser obtenir un mandat pour elle ?

— J'ai appelé Ed pour avoir son avis. Welland pense que le Soutien des victimes a plus de chances avec la famille que nous maintenant.

— Ed ne fait pas partie de la police.

— Non, en effet.

— Donc nous lui déléguons cette mission simplement parce que le SPJ est nerveux.

— Nous ne déléguons rien du tout. (Elle avait parlé abruptement.) Nous employons de manière appropriée les moyens à notre disposition.

S'opposer à Marnie Rome revenait à vouloir enfoncer son poing dans une plaque de marbre. On finissait toujours par s'en repentir.

— C'est stupide.

— C'est politique, et pragmatique. Ce qui serait idiot, c'est de foncer tête baissée sans réfléchir.

Un autre coup de poing, en pleine figure cette fois. Elle n'aimait pas qu'on critique Ed, c'était évident. Ils poursuivirent leur chemin sans un mot.

Londres se réveillait encore, même s'il était déjà presque 10 heures. Les employés de bureau étaient déjà au travail, la course jusqu'à l'école terminée. C'était une heure creuse de la journée, avant la ruée de midi. Deux avions de ligne fendirent les nuages : des lignes blanches sur un fond plus blanc encore. Non loin de là, un couple de moineaux voletait dans le ciel.

Les chants des oiseaux étaient angoissants au cœur de Londres. Comme entendre une mer invisible – rappel que Dame Nature était derrière toute chose, même en des lieux où l'homme avait tout fait pour l'annihiler.

Noah se demanda si Ayana pouvait entendre le chant des oiseaux de là où elle était, ou le murmure de l'océan. Il voulait croire qu'elle avait un téléphone, ou une arme, à portée de main. Il se rendit compte qu'il espérait un crime comme celui commis par Hope Proctor au refuge.

Marnie s'éloigna de lui pour aller jeter son gobelet vide dans une poubelle.

— Devine où vit Lowell Paton.

Il lut le mépris sur le visage de sa chef.

— Pas dans l'immeuble où il séquestrait Simone ?

— Pas très loin. On est si bien chez soi, hein ? Aux frais de papa bien sûr. Peut-être qu'Ed avait raison : Lowell père a sûrement aidé son fils à étouffer l'affaire. Si le père est à la maison, on a intérêt à se préparer à écouter leurs bobards en stéréo. Les membres de la famille se serrent les coudes… Pour une fois qu'ils ne se tapent pas dessus…

— Il existe de multiples formes de harcèlement. Ce n'est pas forcément physique.

Elle lui jeta un regard curieux.

— En effet. Tu penses que Ron Carling a eu une enfance heureuse ?

Aussitôt sur ses gardes, Noah se demanda ce qu'elle avait bien pu entendre dire – ou deviner – sur la situation entre Carling et lui.

— Pourquoi cette question ?

— Parce qu'il est stupide et sectaire. (Elle ajusta les manchettes de sa chemise.) Et parce que je le soupçonne de t'en faire bien plus baver que tu ne veux bien l'admettre.

— Je gère la situation.

— Bravo. J'ai quand même besoin de savoir si on a une pomme pourrie dans l'équipe. Si tant est que nous sommes une équipe. Il a un problème avec toi, n'est-ce pas ?

Elle gardait le regard fixé devant elle, ce qui lui rendait la tâche plus facile pour répondre.

— Possible. Mais il prend sur lui.

— Parce que tu es doué pour esquiver les coups ou parce qu'il apprend la tolérance ?

— Un peu des deux…

— Ça va poser un problème dans l'équipe ?

— Non. Il n'y a pas de problème. Rien de sérieux en tout cas. Des bêtises. Des trucs machistes, tu vois le genre.

— Pas vraiment.

Marnie s'arrêta pour observer l'immeuble d'inspiration phallique qui s'élevait devant eux.

— Voyons un peu ce que Lowell Paton a à dire pour sa défense. Peut-être nous donnera-t-il une idée de l'endroit où s'est réfugiée Simone. Ou de ce qui se passe dans sa tête.

45.

Lowell Paton avait vingt-trois ans, mais avec sa frêle stature et ses vêtements de sport branchés, on lui en donnait dix-huit. Il frotta ses yeux ensommeillés et invita Noah et Marnie à entrer dans le luxueux appartement du dernier étage de l'immeuble. Terminé, la vie en sous-sol pour Lowell.

Marnie avait prévenu Noah de ne pas pousser Paton dans ses retranchements. Ils n'avaient pas de mandat, pas même une plainte officielle. Le mieux qu'ils puissent espérer était d'avoir une idée de l'état d'esprit de Simone. Lowell n'allait sans doute pas se livrer spontanément, mais une conscience coupable était une entité curieuse. Parfois, elle poussait l'individu à en dire plus qu'il n'en avait l'intention. Les monstres n'étaient pas doués pour rester dans l'ombre, et Lowell Paton était celui de Simone Bissell. Il y avait néanmoins une faille dans cette logique, comme Noah le comprit au bout de dix minutes dans l'appartement, avec son décor tape-à-l'œil : canapés jumeaux de cuir rouge sang, mur de mosaïque rouge et noire séparant la cuisine du salon. Des miroirs partout, dont l'un encadré d'ampoules. C'était le genre de pièce où l'on ne pouvait pas éviter son propre reflet. Des tapis blancs et pelucheux imitaient des fourrures d'animaux sauvages. L'écran géant, au cadre noir incrusté de cristaux Swarovski, donnait l'impression de pouvoir faire atterrir un jet.

Un penthouse de maquereau.

Lowell Paton déambulait dans l'appartement avec la désinvolture d'un homme qui ne payait ni loyer ni assurance. Noah devinait que Paton père avait couvert son fils. Il lui avait sans doute trouvé des excuses pour le dorloter ainsi. Peut-être pensait-il le garder en sécurité ici, loin des rues où Lowell avait erré, même brièvement. Le cœur de Noah se serrait à l'idée du gamin gâté et satisfait que cette opulence avait créé. Lowell Paton n'était pas une conscience coupable. Les monstres de son passé avait été exorcisés, avec ou sans l'aide de son père.

Dans la cuisine – moulin à poivre en caoutchouc noir, dessous de plat en granit poli, bouilloire Alessi –, Lowell ouvrit le réfrigérateur de la taille d'un vaisseau spatial et étudia son contenu.

— J'ai du Coca ou… (Il sourit.) … de la Bud.

Son visage était anguleux comme celui d'un renard. Large bouche, lèvres fines, grands yeux coiffés de longs sourcils couleur sable, comme ses cheveux. Et ses yeux. Son lobe gauche était percé d'une griffe en plastique. Un visage de gangster, trop étudié pour être vrai. Et trop lisse. Sans la moindre marque.

— Rien pour nous, merci, dit Marnie avec un sourire, sans rien laisser paraître de ses émotions.

À la porte, elle lui avait montré son badge d'un air d'excuse, comme si elle était impressionnée par l'atmosphère sécurisée et privilégiée des lieux, le portier en livrée, l'ascenseur luxueux et la moquette moelleuse des couloirs.

Lowell prit une bouteille de Coca et invita Noah et Marnie à s'asseoir sur l'un des canapés pendant qu'il s'affalait sur l'autre, de l'autre côté de la table basse. Dans son survêtement blanc brillant sur le cuir rouge, il ressemblait à un ver sur une plaie ouverte.

Se remémorant ce qu'Ed Belloc lui avait dit de son goût pour le sang, Noah sentit la colère le submerger. Paton s'assit jambes écartées, son entrejambe face à Marnie. Où était Mme Paton ? Quelle forme d'amour maternel avait pu créer une créature aussi gonflée d'importance ? À moins que Lowell n'ait reçu aucun amour. Peut-être était-ce là le problème ?

— Alors, en quoi puis-je vous aider ?

Lowell Paton faisait rouler sa bouteille entre les jointures de sa main droite. Trois de ses doigts portaient des bagues : l'or souverain. Le clinquant des gangsters. Les bagues faisaient d'excellentes armes pour frapper quelqu'un. Pas des hommes ou des gamins ; il ne tiendrait pas deux minutes dans la rue. Paton cognait les filles. Il avait brisé le nez de Simone avec la main qui jouait avec la bouteille.

— Nous voudrions vous poser quelques questions à propos de Simone Bissell, dit Marnie.

Lowell se passa la langue sur sa fine lèvre supérieure. Loin d'être nerveux, il goûtait ce qu'il venait de manger. L'appartement exhalait des odeurs de chorizo et de fromage.

— Bien sûr. Simone, ouais. (Il porta la bouteille à sa bouche.) Cool.

— Vous vous souvenez d'elle.

— Bien sûr. On a passé un petit moment ensemble.

— Un peu plus que ça, dit Marnie avec un sourire.

Lowell s'affala sur le canapé de cuir rouge, pour se mettre encore plus à l'aise.

— Ouais. (Une gorgée de Coca lui humidifia les lèvres.) On a vécu ensemble quelque temps. Peut-être un an. C'était le bon temps.

— Vous avez vécu ensemble un an. Quand était-ce ?

— Il y a deux ou trois ans.

— Qu'est-ce qui s'est passé ?

— Elle s'est volatilisée. (Lowell embrassa le goulot de la bouteille, souffla une note.) Disparue. Mais c'était pas un problème. Ciao.

— Elle est partie au bout d'un an. Pourquoi, d'après vous ? demanda Marnie en regardant autour d'elle. C'est un bel endroit que vous avez là.

— Ouais.

Lowell se caressa la cuisse gauche, puis jeta un coup d'œil à Noah.

Un autre aurait pu prendre ce bref regard pour de la peur, ou du flirt, mais Noah savait que ce n'était qu'un effet de la couleur de sa peau. Lowell voulait impressionner le Noir qu'il singeait. Paton aurait adoré le petit frère de Noah, Sol.

— Simone n'aimait pas vivre ici ?

— On ne vivait pas ici. (Nouvelle lampée de Coca. Aucune trace de sueur sur son visage ou ses mains. Aucun signe de nervosité.) L'immeuble était encore en construction à l'époque.

— Votre père est propriétaire de l'immeuble, n'est-ce pas ?

— Ouais.

— Alors où habitiez-vous avec Simone ?

— Au sous-sol. (Il éclata de rire.) Ouais, je sais, un vrai taudis, pourtant… (Il se remit à rire, puis eut une moue attristée, véritable caricature du regret.) On a passé du bon temps.

— Vous aimiez beaucoup Simone.

— J'aimais cette fille. (Lowell se redressa, le visage tendu. Pour un homme aux lèvres si fines, sa moue était impressionnante.) Qu'est-ce qui se passe ? (Il regarda Noah.) C'est quoi le problème, mec ?

— Simone a disparu, répondit Marnie. Nous interrogeons les personnes qui l'ont connue, au cas où elles auraient une idée de l'endroit où elle est. Vous êtes celui qui a passé le plus de temps avec elle. On a pensé que vous pourriez nous aider.

— Disparue. (Lowell se laissa retomber sur les coussins.) Pour de vrai ?

Le père de Noah l'aurait giflé sans hésitation. « Apprends à respecter tes aînés, fiston. » Il croyait que les femmes devaient être vénérées, ce qu'il ne voyait pas comme une autre forme de sexisme.

— Donc, vous étiez amoureux de Simone ? Comment vous êtes-vous rencontrés ?

— Dans la rue.

Lowell recherchait désespérément l'approbation de Noah, un indice quelconque qu'il gagnait le respect de la population qu'il représentait.

Noah conserva un visage indéchiffrable, espérant ainsi susciter d'autres tentatives d'approche, peut-être une vantardise qui leur fournirait l'excuse nécessaire pour interroger officiellement Paton, voire l'inculper pour séquestration, coups et blessures – même si Noah ne croyait guère aux miracles.

Il était clair que Lowell était protégé par la fortune de son père, au point de s'y complaire. Noah était surpris qu'il n'ait pas insisté pour appeler Paton père avant de répondre aux questions de la police. Lowell croyait-il vraiment qu'il n'avait rien fait de mal en séquestrant, frappant et violant Simone pendant un an ? Il était tellement avachi sur le canapé qu'il avait l'air en caoutchouc.

— Que ressentait Simone de devoir vivre dans un sous-sol ? demanda Marnie.

— Tout plutôt que la rue, hein ?

— Où est-elle allée quand elle est partie ?

Lowell haussa les épaules. La lumière glissa des épaules de son survêtement et forma une flaque sur ses genoux. Il agita sa bouteille.

— Aucune idée, désolé.

— Pourquoi est-elle partie ?

— J'en sais rien. Peut-être qu'on lui a fait une meilleure offre.

Il sourit, montrant ses dents noircies par le coca. Papa devrait lui payer quelques implants.

— Une meilleure offre ? répéta Marnie. C'est difficile à imaginer.

— Je vous l'ai dit. On n'habitait pas ici, mais dans le sous-sol.

— Pourtant, c'était mieux que la rue. Et vous l'aimiez. Vous l'auriez fait emménager ici dès que l'appartement aurait été terminé.

— Ouais, sûrement.

Noah observait le jeu des doigts de Paton sur la bouteille. Avec ses bagues dorées.

— Quel genre d'offre ? demanda-t-il. (C'était la première fois que Noah s'exprimait. Il avait pris l'accent des rues de Sol.) Vous avez parlé d'une meilleure offre.

— Ouais. (Lowell s'humecta la lèvre supérieure.) Elle aimait que ça fasse mal, vous voyez.

Il reporta le regard sur Marnie, puis revint à Noah. Le silence de l'appartement fut brisé par la voix de Lowell, qui insistait.

— Fallait la mater, tu vois ce que je veux dire, mec ?

— Elle aimait les relations sexuelles brutales.

— Ouais. (Il bondit sur le canapé et fit passer sa bouteille d'une main à l'autre.) Oh ouais !

— C'est devenu trop pénible pour vous.

Lowell sourit.

— Elle a failli me casser la bite. Tu vois de quoi je parle, mec…

Il se tut brusquement, comme s'il avait entendu la voix de son père dans sa tête, le rappelant à l'ordre.

— C'est pour cette raison qu'elle est partie ? Pour trouver un homme qui pourrait satisfaire son appétit pour les relations sexuelles musclées ?

Le ton morne de Noah pénétra enfin les défenses de Lowell, qui s'agita sur son siège et jeta des regards affolés au portable qu'il avait laissé sur la table basse. Pensait-il à appeler son père ?

— Je l'aimais, gémit-il. Je lui donnais tout ce qu'elle voulait. Des fleurs, mec. Je lui achetais des fleurs toutes les semaines. (Ses yeux se remplirent de larmes de commisération.) Des roses jaunes. Ses préférées.

— Mais elle est partie sans vous dire où elle allait.

— C'était il y a un bout de temps, mec. Un sacré bout de temps.

— Vous avez essayé de la retrouver ?

— Elle ne voulait pas qu'on la retrouve. C'était plutôt évident, vu comme elle s'est envolée. Dans un claquement de doigts, en pleine nuit, pendant que je dormais. Elle ne m'a même pas dit au revoir. Ne m'a pas remercié de lui avoir trouvé cet endroit. Rien.

— Vous pensez qu'elle aurait dû vous remercier, dit Marnie.

— Elle zonait. Je lui ai trouvé un endroit où vivre. Ouais, un merci aurait été sympa. (La moue revint sur son visage de renard.) Je suppose que je ne la connaissais pas vraiment. J'ai jamais vraiment compris d'où elle venait, vous voyez ? Elle était cool, mais un peu barje. Enfin, elle avait l'air d'une gamine des rues, hein ? (Il s'adressa à Noah.) Tu vois ce que je veux dire, mec. La rue. Je croyais que c'était une dure à cuire. Mais quand elle parlait… les trucs qu'elle racontait… c'était différent.

Marnie fouilla dans son sac.

— Voudriez-vous me noter votre numéro de téléphone, au cas où nous penserions à autre chose ? dit-elle en lui tendant un calepin et un stylo.

Lowell haussa les épaules et se leva. Il inscrivit son numéro sur le papier et signa en dessous comme s'il s'agissait d'un autographe.

— Merci, dit Marnie en reprenant le calepin et le stylo. Au fait, Simone vous a-t-elle dit pourquoi elle vivait dans la rue ?

— Ouais, son père et sa mère lui en faisaient voir, toujours la même histoire.

Lowell bâilla, sa mâchoire se décrochant comme si elle était indépendante du reste de son visage.

— Je le comprends.

— Vous avez des problèmes avec vos parents ?

Paton fixa sur Marnie un regard luisant.

— Je fais partie des chanceux.

46.

— J'ai besoin d'une douche, dit Marnie à Noah une fois qu'ils furent à l'extérieur de l'immeuble.

— J'ai besoin de vomir, répondit Noah en boutonnant son manteau, le regard sauvage.

— Le sexe brutal alors ?

— J'aime mieux pas en parler.

Noah émit un hoquet de dégoût et se retourna vers l'immeuble.

— Tu crois que Papa va le garder au chaud là-dedans pour toujours ?

— En sécurité ? Pourquoi pas.

— Il va bien falloir qu'il redescende sur terre.

Elle n'avait encore jamais vu Noah dans un état pareil, la mâchoire serrée, l'air révulsé. Elle voulut détendre l'atmosphère.

— On dirait qu'il t'a pris pour son pote, *mec*. Qu'est-ce que ça voulait dire ?

— Ça veut dire que je pourrais lui mettre mon poing dans la figure, dit-il en jetant un dernier regard derrière lui.

Il n'avait plus le même accent que tout à l'heure, pendant l'interrogatoire de Paton. Marnie se demandait d'où venait cet accent, s'il le tenait du lycée. Il y avait tant de choses à propos de son coéquipier qu'elle ignorait.

— Alors ? Est-il l'auteur de la lettre de menaces ? demanda Noah en désignant du menton le calepin qu'elle avait glissé dans son sac à main.

— Non. Du moins j'en doute. Je commence à croire que Hope s'est trompée…

Ils prirent la direction du poste de police.

— Tu sais quel est le problème de Lowell ?

— Par où veux-tu commencer ?

— Le gorille invisible.

— C'est lui, le gorille.

— Exactement. Il ne voit pas ce qui est juste sous son nez. Je pense qu'il croit vraiment avoir donné à Simone ce qu'elle voulait : un endroit où vivre, du sexe à la demande…

— Il lui a cassé le nez.

Noah serra les poings et les enfonça dans ses poches.

— Il ne tenait pas en place. Tu crois qu'il avait pris quelque chose ?

— De la drogue ? C'est plutôt courant chez les gamins qui prétendent se rebeller contre leurs parents, et il en a les moyens.

— Tu ne l'aimes vraiment pas.

Noah la regarda :

— Et toi ?

— Non plus, mais après Leo Proctor…

Noah détourna le regard.

— Leo a fait montre de remords. Paton ? C'est un monstre et un fou.

Pourquoi Noah était-il aussi furieux ? À cause de Paton ? Ou de cet appartement, de la manière dont le père de Lowell avait noyé son fils sous une montagne d'argent et de sécurité. Une éducation diamétralement opposée à celle de Noah, elle le savait. Cela dit, à sa connaissance, Noah avait eu une enfance heureuse. En fait, elle doutait que Lowell Paton ait reçu le dixième de l'affection que les parents de Noah avaient prodigué à leur fils.

— Une chose est certaine, Simone n'a pas ramené Hope dans le sous-sol de cet immeuble. Elle n'aurait jamais osé s'approcher de cet endroit.

— Parce que tu en doutais ? demanda Noah, incrédule.

— D'après Ed, elle n'a guère de lieux où se réfugier à Londres. Les gens font des choix étranges lorsqu'ils se sentent traqués.

Comme vivre dans le sous-sol humide de la maison d'un copain parce qu'on ne supporte plus l'impatience de son père. Ou louer la maison où vos parents ont été assassinés, parce qu'on est incapable de la vendre tant qu'on n'aura pas vaguement compris pourquoi…

— Crois-tu que Simone soit dangereuse ? demanda Noah. Tu te rappelles ce qu'a dit Ed, qu'elle avait la guerre dans la peau…

— Je ne sais pas si elle est dangereuse ou pas. Je pensais en avoir une meilleure idée après avoir vu Lowell. (Elle secoua la tête.) Il manie habilement le déni et elle vivait une existence isolée avant de le rencontrer, avec très peu de points de repère…

Elle s'empara de son téléphone, pressa le code d'appel d'Ed, et tomba sur sa boîte vocale. « C'est moi. Je voulais savoir où tu en étais avec Ayana. Rappelle-moi. » Puis elle rempocha son portable.

— On devrait aller dire deux mots aux Bissell. Peut-être qu'ils nous donneront un indice. Ed m'a donné leur adresse à Putney Hill.

Elle lui indiqua le nom de la rue.

— Charmant quartier, commenta Noah. Je passe par là quand je fais mon jogging. On peut courir sept kilomètres sur des chemins privés dans ce coin-là.

— Beaucoup d'argent, en déduisit Marnie. Cela n'a pas vraiment réussi à Simone. Je doute que les Bissell puissent nous aider, mais on va devoir les interroger pour satisfaire Welland.

Ils se raccrochaient à un fil. Le silence de Noah en disait long, mais ils avaient besoin d'avancer, d'exploiter le moindre indice. S'ils ne trouvaient pas Ayana, ils devaient au moins essayer de trouver Hope.

— On va avoir besoin de la voiture, dit-elle à Noah une fois qu'ils furent au poste de police. Tu ferais bien d'aller voir Carling. Vois où il en est avec le chauffeur de la Prius. Stuke, c'est ça?

Noah acquiesça.

— Je te rejoins au parking.

Noah grimpa les marches deux à deux, conscient de la colère sourde qui lui rongeait l'estomac. Il savait que sa réaction face à Lowell Paton avait surpris sa chef, mais comment lui faire comprendre que le favoritisme de Paton était bien pire à ses yeux que les préjugés de Carling? Noah ne se l'expliquait pas lui-même. Il trouva Carling à son bureau, avec un message pour Marnie.

— Un appel d'un certain Felix Gill. Pour l'inspecteur. Tu le veux?

Noah prit le morceau de papier.

— Merci.

Felix Gill, le voisin des Proctor, avait appelé pour dire qu'il venait de voir Hope avec une « fille de couleur » dans la maison des Proctor, « à l'instant ».

Noah composa le numéro inscrit sur la feuille.

— Monsieur Gill? C'est le sergent Jake. Hope est-elle toujours dans la maison?

— Elle n'est restée qu'une dizaine de minutes. J'ai téléphoné dès qu'elle est partie. C'était il y a quatre heures. À peu près.

Quatre heures. Zut. Pourquoi Carling, ou la personne qui avait répondu à Gill, n'avait-il pas fait passer le message plus tôt?

— Elles sont parties ensemble, Hope et l'autre femme?

— Une fille de couleur, avec des perles jaunes dans les cheveux. Des vraies têtes de voleuses. (La voix de Gill était pleine de suspicion.) Elles ont emporté une valise. Marron. J'ai pris des notes et je vous ai appelés tout de suite. J'ai pas pu vous avoir, pourtant j'ai essayé.

— Vous leur avez parlé ?

— Je préférais pas, comme vous étiez sur le coup.

— Elles étaient à pied ? Ou en taxi ?

— À pied, d'après ce que j'ai pu voir. Mais un taxi les attendait peut-être au coin de la rue.

— Et cela s'est passé vers 8 heures ce matin ?

— Plutôt 7 h 30. Comme je vous l'ai dit, j'ai eu du mal à vous avoir.

— Merci.

— Ça vous aide, hein ?

— Nous apprécions votre appel, merci.

Noah raccrocha et se dirigea droit vers le bureau de Carling.

— Cet appel a été passé il y a quatre heures. Pourquoi je n'ai le message que maintenant ?

— C'est à moi que tu poses la question ? Je te l'ai donné dès que je t'ai vu.

Carling semblait content de lui.

— J'étais là à 9 heures ce matin. Gill a appelé à 8 heures. La note aurait dû être sur mon bureau à mon arrivée.

— Ne t'en prends pas à moi, dit Carling en levant les mains. J'ai seulement passé le message. C'est le standard qui a pris l'appel. Si tu as un problème, vois avec eux.

Noah lui fit un sourire qui passa à Carling l'envie de faire de l'esprit.

— Je viens de passer deux heures à interroger un connard en survêtement brillant pour essayer de retrouver la femme concernée par cet appel. Si j'avais eu ce message quand j'étais censé l'avoir, on l'aurait récupérée et je n'aurais pas dans la bouche ce goût qui me donne envie de vomir – et de tuer quelqu'un.

— Ne t'en prends pas à moi, répéta Carling, à présent nerveux. J'en parlerai au standard. Je leur dirai de se bouger le cul la prochaine fois, d'accord ?

Noah se retint de laisser éclater sa colère.

— On en est où avec Henry Stuke ?

— Personne ne répond au téléphone. Je pourrais aller lui dire deux mots, mais je suppose que tu préfères y aller toi-même…

— Et les bandes vidéo ?

— Rien du côté de l'hôpital.

— Le refuge ?

— J'attends toujours les résultats, répondit Carling en prenant le téléphone. Je vais leur dire de se magner un peu.

Il paraissait sérieux.

— Merci. On doit élargir la zone de recherches autour de l'hôpital et inclure la maison où on est allés ce matin. (Il nota l'adresse et la tendit à son collègue.) Et ne lâche pas Stuke.

— Où tu vas ?

— Où l'inspecteur m'enverra.

Marnie attendait dans la voiture. Elle démarra le moteur dès que Noah s'installa sur le siège passager.

— Felix Gill a appelé, dit-il aussitôt. Il a vu Hope et Simone chez les Proctor. Il y a quatre heures. J'ai rappelé. Il est chez lui.

Marnie garda les mains sur le volant.

— Quatre heures ?

— Je sais. J'ai passé un savon à Carling. Il a dit que le standard venait seulement de lui transmettre le message.

— Qu'a vu Gill exactement ?

— Il a vu Hope et Simone entrer dans la maison vers 7 h 30. Puis repartir avec une valise, à pied. J'ai demandé à Carling d'examiner les bandes de surveillance vidéo dans les alentours de l'hôpital et de la maison.

— Bien. On devrait aller jeter un coup d'œil là-bas.

— C'est une meilleure piste que les Bissell, confirma Noah.

Marnie desserra le frein à main, sourcils froncés.

— Elles sont allées chez Hope ? Si Simone voulait se planquer avec sa copine… je suis surprise qu'elle ait accepté de laisser Hope récupérer des fringues dans une maison vraisemblablement sous surveillance policière. (Elle jeta un coup d'œil à son coéquipier.) Gill est certain que c'était bien Simone, avec Hope ?

— D'après sa description, aucun doute. Une « fille de couleur avec des perles dans les cheveux ». Et des « têtes de voleuses ».

— Qu'est-ce que tu penses de Gill ? Un simple voisin fouineur ?

— Je dirais que oui. Dan et moi on a le même genre en face de chez nous. C'est en partie pour cette raison qu'on a des rideaux plutôt que des stores. Un type seul… j'imagine.

— La curiosité du voisinage… Je parie que Hope détestait cette surveillance. Dommage qu'elle n'ait pas été sous la nôtre.

— Personne ne surveillait la maison. (Noah sentit une nouvelle poussée de colère au creux de ses entrailles.) Qu'est-ce qui cloche chez nous ?

Marnie l'observa de nouveau. Noah lut le regret dans ses yeux, et la dure nécessité dans la ligne serrée de sa mâchoire.

— Pose la question à la comptabilité…

— Je l'aurais fait, même si tu ne me l'avais pas suggéré.

— Bah, ça ne marche pas comme ça. (Sa voix n'avait rien de désinvolte.) Bien, on se flagellera plus tard. Pour le moment, on doit avancer. Est-ce que tu te rappelles bien la maison des Proctor ?

— Plutôt bien, oui.

— Parfait. Essayons de découvrir pourquoi elles ont pris le risque de retourner là-bas.

47.

Felix Gill ouvrit aussitôt la porte d'entrée. Il devait guetter leur arrivée.

— Vous voulez savoir ce qu'elles ont emporté, hein ? Dans la valise ?

— Vous le savez ? demanda Marnie.

— Elle était lourde. La fille noire (il jeta un coup d'œil à Noah) l'a prise à Mme Proctor quand elles sont sorties de la maison. Elle avait l'air surprise par son poids. Je me suis dit : « C'est pas que des fringues, ça, ma fille. » Et puis elles sont parties par là.

Il pointa le coin de la rue, qui rejoignait la rue principale. Marnie avait apporté une lampe de poche.

— Vous n'avez pas parlé à Mme Proctor ?

— Elles ne m'ont pas vu.

Gill paraissait fier de son petit subterfuge.

— Comment étaient-elles, d'après vous ? demanda Noah.

— Pressées. *Elle* avait la tête baissée, comme d'habitude. C'était l'autre fille qui donnait les ordres.

— Qu'est-ce qui vous fait dire ça ? interrogea Marnie.

— D'abord, elle a pris la valise, et elle tirait Mme Proctor par le coude. C'était elle qui menait la barque. (Il regarda la lampe dans la main de Marnie.) Vous allez fouiller à l'intérieur, essayer de trouver ce qui manque ?

— Oui, c'est ce qu'on va faire.

— Remarquez, c'est sa maison, dit Felix Gill. Elle a le droit de prendre ce qu'elle veut. Pas vrai ?

La maison des Proctor avait la même froideur que lors de leur première visite. Aucune trace visible du passage des deux femmes quatre heures plus tôt. Noah et Marnie gagnèrent l'étage pour vérifier s'il manquait des vêtements dans la chambre. Il n'était pas simple de déterminer ce que Hope avait emporté. Aucun espace vide dans la garde-robe ou les tiroirs. Les lits étaient faits, les volets fermés et poussiéreux. À première vue, personne n'était venu dans ces chambres depuis leur dernière visite. Quelqu'un avait ouvert l'armoire de toilette de la salle de bains : on voyait une trace de doigts sur le miroir. Le flacon d'antidépresseurs avait disparu, tout comme la Vaseline, la crème antiseptique et le sparadrap. Tous les éléments d'une trousse de premiers secours. Rien qui puisse expliquer le poids de la valise, si Felix Gill avait vu juste à ce sujet.

Au rez-de-chaussée, tout paraissait exactement comme la première fois. Noah se demandait si sa mémoire lui faisait défaut quand Marnie déclara :

— Alors, qu'y avait-il dans cette valise ?

Ils se trouvaient dans la cuisine, devant le bloc de couteaux. Il ne manquait que le couteau qui avait servi à poignarder Leo Proctor, à présent dans le département des pièces à conviction du commissariat.

— On aurait dû opérer une fouille en règle. Au moins, on saurait ce qu'elles ont pris.

— On n'avait pas de mandat de perquisition, lui rappela Noah. Et puis c'est du mobilier d'exposition… On ne dirait pas que cet endroit cache quelque chose.

— Non, dit-elle lentement. On dirait que cet endroit a tout à cacher.

Dans le couloir, ils s'arrêtèrent devant le placard sous l'escalier.

Un frisson parcourut l'échine de Noah. Voilà où les Proctor dissimulaient au moins l'un de leurs secrets, dans ce petit espace tortueux sous l'escalier. Marnie poussa le loquet. Il glissa facilement, sans un bruit, comme si Leo le graissait régulièrement. Marnie alluma sa lampe de poche et balaya lentement les murs et le sol de pierre.

— Et ces marques, là ?

Noah plissa les yeux.

— Difficile à dire.

— Vérifie, tu veux ?

Noah la regarda de biais.

— Tu veux que… ?

Elle lui tendit la lampe.

— Va voir ce qu'il y a là-dedans. Dis-moi ce que tu en penses.

Noah se débarrassa de sa veste et la jeta sur la rampe d'escalier. Il s'accroupit et passa d'abord la tête, puis pénétra latéralement dans l'antre, pour pouvoir y insérer entièrement son corps. L'inclinaison des escaliers l'obligeait à garder le menton sur la poitrine. Ses épaules masquaient la lumière du couloir. Il n'avait pas assez de place pour bouger correctement les coudes. Il finit par caler la lampe de poche sous son menton tout en éclairant péniblement le mur froid.

La pierre brute éraflait le bout de ses doigts. Il ne respirait pas par le nez pour ne pas sentir l'odeur ammoniaquée de la peur de Hope Proctor. Combien de temps avait-elle croupi dans ce trou, enfermée par son mari ? Plusieurs minutes ? Plusieurs heures ? Plusieurs jours ? Noah ne pensait pas être capable de tenir plus de quelques minutes là-dedans.

Le poids de la maison était écrasant. Il avait pleinement conscience de la présence de Marnie derrière lui dans le couloir. Assez près pour fermer la porte, pousser le loquet et l'emprisonner. Il serra les dents et poursuivit son inspection. Le sol, puis les murs. Hope aurait pu frapper au mur mitoyen de la maison voisine. Ces maisons récentes avaient des murs creux. Elle ne l'avait pas fait, Noah en était persuadé. Recroquevillée là, les genoux serrés contre la poitrine, la tête baissée, elle s'était faite aussi petite que possible pour avoir moins l'impression d'être dans une boîte… ou un cercueil.

Il fit courir le faisceau sur les zones où Marnie avait remarqué des égratignures. Il passa la main dessus et sentit des cicatrices sous ses doigts, de fins sillons dans la pierre et le plâtre. Peut-être que Hope n'était pas restée tranquille tout le temps…

— Alors ? dit Marnie quand il réussit à s'extraire de la cache.

Sa chemise lui collait à la peau.

— Tu avais raison. Des éraflures sur les murs et le sol. Peut-être par des ongles. Ou par le mouvement de caisses. Les gens se servent souvent de ces niches pour ranger des boîtes. (Il regarda de nouveau l'antre.) Mais ces marques ont été faites par des ongles, j'en mettrais ma main à couper.

— Des ongles, répéta Marnie.

— Oui. Elle a dû gratter les murs, et se casser les ongles.

Marnie se tut, l'expression de son visage était difficile à déchiffrer. Elle avait l'air sérieux, et même grave, mais c'était plus que cela.

— Qu'est-ce qu'il y a ? demanda Noah.

— Je n'en suis pas encore sûre. (Elle lui reprit la lampe.) Tu devrais te laver les mains.

Son ton était mécanique, distant, comme si elle lui parlait au téléphone.

Perplexe, il attendit un moment. Avait-il l'air bizarre à ce point ? Ou bien regrettait-elle de lui avoir fait faire le sale boulot ?

— Je vais bien, dit-il.

Elle hocha la tête.

— Tant mieux. Va te laver les mains.

Il se lava les mains dans l'évier de la cuisine, puis les sécha avec une serviette en papier.

Marnie lui tendit sa veste.

— Tu m'as dit que Hope avait parlé au téléphone la veille de sa disparition. On a supposé que l'appel venait de Simone. Est-on sûrs que c'est Simone qui a appelé Hope, et non le contraire ?

Sa voix trahissait une certaine angoisse à présent, tandis qu'elle passait les faits en revue.

Noah prit sa veste.

— Tu penses que c'est Hope qui a appelé Simone ?

— Hope avait une bonne raison de quitter l'hôpital, sachant que Leo allait se réveiller. En revanche, je ne suis pas certaine des motivations de Simone.

— Welland la croit folle…

— Espérons qu'il se trompe.

— L'hôpital pourra nous dire s'il s'agissait d'un appel entrant ou sortant.

Noah prit son portable pour appeler le North Middlesex, et demanda à parler à l'infirmière de garde.

Comme le signal était faible à l'intérieur de la maison, ils sortirent dans la rue. Marnie verrouilla la porte d'entrée et glissa dans sa poche les clés qu'elle avait prises à Leo à l'hôpital, pendant que Noah parlait avec l'infirmière de garde.

— Merci, dit Noah à la fin de la conversation. C'était un appel sortant, dit-il à Marnie. Hope a téléphoné à Simone, tu avais raison.

— Elle a appelé quelqu'un, corrigea Marnie. On ne sait pas si c'était Simone.

— À qui d'autre pouvait-elle s'adresser ?

— Bonne question.

Elle leva les yeux au ciel. Après un silence, elle se détourna. La tension rendait son profil austère.

Qu'est-ce qui se tramait dans la tête de Marnie ? se demandait Noah, les mains moites.

— Il est toujours possible que Simone soit l'instigatrice de leur fuite, dit Marnie. Elle a dû donner à Hope son numéro et lui dire de l'appeler en cas de besoin. (Elle fronça les sourcils.) On aurait dû assigner quelqu'un à la surveillance de la maison. Si nos moyens n'étaient pas aussi limités…

— J'aurais pu le faire.

— Tu dois dormir aussi parfois, tout comme moi. (Elle examina la rue.) Nous devons retourner parler à Leo. (Un bref regard à Noah.) Pas comme la dernière fois. On doit découvrir où Hope est partie. En supposant que ce plan était le sien et non celui de Simone.

Elle observa les volets fermés de la maison des Proctor.

— Elle a pris le risque de revenir ici pour la valise. Elle sait que son voisin la surveille. Pourquoi ne sont-elles pas revenues de nuit, quand elles avaient une chance de ne pas être vues ?

— Ou mieux vues ? dit Noah en pointant du doigt le réverbère planté juste en face de la maison. Où sont-elles allées d'après toi ?

— Ed a dit que Simone ne connaissait pas grand monde à Londres. Cela devrait nous faciliter la tâche.

Elle ne semblait pourtant guère y croire, et étudiait la maison des Proctor d'un regard peu amène.

— C'est peut-être Simone qui a insisté pour venir ici, suggéra Noah. Gill a dit qu'elle guidait Hope par le bras et portait la valise…

— Pourquoi ? Qu'est-ce qu'il y avait dedans ?

— Je ne sais pas. Peut-être que Leo le sait. Tu as raison. Il faut qu'on retourne à l'hôpital.

— Toi, va plutôt au poste. Demande à Ron Carling où il en est avec Henry Stuke. Tu vas devoir me faire confiance pour l'interrogatoire de Leo. (Elle sentit son hésitation.) Ne t'inquiète pas. Je ne vais pas le torturer. À propos de la valise ou du reste. Parce qu'on a besoin de son aide.

— D'accord. (Noah était frustré, ce qu'il ne chercha pas à cacher.) Et Ayana ? On ne peut pas juste…

— Ed nous appellera dès qu'il aura du nouveau. Arrête de t'en vouloir et de te dire que tu as été suivi. On ne sait pas vraiment comment ils l'ont retrouvée. Concentrons-nous sur notre mission. Je t'appelle dès que j'en sais plus.

Elle lui fit un signe de tête.

— Vas-y. Et tiens-moi au courant pour Stuke.

48.

Six mois plus tôt

C'est la première fois qu'il la voit dans la rue, et cela lui fait un choc. Elle est si… soignée. Ses cheveux tombent raides sur ses épaules, comme ceux d'une poupée bien coiffée. Elle porte une jolie petite robe noire à hauteur du genou, un manteau et des chaussures élégantes, comme celles d'une avocate. Dans la boîte de nuit, à l'hôtel, elle a toujours les mêmes vêtements moulants. Des tissus bon marché faciles à déchirer – il suffit de tirer fort –, des bas résilles troués et des escarpins hérissés de pointes. Ses cheveux sont englués de gel. Il est obligé de se frotter avec une éponge pour ne pas que Freya remarque la luisance du produit sur sa peau.

Pour les hématomes, c'est différent. Freya les voit, lui témoigne un peu de cette compassion qu'elle réserve habituellement aux jumeaux, et lui met de la pommade pour les fesses rougies des bébés. Il lui est reconnaissant, pathétiquement reconnaissant, d'être ainsi touché. Elle croit qu'il aide un collègue pendant son heure de déjeuner, qu'il se coupe et se blesse en portant des caisses et en montant des étagères. Il ose une blague – c'est le seul truc que je *monte* – mais elle tombe à plat. Il faut un miracle pour réussir à la faire rire maintenant.

Elle, en revanche, rit quand elle le fait souffrir. Elle lui dit qu'il aura besoin de meilleures excuses quand elle en aura terminé avec lui. Il ne connaît toujours pas son prénom. Une douzaine de manières de la faire gémir, voilà ce qu'il sait d'elle. Mais pas son prénom.

Dans la rue, sans ses talons, elle mesure dix centimètres de moins. À la voir ainsi, elle ne ferait pas de mal à une mouche, encore moins à un homme. Elle n'est plus la même. Il ne l'aurait pas reconnue, si sa peau n'avait frémi, presque vibré, à voir une partie de son corps, son poignet fin peut-être, même sans ces bracelets de pacotille qu'elle porte d'habitude, et qu'elle fait tintinnabuler comme des jouets d'enfant. Son corps la reconnaît.

Maintenant, il sait où elle habite. Un pur hasard. Son patron l'avait envoyé faire une course à l'autre bout de la ville. C'est la première fois qu'il la voit dans la lumière du jour, et dans l'allée d'une maison, identique à toutes les autres de la rue.

Elle ferme sa porte d'entrée à clé, glisse la clé dans un sac chic en bandoulière – le genre de sac à main que Freya considère comme un investissement. Elle vient vers lui. Il cherche fébrilement son portable, baisse la tête et fait semblant de lire ses messages.

Elle est habillée comme pour aller à un enterrement, ou au tribunal. Cette bouche mutine, ce visage aquilin. On dirait une petite fille trop gâtée. Pas le genre de celles qui connaissent l'odeur d'une boîte de nuit mal famée, encore moins le reste.

La colère lui noue le ventre.

Elle lui a menti. Chaque fois qu'ils baisaient, chaque fois qu'elle le laissait lui tordre les poignets, la plaquer par terre… Jusqu'à ce que ce soit son tour, qu'elle reprenne le dessus, le visage luisant de sueur, du sang au coin des lèvres…

Elle lui a menti. Tout ce temps. À faire semblant d'être ce qu'elle n'est pas, à se cacher, comme lui. Mieux que lui, parce qu'elle ne portait pas de déguisement pendant la journée, n'avait pas de foyer qui l'attendait. Il comprend qu'il lui a imaginé toute une vie – sale, différente, courageuse – et que rien de tout cela n'est vrai. Un paquet de mensonges.

Elle descend la rue dans sa direction, mais ne le regarde pas. Concentrée sur son mensonge, être cette jolie petite poupée toute de noir vêtue qui se rend au bureau dans son tailleur chic.

— Salut, dit-il quand elle est assez proche pour l'entendre murmurer.

Elle tourne vivement la tête. Pas de maquillage, pas d'odeur de savon, mais il la sent, sous son accoutrement. Elle ne peut se cacher de lui.

— Salut, répète-t-il. Tu veux aller quelque part ?

Elle secoue la tête, comme un enfant qui refuserait le cadeau douteux d'un pervers.

— Désolée… (Sa voix est un mensonge, mais il entend une note chantante, ainsi qu'autre chose – un avertissement.) Je suis pressée.

Comme s'il était un vendeur d'assurances ou un mendiant qu'elle enjambait dans la rue en soulevant sa jupe d'un geste gracieux.

Il connaît le moindre centimètre carré de son corps. Les bleus au creux des genoux, l'hématome sous le sein droit.

— Allez…

C'était sa bite qui parlait, bien sûr, par sa faute à elle, car elle lui avait appris à être comme ça.

— J'ai une heure devant moi.

Elle le regarde droit dans les yeux.

— Je n'ai pas le temps.

— Plus tard alors.

Elle ne veut pas d'une scène, songe-t-il, pas ici, sur le pas de sa porte. Mais il sait que là, en dessous, coule un filet de couleur rouille.

Ce regard… Elle est capable d'éteindre un incendie avec ce regard.

La douleur à la base de ses testicules.

Ce sera mieux que jamais, se dit-il.

49.

De nos jours

Leo Proctor se raidit dans son lit d'hôpital en voyant Marnie.

— Monsieur Proctor, dit-elle en prenant une chaise pour s'asseoir près du lit. Bonjour.

Il portait un pyjama d'hôpital, d'un bleu si délavé qu'il faisait penser à de l'eau. Il s'agrippa à la couverture, comme sa femme l'avait fait le soir où Marnie l'avait interrogée au sujet de l'agression, et des mauvais traitements.

La chambre de Leo respirait la maladie. Une odeur âcre, désagréable.

— Parlez-moi de votre main cassée, dit-elle.

Leo avait l'air inquiet, il se méfiait du ton doux de sa voix. Tout le contraire de sa dernière visite et de ses questions bizarres. Accusatrices.

— Que… que voulez-vous dire ?

— L'hôpital vous a soigné pour deux os cassés à la main droite il y a huit mois.

Il regarda la main en question. Avec un effort visible, il relâcha son emprise sur la couverture.

— C'était un accident, au travail.

Sa voix était pâteuse, et frêle pour un homme de cette envergure. Les bouts de ses doigts étaient râpeux, ses ongles abîmés et cassés.

Marnie prit le broc d'eau sur la table de nuit, remplit un verre et le lui tendit.

Il prit le verre en évitant son regard.

— Je sais que cela ne s'est pas passé au travail. Ce serait dans le dossier. C'est une obligation légale.

Son visage se contracta.

— Ils ne l'ont pas signalé. Ils ne voulaient pas que la sécurité paraisse compromise sur le chantier. Il y a eu plusieurs autres accidents…

— Monsieur Proctor. Leo… Je sais que ce n'était pas un accident de travail.

— Vous ne pouvez pas le savoir.

— Le mariage est une affaire privée.

Un filet de sueur luisait sur sa lèvre supérieure.

— C'est ce que votre femme m'a dit. Le mariage est une affaire privée. Ce qui se passe derrière les portes closes ne regarde personne. Vous le croyez vous aussi ?

Les mains de Leo tremblaient. Elle entendit le froissement de ses ongles cassés sur la couverture, et revit les ongles soignés de Hope, ce premier soir à l'hôpital. Elle revit les égratignures sur le visage de Stephen, l'entaille à l'endroit où une fille l'avait menacé d'un couteau.

C'est à ce moment qu'elle comprit ce qui s'était réellement passé à Finchley. Elle avait mis trop de temps à faire le lien. Bien trop de temps.

— Pensez-vous que le mariage est une affaire privée ?

Il ne répondit pas, serra les dents. Marnie jeta un coup d'œil au moniteur pour vérifier ses signes vitaux. Il avait eu le temps, depuis leur dernière visite, d'inventer toute une batterie d'excuses pour sa main brisée, et tout le reste. Du temps, aussi, pour se préparer. Nourrir sa colère.

Hope avait mal pris les questions de Marnie, une froideur fugitive dans son regard. Marnie avait mis sa réaction sur le compte de la violation de son intimité, la perte de sa dignité. Elle n'avait pas compris qu'elle devait chercher plus loin.

Leo Proctor n'était pas en colère. Son langage corporel était celui d'un homme brisé. Épaules affaissées, tête basse. Tel un taureau agonisant.

— Le placard sous l'escalier, dit doucement Marnie. Que s'est-il passé là-dedans ?

Il se recroquevilla dans son lit et se mit à trembler de tout son corps.

Elle devait se montrer prudente, attentive aux moindres signes de chute de tension ou d'accélération du rythme cardiaque. Cela pouvait mal finir de mille façons, comme au refuge, quand Hope avait planté un couteau dans le poumon de son mari.

— Leo ?

— Je ne vois pas ce que vous voulez dire.

— Je suis allée chez vous. (Elle croisa les mains sur ses genoux.) Charmant endroit. Très joliment arrangé. Avez-vous fait la décoration ensemble ? Hope et vous ?

Il secoua la tête, puis acquiesça.

— Oui.

Il risqua un regard vers elle, de biais. Il pensait qu'elle lui tendait un piège, se tenait prêt à parer une nouvelle attaque.

Elle lui sourit.

— Tout va bien. Je suis désolée.

— Pour… quoi ?

— La dernière fois que je suis venue. J'ai dépassé les bornes. C'est terminé maintenant.

— Que s'est-il passé ? (Il avait l'air inquiet.) Est-ce que Hope… ?

— Elle s'est enfuie. Avec une autre femme du refuge. Elles ont quitté l'hôpital ensemble hier. On ne sait pas où elles sont, mais on les recherche activement. Et j'ai besoin de votre aide.

Il se redressa sur ses oreillers avec une grimace.

— Quelle femme ?

— Allez-y doucement, dit Marnie. Je vais être virée d'ici si les médecins vous trouvent trop agité. Et on n'aura jamais le fin mot de l'histoire.

— Quelle femme ? répéta-t-il.

— Simone Bissell.

Ce nom ne lui disait rien. Son expression était vide.

— Je ne comprends pas.

— Hope ne vous a pas parlé de Simone, quand elle vous a appelé du refuge ?

Il secoua la tête.

— Vous en êtes sûr ?

— Oui.

— Que vous a-t-elle dit ?

— Elle m'a dit… où elle était.

— Quoi d'autre, Leo ?

Il baissa la tête, comme pour écarter la question, doutant de ses bonnes intentions.

Elle ne pouvait l'en blâmer, après le sermon qu'elle lui avait asséné la dernière fois.

— Vous a-t-elle demandé d'apporter le couteau ?

Il était blême, les lèvres entrouvertes, les poings serrés sur la couverture.

Marnie baissa les yeux sur ses propres mains un long moment, avant de relever les yeux sur lui.

— Dès que j'ai senti l'odeur sous l'escalier, j'ai su que quelqu'un avait été enfermé dans ce trou. J'ai pensé que c'était Hope. Mais ce n'était pas elle, n'est-ce pas ?

Il se taisait, sans cependant la quitter du regard.

— J'y suis retournée aujourd'hui. Avec le sergent Jake. Vous ne vous en souvenez probablement pas, mais le sergent Jake vous a sauvé la vie au refuge. Il n'est pas aussi costaud que vous, mais il est grand. Un mètre quatre-vingts. Je lui ai demandé de se glisser dans le placard sous l'escalier, pour voir s'il rentrait. Il a trouvé des éraflures sur les murs et le sol. Faites par des ongles. (Elle parlait d'une voix très douce.) J'ai vu les ongles de Hope à l'hôpital. Très soignés. Ces griffures ne sont pas les siennes. Pourtant, quelqu'un les a faites. C'est évident, d'après l'odeur. Le sergent Jake n'a pas tenu très longtemps. J'ai du mal à imaginer ce qu'on ressent, emprisonné dans un espace aussi restreint pendant – quoi ? – des heures ? (Elle se tut un moment.) Combien de temps vous a-t-elle obligé à croupir là-dedans ?

Leo secoua la tête, et prit une douloureuse inspiration. Ses yeux brillaient de larmes.

— Hope… Combien de temps vous enfermait-elle sous l'escalier ? Et à quelle fréquence ? Parce que c'était vous, n'est-ce pas, Leo ? C'était vous qui étiez piégé dans ce cagibi. Pas elle.

II.

1.

À l'époque

La rénovation de la salle de bains par Lowell. Il se sert d'un marteau pour casser le carrelage, et travaille à un rythme régulier, faisant tomber les carreaux de céramique un à un.

Simone aime la pulsation, le rythme. Le bruit de la vie.

Quand il s'en va, elle devient folle. Fait les cent pas, claque des doigts, compte les briques d'un bout à l'autre de la pièce. La nouvelle rangée de carrelage n'est pas tout à fait droite. Elle a pris l'habitude de poser le niveau partout, sur le jambage de la porte, sur le sol, sur les étagères. Elle se hisse sur la pointe des pieds et le tient du bout des doigts, peine pour atteindre le plafond et observe le va-et-vient de la bulle d'air dans le liquide vert. Rien n'est plan dans le sous-sol de l'immeuble.

Elle a peur de ne pas avoir assez à manger avant son retour. Elle pose le niveau à bulle sur le couvercle du congélateur, puis à l'intérieur, où la glace a formé une étagère écumeuse. La bulle verte tremblote sur une barquette de côtelettes de porc. Et si le sol n'était pas le sol mais le plafond ? se dit-elle. Et si je vivais à l'envers ?

Elle plaque son oreille contre le mur, le sang battant furieusement à ses tempes.

Le niveau est étrange, magnifique bulle en forme de cœur sans cesse pressée et ballottée. Trépidante. L'immobiliser, l'aplanir.

Elle pourrait l'observer pendant des heures.

L'idée de le détruire lui vient régulièrement. Cela l'émoustille.

La nuit, elle dort avec le niveau contre son sternum, et sent ses poumons se gonfler et se dégonfler sous l'instrument. Elle rêve que le verre se brise, et que la bulle garde sa forme, emplit le creux de sa paume : un globe vert.

Au petit matin – encore un autre matin – elle pense à s'empaler sur le niveau comme un samouraï. À l'ancrer dans son corps. Elle aurait une démarche un peu raide, mais trouverait toujours son équilibre.

Il revient. Toujours. Cette fois, avec la puanteur du dehors, du bitume et des feuilles brûlées. L'automne, vraiment ? Il est bronzé et a du sable entre les orteils.

Il est parti en vacances. Il lui a apporté une grande brassée de roses. Jaunes.

— Salut, bébé, dit-il.

Elle le hait depuis longtemps, le craint depuis longtemps, mais quand il revient avec l'odeur du dehors, le claquement familier de ses pas sur le sol, Simone s'avance vers lui avec une forme d'amour.

2.

De nos jours

— Je pose la valise là, d'accord ?

Simone se tourna vers Hope et se frotta les mains sur sa jupe. Elle transpirait, avec la sensation rampante d'être observée depuis leur passage chez Hope.

— Est-ce que ça va ?

Hope hocha la tête sans la regarder. Même attitude depuis l'hôpital. Simone avait eu peur qu'elle ait changé d'avis, mais voilà, elles étaient en sécurité. Loin de Leo, loin de la police. Loin de tout le monde. Elle observa la pièce familière autour d'elle, toute tremblante. Elle n'aurait jamais pensé revenir ici. La clé était toujours à sa place, sous une jardinière de plants de tomates, enveloppée d'un papier argenté, tel un trésor. Elle frotta ses avant-bras, à l'endroit où les tissus scarifiés la démangeaient, comme chaque fois qu'elle était fatiguée ou anxieuse.

— Montre-moi, dit Hope.

Simone se tourna vers elle.

— Quoi ?

— Tes bras.

Son regard était brûlant, incendiaire.

— Tout va bien ?

L'angoisse se coula sous les côtes de Simone. Avait-elle eu tort de revenir et d'entraîner Hope ici ?

— Montre-moi, répéta Hope.

Docile, Simone roula les manches de son pull-over. D'abord le bras droit, où les cicatrices étaient moins impressionnantes. Elle était droitière, et s'était plusieurs fois ratée lors de ses premières tentatives, jusqu'à ce qu'elle apprenne à recouvrir le bout de ses doigts d'Elastoplast pour que le rasoir ne lui échappe pas. Et à appliquer de la vaseline tout autour des entailles pour favoriser la cicatrisation et garder les marques propres. Au refuge, elle avait vu Ayana Mirza employer le même stratagème pour se vernir les ongles. Le vernis était éphémère, les cicatrices éternelles. Celles de son bras gauche étaient magnifiques, de véritables motifs tribaux. Elle avait imité les dessins trouvés dans un livre de bibliothèque. Des volutes et des points, tous symétriques, au creux de son coude, là où elle trouvait la paix, ou la colère, si elle en avait besoin.

Hope observa les cicatrices et s'approcha. Elle souligna du doigt les arabesques, d'un geste précis, cérémonieux.

— Tu t'es fait ça toi-même ?

— Oui.

Simone demeura parfaitement calme, de crainte de briser le charme qui avait rapproché Hope d'elle. Sa poitrine brûlait d'amour, d'attente.

La main de Hope était la seule chose chaleureuse de la pièce.

La lumière du soleil se retira lentement des lieux, rasant le carrelage avant de disparaître dans un halo rougeâtre. Simone frissonna de nouveau, mais n'essaya pas de tirer sur ses manches, et garda les deux bras écartés, comme un enfant attendant d'être habillé, ou câliné.

— Et les autres cicatrices, dit alors Hope.

Sa voix était si basse que Simone doutait d'avoir bien entendu.

— Les autres ?

Hope leva enfin les yeux, et chercha le visage de Simone.

— Les autres cicatrices. Celles que tu ne t'es pas faites. (Un ange passa.) Celles que ta mère t'a faites.

Simone vacilla, la peur s'insinuant sous sa colonne aussi perfidement qu'un serpent.

Hope avait les yeux bleus d'une poupée, fixes et intenses. Féroces.

— Montre-moi. Je veux voir.

3.

Leo Proctor pleurait. Des sanglots terribles, révélateurs. Sa tête dodelinait comme une marionnette. Marnie se rendit compte qu'il hochait la tête.

— Hope vous a enfermé sous l'escalier. Vous a-t-elle aussi fracturé la main ? (Nouveau hochement de tête, tel un automate.) Quoi d'autre ?

— Tout… tout. Des coups… de poing… de pied… (Chaque mot, dans sa bouche, semblait arraché, écorché.) Des cordes… elle me frappait avec des cordes… me brûlait. (Il se mit à hoqueter.) Des coups avec des briques… des poids. Tout ce qui lui tombait sous la main.

Marnie attendit qu'il respire plus librement.

— Et ses blessures à elle ? J'ai vu son dossier médical. Elle a des ecchymoses, des lésions.

— Elle… elle m'a forcé. Elle n'aimait pas le sexe autrement. Violent. C'est ce qu'elle voulait. Je n'aimais pas ça. Je voulais juste… je détestais lui faire du mal. C'était insupportable. (Il tremblait de tout son être, faisant grincer le lit.) Ce n'est… ce n'est pas sa faute. Pas vraiment. Son père… sa mère et son père… elle m'a tout dit…

— Elle avait des excuses ? Il n'y a pas d'excuses, Leo. Pas pour ce qu'elle vous a infligé.

— Elle a besoin de moi, sanglota-t-il. Vraiment !

— Leo… (Marnie lui prit la main.) Chuuut. Calmez-vous. Prenez une minute.

Sa paume était moite. Elle sentait le stress suinter par tous les pores de sa peau, avec les fluides des antidouleurs. Au bout de quelques minutes, il s'apaisa.

— Pourquoi est-elle allée au refuge ?

— Je lui ai demandé d'arrêter. Je l'ai suppliée. C'était terrible… Je buvais… (Il cacha son visage dans son épaule, essuyant ses larmes sur son pyjama.) J'étais tout le temps malade, à cause de l'alcool. J'avais peur de ce qui se passerait si je n'étais pas dans les parages. Je ne savais pas comment elle s'en sortirait.

Il reprit possession de sa main et enfonça ses pouces dans ses orbites, ce qui fit grimacer Marnie.

— Elle ne sortait jamais, pas vraiment. Elle passait tout son temps dans cet endroit, cette maison, mais elle n'était pas… pas heureuse. Elle ne me laissait pas la rendre confortable. Seulement propre. Je passais mon temps à tout nettoyer, elle aussi d'ailleurs. Il fallait que les chambres restent impeccables. C'était mieux ainsi, disait-elle. Elle ne me laissait pas la rendre heureuse non plus, ni être bien. Je lui aurais arrangé un joli petit nid. Je suis habile de mes mains. Mais tout ce qu'elle désirait… La seule manière dont je pouvais la toucher… (Il détachait chaque mot, comme s'il en avait déjà trop dit.) Il y a quatre mois, la situation a empiré. J'ai eu peur de ce qui risquait d'arriver.

— Vous l'avez suppliée d'arrêter.

Marnie avait repris ses termes exacts.

— Elle l'a fait. (Il leva la tête et sécha ses larmes, l'air perdu.) Elle a arrêté de me frapper, mais elle voulait que moi, je continue. À lui faire du mal.

— C'était il y a combien de temps ?

— Quatre, cinq mois. Après l'enterrement de sa mère.

Cinq mois. Le temps nécessaire à la cicatrisation des blessures de Leo. Hope avait besoin des blessures, comme alibi.

D'après les dires de Leo, c'était plus grave qu'elle ne l'imaginait. Un besoin irrépressible d'être punie ?

— Comment pouvait-elle vous forcer à la rudoyer ? Je ne comprends pas.

— Quand je refusais, elle… elle sortait dans les bars et se donnait à des hommes. Elle les laissait… la maltraiter. Elle revenait couverte d'ecchymoses et de morsures. Je lui ai demandé comment elle pouvait être sûre de ne pas se faire tuer. Elle s'est contentée… de rire. « Je le referai, disait-elle. Pire, tu ne me reconnaîtras pas. » C'est à ce moment-là que j'ai accepté de le faire. Pour la protéger.

— Connaissez-vous le nom de ces hommes ?

— Non. Je ne voulais pas les connaître.

— Pourquoi ressentait-elle le besoin de souffrir ? Vous l'a-t-elle expliqué ?

Il secoua la tête.

— Je lui ai posé la question. Encore et encore. Mais cela la mettait en colère. Et quand elle se met en colère… je préfère la boucler.

— Que s'est-il passé après qu'elle a cessé de vous martyriser ?

— C'était pire, bien pire. C'est devenu… je voulais tout arrêter. De lui faire du mal. À elle. Je ne pouvais plus le supporter. Je lui ai dit… la police, je vais aller trouver la police.

— Vous l'avez menacée d'aller voir la police. C'est là qu'elle est partie au refuge.

— Oui…

— Et elle vous a appelé pour vous dire où elle était.

— Oui.

— Elle vous a demandé d'apporter un couteau au refuge.

Leo hocha la tête, les yeux brillants.

— Et des roses. Des roses jaunes.

— Pourquoi des roses ?

Il leva brusquement les mains.

— Je n'en sais rien ! Elle détestait les fleurs, elle disait qu'elles faisaient des saletés. Elles font des saletés et elles crèvent. Elle haïssait les fleurs, même les roses.

— Pourquoi le couteau, d'après vous ?

— Je ne sais pas. Je n'ai pas réfléchi. Elle a seulement dit qu'elle le voulait, et je lui ai obéi.

Son visage se crispa, déchiré par les émotions. Il faisait peine à voir.

— Saviez-vous ce qu'elle comptait faire ? Avec le couteau ?

— Non, non…

— Mais vous l'avez tout de même apporté.

Il fit un signe de tête, au désespoir. De quoi d'autre était-il capable pour Hope ? De meurtre ? De suicide ? Pas de suicide, sinon Hope n'aurait pas eu à le tuer – ou tenter de le tuer.

— N'aviez-vous pas peur pour les autres femmes du refuge, étant donné ce dont Hope est capable ?

Il ne répondit pas. Sans doute était-il incapable de réfléchir à la sécurité d'autrui, après des années de vie commune avec Hope.

— Comment vous êtes-vous introduit dans le refuge ?

— Elle… elle m'a ouvert la porte. Elle m'a dit que je pouvais entrer sans crainte pendant la pause cigarette de la responsable.

Le laxisme de Jeanette Conway était un don du ciel pour Hope. Elle ne s'était sûrement pas doutée qu'il serait aussi simple de passer la sécurité.

— Hope a pris une valise dans votre maison ce matin. Avez-vous une idée de ce qu'il y a à l'intérieur ?

Leo se prit la tête entre les mains.

— Quoi ?

— Une valise marron. D'après votre voisin, elle était lourde.

— Lourde.

Son regard s'égara, épuisé. Il avait le teint gris et maladif.

Marnie se mordit l'intérieur de la joue. Le médecin avait été très clair à propos de la durée de l'interrogatoire. Son instinct et sa compassion lui disaient que c'était assez pour aujourd'hui. Si Hope avait été seule au moment de sa fuite, cela aurait été différent. En l'occurrence, Marnie devait veiller à la sécurité de Simone.

— Leo, j'ai encore quelques questions… car Hope est introuvable, tout comme Simone Bissell. Mais si vous avez besoin de vous reposer ou si vous préférez la présence d'un médecin…

— Non. (Il paraissait effrayé.) Personne d'autre. Pas d'hommes.

Elle comprenait. Il était déjà assez pénible pour lui d'avoir avoué son secret à une femme.

— Ça va, dit-il en déglutissant. S'il n'y a que vous… ça va.

Elle remplit de nouveau son verre d'eau et le mit entre ses mains. Elle les garda entre les siennes quelques secondes.

— Vous avez dit que Hope n'avait jamais mentionné Simone Bissell.

— Non, dit-il en buvant une gorgée d'eau. Qui est-ce ?

— Une des femmes du refuge. Elle s'est liée d'amitié avec Hope.

— Non, répondit mécaniquement Leo. Hope n'a pas d'amies. Elle n'aime pas les femmes. Surtout pas les femmes dans des lieux comme celui-là. Des faibles. Des victimes.

— Elle s'est rapprochée de Simone. Tout le monde au foyer l'a remarqué.

Leo secoua la tête, l'air perdu.

— Est-elle un danger ? Pour une femme comme Simone ? Ou pour d'autres personnes ? Apparemment, elle l'était pour vous.

— Je ne sais pas. Je ne l'ai jamais vue avec d'autres gens.

— Et ses parents ? Elle m'a dit qu'ils étaient morts.

Il secoua la tête.

— Sa mère est morte. En octobre. Mais son père est toujours vivant.

Encore un mensonge, se dit Marnie.

— Vous avez dit qu'elle avait des problèmes avec ses parents. Que lui est-il arrivé ?

Leo prit une profonde inspiration et plaqua sa main sur sa poitrine avant d'expirer, lentement.

— À Hope, rien. Mais sa mère… C'est à cause de ce qui est arrivé à sa mère, Gayle. Son père battait Gayle, mais il n'a jamais touché Hope. Je croyais qu'elle le haïssait. En réalité, elle détestait sa mère, parce qu'elle était incapable de contrôler son mari, voilà ce que Hope disait. C'était sa mère qui perdait le contrôle, pas son père.

— Comment s'appelle son père ?

— Kenneth Reece.

Leo reprit une goulée d'eau, qu'il fit tourner dans sa bouche avant d'avaler, comme si ce nom avait mauvais goût.

— Il n'a jamais touché Hope ?

— Jamais. Elle a appris à le tempérer. Depuis toute petite. Il adorait sa petite fille, alors elle a joué ce rôle pour lui. Une bonne petite fille. Elle ne comprenait pas pourquoi sa mère ne le manipulait pas de la même façon. Garder le contrôle de la situation. Il n'était pas très malin, son père. C'est ce qu'elle disait toujours. Un homme basique, un animal. Elle, elle était intelligente. Elle l'a compris dès l'âge de six ans, mais a appris à ne pas le montrer, parce que c'était ce qu'il voulait. Son père pense que les filles ne doivent pas avoir de jugeote. Il veut seulement une jolie petite fille bien élevée. Une poupée. Alors Hope s'est transformée en poupée. (Une grimace déforma ses traits.) La première fois qu'elle m'en a parlé, je l'ai traité de monstre. De pourriture. Cela l'a rendue… furieuse. Je n'étais pas différent, disait-elle. Les hommes étaient tous les mêmes et c'était son père. Je ne voulais pas qu'elle s'approche de lui. J'étais content de l'avoir éloignée de lui, mais elle m'a dit qu'elle n'avait pas besoin d'être sauvée, que je n'avais rien d'un héros. J'étais comme son père, comme tous les autres. C'était elle qui était différente, parce qu'elle savait comment nous contrôler. Nous, les hommes.

— Mais elle vous a épousé. Elle voulait sûrement se marier. Qu'espérait-elle ?

— Peut-être qu'elle cherchait à échapper à cet endroit, à son père.

Ou peut-être voulait-elle prouver qu'elle pouvait réussir là où sa mère avait échoué. Son mariage était-il un exercice de contrôle ? De pouvoir ? Beaucoup d'unions l'étaient, après tout.

— Et sa mère ? Ne craignait-elle pas ce qui lui arriverait si elle s'en allait ?

— Elle pensait que sa mère laissait faire son père. Elle ne comprenait pas pourquoi elle le laissait lui faire du mal. « Je n'étais qu'une gamine et j'arrivais à le gérer. » Voilà ce qu'elle répétait tout le temps. Elle reprochait à sa mère sa maladresse. Gayle a cassé un miroir un jour. Sept ans de malheur. « Elle l'a cherché. » Hope avait appris à penser comme ça. Je suppose que son père lui a mis toutes ces idées dans le crâne.

Ce n'était pas Hope qui avait brisé un miroir. C'était sa mère, Gayle. Quoi d'autre dans la petite saynète que Hope lui avait jouée à l'hôpital avait été emprunté à sa mère ? Peut-être était-ce plus qu'un rôle. Une pulsion involontaire. De l'empathie, détournée ou refoulée, pour les souffrances de sa mère.

— Elle pensait que Gayle aurait dû l'arrêter, dit Leo. Si elle l'avait voulu. « Peut-être qu'elle aimait se faire martyriser. » C'est ce que Hope répétait souvent.

— Vous avez dit que Hope aimait ça. Souffrir.

— Oui, elle voulait souffrir. Elle en avait besoin. (Il but de nouveau avidement le verre d'eau qu'il avait entre les mains.) Les tatouages… Elle nous a fait faire des tatouages.

— Des cœurs percés d'une flèche.

Leo chercha son regard.

— Oui. Je… je croyais que c'était un truc romantique, mais je me trompais. Son père avait exactement le même.

(Il porta le verre à sa poitrine.) Ça fait mal de se faire injecter de l'encre sur la cage thoracique.

— Je sais, dit Marnie.

— Elle en avait besoin, répéta-t-il. De cette souffrance. Elle la voulait.

— Mais elle préférait vous faire mal à vous.

— J'étais un animal. (Sa voix se fit caverneuse.) Elle voulait que je me comporte comme un animal. Ensuite elle me punissait pour l'avoir fait. (Son visage se crispa, comme si la vérité lui était trop pénible.) Mais elle était incapable de douceur, de gentillesse, et je la comprenais, après ce qu'elle a traversé enfant, ce qui est arrivé à sa mère sous ses yeux. Elle pensait que ça ne l'avait pas affectée, mais c'est faux. C'est forcément faux.

— Oui.

Donner de l'importance à Leo, puis l'affaiblir et le rendre complice des mauvais traitements. Exiger de lui qu'il se comporte comme son propre père, puis le punir pour lui avoir obéi. L'obliger à la frapper. C'était pire qu'un dédoublement de personnalité, l'alliance de la soumission de sa mère et de l'agressivité de son père. Marnie ne savait pas au juste. Il faudrait l'aide d'un professionnel pour en savoir plus sur Hope, mais cela pouvait expliquer sa méfiance pendant leur entrevue à l'hôpital, sa façon de passer des larmes à la dureté.

— Elle était sous antidépresseurs. Le généraliste n'a pas remarqué que quelque chose de grave se passait ?

— Elle est douée pour tromper son monde, dit Leo en se redressant, l'air las. Elle a réussi à vous cacher la vérité.

Vrai. Marnie s'était entichée de la petite fille perdue. Hope jouait la comédie depuis toujours pour se protéger de son père. Elle prenait l'air d'une jeune femme fragile, aux yeux et aux mains de porcelaine, comme une poupée. Difficile d'imaginer, même aujourd'hui, qu'elle avait martyrisé Leo Proctor, un homme qui faisait deux fois sa taille et son poids. Marnie aurait voulu lui demander comment elle avait forcé son mari à se tapir sous l'escalier, quels mots elle avait employés pour le soumettre à sa volonté. Le comportement conditionné était un phénomène complexe, un emmêlement d'amour et de mensonges, de menaces et de promesses. Combien de fois s'était-il retrouvé piégé dans ce trou, à gratter les murs et le sol ? Combien de fois lui avait-il pardonné, pour être de nouveau battu, plus durement encore ? Grâce à son travail, il quittait la maison cinq jours sur sept, et revenait toujours, malgré ce qui l'attendait. À quoi se raccrochait-il ? À une explication logique à la cruauté de sa femme ? Une chance de réconciliation ? De rédemption ? Pour tous les deux ?

— Vous croyez qu'elle a l'intention de faire du mal à Simone Bissell ?

— Je ne sais pas.

— Mais elle méprise les femmes faibles. Les victimes. Si elle voit Simone sous cet angle…

— Peut-être. Je ne sais pas.

Il leva vers elle un visage exténué.

— Leo… cette valise ? Êtes-vous certain de ne pas savoir ce qu'il y a dedans ?

La réponse se lisait dans ses yeux.

Elle devait s'attendre au pire.

4.

Deux hommes – un Blanc et un Noir – se tenaient sur le pas de la porte, attendant qu'Henry Stuke leur ouvre. D'abord, il pensa à des témoins de Jéhovah, mais ces deux-là avaient les mains vides, et le Blanc l'air fatigué, et la peau grumeleuse comme celle d'un éléphant.

La police. Ces types étaient de la police. Des flics en civil.

Une poussée de panique fit remonter dans sa bouche un goût de bile. Il l'avala au moment où la sonnette retentissait pour la seconde fois. S'ils continuaient leur petit manège, ils allaient réveiller les jumeaux.

Il se regarda dans le miroir de l'entrée, que Freya avait absolument voulu placer là, pour pouvoir vérifier sa tenue avant de sortir à l'époque où son apparence avait encore de l'importance pour elle. Dans le miroir de Freya, il avait l'air pâteux, coupable. Il se lissa les cheveux et enfouit son poing gauche dans sa poche, avant d'ouvrir la porte.

— Henry Stuke ?

Le flic à la peau grenue lui montra son badge, à la manière d'un prêtre brandissant une Bible, les doigts en éventail.

Henry ne pouvait pas vraiment lire son nom à cause du soleil qui se reflétait sur le plastique du badge, pourtant il hocha la tête.

— C'est pour quoi ?

— Je suis le sergent Carling, et voici le sergent Jake. Vous possédez une Prius. (Il lut un numéro d'immatriculation.) C'est exact ?

— Oui, oui c'est exact.

— Où étiez-vous vendredi après-midi, monsieur Stuke ?

— J'étais… voyons voir. Vendredi ? Au boulot. Ouais, j'ai travaillé presque toute la journée.

— Où travaillez-vous ? En fait… (Carling observa la rue.) Pouvons-nous entrer quelques minutes pour discuter ?

Cela signifiait qu'ils n'avaient pas de mandat. Peut-être était-ce moins grave qu'il ne le craignait.

— D'accord, mais pourriez-vous parler à voix basse ? (Il leur adressa un regard d'excuse.) J'ai des bébés qui dorment en haut.

— Des bébés ? (Le sergent Carling lui rendit son regard contrit, avec de surcroît une note de sympathie.) Ils dorment beaucoup ?

— Pas autant que je le voudrais.

Ils échangèrent un sourire. Cela ne se passait pas si mal.

Le plus jeune – le sergent Jake – n'avait encore rien dit. Avec sa tête de premier de la classe, il aurait pu faire de la télé. Henry l'avait déjà vu, dans la Mondeo banalisée au refuge, et à l'hôpital où ils l'avaient emmenée.

— Asseyez-vous. Enfin, si vous voulez.

Il garda sa main gauche dans sa poche.

— Quel âge ont-ils ? demanda Carling en levant les yeux au plafond.

— Neuf mois la semaine prochaine.

Henry avait pris une voix enjouée, comme l'heureux papa qu'il devrait être.

Pourvu qu'ils ne se réveillent pas, se disait-il. S'ils se mettaient à geindre, il n'était pas certain de pouvoir continuer à jouer son rôle.

— Des jumeaux.

— Neuf mois. C'est un bel âge, dit Carling. Est-ce qu'ils marchent déjà ?

— Non. Non, pas encore. Ils crapahutent pas mal, et ils attrapent tout ce qui leur tombe sous la main.

Carling hocha la tête. Il s'assit sur le canapé et prit un jouet en plastique : un camion rouge rempli de billes qui s'entrechoquaient quand on le faisait rouler. Henry n'était pas certain d'avoir nettoyé le vomi dessus. Le salon dégageait une odeur nauséabonde, mélange de crasse et de couches sales. Dieu seul sait quand Freya et lui avaient fait le ménage dans cette pièce la dernière fois. Des affaires de bébé traînaient partout. Des lingettes dans des boîtes vertes, des tasses à café, des livres pour enfants aux coins mordillés.

Henry s'installa à côté de Carling sur le canapé, la main gauche toujours dans la poche, les doigts moites. Le sergent Jake resta debout, et étudia les lieux.

— Alors… de quoi s'agit-il ? Vendredi, vous dites ?

— Vous étiez au travail.

Carling tenait le camion rouge entre ses mains avec tendresse. Combien d'années écoulées depuis qu'il avait essuyé la merde et le vomi de ses gosses ? Si longtemps qu'il avait tout oublié, et souriait comme s'il ne gardait que des souvenirs heureux, comme si la paternité était une franche rigolade.

Henry serra le poing dans sa poche.

— Je suis plombier. Je fais un peu de menuiserie de temps à autre, j'installe des cuisines. (Il rit.) Remarquez, vous devriez voir l'état de la nôtre. Il va falloir que je m'en occupe avant que les petits marchent.

— Nan, il vous suffit de poser une barrière de sécurité et tout ira bien. (Carling posa le camion à côté de lui.) Vous n'étiez pas à Finchley alors, vendredi ?

— Finchley… En fait, je crois bien que si. Merde. (Il regarda les deux policiers tour à tour.) Ce n'est pas un problème de stationnement, hein ? C'était une urgence, voyez-vous. Avec cette saloperie de pluie…

— Non, ce n'est pas un problème de stationnement, dit le sergent Jake.

Henry le regarda. Il n'aimait pas ce type, sa façon de rester là, comme si rien ne pouvait froisser son beau costume, ou froncer son front lisse. Parler à voix basse… ce gamin n'avait pas la moindre idée de ce que signifiait avoir deux bébés endormis. Que savait-il de la vie, ce connard, à son âge ?

Carling devait penser la même chose, car il dit :

— Ne faites pas attention au sergent Jake. Il est né sous une bonne étoile. Tout ça n'a aucun sens pour lui. (Il fit un clin d'œil à Henry, et roula des yeux – un geste de complicité virile qu'Henry ne comprit pas vraiment.)

— Alors c'est quoi le problème ? demanda Henry. Un truc à propos de la voiture, vous avez dit.

— Vous étiez à Finchley vendredi, et au North Middlesex hier. (Carling se redressa, les coudes sur les genoux froissés de son costume.) Nous enquêtons sur une affaire qui a eu lieu à ces deux endroits, ces deux mêmes jours.

— Quelle affaire ?

— Nous ne pouvons pas vous donner de détails, répondit-il avec un sourire d'excuse. Nous voulons seulement savoir pourquoi vous étiez à l'hôpital hier. Vendredi, vous avez dit que vous travailliez.

— C'est exact. (Il s'humecta les lèvres.) Et hier, j'ai emmené les jumeaux à l'hôpital. Ils toussaient et j'ai paniqué. Vous savez ce que c'est.

Carling hocha la tête. Il observa les photos de famille sur les étagères.

— Votre femme n'est pas là ?

— Elle est chez sa sœur, qui vient d'avoir un bébé. (Il eut un pauvre sourire.) Encore un. Je lui ai dit que j'allais m'occuper des jumeaux, mais vous savez comment c'est. La panique des premières fois. Je ne les avais jamais entendus tousser comme ça.

— Mais ils allaient bien. Je veux dire, vous n'êtes pas entré à l'hôpital. (Carling avait l'air un peu embarrassé.) Les caméras de surveillance montrent que vous êtes resté dehors, dans la Prius. Vous n'êtes pas entré.

— Ils se sont calmés. Endormis. (Henry réussit à sourire.) Je me sentais idiot.

Carling hocha la tête. Il semblait s'ennuyer à présent, comme si cette discussion était pour lui une perte de temps. Cela aurait dû soulager Henry, alors qu'au contraire cela l'énervait. Comme si le fait d'avoir des jumeaux ne pouvait faire de vous un suspect, ou une menace. Ce flic aurait dû le voir avec cette garce. Pas la dernière fois, le jour de l'enterrement, mais la fois d'avant. S'il avait vu les trucs qu'Henry avait fait subir à cette salope, il n'aurait pas l'air de s'emmerder, de vouloir se tirer de là pour faire son vrai boulot de flic. C'était ici même, son vrai boulot de flic, pensait Henry avec aigreur. *Si tu avais vu comme elle a morflé, mon pote.*

Carling bougea sur le canapé et le camion rouge dégringola du coussin et chuta, menaçant de heurter le sol. Henry le rattrapa *in extremis*. Ses propres réflexes le surprirent. Il avait eu peur du boucan que la chute du jouet aurait fait. Un bruit que les jumeaux connaissaient, adoraient même. Il avait tellement peur qu'ils se réveillent et recommencent.

Le sergent Jake prit la parole :

— Qu'est-il arrivé à votre main, monsieur Stuke ?

— C'est… Henry. Appelez-moi Henry.

Il reposa le camion.

— Qu'est-il arrivé à votre main, Henry ?

Il retourna sa main pour qu'ils puissent la voir tous les deux, recroquevillée comme celle d'un vieil homme, les doigts repliés à la manière d'une serre d'aigle, la peau scarifiée et plissée, comme si quelqu'un l'avait ouverte en deux, puis grossièrement recousue.

— Il y a six mois… je réparais un évier… (Mensonges.) Un vieux tuyau s'est rompu, et je suis resté piégé.

Piégé, oui, c'était la vérité. La garce l'avait cloué au sol et s'était assise sur sa poitrine pendant ce qui lui avait semblé des heures. Il avait cru mourir dans cet hôtel, avec cette fille sur lui.

— Ils ont dû me couper la main pour me libérer.

Il orienta sa main vers la lumière, honteux de cette vision d'horreur. Il la cachait tout le temps, dans le bus, dans la rue. Sinon, les gens ne la quittaient pas des yeux. S'il était allé directement à l'hôpital, peut-être qu'ils auraient pu mieux réparer les dégâts, mais il était resté caché à l'hôtel, effrayé de partir, si jamais elle l'attendait.

Il aurait dû se douter de ce qu'elle lui réservait lorsqu'il avait vu sa tenue. Habillée comme pour un enterrement. Il aurait dû le deviner, quand il avait vu la rage qui incendiait son regard. Cela aurait dû être un moment fort – le meilleur de tous –, s'il n'avait été aussi stupide et maladroit.

Il lui avait tourné le dos quand elle le lui avait demandé en pensant qu'elle allait le surprendre avec des sous-vêtements sexy, peut-être un nouveau tatouage. Il n'avait rien vu venir, avant qu'elle le frappe avec ce putain de truc et que ses côtes se craquèlent comme des tuyaux rouillés.

— On dirait que vous avez eu de la chance de la conserver, dit le sergent Carling.

Il parlait de la main d'Henry.

— Oui. Oui, j'ai eu du bol.

Un long geignement se fit entendre au-dessus de leurs têtes, tel un moteur en train de démarrer : les jumeaux se réveillaient.

Tous trois levèrent les yeux dans cette direction.

— Je suis désolé, dit Henry. Je dois aller les voir.

— Pas de problème, répondit Carling, je crois qu'on n'a plus rien à faire ici.

5.

— Mon père avait un chauffeur, dit Simone. Je n'ai jamais su son nom. Quand j'avais besoin de lui, je devais presser l'interphone à l'arrière de la voiture. Mais seulement en cas d'urgence, si je voulais qu'il arrête la voiture parce que je ne me sentais pas bien. Pas question de presser le bouton pour parler de ma journée ou me sentir moins seule sur la banquette arrière.

Hope pelait une pomme avec un couteau. La peau du fruit s'enroulait autour de son poignet tel un fin bracelet rouge. Quand Simone se tut, Hope lui jeta un bref regard, tranchant comme la lame de son couteau. Simone déglutit, la bouche sèche.

— Le chauffeur de mon père portait une casquette à visière. Je captais parfois son regard dans le rétroviseur. Il détournait toujours les yeux le premier. Son… son uniforme lui allait bien, bien mieux que le justaucorps sur moi. Le rose et le noir ne vont pas ensemble, quoi qu'en dise mon père. Enfin, l'homme qui se faisait appeler mon père. (Sa voix se mua en un murmure.) Charles Bissell.

Hope lécha le jus de la pomme sur le dos de sa main.

— Il avait un tatouage dans le cou. Le chauffeur. Un faucon, bleu. Je me rappelle avoir pensé qu'il ne se verrait pas sur ma peau.

Simone ouvrit ses paumes, roses et vides.

— Qu'a-t-il fait ? demanda Hope.

Simone baissa la tête, fouillant sa mémoire.

— Ma professeure de danse classique me tapait toujours sur l'épaule avec sa baguette. « Tu ondules, me grondait-elle. Nous ne sommes pas des vagues. Nous n'ondulons pas. » Tout chez moi était plat à l'époque, même mes pieds. Je ne comprenais pas ce qu'elle voulait dire. Quand je me regardais dans le miroir, si je me concentrais, je voyais ma mère. (Elle plaqua la main sur ses yeux.) J'étais le seul visage noir de la pièce. Tout ce rose. Justaucorps… collants et chaussons de satin. Et moi.

Elle s'enfonçait dans la banquette de cuir de la voiture de son père. Sa peau noire dans cet intérieur couleur de crème fouettée. Simone écartait ses épaules nues du revêtement de cuir avec un bruit de succion. Parfois, elle donnait des coups dans le dos du siège passager, ce qui lui valait un regard du chauffeur dans le rétroviseur.

— Parle-moi des soldats, dit Hope. Dans ton village. Avant les Bissell.

— Ils… ils venaient au crépuscule, et à l'aube. Les moments les plus dangereux de la journée. Je me rappelle… leurs bras. (Simone étira les siens, sans plus espérer d'étreinte de son amie.) Des muscles tendus comme… comme des cordes.

Dehors, un crissement la tétanisa. Le cœur battant à tout rompre, elle prêta l'oreille. C'était seulement une voiture qui passait dans la rue, rien de plus.

— Ton père, insista Hope.

Sa voix n'avait pas changé. Douce, tendre, elle recueillait ses confidences comme on arrache des échardes à l'aide d'une pince à épiler.

Comme au refuge. Là-bas, c'était le silence qui les avait rapprochées. Le silence et une forme de paix. Peut-être que Hope avait tu ses questions pendant tout ce temps, son besoin de tout savoir du passé de Simone. Simone ne comprenait pas pourquoi elle voulait tout entendre. Seulement que cette confession la rendait *moins* – et Hope *plus*, comme si cette femme puisait sa force dans les mots de Simone. Plus que dans ses mots, dans sa douleur. Hope voulait tout savoir de la douleur de Simone, les événements de son passé qui l'avaient le plus blessée.

Tant qu'elle continuait à parler – et qu'elle faisait exactement ce que Hope lui demandait, ni plus ni moins –, tout irait bien.

— Quand… quand il m'interrogeait sur les cours de danse, je lui disais que je les détestais. Il prenait l'air triste, puis souriait, comme s'il s'agissait d'une plaisanterie habituelle entre nous. Puis il mettait ses mains sur ma tête.

Elle se rappelait la finesse des doigts de son père entre ses tresses africaines, cet étranger qui l'avait volée. Charles Bissell et sa femme, au visage sec comme le lit d'une rivière après une longue sécheresse.

— Il n'était mon père que sur le papier. Il disait que cela ne faisait aucune différence, mais je sais que c'était faux. Il m'a arrachée à mon village. Mes frères et sœurs… Les soldats les ont emmenés, pour l'Armée du Seigneur. Tous les enfants du village ont été volés d'une manière ou d'une autre.

La douleur dans sa tête était insupportable, mais ce n'était rien, elle le savait.

— Tous les matins, avant le cours, il épinglait une orchidée à mon justaucorps. Pour me porter chance. Dans la voiture, j'arrachais ses pétales et les jetais sur le tapis. La voiture recelait… une odeur de décomposition. Ils – les Bissell – s'inquiétaient de me voir grandir, des questions que je posais. Ils avaient peur que je découvre qu'ils m'avaient volée. Le seul point positif était que cela faisait une recrue de moins pour l'Armée.

Elle voyait son ancienne colère planer dans l'immense ciel comme un vautour.

— Je me disais… même l'armée aurait mieux valu qu'eux. Leurs règles. Leur silence. Leurs mensonges.

Hope mangea un quartier de pomme et passa la langue sur ses lèvres.

— Dans mon village, je me rappelle qu'une nuit je me cachais des rebelles. J'étais terrorisée, j'essayais de rester immobile, de ne pas crier.

Elle leva la main pour se protéger du souvenir.

Des chauves-souris. Elle se rappelait les chauves-souris qui fusaient des arbres comme si le ciel tombait en morceaux. Sa colère n'était rien, des braises froides après une nuit de fête débridée. À parler ainsi, elle était de retour dans son village. Huit ans, à observer la mort partout autour d'elle, la chaleur qui l'oppressait comme un visage blanc collé à la vitre. La souillure rouge de la mort. Les hommes avec leurs tripes dans les bras comme des bébés.

— Certains des soldats étaient des enfants, enlevés dans d'autres villages. Des gamins grimés, dressés pour entrer dans le rang, le drapeau des rebelles cousu à leur poitrine. Rouge, noir et bleu. Mes mains… (Elle les ouvrit de nouveau, à la recherche du rose de ses paumes.) Mes mains tachées… moites de peur.

— Tu avais peur, dit Hope.

— Oui.

— De quoi ?

— D'être enlevée par les soldats. Ou tuée. De crever là, dans la poussière.

Sa mère avait étendu une couverture par terre, Simone avait huit ans. Une couverture vert et or. Avec des auréoles noires dessus, comme des ombres. Le soleil n'entrait pas dans la maison. Les auréoles étaient des taches. Le sang de sa sœur, de sa mère. De la mère de sa mère. Le sang de sa tante et de la tante de sa tante. Elles l'avaient maintenue, toutes ces femmes, sur les taches de sang que leurs propres corps avaient imprimé sur le vert et l'or. Son sang n'était qu'une ombre de plus, rougeâtre. Il a traversé la couverture, s'est écoulé dans la poussière.

— J'avais peur de mourir dans la poussière.

Des larmes mouillaient sa jupe, comme des gouttes de pluie. Elle ne savait pas comment les arrêter. Elle savait seulement qu'elle devait continuer à faire tout ce que Hope disait.

— Maintenant, dit Hope, parle-moi de Lowell.

6.

— Rome ? (C'était Ed Belloc.) Tu voulais que je te rappelle.

— Des nouvelles d'Ayana ?

— Aucune. Où es-tu ?

— Je viens de quitter le North Middlesex. Je dois passer au poste et je te retrouve après, si tu es dispo.

En entendant le ton tranchant de sa voix, Ed répondit :

— Qu'est-ce qui s'est passé ?

— Rien de bon.

Le poste dégageait une odeur de café et de marqueurs. Quelqu'un avait mis en route un ventilateur, qui remuait l'air comme une soupe. Marnie se rendit au bureau de Noah.

— Où est le sergent Jake ?

Assise au bureau voisin, Abby Pike leva la tête.

— Il est allé à West Brompton avec Ron Carling. Ron a appelé pour dire que c'était une perte de temps. Ils sont sur le chemin du retour.

— Une perte de temps, répéta Marnie. Ils ont vu Henry Stuke, l'homme qui surveillait le refuge ?

— Sauf que ce n'était pas ça, dit Abby en faisant la grimace. Ron dit que le type n'est pas en forme. Il se démène pour s'occuper de ses jumeaux de neuf mois, et il a du mal à s'en sortir seul. Il les baladait en voiture pour les calmer. Il est réglo, d'après Ron.

— Et Noah ?

— Je n'ai pas parlé à Noah. Ron a dit que Noah rentrait à pied. Apparemment, ça l'a fait flipper d'être dans une baraque pleine d'affaires de bébé, alors j'imagine qu'il a voulu s'aérer l'esprit. (Abby la regardait d'un air confiant.) Des nouvelles de Hope et des autres ?

— Il faut modifier le statut de l'enquête, lui dit Marnie. Hope Proctor n'est plus sur la liste des personnes disparues. Elle est désormais suspectée d'agression, de kidnapping et de tentative de meurtre.

— Hope ? dit Abby avec des yeux ronds.

— J'ai besoin de la liste de tous les foyers pour femmes de Dulwich. Tu peux me la trouver ?

Le pont du Millenium flottait comme par miracle au-dessus de la Tamise, tel un pont de cordes au-dessus d'une gorge dans la jungle. Le fleuve frémissait de bateaux et exhalait des embruns salés, mêlés d'une odeur de rouille putride. Il était impossible de ne pas regarder le London Eye. Cette immense roue d'acier et de verre avait envahi le paysage urbain, telle une lune creuse en orbite au-dessus de la ville. La structure du pont avait été renforcée quand les piétons avaient détecté un mouvement de balancier. Aujourd'hui encore, quand le vent soufflait en rafale, Marnie le sentait bouger. Cela n'empêchait pas les gens de l'emprunter. Ils s'attendaient à ce frémissement. Ces attentes étaient partout dans la ville, elles la modelaient.

Ed se tenait sur le pont, le visage rongé par l'inquiétude.

— Parle-moi d'Ayana.

— J'ai appelé la maison de ses parents. En tant que représentant du Soutien des victimes. Un de ses frères m'a répondu. Turhan. Que signifie son prénom, déjà, d'après Noah ? Le miséricordieux ? Il affirme ne pas savoir où elle est.

Je lui ai demandé de parler à ses parents, mais il m'a répondu qu'il n'y avait personne d'autre à la maison.

— Penses-tu qu'elle est là-bas ? Chez ses parents ?

— Non. Turhan était trop détendu pour que ce soit le cas, mais il sait où elle est. Il savait qu'elle n'était plus au refuge avant que je lui explique l'objet de mon appel. (Ed se tourna et agrippa la rambarde d'acier du pont, le regard perdu sur les eaux de la Tamise.) Il souriait, je l'ai entendu dans sa voix.

Un patrouilleur remontait le courant, faisant courir de fines ridules dans son sillage. De leur promontoire, ils sentaient l'odeur de limon du fleuve.

— Il sait où elle est. (Ed se gratta le creux du coude. Il portait ses vêtements de la veille. Avait dormi dedans.) J'en suis certain.

— Et sa mère ? Tu as cru Turhan quand il a dit qu'elle n'était pas chez elle ?

— Difficile à dire.

— Ayana nous avait prévenus, à propos de la violence des femmes. Regarde ce que ces filles ont fait à Stephen, à Sommerville. Regarde Simone, ce que sa propre mère lui a fait subir. Depuis le début, j'ai sous les yeux la preuve que les femmes sont capables du pire, mais j'ai choisi de regarder ailleurs. Instinctivement. L'agression masculine est banale dans notre métier. J'en vois tous les jours. Ce n'est pas du sexisme. Des types comme Lowell Paton… Ça m'a donné une vision déformée de la réalité. Trop de gorilles invisibles.

Ed se tourna vers elle, adossé à la rambarde.

— Que s'est-il passé ?

Elle ne savait pas par où commencer. Elle avait besoin d'énoncer sa théorie à haute voix, d'en mesurer la pertinence. Non que Leo Proctor ait menti, mais elle imaginait déjà le SPJ pointer les lacunes de son récit.

— À l'hôpital, le soir de l'agression, j'ai parlé avec Hope, puis avec le médecin qui l'a examinée. La situation paraissait… limpide, mais ce n'était pas cela. C'était… sa façon de parler, ce qu'elle savait. À propos de la manière la plus efficace de faire souffrir quelqu'un. Que l'on peut imposer le silence non seulement par la menace et la violence, mais aussi avec des promesses, des secrets. Je pensais que cela prouvait qu'elle avait été martyrisée par son mari. Elle savait tout de la maltraitance. (Les bateaux fendaient le courant, dessinaient des cicatrices sur la peau brune de l'eau.) La seule autre personne qui peut savoir tout ça est le tortionnaire lui-même. (Elle peinait à poursuivre, le prénom de cette femme lui brûlait la gorge.) Hope Proctor.

— Hope ? dit lentement Ed, incrédule.

Marnie hocha la tête.

— Hope. C'est elle le tortionnaire, pas Leo. Leo est la victime.

— Tu te trompes, dit Ed d'une voix où perçait la colère. Tu te trompes forcément.

Elle le regarda sans ciller.

— Je t'assure que non.

— D'où te vient une idée pareille ? De Leo ? C'est n'importe quoi. Tous les maris violents de la planète nient les faits à un moment où à un autre. Ce ne sera pas le premier à vouloir retourner la situation et se faire passer pour la victime.

— Ed… c'est Hope. Je le sais. Elle lui a cassé la main, les côtes.

— Et ses blessures à elle ? Comment les expliques-tu ?

— Elle l'a forcé à la violenter. C'était l'une des conditions de leur mariage.

Ed poussa un soupir exaspéré.

— Mon Dieu, Rome… je n'arrive pas à croire que tu aies gobé un truc pareil.

Elle venait de baisser dans son estime. Et fut surprise de constater combien cela la touchait, la blessait. Elle cacha ses mains dans ses poches et serra les poings.

— Leo a refusé de lui obéir, au début, alors elle allait dans les bars et couchait avec des inconnus, puis elle rentrait chez elle et montrait à Leo le mal qu'ils lui avaient fait.

Une connexion. Était-ce ce que Hope recherchait ? Le besoin de ne pas se sentir une étrangère dans sa propre peau ?

— Leo a eu la trouille qu'elle se fasse tuer, reprit-elle. Elle n'a jamais voulu lui dire pourquoi elle agissait ainsi. Une forme de châtiment, j'imagine.

Ed s'était détourné, mâchoires crispées, un muscle tressautant dans sa joue. Elle étudia son profil, chercha l'homme qu'elle connaissait si bien.

— Je sais que ce scénario semble aberrant. Je ne voulais pas le croire non plus. Une femme qui demande à être maltraitée par son mari ? J'avais envie de penser qu'elle s'était défendue au refuge. Que le coup de couteau n'était pas un geste de panique, que peut-être elle avait voulu le tuer parce qu'il la violait et la frappait depuis des années. Parce que cela correspondait à ma propre vision des choses. Que m'as-tu dit à Sommerville ? Je pensais qu'elle était « mon genre de victime », le genre qui rend les coups. Je n'ai pas voulu réfléchir une minute à l'idée que Hope pouvait être une tortionnaire, alors que c'est exactement ce qu'elle est. Tu crois que je t'en parlerais si je n'en étais pas convaincue ? Ed… J'ai besoin que tu m'écoutes. Ensuite, dis-moi si j'ai tort.

Il lui fit face.

— D'accord. Comment l'as-tu découvert ?

— Leo m'a tout avoué quand je lui ai posé des questions bizarres. Je pense qu'il aurait préféré garder le secret. La première fois que j'ai eu des doutes, c'était après l'agression de Stephen. La façon dont il a réagi à mes questions… Sa posture m'a rappelé Leo, lors du premier interrogatoire. (Elle voulait prendre la main d'Ed, mais n'osait pas.) Mes doutes se sont confirmés quand j'ai appris que Hope était retournée chez elle avec Simone. Pour une valise. J'imaginais mal Simone prendre un tel risque. Cela m'a amenée à réfléchir : qui était vraiment à l'initiative de leur fuite de l'hôpital ? Je ne dis pas que Simone était contre, mais je ne voyais pas quel motif elle avait de s'enfuir. Hope, en revanche, avait toutes les raisons de filer, surtout après le réveil de son mari.

Ed poussa un profond soupir. Elle vit son visage prendre une nouvelle expression, comme s'il acceptait peu à peu cette nouvelle et criante vérité. Elle regrettait d'avoir fait apparaître ce voile sur son regard, ces lignes autour de la bouche.

— Alors… ce serait une tentative de meurtre. L'agression au couteau. Peux-tu le prouver ?

— Je ne sais pas. Je ne sais même pas si je peux convaincre Leo de faire une déposition. Il est très mal en point. (La brise avait détaché ses cheveux. Elle les renoua.) Si Hope s'en sort, ce sera à cause de l'aveuglement de Simone et Shelley – et de toutes les autres. Hope s'est servie de leur peur, de leur souffrance, pour se concocter l'alibi parfait. Tu parles de protection des témoins ! À nous de prouver ce qui s'est réellement passé, pas ce qu'elle a voulu nous faire voir. Si on ne réussit pas…

Ed ne disait plus rien.

— Oui, murmura tristement Marnie. Je me doutais de ta réaction.

Elle regarda au loin le soleil décliner derrière le palais de Westminster, une vue de carte postale, le ciel londonien enflammé de rose et d'orange. L'anneau d'acier froid du London Eye éclairé d'une lumière blanche.

— Je jurerais que ce pont bouge encore, dit Ed. C'est comme si on était sur un serpent. (Il secoua la tête.) J'aurais dû t'écouter avant de me faire une opinion. Je suis désolé.

Elle lui sourit.

— Hope veut dire espoir… L'espoir est la dernière chose qui est sortie de la boîte de Pandore. Après tous ces maux, quel intérêt ? Je connais la légende, mais je n'avais jamais considéré l'espoir comme un prix de consolation, encore moins comme le pire des maux.

— Je crois que l'espoir de Pandore était censé nous donner quelque chose à quoi nous raccrocher. (Ed se tenait tout près d'elle.) Le dossier médical prouve…

— Le médecin m'a dit que ses lésions pouvaient être celles d'une travailleuse sexuelle. Autrement dit, il pouvait être question de rapports consentis. C'est moi qui ai décidé que ce n'était pas le cas. Comme j'ai décidé que la nervosité de Leo à l'hôpital était une preuve de sa culpabilité. (Elle se mordit l'intérieur de la joue, un goût de fer.) Le placard sous l'escalier était assez grand pour un homme. Sa main et ses côtes cassées… Nous avons mis ces éléments bout à bout – enfin *je* les ai mis bout à bout – et j'ai fait des déductions erronées. Parce que cela correspondait à ma vision des rapports homme-femme. À ma propre logique. Au refuge, Hope s'est arrangée pour que Shelley voie ses ecchymoses. Elle a parlé aux autres femmes de Leo, leur a fait croire qu'elle était terrorisée, désespérée. Elle a abusé de leur confiance, en a fait les témoins d'une agression au couteau, tout en les sachant vulnérables. Peut-être même qu'elle y a pris plaisir. Manipuler ces femmes pour qu'elles lui fournissent un alibi… Peux-tu imaginer la réaction de Simone quand elle comprendra qu'elle a protégé une tortionnaire ?

— Tu penses que Hope la laissera partir ?

— Je ne le pense pas, je l'espère.

Il s'éloigna et se perdit dans la contemplation des flots. Marnie le rejoignit. Le pont respirait sous leurs pieds.

— Simone a dû raconter à Hope ce qui lui est arrivé, avec Lowell. (Ed se massa le cou d'une main.) Si elle me l'a dit à moi… elle doit avoir fait les mêmes confidences à Hope. Elle aura fait cadeau de son pire cauchemar à une femme qui se repaît de la manipulation et la torture…

— Si Hope retrouve une once de bon sens, elle ne fera aucun mal à Simone. Elle peut toujours plaider la légitime défense avec Leo. La preuve…

— Pourquoi avoir voulu le tuer ? coupa Ed. Juste pour le plaisir de le dominer ?

— Il rassemblait son courage pour venir nous trouver. Elle savait qu'elle l'avait poussé dans ses retranchements et avait besoin d'un bon alibi au cas où il déballerait tout à la police. Il y avait trop de preuves contre elle, si jamais il la dénonçait. Elle n'aurait pas pu tout masquer.

Ils observèrent la cité démesurée qui semblait s'étirer à l'infini.

— Elle voulait le tuer, j'en suis certaine. Quand elle a compris qu'il n'était pas mort, elle a été terrifiée. C'est probablement la seule émotion sincère dont nous avons été témoins.

— Peut-être avait-elle aussi un autre mobile. Le besoin d'éliminer la seule personne qui la connaissait vraiment. Le seul à avoir vu le vrai visage de Hope. Stephen avait-il assassiné les parents de Marnie pour la même raison ? Pour oblitérer cette réalité ?

— Au refuge, quand tu as parlé du gorille invisible… tu as dit qu'Ayana ne croyait pas à la légitime défense. Elle pense que Hope a bel et bien voulu tuer son mari, même si elle ne la soupçonnait pas d'être une tortionnaire.

— Aucun de nous ne l'a percée à jour. Elle a mal pris mes questions à l'hôpital, mais j'ai cru à un sursaut de dignité de sa part. Elle pleurait, pour l'amour du ciel ! C'est censé être l'émotion la plus difficile à simuler. Les larmes brouillent la vue, c'est mauvais pour la survie, n'est-ce pas ce qu'on dit toujours ?

Elle avait fait tellement d'erreurs qu'elle était incapable de les dénombrer. Elle se tourna vers Ed.

— Tu l'as vue à l'hôpital. L'as-tu perçue comme une menace ?

Il secoua la tête.

— Pas du tout.

— Elle aime jouer les petites filles perdues. Je parie que tous les hommes craquent pour ce genre de femmes. (Elle étudia le visage de son compagnon.) Elle raffole du contrôle et méprise les hommes. Ces primates sans cervelle. Je dirais qu'elle a vu en toi un défi, un spécimen plus évolué dans la chaîne alimentaire… Elle voulait des témoins, elle en avait besoin. Pas seulement pour lui fournir un alibi… mais aussi pour la légitimer. Les témoins sont le symbole de la justice. Même de manière détournée. Les témoins rendent la justice palpable.

— Tu crois vraiment qu'elle ne fera aucun mal à Simone ?

— Je n'en suis pas certaine, admit Marnie.

Elle pensait aux fleurs. Les roses que Hope avait absolument voulu que Leo apporte au refuge, alors qu'elle détestait les fleurs.

Elles font des saletés et elles meurent.

Les roses avaient servi de déclencheur, forcément. Une manière pour Hope de s'aliéner au moins l'une des femmes, si intimement qu'elle aurait une alliée au cas où cela tournerait mal, ou si elle avait besoin d'un ardent défenseur.

— Il est possible que Hope ait mis en scène plus que le coup de couteau. Elle a demandé à Leo d'apporter une brassée de roses jaunes au refuge, or Leo m'a affirmé que sa femme déteste les fleurs.

— Je pensais qu'elles avaient servi à cacher le couteau, dit Ed.

— Peut-être, mais pourquoi des roses jaunes en particulier ? Hope a tenu à ces fleurs. Alors ma question est : et si les roses n'étaient pas pour Hope ?

— Si les roses n'étaient pas pour Hope ? répéta Ed sans comprendre.

— Tu m'as bien dit que Lowell Paton apportait des fleurs à Simone chaque semaine ?

— Oui…

— Lowell l'a confirmé. Il lui offrait toujours des roses jaunes. Et si Hope savait que les roses serviraient de déclencheur chez Simone ? Ainsi, elle était certaine de provoquer au moins une réaction à l'arrivée de Leo au refuge. Le choc. La terreur. Simone n'aurait aucun mal à voir en Leo un violeur, un monstre. Les roses lui ont rappelé Lowell.

— Hope a dit à Leo d'apporter des roses jaunes ?

— Oui. Et elle a bien insisté sur le genre des fleurs. Et un couteau. Je suis restée focalisée sur le couteau, nous l'avons tous fait, alors que les roses étaient aussi une arme. Une manière de faire remonter chez Simone un souvenir – et de provoquer une réaction. Une manière de s'assurer le témoignage de Simone et un plan de secours en cas de problème.

Ed se détourna à demi, et croisa ses mains derrière sa tête.

— Mon Dieu…

Marnie se positionna de manière à avoir le vent dans le dos, et pensa à la valise que Hope avait emportée de chez elle. Malgré ses réticences, Leo avait fini par lui avouer ce qu'il y avait à l'intérieur, comme tout le reste. Non… pas tout. Elle pressentait qu'elle n'avait eu droit qu'à la partie émergée de l'iceberg. Tous les couples dissimulaient une partie de leur vie privée, mais les Proctor avaient plus de secrets que les autres.

— En quoi puis-je t'aider ? demanda Ed.

— En maintenant le calme au refuge. Nous allons devoir réinterroger tout le monde. À propos de Hope. Comment s'en sort Britt ? Est-ce qu'elle arrive à gérer Shelley ?

— Je l'espère. (Ed grimaça.) Pas sûr qu'espérer soit le mot juste, étant donné les circonstances. C'est à se demander ce qui est passé par la tête de ses parents, lui donner un prénom qui signifie « espoir ».

Marnie se représentait assez bien l'enfance de Hope. Il écouta en silence, puis soupira.

— Que pense-t-on de moi au regard de mon enfance, que je ne sois pas surprise ? J'ai entendu bien pire…

— Les parents ne créent pas des psychopathes. Ils n'arrangent pas toujours la situation, c'est certain, mais regarde Ayana, et Simone. Elles n'ont pas laissé leurs terribles expériences les transformer en monstres.

— Où sont les parents de Hope ?

— Sa mère est morte il y a six mois. Cancer. Je me demande si ce n'est pas l'événement qui a servi de déclic pour ce qui s'est passé à Finchley. Les dates correspondent. Son père vit dans un foyer à Dulwich. Leo n'est pas entré dans les détails. Il ne pense pas que le décès de sa mère soit significatif, mais d'après son récit… Je pense que cela a été un catalyseur. Après la disparition de sa mère, le comportement de Hope a empiré.

— Tu crois qu'elle pourrait s'en prendre à son père ?

— Kenneth Reece. On le recherche, mais d'après les dires de Leo, Hope n'a jamais eu de problèmes avec lui. Elle en voulait à sa mère d'être une victime.

— Ce n'est pas de bon augure pour Simone.

— Simone est une survivante.

Ed hocha la tête, mais il n'avait pas l'air optimiste.

— Espérons qu'elle aura l'occasion de le prouver.

7.

Abby Pike travaillait tard.

— Voici la liste des foyers d'hébergement de Dulwich. Tu veux que je me renseigne ?

— Merci, dit Marnie en parcourant la liste des yeux. On cherche Kenneth Reece, une bonne cinquantaine d'années, veuf. Sa femme s'appelle Gayle Reece. Elle est décédée en octobre, je n'ai pas la date exacte.

Abby prenait des notes. Son bureau était en bazar, mais c'était un bazar organisé. Marnie savait qu'elle s'y retrouvait parfaitement.

— Que donnent les caméras de surveillance ?

— Rien sur les bandes d'hier à l'hôpital. J'ai eu aussi celles de Finchley, mais on ne voit pas le toit, or c'est par là qu'ils ont enlevé Ayana, non ?

— Et pour la maison des Proctor ?

— La caméra la plus proche se trouvait deux rues plus loin, près de la station de métro. (Abby fit un signe de tête en direction de son écran.) Ici.

Marnie s'accroupit pour mieux voir l'écran. La qualité des vidéos était toujours aussi médiocre. Des images granuleuses et floues. Rien à voir avec les séries télévisées, où les tribunaux présentent aux jurés des images parfaites, captées par des caméras idéalement placées, en des lieux que les criminels ont choisis pour que leurs méfaits soient enregistrés. La sortie de la station de métro Woodside Park était éclairée de lampes à sodium jaunes, la pire lumière imaginable pour une caméra. Évidemment. Qu'avait-elle dit à Noah tout au début de cette affaire ? *Personne ne nous aime à ce point.*

Elle plissa les yeux sur l'écran d'Abby. Hope Proctor et Simone Bissell s'étaient engouffrées dans le métro souterrain à 8 h 11. Près de douze heures plus tôt. Simone portait une valise. Hope gardait la tête baissée.

— Woodside Park, dit Abby. La Northern Line va directement à Elephant & Castle. Ensuite, pour aller à Dulwich, il faut prendre le bus. J'ai demandé les vidéos de surveillance à la British Transport Police. Jusqu'ici, je ne les ai pas vues ressortir du métro à Elephant & Castle, donc peut-être qu'elles n'allaient pas à Dulwich, mais j'ai pensé qu'il était plus logique de commencer par là, puisque c'est là que son père habite.

Marnie se redressa.

— Bonne idée. Continue tes recherches.

— Est-ce qu'on modifie le statut de personnes disparues au fait ?

— Pas encore. Je veux être sûre que Hope ne va pas paniquer et faire une bêtise… Tu peux me mettre les vidéos sur un disque ? Je veux qu'Ed Belloc les voie.

— Bien sûr. (Abby prit le CD dans le lecteur de l'ordinateur et le glissa dans une pochette plastique.) Et voilà !

— Merci. Et tu ferais bien d'appeler Noah, et le sergent Carling. La nuit va être longue.

Ed l'attendait à son bureau. Il avait préparé du café.

— J'ai les enregistrements, dit-elle.

— Super.

Ed tira une chaise près de la sienne.

Marnie était fatiguée de visionner la marée humaine qui entrait et sortait du métro et les rues de Londres baignées d'une lumière sordide, qui donnait à tout le monde des allures de suspect. Elle devenait aveugle à force de regarder ces images. Sauf celles de Hope et Simone à la station de métro. Elle ne pouvait s'empêcher de les étudier. Ed et elle avaient visionné les bandes trois fois.

— On dirait que c'est Simone qui mène la danse, dit Marnie. N'est-ce pas ?

— Oui, je suis d'accord.

Marnie toucha l'image du doigt.

— Simone ne sait rien. Pas encore. Elle croit qu'elle aide Hope. Elle croit contrôler la situation.

Son cou la picotait à l'idée que Hope brise les illusions de sa complice, dès que les deux femmes auraient atteint la cachette que Hope leur avait choisie. Elle prit son café et posa le mug chaud contre son visage, priant pour que l'élan douloureux dans sa joue ne soit pas le signe d'une migraine naissante.

— Woodside Park…, dit Ed en observant l'image. Le père de Hope vit dans un foyer à Dulwich, n'est-ce pas ? Woodside Park est dans la bonne direction.

Il était parvenu à la même conclusion qu'Abby Pike.

— Oui. Je devrais avoir une adresse pour son père sous peu. Kenneth Reece. (Elle consulta sa montre.) Puis-je te demander une faveur ?

— Bien sûr, dit Ed. Si je peux t'en demander une.

Elle savait ce qu'il voulait.

— On recherche Ayana. Je te l'ai promis.

— La maison des Mirza est sur le chemin de Dulwich, fit-il remarquer.

— D'accord. Faisons les choses dans cet ordre-là.

Les parents d'Ayana habitaient une maison mitoyenne qui donnait directement sur le trottoir. Des travaux de voirie encombraient la rue, abandonnés pour la nuit. Une tranchée profonde courait d'un côté, révélant un tuyau si corrodé qu'on aurait dit un tronc d'arbre en travers du bitume.

La maison était dotée d'épais rideaux aux fenêtres et la porte d'entrée d'un panneau de verre dépoli, au travers duquel on ne voyait rien. Marnie appuya sur la sonnette et se recula pour que les Mirza voient Ed en premier.

Au bout de la troisième sonnerie, quelqu'un ouvrit, mais sans ôter la chaîne de sécurité. Un jeune homme en chemise fraîchement repassée apparut dans l'entrebâillement. On aurait dit un stagiaire de bureau intelligent, à la tenue impeccable.

— Oui ?

— Hatim ? dit Ed en souriant. Pouvons-nous entrer ?

— Monsieur, répondit le jeune homme en fronçant les sourcils, je ne vous connais pas.

— Je suis Ed Belloc, de l'Unité pour le soutien des victimes. Et voici l'inspecteur Rome.

Hatim jeta sur Marnie un regard apeuré. Il n'avait sans doute guère plus de dix-sept ans. Le petit frère d'Ayana. Quel rôle avait-il joué dans l'attaque à la Javel qui avait failli coûter la vue à sa sœur ? Marnie sentait l'odeur du *garam masala*. Elle revoyait le porte-monnaie en tissu qu'Ayana portait à la taille, en guise de souvenir et d'avertissement. C'est Noah qui le lui avait dit.

— Monsieur, dit Hatim avec déférence, sans enlever la chaîne de sécurité, pourriez-vous me dire ce que vous voulez ?

— J'ai parlé à Turhan un peu plus tôt. Il ne te l'a pas dit ?

— Non, monsieur.

— Est-ce que tes parents sont là ?

— Non, monsieur.

— Nasif peut-être ? Turhan ? Il était là tout à l'heure.

Hatim secoua la tête à chaque fois. Marnie devinait que ses frères lui avaient fait la leçon avant de partir, en cas de visite de la police.

— Est-ce qu'on peut entrer, s'il te plaît, Hatim ?

Il marqua un temps d'arrêt, hocha la tête, puis fit glisser la chaînette et ouvrit la porte. Raide comme une sentinelle, il les regarda pénétrer dans le petit salon. Tout était bien rangé. Une odeur de déodorant affleurait sous les effluves de cuisine. Des manuels scolaires sur la table, une pile de couvertures bariolées soigneusement pliées sur le canapé. Des photos encadrées aux murs, uniquement des garçons. Aucune d'Ayana. Marnie sut tout de suite que la jeune femme n'était pas ici.

— Nous nous demandions où trouver votre sœur.

Hatim resta près de la porte, l'air suspicieux.

— Je n'ai pas vu ma sœur depuis très longtemps.

C'était le petit discours qu'il était censé leur débiter, se dit Marnie, pourtant il avait l'air sincère. Hatim était un gamin, avec les mains et les pieds étrangement disproportionnés d'un adolescent. Elle eut la brusque et horrible intuition que c'était lui qui avait jeté la Javel à la figure de sa sœur. Il n'avait pas la corpulence nécessaire pour plaquer une personne au sol. Les frères aînés avaient dû s'en charger, déléguant à Hatim ce qu'ils considéraient comme la tâche la plus simple.

Elle prit l'un des manuels sur la table.

— Nous sommes inquiets à propos d'Ayana. Nous pensons qu'elle est peut-être en danger.

Hatim jeta un regard possessif au livre entre ses mains.

— Elle aurait dû rester ici, dit-il. On l'aurait protégée.

— Je ne crois pas qu'elle voyait les choses ainsi, dit Marnie en ouvrant le livre, feuilletant les pages. Je crois qu'elle avait peur de rester ici.

Le gamin se mordit les lèvres.

— Elle n'avait pas peur. Elle trouvait ça difficile, c'est tout.

— Qu'est-ce qu'elle trouvait difficile ?

— L'école. La maison. (Il se renfrogna.) Les garçons. Ce n'est pas simple d'être une fille ici.

— Ici ? répéta-t-elle en désignant de la main la pièce bien rangée.

Il releva le menton.

— En Angleterre, corrigea-t-il. À Londres.

— Hatim… où est Ayana, d'après toi ?

Par son ton familier, Ed attira sur lui le regard du gamin, qui ne quittait plus des yeux Marnie et le livre qu'elle tenait.

— Dans un hôtel, dit-il vivement. (Trop vivement.) Un foyer. Enfin, vous voyez ce que je veux dire.

— Un foyer pour femmes.

— Oui.

— Où ? Vous le savez ?

Hatim haussa les épaules et jeta un coup d'œil à la table. C'était manifestement un étudiant désireux d'apprendre. Il n'aimait pas voir Marnie manipuler ses livres. Il avait envie de se remettre à étudier. Il était près de 21 heures. Il révisait tard, surtout pour un adolescent seul chez lui.

— Finchley, dit Marnie.

— Oui. Non. Je ne sais pas.

Il était furieux que cela lui ait échappé. Son regard accusait Marnie de l'avoir piégé.

— Vous saviez qu'elle était à Finchley. (Marnie referma le livre et le reposa sur la table.) Comment l'avez-vous su ?

— Je ne le savais pas. Je vous l'ai dit, monsieur, dit-il en se tournant vers Ed. Je ne sais pas où elle est.

Ed hocha la tête.

— Où est ta mère, Hatim ? Elle n'est pas à la maison d'habitude ?

— Elle est allée chez ma tante. Ma tante est malade. (Il était revenu au script.) Ma mère veille sur elle.

— Comme c'est gentil de sa part. Où habite votre tante ?

— Tante Nada vit à Leicester.

— Pourriez-vous nous écrire son adresse et son numéro de téléphone ?

Hatim hésita, puis s'approcha de la table près de laquelle se tenait Marnie.

— Excusez-moi.

Il prit un calepin et un stylo devant elle, griffonna quelques mots, puis arracha la page et la donna à Ed.

— Puis-je voir la chambre d'Ayana ? demanda Marnie.

Hatim hocha la tête : de nouveau le script.

— À l'étage. La chambre à côté de la salle de bains.

Il avait le regard rempli de fantômes.

L'estomac de Marnie se noua. La salle de bains était le lieu où avait eu lieu l'agression à la Javel. Elle pouvait le lire là, sur le visage d'Hatim. Pas seulement les blessures infligées à Ayana. Les cicatrices d'Hatim aussi, de toute la famille.

La chambre d'Ayana était aussi ordonnée que le salon du rez-de-chaussée. Les livres sur les étagères, la boîte à bijoux sur la table. Des manuels scolaires, rien de trop audacieux sur le plan politique ou intellectuel. Dans la penderie, de jolis vêtements, modestes. Une douzaine de foulards, certains en soie, d'autres piquetés de sequins et d'étoiles.

« Suivez le mur de gauche. » Voilà ce que leur avait appris leur officier instructeur à propos des scènes de crime. Toujours suivre le mur de gauche. Comme pour trouver le milieu d'un labyrinthe.

Elle s'arrêta pour ramasser un sequin doré sur la moquette, et le maintint en équilibre au bout de son doigt. Elle voulait croire que si elle fouillait la chambre de fond en comble, si elle suivait le mur de gauche, elle trouverait un indice sur l'endroit où était Ayana. Un compartiment secret dans sa boîte à bijoux, par exemple, que ses mains de policier intelligent sauraient déverrouiller.

Ayana n'avait caché aucun secret là. Cette chambre n'avait jamais vraiment été la sienne, pas au sens propre. Il faut se sentir en sécurité pour pouvoir confier ses secrets à un lieu. Cet endroit n'avait jamais été sûr pour Ayana.

Marnie vit des cintres nus dans la penderie, une poignée de sous-vêtements enfouis sous les piles bien pliées des tiroirs de la commode. Quelqu'un avait pris des vêtements pour une semaine, et ce récemment, à en juger par la poussière délogée des cintres nus. Où qu'elle soit, Ayana avait été rhabillée comme la fille des Mirza. Les robes rouges, c'était terminé pour elle.

Pendant qu'ils fouillaient la chambre de sa sœur, Hatim se posta devant la salle de bains, comme il l'avait fait devant la porte d'entrée.

— Excusez-moi, dit Marnie en passant devant lui pour entrer dans la salle de bains.

Une baignoire, un lavabo, des toilettes. Un tapis de bain rayé à côté de la baignoire. Juste assez de place par terre pour que trois personnes en tiennent une quatrième, en supposant que la quatrième soit mince et ne puisse pas se débattre. Sur une étagère basse près des toilettes : une bouteille de Javel.

Le plastique blanc épais comme un avant-bras, le bouchon rouge, impossible à dévisser par un enfant.

Marnie ferma les yeux, vit les pieds d'Ayana tressauter. Entendit ses hurlements résonner dans l'espace exigu. Les hommes se passer la bouteille de main en main. Deux d'entre eux agenouillés, haletant, sur sa poitrine et ses genoux. Le gamin, Hatim, luttant avec le bouchon rouge. Criait-il lui aussi ? Elle avait l'impression de l'entendre, ce chœur de cris. La famille déchirée, éclatée. Cela faillit la paralyser. Trop d'indignation, de souffrances à supporter. Elle n'avait pas les références nécessaires pour donner un sens à ce qui s'était passé ici.

Elle refusait de se tétaniser. Pas question ! La colère était la seule réponse appropriée. Elle planta ses ongles dans ses paumes.

Elle devait forcer Hatim à lui dire la vérité. Lui faire avouer la cachette de ses frères, l'adresse d'Ayana. Elle en était capable. Si elle traînait Hatim ici, comme ses frères l'avaient fait avec Ayana, et le jetait pas terre, réclamait l'aide d'Ed…

Une vision éclair – trop vive pour la censurer – d'Hatim plaqué par terre, les épaules coincées par ses genoux, les mains d'Ed en train de déboucher la bouteille de Javel, la menace suffisante à obtenir ce qu'ils voulaient, une adresse pour aller au secours d'Ayana. Ce serait facile. Hatim était effrayé. S'il sentait ce plastique épais contre sa joue…

L'image était si vivace qu'elle sentait presque la sueur du jeune homme sur sa peau.

Elle aurait pu le faire. Et Ed…

Pour rien au monde Ed ne la laisserait franchir cette ligne. Le seul fait de lui demander risquerait de tout ruiner entre eux. Ils n'étaient pas ce genre de personnes.

Ed n'était pas ce genre de personne.

Hatim attendait devant la salle de bains, le regard toujours empli de ses fantômes.

— Pourquoi lui avez-vous fait ça ? lui demanda-t-elle.

Il savait ce qu'elle voulait dire. Il n'y avait aucun malentendu possible.

— Elle avait l'air… (Il s'arrêta et réessaya.) Elle avait l'air…

Il ne parvint pas à terminer sa phrase. Il ne comprenait pas pourquoi ils avaient fait une chose pareille.

Marnie se détourna de lui. Hatim la suivit jusqu'en bas de l'escalier, où Ed les attendait. Au moment de partir, elle s'arrêta et regarda l'adolescent droit dans les yeux.

— Si vous savez où elle est, Hatim, vous pouvez payer votre dette en nous le disant. Nous ne révélerons pas votre nom. Vous ferez ce qui est juste cette fois.

Il secoua la tête obstinément et s'adressa à Ed à travers elle.

— Au revoir, monsieur.

— C'est vrai, Hatim, dit Ed en touchant le coude du gamin. C'est ta chance de t'amender. Toi seul as le pouvoir de le faire. Et le courage.

Le regard du jeune homme se voila de larmes. Il s'écarta d'Ed.

— Au revoir, monsieur.

Ed sortit une carte de son portefeuille et la posa sur les manuels.

— Fais attention à toi, Hatim.

— Bon, on sait déjà qu'elle n'est pas à Leicester.

Il faisait nuit dehors. Les lumières extérieures s'allumaient et s'éteignaient en bourdonnant. Sans doute un problème de câblage quelque part.

— Peut-être que Hatim va téléphoner, dit Ed avec espoir. Tu devrais contacter les aéroports. Lancer un mandat de recherche sur le passeport d'Ayana. S'ils la font sortir du pays…

— Abby Pike s'en occupe. Je lui ai demandé dès qu'Ayana a disparu.

Marnie prit son téléphone pour savoir si Abby avait laissé un message. Ou Tim Welland.

Seulement un appel manqué de Noah, une heure plus tôt, quand il était chez lui. Donc aucune nouvelle du poste de police.

— Ils ont pris assez d'affaires pour une semaine, dit-elle à Ed. C'est beaucoup.

Son cœur battait à tout rompre après les images qui s'étaient imposées à son esprit à l'intérieur de la maison. Avait-elle vraiment été à deux doigts de brutaliser Hatim Mirza ? Ses paumes poisseuses. Elle sentait presque l'odeur de la Javel sur ses vêtements. Aurait-elle été capable de demander cela à Ed, l'aider à plaquer au sol un gamin terrifié pour le forcer à parler ? Ed l'en aurait empêchée, bien entendu, mais il ne l'aurait plus jamais regardée de la même manière. Pas si elle lui laissait voir la nature de la colère qui rampait sous sa peau.

— J'aimerais la rechercher. Ayana. Mais en l'absence de pistes réelles…

Ed acquiesça.

— Je comprends. Tu dois t'occuper de Hope.

— Oui, aussi. (Elle prit la liste qu'Abby lui avait donnée.) Il est temps d'aller trouver son père, à Dulwich. (Elle enjamba la tranchée le long de la route.) Ne me dis plus jamais que je ne t'emmène pas dans des endroits sympas.

8.

De l'extérieur, c'était juste une jolie maison blanche, dans une partie de la ville habitée par la classe moyenne, à des kilomètres de l'immeuble HLM le plus proche. Un jardin bien entretenu, des lits de fleurs en bordure de l'allée jusqu'à la porte d'entrée. Sous le porche, des bottes en caoutchouc et des gants de jardinage conjuraient les fantômes des propriétaires.

Noah Jake frappa à la porte d'entrée en se demandant s'il ne perdait pas son temps ici.

Après son passage chez Ron Carling, il était rentré chez lui, avait enfilé sa tenue de sport et emmené son humeur massacrante dans un jogging de sept kilomètres. Il détestait ne rien faire, et ne pouvait se débarrasser de l'idée d'avoir conduit les frères Mirza tout droit au refuge. Il avait besoin de travailler, de suivre la piste que Marnie et lui avaient abandonnée plus tôt, quand ils étaient retournés à l'hôpital pour interroger Leo Proctor. Sa visite à West Brompton avec Carling l'avait rendu encore plus morose. Les clins d'œil de Carling à Henry Stuke, les plaisanteries et la complicité de ces mecs virils. Il avait pris le chemin habituel, sans parvenir à évacuer sa colère et sa culpabilité, qui se distillaient dans ses veines comme de l'acide.

Des plants de tomates sous le porche et des cosses exotiques sur une étagère étroite. Ces cosses ne provenaient pas de plantes qui poussaient dans les banlieues verdoyantes de Londres. Il actionna la poignée : la porte du porche était ouverte. À l'intérieur, il frappa de nouveau, cette fois à la porte d'entrée.

— Bonjour ! cria-t-il. C'est le sergent Jake. Pourriez-vous m'accorder quelques minutes ?

Des bruits de pas dans la maison. Il se recula de la porte, embarrassé de se trouver là, entre les pots de fleurs et les bottes en caoutchouc. Il essuya la sueur de son visage, regrettant son marathon. La transpiration dessinait un large V sur le devant de son T-shirt et les cuisses de son pantalon de survêtement. Pourvu qu'il ne sente pas trop mauvais.

Hope Proctor ouvrit la porte, les yeux arrondis de terreur.

Noah la fixa avec stupeur. Il ne lui avait jamais traversé l'esprit qu'elle pouvait se trouver là.

— Hope ? Est-ce que Simone est avec vous ?

Elle lui rendit son regard. Puis lui tira la manche en chuchotant :

— Aidez-moi. S'il vous plaît.

— Que s'est-il passé ?

Elle ne répondit pas, continuant à lui tirer la manche.

Il la suivit à l'intérieur de la maison.

La maison paraissait déserte. Vivante, contrairement à celle des Proctor, mais déserte.

Hope lui fit traverser un salon – canapés tapissés, tapis sur le sol en pierre, table d'acajou et horloge qui indiquait l'heure tardive, plus de 22 heures – et gagna une immense cuisine au fond de la demeure.

Simone Bissell se tenait derrière un îlot central recouvert de pierre polie, sous une série d'ustensiles de cuisine suspendus. Comme Hope, la terreur se lisait dans ses yeux.

Y avait-il quelqu'un d'autre ici, avec elles ? Pas dans la cuisine, mais dans cette grande maison, qui n'appartenait ni à Hope ni à Simone ? Noah les observa tour à tour en se demandant ce qui les effrayait à ce point.

— Hope ?

Elle secoua la tête sans rien dire. Il regarda Simone, dont le regard brillant reflétait la surface polie de l'îlot, et l'acier lisse des casseroles au-dessus de sa tête. Elle avait l'air droguée. Derrière elle, une porte menait à une véranda au plafond de verre, plongée dans la nuit. Quelqu'un était-il tapi là, dans l'obscurité ?

— Que se passe-t-il ? demanda Noah. Vous allez bien ?

Hope tenait toujours sa manche, et regardait Simone.

— Elle est folle, dit-elle dans un murmure féroce.

Elle lui agrippa le bras.

Simone avait la tête haute, les épaules en arrière, le buste raide, comme si elle était à un cours de danse classique. L'îlot masquait le bas de son corps.

Noah ne voyait pas ses mains. Quelque chose, dans ces yeux étincelants, allait au-delà de la peur, dans un univers inconnu de lui.

Il regarda la petite main de Hope sur sa manche, ses ongles joliment vernis.

Parfaitement lisses.

Ce n'était pas elle, réalisa-t-il dans un choc. Ce n'était pas Hope qui avait gratté le sol et les murs sous l'escalier de la maison des Proctor.

Si ce n'était pas elle, cela ne pouvait être qu'une seule autre personne. Noah était incapable de cacher cette brusque prise de conscience. Hope le comprit aussitôt, ses pupilles se rétractèrent, et sa main libre chercha une arme.

Si Hope avait été seule, il aurait facilement pu l'arrêter.

Mais elle n'était pas seule.

Simone.

Simone fondit sur lui, un marteau à la main.

Elle lui frappa la jambe gauche, à hauteur de la cheville.

Il s'écroula par terre, la respiration coupée par la douleur.

K.-O.

9.

Excalibur House, à East Dulwich, était une ancienne demeure victorienne, habillée d'une couche de béton si épaisse qu'on décelait à peine la somptueuse façade d'autrefois sous les ajouts grossiers : l'enduit de ciment, les fenêtres antitempête et toute une palanquée d'antennes paraboliques.

Le conseil municipal de Southwark avait divisé la villa en une douzaine d'appartements indépendants destinés à des personnes âgées de plus de soixante ans, ou handicapées. Le père de Hope Proctor avait cinquante-sept ans, soit plusieurs années de moins que l'âge minimal requis. Quel argument avait-il avancé pour obtenir un logement ici ? Quand il ouvrit la porte, Marnie cessa de s'interroger.

Kenneth Reece était voûté, squelettique, et son corps semblait ramassé sur lui-même. Le blanc des yeux jaunâtre, le nez marbré de veines rompues, la moue apitoyée d'une starlette déchue.

— Oui ?

Sa voix était à la fois haut perchée et enrouée. D'une main, il triturait la chaîne de sécurité et, de l'autre, maintenait les pans d'une vieille robe de chambre verte sur son maigre poitrail.

— Kenneth Reece ? dit Marnie en lui montrant son badge. Inspecteur Rome. Voici Ed Belloc. Nous aimerions vous parler quelques minutes.

— Il est tard, objecta-t-il.

— Je sais, mais nous avons vraiment besoin de vous parler.

— De quoi ? grogna-t-il en observant Ed par-dessus son épaule, sourcils froncés.

— Nous aimerions vous parler de votre fille. Hope.

Ses yeux se remplirent instantanément de larmes. Il s'accrocha à la porte.

— Que s'est-il passé ?

— Pouvons-nous entrer ?

— Ma petite fille, dit-il d'une voix brisée. C'est ma petite fille. J'ai le droit de savoir ce qui s'est passé.

— Nous allons discuter de vos droits, répondit Marnie. À l'intérieur.

Kenneth Reece se recula et leur indiqua la petite entrée de la main.

— Entrez, entrez…

10.

Noah avait eu de la chance. Si le marteau avait été manié par Hope, elle lui aurait explosé la cheville. Simone ne l'avait pas frappé aussi fort qu'elle aurait pu, mais assez fort tout de même. Il était étendu sur le dos, sur le sol de la cuisine. Hope s'assit sur ses jambes, une lame brillante au poing. Un couteau. Elle posa la pointe sur son torse.

— Attention, siffla-t-elle, cette garce à la carte téléphonique n'est pas là pour t'aider cette fois.

Il voyait clair dans son jeu désormais. Pour la première fois. Tous les éléments du puzzle se mettaient en place, cristallisés par la menace de l'acier. Qui était vraiment Hope Proctor, ce qu'elle avait fait.

Ce qu'elle avait l'intention de faire.

Hope était en colère, mais il dut se concentrer pour déceler cette fureur, sous le masque d'assurance. Voilà en quoi elle excellait. Hope était parfaitement dans son élément.

— Il y a trop d'armes ici, décida-t-elle en regardant autour d'elle. On va le déplacer. Va chercher la corde.

Simone obéit aussitôt, abandonnant le marteau pour se rendre dans la véranda.

— Simone…

Noah voulait l'arrêter, l'obliger à réfléchir à ce qu'elle faisait, à s'opposer à Hope. Quelles ruses cette femme avait-elle employées pour transformer Simone en automate et la soumettre à sa volonté, alors même que la vie d'un être humain était en jeu ? Il n'avait jamais vu quelqu'un d'aussi terrorisé. Le regard de Simone reflétait la menace que Hope faisait peser sur elle, et le besoin urgent de lui obéir en tout.

— La ferme, dit Hope d'un ton acéré. Elle n'a pas à t'écouter, ni toi ni personne.

Noah luttait pour recouvrer son souffle, si bien que ses paroles étaient saccadées.

— Personne… sauf… toi.

Elle lui fit un sourire qui lui glaça le sang.

— Personne sauf moi.

Simone ressortit de la véranda avec une corde gainée de plastique bleu.

— Où sont tes parents adoptifs ? Simone…

Hope lui donna un coup avec la poignée de caoutchouc du couteau, dans la gorge.

La vision de Noah se brouilla, tout devint rouge, puis noir. Il hoqueta et se contorsionna sous la violence de l'impact.

Hope pesa de tout son poids pour lui immobiliser les jambes.

— Toi. Ne t'avise plus jamais de lui parler… Simone, attache-lui les mains au-dessus de la tête. (Elle posa la pointe de la lame sur l'hématome qui se dessinait sur la trachée de Noah.) Tiens-toi tranquille !

Il s'efforça de se concentrer sur le visage de son assaillante. Elle en était capable. Lui trancher la gorge. Alors il ne ferait aucun doute que Simone ne s'en sortirait pas. Vaincu, il leva les bras et joignit les mains au-dessus de sa tête. Simone enroula la corde autour de ses poignets et la noua.

Hope vérifia la solidité du nœud.

— Bien, c'est parfait. Tu vois, dit-elle à Simone en lui adressant un sourire radieux. Tu en es capable. Maintenant, ses pieds. Enlève-lui ses baskets.

Noah serra les dents quand une douleur fulgurante lui vrilla la cheville. Hope observait son visage avec un intérêt clinique, qui le fit frissonner. Cette fille était une sadique. Il l'avait su dès qu'il avait compris que c'était Leo qui grattait les parois sous l'escalier. Jusqu'où pouvait-elle aller? Il ne savait rien de Hope Proctor au final. Pas même le nom sur son certificat de naissance. Il connaissait assez Simone pour comprendre son obéissance aveugle et conditionnée aux ordres de Hope. Faire ce qu'on lui dit, par peur ou pour survivre, venait naturellement à Simone.

Simone avait été toute une année à la merci de Lowell Paton. Avant cela, elle avait tenté, pendant plusieurs années, de satisfaire ses parents adoptifs, d'entrer dans le moule de sa vie en Angleterre. Le jardinage, les bottes en caoutchouc, les roses.

Comment avait été l'enfance de Hope? Certainement pas heureuse, à en juger par ses actes récents : le couteau planté dans la poitrine de Leo Proctor; la pointe de la lame sur la gorge de Noah, qui se demandait quelle forme allait prendre la revanche de Hope, et ce qu'elle avait pu faire aux Bissell dans leur jolie maison de banlieue.

11.

Le salon de Kenneth Reece était meublé d'un tapis noir qui absorbait la lumière pour la recracher en taches mornes. Un canapé trop grand et un fauteuil tapissé de velours côtelé occupaient presque tout l'espace. Une poussière brune voilait la lumière et recouvrait les rideaux. Le mur près de la fenêtre était éclaboussé de moisissures. L'odeur prégnante d'humidité était partout. Un radiateur, qui servait aussi d'humidificateur, se trouvait à gauche du canapé, la prise débranchée du mur.

Marnie avait vu des douzaines de pièces de ce genre. Des foyers temporaires pour des gens qui avaient choisi de s'éloigner de la société, ou en avaient été rejetés. Elle était habituée à remarquer les détails personnels, les indices de propriété d'un individu. L'espace de vie alloué par les services sociaux était sans âme, comme dans tous les autres foyers de la ville.

Trois des quatre murs du salon de Kenneth Reece étaient équipés de rampes. Soit le précédent résident était très âgé, soit Kenneth Reece était dans un bon jour, et n'avait pas besoin d'aide pour se lever.

Sur une table près du canapé se trouvait une lampe enveloppée de cellophane, un verre droit maculé d'empreintes de doigt et quatre flasques de gin – trois vides et une scellée d'une capsule de plastique rose. Marnie n'avait pas franchement besoin d'autres indices pour se faire une idée de l'existence de Reece. Elle regarda le canapé – taché et affaissé – et décida de rester debout. Ed se percha discrètement sur le bras du fauteuil.

Reece marcha avec précaution jusqu'au canapé, avec la dignité exagérée des alcooliques. Il s'assit et croisa les jambes, tout en maintenant sa robe de chambre fermée à deux mains. Le vêtement était parfaitement assorti aux moisissures du mur, de la même couleur et la même texture, qui se désagrégeaient par endroits. Reece se raidit et observa ses deux interlocuteurs d'un regard torve.

Elle était là.

Hope Proctor.

Dans toute sa fausse modestie. Cette moue dédaigneuse sur son visage.

Marnie sentit une douleur ancienne se réveiller au creux de son estomac. Stephen Keele lui avait épargné cette peine : l'image de ses vieux parents. Le sentiment de perte n'était pas toujours synonyme de chagrin. Parfois, c'était la perte de la peur, ou des conséquences. Ce sentiment pouvait donc être libérateur.

La mort de sa mère avait-elle libéré Hope Proctor ? Auquel cas, quelles étaient les conséquences de cette libération ?

— Qu'est-ce que vous voulez alors ?

— Hope. Nous sommes ici pour vous parler de votre fille Hope.

Elle ne savait pas à quoi elle s'attendait, mais sûrement pas à cet homme faible et décati. Ses jambes imberbes et blanches. Ses orteils nus, aux ongles jaunes, si négligés qu'ils avaient durci jusqu'à la corde. Ce détail, plus qu'un autre, la persuadait que toutes les horreurs qu'elle avait entendues sur cet homme étaient vraies. Son raisonnement ne répondait à aucune logique. Seulement à son instinct.

Elle leva les yeux sur le mur derrière le canapé où, encadrés d'un bois orange éclatant, étaient suspendus des compositions florales, comme on en trouve dans les cimetières. Des fleurs pourpres en forme de crucifix, recouvertes d'un film plastique protecteur. Venaient-elles de la tombe de sa femme ? Le regard de Marnie tomba ensuite sur les bouteilles de gin sur la table basse.

— Que se passe-t-il avec ma petite fille ? demanda-t-il d'un ton plaintif.

Comme tous les alcooliques, Kenneth Reece était empêtré dans ses certitudes et s'apitoyait sur lui-même. Il se voyait certainement comme une victime, exactement comme Lowell Paton. Quand il se regardait dans le miroir – si toutefois cela lui arrivait, cette pièce n'en comportant aucun –, il était loin de voir un mari violent.

— Nous nous demandions si vous aviez eu des nouvelles de Hope. Elle s'est enfuie de l'hôpital hier.

— De l'hôpital ?

Reece s'humecta les lèvres en lorgnant sur les bouteilles de gin.

— Nous pensions que vous auriez une idée de l'endroit où nous pourrions la trouver. Quelque part à Londres ? À votre avis ?

— Pourquoi pas chez elle ?

— Nous savons qu'elle n'est pas chez elle.

— Le type qui lui sert de mari ne le sait pas ?

— Leo Proctor est à l'hôpital.

Même réaction. Un bref regard au gin, et une réponse pâteuse.

— Pourquoi ça ?

— Hope l'a poignardé.

Cette information retint son attention.

— Poignardé ? Avec un couteau vous voulez dire ?

— Oui. Cela ne vous surprend pas ?

— Ma brave petite cinglée, une vraie dure, hein ? dit-il avec un sourire assoiffé. Ma petite fille.

12.

Dans la salle de bains, Hope fouilla les poches de Noah et prit son portefeuille, sa carte d'identité et son téléphone. Simone était retournée dans la cuisine après avoir aidé Hope à traîner Noah ici, chevilles ligotées, et à lui attacher les mains à la tuyauterie sous le lavabo. Il ne pouvait empêcher Hope de se servir dans ses poches.

Elle avait laissé le couteau dans la cuisine, mais avait apporté le marteau, ainsi qu'une valise marron, celle que Felix Gill avait décrite à Noah et Marnie. Noah se rappelait la fouille infructueuse de la maison des Proctor. À présent, il n'avait plus tellement envie de savoir ce que contenait cette valise.

Hope parcourut son portable. Noah espérait bien qu'elle s'en servirait. Tant qu'il restait allumé, la police pouvait suivre sa trace.

— Où est Simone ? demanda-t-il. Et Pauline ?

Hope baissa les yeux sur lui.

— C'est le nom de sa mère, hein ? Et son père, Charles, il est là ?

Pauline et Charles Bissell. Il espérait avoir bien retenu leurs prénoms, cherchait dans sa mémoire les détails du récit d'Ed Belloc au North Middlesex.

Hope lui montra son téléphone.

— Vous n'êtes pas un vrai flic.

Noah souleva la tête du carrelage pour voir ce qu'elle avait trouvé dedans. Un vieux message de Dan, avec un smiley en guise de signature. Noah ne conservait de lui que les messages les plus drôles, et les plus salaces, ce qui lui rappela qu'il avait une vie en dehors du travail.

Pas un vrai flic…

— Parce que des gens tiennent à moi ? Il y a aussi des gens qui tiennent à vous, Hope. Et à Simone, sa mère et son père.

— Pauline et Charles, dit-elle en s'asseyant par terre, à un mètre de lui. Je suppose que c'est ce qu'on vous apprend. À employer les prénoms, à rendre les otages plus humains. Ou bien est-ce le ravisseur qui est censé devenir plus humain ?

Elle replia ses jambes, perdues dans le survêtement gris trop grand pour elle. Elle avait noué ses cheveux blonds en queue-de-cheval. Son visage en forme de cœur n'était pas maquillé, sa peau presque diaphane.

— Vous êtes humaine, dit-il.

Elle pointa le téléphone sur lui.

— Vous êtes gay.

Qu'était-ce – une insulte ? Une accusation ? Une excuse pour ce qu'elle s'apprêtait à lui faire subir ? La réponse n'avait pas vraiment d'importance.

— Oui, c'est vrai.

— Et si je détestais les gays ?

— Et si vous détestiez les Jamaïcains ? Dois-je mentir à ce propos aussi ?

Et les hommes ? songea-t-il. Et si vous détestiez les hommes ?

Elle joua avec le portable, fronça le nez en lisant le message de Dan.

— Ils ne vous apprennent pas à rester discret à propos de votre vie privée ?

— Vous ne m'avez pas interrogé sur ma vie privée. Vous m'avez demandé si j'étais gay, et je vous ai dit la vérité. (Il attendit quelques secondes avant d'ajouter :) Si j'avais menti, vous l'auriez su.

Cette dernière remarque parut lui plaire. Elle inclina la tête vers lui.

— Pourquoi ?

— Parce que vous êtes douée pour ça. Vous cacher. Prendre un autre visage.

— C'est vous qui faites semblant. D'être un flic, alors que vous ne ressemblez pas à un vrai flic, allongé ici.

Vrai. La plupart des policiers ne passaient pas leur soirée attachés à la tuyauterie d'une salle de bains dans une maison inconnue. Pas ceux que Noah connaissait en tout cas. Peut-être devrait-il demander au commandant Welland de lui présenter des officiers supérieurs…

Il cligna des yeux pour se concentrer. L'élancement dans ses bras se muait peu à peu en douleur, et sa cheville alternait entre palpitations et tiraillements. Mais elle n'avait rien fait pour le blesser, du moins pas vraiment, pas encore.

— Où est Simone ? répéta-t-il.

— Elle prépare le dîner.

Hope donna un coup de pied dans la porte de la salle de bains, qui en s'ouvrant laissa entrer un fumet de poisson frit.

— Vous avez faim ?

— J'ai soif, reconnut Noah. Et j'ai besoin d'aller aux toilettes.

Elle se releva.

— Le sol est carrelé. On pourra le nettoyer.

Pour la première fois, Noah ressentit une vague de désespoir au creux de sa poitrine.

— Hope…

Elle lui montra de nouveau le téléphone.

— Peuvent-ils le retrouver ? (Elle le vit réfléchir à la réponse.) Vous feriez mieux de me dire la vérité.

— Ils l'ont déjà fait.

— Dans ce cas, nous ferions mieux d'ajouter plusieurs chaises à la table du dîner.

Elle était folle, n'est-ce pas ?

— Hope, ne partez pas. Nous devons parler. Vous avez besoin qu'on vous écoute.

Elle retroussa les lèvres.

— Ils vous ont appris ça aussi. Les ravisseurs ont besoin d'être entendus. Je suppose que je n'en suis pas un alors. Parce que je n'ai rien à vous dire, ni à vous ni à personne.

Elle referma le portable d'un claquement sec.

— Et maintenant, vous non plus.

13.

À Excalibur House, un voisin de Kenneth Reece faisait couler de l'eau. Remplissait un évier ou une baignoire. On entendait des gargouillements et des crachotements dans les tuyauteries.

— Cela ne vous inquiète pas que votre fille ait disparu ? interrogea Marnie. Et soit accusée de tentative de meurtre ?

Inutile de préciser à Reece qu'elle n'avait pas pu inculper Hope.

— Je suis sûr qu'elle avait ses raisons, répondit Reece en faisant courir un regard morne sur la pièce.

— Des raisons de tuer son mari.

— Peu importe. C'est ma brave petite cinglée, je vous le dis.

Il se pencha en avant. Sa robe de chambre s'entrouvrit, révélant ses cuisses maigrelettes, marbrées de veines violacées, comme le motif floral au mur.

— Mes chers invités, aimeriez-vous un verre ?

— Non merci. Ce n'était pas la première fois qu'elle frappait Leo. Les violences conjugales sont récurrentes chez elle.

— Vraiment ?

Il se fichait royalement de ce qu'elle racontait. S'il n'avait pas sa dose d'alcool rapidement, elle n'obtiendrait rien de lui.

— Cela ne vous inquiète pas que votre fille ait maltraité son mari et failli le tuer ? Et qu'elle soit recherchée par la police pour l'enlèvement d'une femme perturbée ?

— Vous ne m'aviez pas parlé de ça.

— Je vous en parle maintenant. Monsieur Reece, nous devons absolument retrouver votre fille.

— J'aimerais vraiment vous aider. (Il utilisa ce prétendu enthousiasme pour se pencher et attraper le verre contenant un fond d'alcool.) Mais comme je vous l'ai déjà dit, je n'ai pas eu de nouvelles d'elle depuis une éternité. Depuis que sa mère…

Il eut juste assez de lucidité pour ne pas vider le verre d'un trait, se forçant à attendre quelques secondes avant de le porter à ses lèvres.

— Sa mère est morte en octobre, c'est bien ça ?

Il hocha la tête, les yeux de nouveau brillants. Elle comprit qu'il attendait des condoléances. Il pouvait toujours attendre.

— Hope est-elle venue vous voir à la mort de sa mère ?

— Oui.

Il but une nouvelle gorgée au verre crasseux.

La robe de chambre oubliée s'ouvrait à présent jusqu'à la taille, découvrant une cage thoracique rachitique sur un ventre de la taille d'un ballon de rugby. Là, sous le sein gauche, un tatouage en forme de cœur percé d'une flèche. Le même que celui de Hope et Leo, sur l'insistance de Hope. Sur Kenneth Reece, on aurait dit une plaie rouge en train de suppurer.

— A-t-elle été très affectée ?

— Hope ? Non, pas elle. (Il plissa les lèvres sur le rebord du verre.) Hope est ma brave petite cinglée. Une vraie dure à cuire. Une survivante.

— À quoi a-t-elle survécu, monsieur Reece ? À ce que sa mère n'a pas pu endurer ?

— N'importe quoi ! (Il fit un signe de tête vers Ed.) Vous avez intérêt à prendre note de mes objections, puisque apparemment vous n'allez pas ouvrir la bouche.

Ed lui sourit d'un air neutre. Sa présence l'irritait, et c'était précisément la raison pour laquelle Marnie lui avait demandé de venir.

— Quelles sont vos objections ? demanda-t-elle.

— Vos insinuations à propos de ma femme.

Il pointa le verre vers elle, puis le reporta jalousement à sa bouche.

— Qu'est-ce que j'insinue, d'après vous ?

Il secoua la tête et termina sa dernière gorgée. Le gin, la boisson des pleurnichards. Ses larmes étaient probablement hermétiques à l'eau.

— Mettons les choses aux clair, d'accord ? Je parle du fait que vous frappiez quotidiennement votre femme, la mère de Hope, sous les yeux de votre fille. Que Hope a grandi dans une maison gouvernée par la violence et la brutalité. Son système de références se rapporte à ce que vous faisiez chaque jour de vos poings.

Kenneth Reece secoua les revers effilochés de sa robe de chambre.

— Excusez-moi, madame l'inspecteur, mais que savez-vous de ma vie privée ? Si vous avez écouté cet imbécile que ma fille a épousé, alors… je l'ai prévenue dès qu'elle me l'a ramené : « T'as intérêt à le mater celui-là. » Voilà ce que je lui ai dit. Quel genre de types, ajouta-t-il en regardant Ed, s'assoient sans rien dire pendant que les femmes font la loi ? Si vous avez écouté ses bobards…

— J'ai lu les dossiers médicaux de votre femme, dit Marnie.

C'était un peu exagéré : elle avait demandé une copie du dossier après avoir vu Leo à l'hôpital, et avait brièvement parlé au personnel de l'hospice où Gayle Reece était décédée.

— Ceux qui datent d'avant son cancer. Mais oui, puisque vous le mentionnez, Leo Proctor nous a rapporté les propos de votre fille, la manière dont vous traitiez votre femme.

Kenneth Reece balaya ces mots d'un revers de la main.

— Hope n'a jamais trouvé à redire à ce que j'ai fait.

14.

La lumière se réfléchissait sur les carreaux et les chromes de la salle de bains. Hope était retournée dans la cuisine, laissant Noah seul dans la petite pièce. Noah fit bouger ses mains mécaniquement, s'efforçant de faire circuler le sang dans ses doigts.

Où était Marnie Rome ? Pourquoi ne l'avait-elle pas prévenue ? Pourquoi ne pas lui avoir donné un indice de la psychologie de Hope dès qu'elle avait entrevu la vérité ? Elle se doutait déjà de quelque chose quand elle lui avait demandé de se blottir sous l'escalier dans la maison des Proctor. Les questions qu'elle lui avait posées, à propos du coup de téléphone passé par Hope de l'hôpital... Elle soupçonnait Hope, il s'en rendait compte à présent. Elle soupçonnait Hope et ne lui avait rien dit.

Noah n'avait aucune arme, aucune parole pour l'aider. Il ne lui restait plus qu'à espérer l'arrivée des secours.

Mauvais choix de mot. Hope – l'espoir. L'espoir te tuera. N'est-ce pas ce qu'on dit toujours ?

Hope le tuerait. Aucun doute là-dessus. Elle avait planté un couteau dans la poitrine de Leo Proctor, lui perforant le poumon. Qu'avait-elle fait aux Bissell ? C'était leur maison, or Noah n'avait aucune preuve qu'ils étaient vivants.

Il cria, pour conjurer la peur. Il cria le nom de Simone, puis celui de Hope. Tapa des pieds par terre et sur le flanc de la baignoire.

Le son rebondissait dans la pièce carrelée comme un ballon.

Il referma ses doigts autour du tuyau d'acier où elle avait attaché ses mains avec la corde. Il tira de toutes ses forces, espérant arracher la tuyauterie sous l'évier. Tira jusqu'à ce que ses épaules lui hurlent d'arrêter, le souffle court.

D'accord. Calme-toi.

Arrête. Reprends ton souffle.

Il pouvait voir des petits moutons de poussière sous l'évier, et des cheveux noirs aux racines blanches. Les cheveux de Pauline Bissell ? Levant les yeux sur l'armoire de toilette fixée au mur, il imagina les armes hors de portée qu'il aurait pu trouver à l'intérieur. Des lames de rasoir, une masse improvisée sous la forme d'un spray ? Tout cela était inaccessible. Il lui fallait un objet plus proche.

La valise marron était encore au pied de la baignoire, mais il n'était toujours pas pressé de savoir ce qu'il y avait dedans. Il plissa les yeux en direction de la valise, quand il repéra un point rouge sur le devant de son T-shirt, comme s'il était la cible d'un tireur d'élite.

Du sang. Hope l'avait coupé avec le couteau. Ce n'était qu'une éraflure, étant donné les circonstances.

Combien de temps leur fallait-il pour manger ce satané poisson frit ?

Il donna de nouveau des coups de pied dans la baignoire, produisant les mêmes bruits sourds.

— Hé ! Hope ! Simone !

Tout plutôt que cette attente insupportable. Voilà ce qu'il pensait. Rien ne pouvait être pire que d'attendre.

Faux.

Attendre était insupportable, mais Hope était bien pire.

Elle poussa la porte de la salle de bains avec la tête du marteau. Sans le regarder, elle balança le marteau à bout de bras, dont l'ombre s'étirait et s'amenuisait dans la lumière de la pièce. La peur lui serra la gorge.

— Hope…

Elle s'accroupit devant la valise marron. Il ne voyait que son profil, la courbe enfantine de sa joue. Elle posa le marteau par terre – loin des pieds de Noah – et souleva un objet dans la valise.

Un corps massif. Noir. Qu'elle posa par terre.

Un kettlebell, un des poids utilisés par les culturistes russes. Véritable boulet de canon muni d'une poignée.

15.

L'odeur du gin était dérangeante, huileuse, comme si Kenneth Reece s'était baigné dedans. C'était sa sueur, réalisa Marnie, qui suintait par ses pores.

— Vous aviez l'habitude de soulever des poids, dit-elle, n'est-ce pas ?

Le père de Hope sourit, un sourire aux dents gâtées, empli de fausse modestie.

— Vous êtes plutôt en forme vous aussi, madame l'inspecteur.

— Quel genre de poids ? Des haltères ?

— Non, des kettlebells, répondit Reece en tenant son verre à bout de bras, si bien que la lumière se déversait dans le liquide et se noyait dedans. Des poids russes.

— Combien de kilos pouviez-vous soulever ?

— Dix-huit, vingt-deux kilos.

Il jeta à Ed un regard morne, empreint de mépris.

— C'était plus qu'un passe-temps, dit Marnie.

— Les passe-temps sont pour les enfants.

Reece rajusta les pans de sa robe de chambre. Il était difficile de l'imaginer avec un corps massif et musclé. Difficile, mais pas impossible.

— Hope avait-elle des passe-temps, enfant ?

— Elle aimait me regarder à l'œuvre. (Il reporta le verre à ses lèvres.) Mais ce n'était pas une gosse frivole, si c'est le sens de votre question.

— Je me demandais quel genre de petite fille elle était. Si elle a pu avoir ce qu'on appelle une enfance.

Reece haussa exagérément les épaules, comme pour repousser ses attaques.

— Simplement parce qu'elle n'était pas gâtée…

— Elle aimait vous voir à l'œuvre, vous voulez dire en train de soulever vos poids russes ?

— Oui.

Il but une lampée de gin.

Une seule gorgée. Bel effort.

Marnie se rappela avec quelle réticence Leo Proctor lui avait divulgué le contenu de la valise que sa femme avait prise chez eux. Aucune réticence en revanche du côté de Kenneth Reece, qui avait nommé son arme de prédilection avec franchise, voire avec suffisance.

— Vous avez donné l'un de vos poids à Hope lorsqu'elle est partie de chez vous. C'est ce que son mari m'a dit. Est-ce vrai ?

— Elle me l'a demandé, dit Reece. Alors oui, je lui en ai laissé un.

— Pourquoi le voulait-elle d'après vous ?

Il retroussa les lèvres en un rictus ironique.

— Ils font d'excellentes cales pour bloquer les portes.

— C'est à cela qu'ils vous servaient ?

— Je les soulevais. Je vous l'ai dit.

Reece tendit le bras, trouvant certainement quelque chose à admirer là, au niveau de son poignet pâle ou de son coude osseux.

— Vingt-cinq, trente kilos. Ce sont des poids professionnels standard.

Dommage que frapper sa femme ne soit pas un sport olympique. Ce psychopathe aurait gagné assez de médailles pour faire de l'ombre à Lowell Paton.

Elle se demanda, un bref instant, si elle pouvait faire arrêter Reece pour incitation à la violence, pour avoir fourni une arme à Hope, et un mobile.

— C'est tout ce que vous faisiez avec ces poids ? Les soulever ?

— Qu'est-ce que j'aurais bien pu faire d'autre ?

Hé ! monsieur Reece, je ne sais pas. Briser les os de votre femme ? La plaquer par terre, lui écraser les côtes ou le crâne ? Tout ce qui a bien pu nourrir votre imagination malade.

— Savez-vous ce que Hope a fait avec le kettlebell que vous lui avez donné ?

Kenneth Reece prit la bouteille pour se resservir. Le crissement de la capsule métallique fit courir un frisson dans le dos de Marnie.

— En particulier ce qu'elle a fait à son mari, Leo. L'homme que vous lui avez conseillé de *mater*.

— J'ai cessé d'être responsable de ma fille quand elle a eu dix-huit ans, déclara sobrement Reece.

— Cela dit, vous êtes ravi de l'apprendre, j'en suis sûre. Je parie que vous êtes même fier d'elle. Tel père, telle fille.

— Je suis flatté que vous vous préoccupiez de mon instinct paternel, madame l'inspecteur, mais…

— Votre instinct paternel ? coupa Marnie. Vous voulez parler de la manière dont vous avez montré à votre fille quels dommages elle pouvait causer avec une boule de fer de vingt kilos ?

16.

Noah tenta de deviner le poids du kettlebell que Hope avait sorti de la valise marron et posé sur le carrelage de la salle de bains. D'après l'effort que cela lui avait coûté pour le soulever, le poids devait peser vingt kilos. Lui-même n'en avait jamais soulevé plus de huit.

Simone avait rapporté cette valise de la maison des Proctor. Elle était plus forte qu'elle n'en avait l'air. Tout comme Hope, si celle-ci s'apprêtait bien à faire ce que redoutait Noah.

— Hope, tu n'as pas à faire ça… Je m'inquiétais juste pour Simone et toi…

Il l'avait tutoyée sans réfléchir, sans doute pour tenter de l'amadouer.

Elle se pencha et agrippa la poignée massive à deux mains. C'était un poids de la vieille école. Pas du genre des instruments lustrés que l'on voit dans les salles de sport modernes. Celui-là appartenait à la génération des haltérophiles de son père. Cet objet était important pour Hope, qui avait pris le risque de retourner chez elle pour le prendre. Pourquoi ? Que représentait-il ?

Un symbole de machisme. De force. Ou autre chose…

Une manière de s'ancrer dans le réel.

D'accord, arrête de tergiverser. Essaie de lui parler.

— Hope, s'il te plaît, réfléchis. S'il te plaît. Arrête et réfléchis. Tu ne veux pas faire ça.

— Toi, tu n'as aucune idée de ce que je veux.

Vrai, mais il pouvait peut-être le deviner. Leo Proctor avait plusieurs côtes et une main brisées. Comme un homme qu'il avait vu récemment… Son esprit s'égara, raviva ses souvenirs… une odeur de couches souillées, de lait caillé. Comme…

Henry Stuke.

Oh, non. *Stuke.* Stuke surveillait le refuge. La main brisée, qu'il avait mise sur le compte d'un accident de travail, était-elle l'œuvre de Hope ?

Noah referma lentement les poings et masqua son visage de ses avant-bras, conscient de la vulnérabilité des os de ses coudes, de ses poignets. Plus de deux cents os dans le corps humain. Elle pouvait le briser en plus de deux cents points. Il ramena ses genoux contre sa poitrine et se tourna sur la hanche. La position fœtale lui donnait l'impression d'être encore plus exposé à l'attaque de sa ravisseuse. Sous ses coudes, il la vit soulever le boulet, les muscles des mains tendus comme des cordes. Puis elle l'enjamba, le boulet à bout de bras.

— Sur le dos ! Ne m'oblige pas à appeler Simone.

Noah jura en silence. Il ne voulait pas de Simone ici, pas pour être complice du petit jeu tordu de Hope. Il devait se forcer à abattre ses défenses, une à une. D'abord déplier les genoux, puis tendre les jambes et, après avoir pris une grande inspiration, rouler sur le dos, et offrir sa poitrine au kettlebell. Impossible de découvrir son visage ou de relâcher les poings. Il essaya, en vain, le corps tendu à l'extrême.

Cela n'avait pas d'importance pour Hope. Elle avait ce qu'elle voulait. Son torse était à sa merci. Elle positionna la base ventrue du poids au-dessus de son poitrail et…

… le lâcha.

L'impact, brusque, terrible, le plaqua contre le carrelage. La douleur lui écrasa les côtes, étouffant son cri dans sa gorge.

Il suffoqua, chercha l'air, et tenta de déloger la masse en se tordant sur le côté. Se libérer du poids… respirer… Un instinct animal, sans réelle pensée. *Débarrasse… toi… de… ce… truc…*

Le kettlebell vacilla quelques secondes, et se renversa. Tomba. Roula sur le carrelage et heurta le flanc de la baignoire. Hope se pencha. Le souleva de nouveau au-dessus de ses côtes. Cria :

— Simone !

Noah ne pouvait pas impliquer Simone. Impossible.

— Non…

Le regard de Hope se fit féroce.

— Sur ton putain de dos alors !

Il obtempéra, et elle lâcha une seconde fois le boulet, sur son cœur.

Ses dents se serrèrent sous le choc, sans pouvoir retenir le cri.

Il criait toujours quand l'ombre de Hope s'allongea, s'éloigna de lui, puis revint, plus grande encore, avec un autre objet dans la main.

C'est à ce moment-là qu'elle utilisa le marteau pour la première fois.

17.

Quelqu'un faisait les cent pas dans l'appartement du dessus. Tournait en rond. Encore et encore. Comme un animal en cage. Marnie repoussa cette image et se concentra sur le père de Hope.

— Hope n'a jamais trouvé à redire alors que vous battiez sa mère sous ses yeux.

— Je n'ai jamais levé le petit doigt sur Hope, si c'est ce que vous voulez savoir. (Reece jeta un coup d'œil au fauteuil où Ed était perché.) Pas besoin de la discipliner, cette gamine. C'était pas la peine.

— Vous torturiez sa mère. Il n'est pas surprenant que votre fille n'ait pas osé faire un pas de travers. Soyons clairs, néanmoins. Ce que vous avez fait – à Hope comme à sa mère – s'appelle de la maltraitance.

— Vous ne savez pas de quoi vous parlez, répondit-il avec un rictus méprisant. Le mariage est une affaire privée. Ma femme ne s'est jamais plainte. Quant à Hope, elle n'a jamais trouvé à redire. (Il leva son verre, comme pour porter un toast.) Elle refusait de laisser sa mère la détruire par sa faiblesse, pourtant Dieu sait que Gayle a essayé. Gayle a toujours été victime de ses émotions. Un rien la faisait pleurer. La télévision, les enfants dans la rue, les livres… Elle n'avait aucune retenue, quelle pitié.

Pitié. Charmant choix de mot dans la bouche d'un tortionnaire patenté.

— Mais vous, vous gardiez le contrôle. Hope l'a dit à son mari.

Reece prit une bouteille pleine et se servit avec précision. Seule l'extrémité de ses doigts tremblait, ainsi que sa lèvre inférieure, comme si elle frémissait d'impatience devant la boisson.

— De quoi Hope et vous avez-vous parlé, la dernière fois qu'elle est venue ici ?

— Qu'est-ce que j'en sais ! De sa mère, je suppose, puisque Gayle venait de mourir.

— Vous ne viviez pas ensemble, la dernière année de vie de Gayle.

— Elle était à l'hospice, donc non.

— Elle était à l'hospice les quatre derniers mois. Avant, elle vivait dans un foyer pour femmes, n'est-ce pas ?

— Si vous le dites.

Reece ferma les yeux en buvant une lampée de gin. Elle remarqua pour la première fois qu'il n'avait pas de cils.

— On s'est perdus de vue, ajouta-t-il.

— Hope est-elle restée en contact avec sa mère après le diagnostic de sa maladie ?

— Vous devriez poser la question à Hope. Personnellement, je ne la vois pas mettre un pied dans ce genre d'endroit, avec toutes ces névrosées.

— Vous parlez du foyer pour femmes battues où Gayle est allée pour s'éloigner de vous.

Reece ignora son commentaire.

— Hope n'a pas parlé d'elle quand je l'ai vue.

— Aux funérailles de Gayle, c'est bien cela ?

— Je pensais avoir été clair. La dernière fois que j'ai vu ma fille, c'était à l'enterrement de sa mère. Très jolie d'ailleurs, dans son tailleur noir. Son ouvrier n'a même pas fait d'efforts. Il portait des bottes. Vous imaginez ? Des bottes de travail. Je n'ai jamais compris ce que Hope lui trouvait.

— Vous ne pensez pas qu'elle l'aimait ?

— Bien sûr que non, grogna-t-il.

— Alors pourquoi l'a-t-elle épousé ?

— Je suppose qu'elle pensait pouvoir en tirer quelque chose.

Marnie attendit un moment, mais Reece gardait le silence.

— Vous avez dit qu'elle n'était pas bouleversée, aux funérailles. Sa mère était morte pourtant. Comment cela se fait-il ?

— Si elle l'était, elle ne l'a pas montré. Tout le contraire de sa mère et ses petits drames personnels. (Il leva les yeux sur Ed et Marnie, le regard brillant de fierté.) Je n'ai jamais vu Hope pleurer. Pas une fois.

— Vous ne croyez pas qu'elle aurait dû pleurer à l'enterrement de sa mère ?

Tu n'as pas pleuré non plus. La conscience de Marnie la tiraillait. Aux funérailles de ses parents, elle était en état de choc, entièrement paralysée. Était-ce ce que Hope avait ressenti elle aussi ? De la paralysie ? Trop de violence pouvait provoquer cet effet, tout comme l'abus d'alcool. Être indifférent à tout, même à ce qui compte le plus. Parfois la douleur était un bienfait. Elle vous réveillait, vous aidait à *ressentir* quelque chose.

— Saviez-vous que votre fille recherchait des hommes violents ? Des hommes qui lui font subir des sévices. Physiques.

Le père de Hope s'administra une nouvelle dose d'anesthésique en silence.

— Un médecin m'a dit qu'elle présentait le genre de blessures qu'on trouve chez les travailleuses du sexe. Des prostituées au service de clients sadiques.

Nouvelle lampée de gin. Cet homme était complètement imbibé. Comme son cœur.

— Leo ne voulait pas lui faire de mal. Il détestait ça. Comme il a refusé, elle choisissait des inconnus dans les bars et se laissait violenter. C'est une chance qu'elle soit encore en vie.

Malheureusement pour Simone Bissell.

Reece nicha son verre contre sa poitrine, comme si c'était un enfant.

— Votre fille ressent le besoin d'être maltraitée. Pensez-vous que cela fait d'elle une survivante ?

Marnie voulait voir sa main trembler, même si c'était de simples frémissements dus à l'alcool. Elle voulait déceler chez lui le signe d'une conscience, même infime, de ce qu'il avait fait à sa fille.

— Je crois plutôt que cela fait d'elle une femme malheureuse, ravagée. Et dangereuse. Pour elle comme pour les autres.

— J'ai cessé d'être responsable d'elle quand elle a eu dix-huit ans, répéta Reece.

— Vous êtes responsable. Vous l'avez toujours été. Si vous ne le voyez pas, j'ai pitié de vous. C'est pathétique. Leo Proctor vaut mille fois mieux que vous.

Kenneth Reece l'observa par-dessus le rebord de son verre, le regard abruti par l'alcool.

Elle était bien trop loin de lui. Hors de portée.

Comme sa fille.

18.

Dans la cuisine des Bissell, la vaisselle sale s'entassait dans l'évier. Simone avait jeté sa part de poisson dans la poubelle. La bouchée qu'elle avait avalée était pleine d'arêtes, qui avaient piqué son palais tendre.

Tout était calme dans la maison. Aucun bruit en provenance de la salle de bains. Simone n'osait pas regarder dans cette direction, au cas où cela inciterait Hope à y retourner. Hope avait laissé le policier crier, après avoir rapporté le marteau et le kettlebell dans la cuisine, qu'elle avait posés à côté de sa chaise pendant qu'elle mangeait. Maintenant, il ne criait plus, le sergent Jake. Simone ne savait pas s'il était toujours en vie. Elle avait peur de poser la question, peur que la réponse soit négative.

Après le repas, Hope s'assit par terre, près du kettlebell et du marteau, et fit signe à Simone de se joindre à elle. Simone obtempéra. Sur le sol froid, ses jambes étaient raides comme celles d'une vieille femme.

— Le kettlebell de papa était chaud, dit Hope en caressant le fer noir, à la manière d'un crucifix, ou d'un animal domestique. La poignée a gardé l'odeur de sa peau. Je l'ai vu le soulever. Se pencher, se raidir, et le décoller du sol jusqu'à la taille, puis haut, très haut – au-dessus de sa tête.

Simone voulait se boucher les oreilles, mais n'osait pas le faire. Elle s'assit et écouta Hope, se faisant violence pour ne pas pleurer. Hope avait cessé de poser des questions sur son enfance, et Simone lui en était reconnaissante. Hope voulait qu'elle l'écoute maintenant. Simone avait si peur, si froid, qu'elle peinait à se concentrer. C'était presque pire que de parler. Elle ne savait pas ce que Hope allait lui dire. Elle savait seulement que des choses horribles avaient dû lui arriver, pour la rendre ainsi. Elle avait peur d'entendre ces choses horribles, peur des images qui allaient s'imprimer dans son esprit.

— Il levait le poids au-dessus de sa tête, hors de ma portée. (Le regard de Hope se voila tandis qu'elle rassemblait ses souvenirs.) Même quand je me mettais sur la pointe des pieds et étirais les doigts. Pour essayer de l'atteindre, de le toucher. (Elle prit la main de Simone et la serra. Elle ne parut pas remarquer combien les doigts de Simone étaient froids, et tremblants.) Il fermait les yeux très fort pendant qu'il soulevait ses poids.

Hope mima l'expression de son père, et Simone ravala un sanglot, soulagée d'être libérée, juste une seconde, du regard fixe de cette femme.

Ses muscles… on aurait dit que des souris couraient sous sa peau.

Hope rouvrit les yeux.

— Il ne me regardait pas. À mon grand regret. J'aurais tellement, tellement aimé qu'il me soulève du sol, jusqu'à sa taille, puis au-dessus de sa tête. Oui, très haut au-dessus de sa tête.

Elle mêla ses doigts à ceux de Simone, et guida leurs mains jointes vers le kettlebell. La boule était si massive, si dure.

Simone vacilla.

— Chut, dit Hope. Chut, regarde-moi.

Simone obéit, et la regarda à travers ses larmes.

— Je n'ai jamais raconté cela à personne, murmura Hope.

L'espace d'un instant, elle eut l'air furieux.

Simone se raidit. Elle voulait reprendre possession de sa main, mais ne savait pas comment. C'était sa faute. C'était *elle* qui avait amené cette femme ici. Elle devait arrêter Hope, l'empêcher de retourner dans la salle de bains avec le marteau et la masse.

Hope caressa le kettlebell de leurs mains liées.

— Quand il avait fini, je posais mon visage dessus. Je le sentais frémir, bourdonner contre mes lèvres, mais il refroidissait trop vite. Et il était si lourd. Je n'arrivais pas à le bouger, même si j'y mettais toute ma force. C'était comme s'il était vissé au sol.

Elle rit. C'était la première fois que Simone l'entendait rire.

— J'aurais voulu être assez forte pour le déplacer, pour pouvoir le lui donner quand il le demandait. Il était tellement lourd. Froid, comme l'acier, sauf après son entraînement. Alors la poignée était chaude. Glissante.

Elle pencha la tête et posa sa joue sur la poignée de la boule.

C'était obscène. Simone ne savait pas pourquoi, ni comment. Seulement que ça l'était. Obscène.

— Je dormais enroulée autour. Parfois. (Elle rit de nouveau.) Je glissais mes doigts sous la poignée et je la serrais, et je le suppliais de me soulever moi aussi, quand il s'entraînait.

Ses yeux brillaient contre le fer noir.

— J'avais l'impression de voler, tout le sang courait dans mes talons et mes orteils, ma tête était si légère. *Vide*… J'adorais cette sensation. Parfois, il m'embrassait avant de me reposer par terre.

Ensuite elle fit une chose atroce. Pire que toutes les images que Simone redoutait dans sa tête, bien pire, tant cela n'avait pas de sens.

Elle s'allongea par terre et pressa ses lèvres sur le gros boulet noir.

Comme elle tenait sa main, Simone fut forcée de s'allonger elle aussi, à côté d'une Hope enroulée autour du ventre de fer, les doigts repliés sur sa poignée.

— Rien d'autre ne pouvait me faire bouger, murmura Hope. Seulement lui. *Elle* n'en avait pas le pouvoir, pas même quand elle n'était pas malade.

Le dégoût dans sa voix. Simone en reconnut la saveur amère.

— Seulement lui pouvait me soulever. Personne d'autre.

Un son échappa à Simone, un sanglot qu'elle ne pouvait retenir plus longtemps.

— Chut, la prévint Hope. Chut.

Elle leva la tête. Les yeux d'un bleu fou, comme un ciel d'été.

— Je n'ai jamais dit cela. À personne. Tu es la première.

19.

Devant Excalibur House, la lune brillait par intermittence. Marnie observa les rideaux de la chambre de Kenneth Reece.

— Il n'a aucune idée, n'est-ce pas ? Aucune idée du monstre qu'il a fait de sa fille.

— Elle était son alibi. (Ed avait les bras sur la portière ouverte de la voiture.) La personne qui lui disait qu'il était un bon père, et un bon mari.

— Elle ne peut pas croire une chose pareille, si ?

— Difficile à dire. Elle avait besoin de croire quelque chose, de donner un sens à ce qui se passait dans la maison. Ainsi, il a fait d'elle une complice de la violence – et du silence. C'est un énorme fardeau à porter pour une enfant. Tu avais raison à propos de la mort de sa mère. Ça a dû agir comme un déclencheur, lui rappeler brutalement le supplice que son père infligeait à sa mère. Et qu'elle-même fait subir à Leo. Ça a été un tournant pour elle.

Marnie patienta un moment, pour voir si les rideaux allaient bouger à la fenêtre de Reece, mais l'intérêt de cet homme était ailleurs. Au fond d'une bouteille. Elle ouvrit la voiture et attendit Ed.

— Je ne m'attendais pas à ce genre d'homme, reconnut-elle.

— Les tortionnaires peuvent prendre des apparences très diverses. (Ed se frotta les yeux.) Mon Dieu, je suis crevé. Désolé pour les clichés.

— Crois-tu qu'elle a choisi Leo parce qu'il est physiquement différent de son père ? Un homme sans la sournoiserie de Kenneth, sans ses excuses…

— Peut-être. D'après ce que tu m'as dit, tout est question de domination chez Hope. Elle a vu ce qui se passait chez elle quand son père perdait le contrôle, et croyait que sa mère n'en exerçait aucun. La manipulation est une chose – une ruse qu'elle a apprise très jeune –, l'exercice du contrôle en est une autre. Il devient un besoin, une drogue.

Marnie ne répondit pas tout de suite. Il avait raison, bien sûr. Contrôler les autres pouvait devenir un besoin pressant. Dès son plus jeune âge, Hope avait été témoin de violences – et de la destruction de sa famille. Il était naturel de sa part de vouloir s'endurcir, prendre la situation en main. Se jurer de ne plus jamais être une victime. Pour cela, Marnie pouvait éprouver de l'empathie, mais pas pour le reste.

— La maltraitance n'est pas à sens unique, rappela-t-elle à Ed. Hope aime aussi être brutalisée, ce qui signifie qu'elle cherche à se punir. Je croyais vraiment que son père réagirait à cette information. Mais il semble indifférent à tout.

— C'est une forme de protection. S'il commence à compatir, il ne pourra pas le supporter.

— Si cet homme est capable de la moindre compassion. Tu l'en crois capable, toi ? Moi non.

— Ça dépend. Il faudrait savoir quand il a commencé à boire. Et pourquoi. Ce degré de jaunisse… je serais surpris que son foie tienne encore très longtemps.

— C'est pour cette raison qu'il a obtenu un logement ici ? Je suppose qu'ils n'ont pas l'habitude d'héberger des hommes qui battent leur femme.

— Sans preuves… et sans plainte de la part de Gayle, ou Hope…

— On est coincés. (Marnie s'inséra derrière la file de voiture qui encombrait le centre-ville.) On ne sait toujours pas où elle est, ni ce qu'elle fait, dit-elle en consultant sa montre. Tu sais ce qu'on nous a appris à propos des personnes disparues ? Dans le doute, imaginez le pire. J'espérais que Kenneth Reece me donnerait une bonne raison de ne pas croire sa fille capable d'assassiner Simone Bissell. Maintenant ? Je ne sais plus.

Ed gardait le silence, la tête contre la fenêtre côté passager. Finalement, il déclara :

— On a supposé que Hope s'était enfuie de l'hôpital parce qu'elle savait que son mari allait se réveiller, ou risquait de reprendre conscience, auquel cas il aurait dit la vérité à propos des violences conjugales, et la légitime défense de Hope aurait volé en éclats. Cela n'explique pas pourquoi elle a entraîné Simone dans sa fuite. Elle aurait sûrement été mieux toute seule. D'après ce qu'on sait d'elle, elle n'a pas besoin de soutien, ni d'amitié. Je comprends la valeur de Simone en tant que témoin, une femme qui jurerait aveuglément que Hope est la victime. Mais Simone comme compagnon de voyage, cela n'a aucun sens.

Il avait raison. C'était plus complexe qu'une prise d'otage ou une revanche. Il existait un lien particulier entre Hope et Simone.

— Peut-être voulait-elle deux sortes de témoins, dit Marnie.

— Comment ça ?

— Je ne sais pas au juste. J'essaie encore de le découvrir.

Un feu rouge les obligea à s'arrêter.

Une bande de filles traversa la rue, bras dessus, bras dessous. Un joyeux enterrement de vie de jeune fille. Oreilles de lapin, ongles roses et voile rose pour la future mariée. Aucune d'elles n'était sobre.

— Elle doit le savoir maintenant, dit Marnie en ôtant les mains du volant pour détendre ses doigts. Simone. Elle doit connaître la vérité à propos de sa complice. La façon dont Hope l'a utilisée, ce qu'elle attend d'elle…

Ed regarda les jeunes filles tituber dans la rue.

— Que voulait Tim Welland ? Tu lui as parlé, non, quand j'étais au refuge ?

— Il m'a fait la morale sur les négociations en cas de prise d'otages, répondit Marnie d'un air maussade. A cité Aristote.

— Ethos, pathos, logos. (Ed lui sourit.) A-t-il mentionné Polybe ?

— Non, mais il est possible que j'aie décroché un moment. Qui était Polybe ?

— C'était le fils d'un gouverneur grec, resté en otage à Rome durant des années et des années. Il a fini par tuer la majorité de ses ravisseurs pendant la bataille de Carthage. J'ai eu droit à la même leçon une fois de la part d'un type qui voulait prouver que le syndrome de Stockholm ne touchait pas tous les otages.

— Simone Bissell n'a pas succombé à son ravisseur.

— Pas de manière visible, confirma Ed, mais Paton l'a gardée prisonnière pendant un an. Cela a dû laisser des traces sur le plan émotionnel.

— C'est une survivante.

Marnie réalisa qu'elle répétait cette phrase comme un mantra. Ed aussi.

— Elle va avoir besoin d'être plus que ça, dit Ed. Survivre peut se révéler dangereux. Regarde Hope. Elle a survécu à son enfance, a choisi d'éviter le destin de sa mère, si on veut bien le croire. Ça lui a laissé plus que des traces, cela a entièrement distordu sa personnalité.

— D'accord. Alors Simone est plus qu'une survivante. C'est une combattante.

La bande de filles avait disparu, mais on entendait encore le claquement de leurs talons sur les pavés.

Marnie prit la direction de l'immeuble d'Ed. Elle mit quinze minutes, si bien qu'il était près de minuit quand son coéquipier descendit de voiture.

— Leo n'a vraiment aucune idée de l'endroit où elle est? demanda-t-il.

— Il dit que non, mais peut-être que je devrais poser des questions plus pertinentes. Je t'emmènerais bien avec moi, mais…

— Je n'ai rien d'autre à faire. (Ed avait toujours la main sur la portière ouverte.) Tant que je peux être utile.

— Tu l'es, mais je dois le faire seule. Leo n'est pas très à l'aise en présence d'autres hommes pour le moment.

— Logique, répliqua Ed avec un hochement de tête. Bon, tu sais où me trouver si tu as besoin de moi.

— *Quand* j'aurai besoin de toi. Merci, Ed. Essaie de dormir un peu, si tu peux.

20.

La lune jetait des rais de lumière crue sur le sol de la cuisine, où Simone Bissell était assise, toute tremblante.

Depuis plus d'une demi-heure, elle n'avait pas entendu le moindre son en provenance de la salle de bains, et n'osait toujours pas regarder dans cette direction, de peur d'attirer l'attention de Hope. Avec Lowell, elle gardait constamment la tête baissée et lui obéissait en tout, comme elle l'avait fait auparavant avec les Bissell. Sa vie entière, elle avait été forcée de courber l'échine, sauf en cours de danse classique, où elle devait garder la tête haute, toujours plus haute, terrorisée à l'idée de se faire remarquer et d'être punie. C'était devenu sa punition personnelle, cette peur de ne pas réussir à faire ce qu'on attendait d'elle. Une petite voix dans sa tête la fustigeait avant que quiconque ne puisse le faire.

Ne marche pas sur la pelouse, reste sur le chemin. Lève les pieds. Ne lambine pas. Pas de lumière dans la maison après 22 heures. Garde tes pensées pour toi. Reste silencieuse. Cela ne te regarde pas. Ne dis rien.

Pas maintenant. Reste dehors. Va-t'en. Ton père dort. Maman a besoin de repos. Tiens-toi droite.

Ne fais pas cette tête.

Frappe avant d'entrer, attends d'être interrogée pour parler, ce n'est pas ta chambre. N'entre pas.

Pas maintenant ! Sors de là !

Ne touche à rien. Ce n'est pas un jouet. Arrête de faire cette tête.

Nettoie-moi ce bazar. Tes mains sont sales. Regarde tes vêtements ! Lave les couleurs et le blanc séparément. Utilise une brosse à ongles. Laisse les choses comme tu les as trouvées. Va dans ta chambre.

Brave petite.

Hope l'avait qualifiée de brave petite.

Simone ne savait pas ce que voulait Hope. Si elle le savait, elle pourrait la satisfaire. Mais elle n'en avait aucune idée. Elle ne savait rien de cette femme.

Le silence entre elles, qu'elle avait pris pour de la force, n'était que du silence. Elle avait jeté une pierre de confiance dans ce puits, et ne l'entendrait jamais toucher le fond.

Hope l'avait fait se déshabiller. Simone lui avait montré les cicatrices des couteaux de sa mère. Elle avait tremblé, attendant que Hope la touche, qu'elle… quoi ?

Bénédiction… c'était le terme que les femmes employaient à l'église d'Apac. Simone ne pensait pas que Hope recherchait une bénédiction. Pas après l'avoir vue prendre le kettlebell, puis *embrasser* la boule de fer noire.

Hope voulait sa douleur. D'une certaine manière… elle s'en nourrissait.

Quand elles étaient assises l'une contre l'autre dans le noir, au refuge, ce n'étaient pas les mains de Simone que Hope tenait. C'étaient ses cicatrices. Son passé. Tout ce qui l'avait blessée, meurtrie. Toutes les plaies qui ne s'étaient pas refermées.

Hope s'était coulée en elle et les lui avaient arrachées, volées. Maintenant, elle était forte, alors que Simone n'était plus rien.

Hope ne l'avait pas blessée, pas encore, mais lui si. Simone connaissait cette odeur. Elle se gratta nerveusement les avant-bras.

Des coups, en provenance de la salle de bains.

Il essayait encore de se libérer. Simone se figea, retint son souffle, parfaitement immobile. Si elle avait pu, elle aurait suspendu les battements de son cœur.

Hope ne cria pas. Ne soupira pas. Elle se leva et se dirigea vers la salle de bains. Avec les vêtements trop grands que Simone lui avait donnés, ses manches grises masquèrent ses mains quand elle saisit le kettlebell, et le marteau.

Ce n'est pas un jouet. Un marteau n'est pas un jouet…

Hope s'arrêta devant la porte de la salle de bains et jeta un coup d'œil à Simone par-dessus son épaule.

— J'en ai pour une minute, dit-elle avec un sourire.

Comme si elle allait se laver le visage. Ou se brosser les cheveux.

Simone voulait prier, mais elle ne connaissait aucune prière, en dehors de celle que les Bissell lui avaient apprise et de laquelle elle ne se rappelait que les premières lignes : *Vous, grandes créatures de Dieu, louez le Seigneur. Vous, petites créatures de Dieu, louez le Seigneur*.

Mais quelles étaient ces petites créatures ? Les fourmis et… les puces. Quoi d'autre ?

Les têtards et les larves de moustique. Le pollen et les mouches tsé-tsé.

Les locustes et les gouttes d'eau.

Nasiche. Elle était Nasiche Auma. Née pendant la saison des locustes.

Hope poussa la porte de la salle de bains à l'aide de la tête de marteau.

Entra.

Les coups cessèrent.

Le bruit métallique du fer. Fer contre fer.

Des cris.

Simone plaqua les mains sur ses oreilles, se balança d'avant en arrière.

— Vous, grandes créatures de Dieu, louez le Seigneur, récita-t-elle pour conjurer les atrocités de la salle de bains, vous, petites créatures de Dieu, louez le Seigneur…

21.

Leo Proctor ne dormait pas, en dépit de l'heure tardive.

— Il est réveillé, dit le médecin de garde à Marnie. Sinon je vous renverrais, police ou pas police.

— Je pars dès qu'il montre des signes de fatigue, promis.

Leo Proctor parut soulagé de la voir, quand il comprit qu'elle était seule.

— J'ai vu Kenneth Reece, déclara-t-elle une fois le médecin sorti de la chambre.

Leo scruta son visage.

— Vous ne l'avez pas encore trouvée.

— J'ai bien peur que non. (Elle avança une chaise près de son lit.) Nous sommes inquiets pour Simone. Et Hope.

— Simone est la femme avec qui elle s'est liée d'amitié au refuge ?

Leo se redressa avec peine.

— Oui. (Elle l'aida à remettre la couverture en place.) Allez-y doucement.

— Ça va.

— Bien, mais tout de même. (Elle lui sourit.) Je ne veux pas qu'on me jette dehors pour avoir harcelé un patient.

Il lui rendit son sourire, puis cligna des yeux et détourna le regard. Cela faisait longtemps, devinait-elle, qu'il n'avait pas souri.

— Hope ne conduit pas, n'est-ce pas ?

Il hocha la tête.

— Et un portable – en utilise-t-elle un ?

— Non. Jamais.

— D'accord… (La question suivante était délicate.) Vous avez dit qu'elle choisissait parfois des hommes dans les bars. Y a-t-il une chance qu'elle ait rejoint l'un d'entre eux ?

Il eut un mouvement de recul.

— Je suis désolée, dit Marnie, mais nous devons écarter cette possibilité.

— Je ne connais pas leurs noms. Elle non plus à mon avis. (Il regarda ses mains, les retourna lentement.) J'imagine mal un de ces types les cacher. Ils se fichaient de sa sécurité, c'est certain.

Il leva les yeux. Pour la première fois, Marnie lut de la colère – de la défiance – dans son regard. Un aperçu de l'homme qu'il serait quand ce serait terminé. Une fois livré à lui-même.

— Votre sergent… je ne me rappelle pas son nom.

— Le sergent Jake.

— Vous avez dit qu'il m'avait sauvé la vie. Au refuge.

— En effet. Avec l'aide de l'une des autres femmes.

— Simone ?

— Non, une autre. (Elle marqua une pause.) Elle a disparu elle aussi.

Leo parcourut la chambre du regard, comme s'il cherchait un sens à ce chaos.

— Si Hope voulait ma mort et qu'il m'a sauvé la vie… c'est à *lui* qu'elle va s'en prendre. Pour s'être mis en travers de son chemin. Elle déteste ça.

Une douleur fulgurante enflamma le flanc droit de Marnie.

— Vous pensez qu'elle en veut au sergent Jake ?

— Comme à tous ceux qui se mettront en travers de son chemin. Elle a besoin de tout contrôler, à cause de ce dont elle a été témoin avec sa mère, de ce qui se passait quand *elle* perdait le contrôle.

Leo la regarda.

— Vous devriez le prévenir. Votre sergent. S'il ne sait pas à qui il a affaire… Vous devriez le prévenir.

À l'extérieur de l'hôpital, le froid était mordant et les nuages s'amoncelaient dans le ciel nocturne telle une tenue de camouflage. Marnie téléphona à Noah, mais tomba directement sur sa boîte vocale. Aussi appela-t-elle le poste de police.

— Abby ? Noah est là ?

— Pas encore, patron. Je lui ai laissé un message. Il doit être en route.

— Et le sergent Carling ?

— Oui.

— Passe-le-moi, tu veux ? (Elle entendait le bruissement des néons de l'hôpital derrière elle.) Tu étais avec Noah, dit-elle dès que Carling fut en ligne. Cette après-midi, c'est bien ça ? Pourquoi n'êtes-vous pas rentrés ensemble ?

— J'ai pris le métro, patron. Il a dit qu'il voulait marcher. Y a un problème ?

— Espérons que non.

Elle raccrocha et recomposa le numéro de Noah.

« J'espère que tu es chez toi, dit-elle à sa messagerie. J'arrive. »

22.

Il était 1 heure du matin quand elle atteignit Westbourne Grove.

— Oui ?

Dan Noys répondit à l'interphone, l'air parfaitement réveillé.

— C'est Marnie Rome. Désolé de vous déranger si tard. Je peux monter ?

Elle compta jusqu'à trois avant que la porte s'ouvre dans un bourdonnement.

L'appartement se trouvait en haut d'une volée de marches. Dan Noys l'attendait pieds nus devant la porte, en jean et T-shirt. Dès qu'elle vit son visage, Marnie sut que Noah n'était pas chez lui. Son estomac se noua.

— Que s'est-il passé ? (La voix de Dan était blanche, son regard affolé.) Il va bien ?

Elle devait se montrer honnête.

— Je n'arrive pas à le joindre. Et vous ?

— Non.

— Puis-je entrer ?

Dan s'effaça pour la laisser entrer dans l'appartement. L'inquiétude le vieillissait de dix ans, gommait ses traits juvéniles. Il était aussi séduisant que Noah, dans le style blond aux yeux bleus. C'était le genre d'apparence qui vous aidait à avancer dans la vie. Marnie n'avait pas encore décelé le charme de Dan. La peur glaçait son regard. Elle resta debout et le regarda délibérément dans les yeux.

— Quand l'avez-vous vu pour la dernière fois ?

— Cette après-midi.

Dan enfouit les mains dans ses poches, haussa les épaules. Puis il les ressortit et referma la main gauche sur son poignet droit.

— Quelle heure était-il ?

— Près de 17 heures. Il a dit qu'il travaillerait tard.

— Avez-vous essayé de l'appeler depuis ?

— Non, répliqua-t-il d'un ton froid. Je croyais qu'il bossait.

— Il vous a dit sur quoi il travaillait ?

Dan secoua la tête.

— Bien sûr que non.

Il libéra son poignet, laissant de vilaines marques blanches tout autour.

— Mais vous êtes spécialisés dans les homicides, donc je suppose qu'il s'agit d'un meurtre.

Ses yeux brillaient de larmes.

Elle aurait voulu lui dire des paroles rassurantes. Elle ne voulait pas non plus s'éterniser, impatiente de partir à la recherche de Noah.

— Que lui est-il arrivé d'après vous ? (Sa voix se fit aiguë.) Vous devez bien avoir une idée ?

— Il est possible… qu'il ait suivi une piste à propos d'une personne disparue.

— Sans vous en informer ?

— En effet. Il était très inquiet pour la personne en question. Il a pu agir sans réfléchir.

— Sans le dire à personne ? insista Dan.

Il paniquait. Faisait de son mieux pour le cacher, mais il paniquait.

— Je suis d'accord, c'est plutôt inhabituel. Nous recherchons le signal de son portable. (Elle se tut et ouvrit les mains en manière d'excuse.) Je suis désolée. Je sais que vous n'avez pas envie d'entendre des platitudes, mais je vous promets que nous allons tout faire pour le retrouver.

Ses paupières papillonnèrent, son visage se crispa. Elle avait prononcé les mauvaises paroles. Ce n'était pas une platitude, mais ce n'était guère mieux. Cela sous-entendait une recherche infructueuse, avec la possibilité d'un dénouement malheureux. Le coin de la bouche de Dan tressauta.

— Allez-y, vous pouvez le dire, dit Marnie.

— Dire quoi ?

Elle garda une voix neutre, impersonnelle. Elle pouvait au moins lui accorder cela, le droit de lui en vouloir.

— Que vous ne comprenez pas ce qui s'est passé. Où étaient les renforts ? N'avons-nous pas des procédures pour empêcher ce genre de dérapage ? Enfin, tout ce que vous avez sur le cœur.

— Vous avez dit l'essentiel, répondit-il d'une voix moins sévère.

— Je vous tiendrai informé s'il se passe quoi que ce soit.

— Merci. De m'avoir épargné les conneries habituelles.

Elle hocha la tête. Après ces mots, il était impossible de terminer la conversation de façon traditionnelle : une poignée de main ferme ou une franche promesse – nous allons le retrouver. Elle ne lui offrit ni l'une ni l'autre.

Lowell Paton avait séquestré Simone Bissell pendant un an. Hope n'attendrait sûrement pas aussi longtemps pour assouvir la revanche qu'elle jugeait appropriée sur l'homme qui l'avait empêchée d'assassiner son mari.

Ed appela pendant qu'elle était en route pour le commissariat.

— Je t'avais dit d'essayer de dormir.

— J'y travaille. Comment ça s'est passé avec Leo ?

— Il pense que Hope en veut à Noah de lui avoir sauvé la vie.

Elle entendit Ed grimacer.

— Ayana l'a aidé aussi, non ?

Une peur s'insinua en elle : et si Hope avait appelé les frères d'Ayana ? Elle balaya cette idée. Comment aurait-elle obtenu leur numéro ? Impossible.

— Alors tu crois que... Hope en a après Noah ?

— Je ne sais pas. Je me sentirais mieux si je savais où il est.

— Tu ne sais pas où il est ? demanda Ed avec inquiétude.

— Il ne répond pas à son portable. Personne ne l'a vu depuis hier 17 heures.

À 17 heures la veille, Noah était avec Ron Carling, à West Brompton. C'était là qu'on l'avait vu pour la dernière fois.

— Est-il au courant pour Hope ? interrogea Ed.

— Non, reconnut-elle. J'aurais dû le prévenir quand on était chez les Proctor, au moment où j'ai mis ma théorie à l'épreuve à propos du placard sous l'escalier. Mais je me suis tellement trompée avec Leo la première fois que... je voulais être sûre...

— Noah est assez intelligent pour sentir les mauvaises vibrations que tu faisais passer. Et puis il n'est pas du genre imprudent, n'est-ce pas ? Suivre une piste sans t'en parler d'abord ?

Noah était agacé par Ron Carling, elle en était persuadée. Dieu sait dans quel état d'esprit il était.

— Habituellement, non. Mais il se reproche la disparition d'Ayana. S'il a senti une occasion de la retrouver...

Elle aurait dû prendre le temps de parler à Noah de la culpabilité. Elle l'avait vu se débattre contre ce sentiment, mais avait remis la leçon à une date ultérieure. Grosse erreur de sa part. Elle aurait dû lui parler immédiatement, lui expliquer que la culpabilité n'était pas une mauvaise chose, était différente du regret. Elle vous obligeait à rester concentré, alerte. Vivant.

— Je ferais bien de raccrocher, dit-elle à Ed. J'arrive au poste, je te tiens au courant.

— D'accord. Sois prudente.

Londres ne lui avait jamais paru aussi grand, aussi impénétrable. Qu'avait-elle dit à Noah au début de toute cette affaire, à Finchley ?

Tu t'imagines vivre comme ça, sans laisser de traces ? Je ne crois pas que je pourrais. Et toi ? Noah avait répondu : *Si j'étais désespéré, peut-être. Si je n'avais pas le choix.*

Ses yeux la brûlaient. Elle cligna des paupières, se concentra sur la circulation. Plus de bande de jeunes filles délurées cette fois. Les seules personnes dans les rues étaient seules. Des amateurs de boutiques ouvertes la nuit, des videurs devant des boîtes de nuit.

Deux rues plus loin, son portable vibra de nouveau.

— Patron ? (C'était le sergent Carling.) On a retrouvé Proctor et Simone sur les bandes de surveillance. Elles ne sont pas sorties à la station Elephant & Castle, mais à Kentish Town. Sept arrêts après être montées dans le métro.

Marnie vérifia ses rétroviseurs, à la recherche d'un endroit où faire demi-tour.

Kentish Town. Le penthouse de Lowell Paton se situait à Kentish Town. Quel était le plan de Hope ? Montrer à Simone comment mater Paton ?

— J'ai besoin que tu fasses quelque chose pour moi, dit-elle à Carling. Essaie de trouver le signal du portable de Noah.

Carling mit quelques secondes avant de répondre.

— Pourquoi ?

— Je n'arrive pas à mettre la main sur lui. Il est possible qu'il soit en danger.

— À cause de Hope Proctor ?

— Oui. Parle à Welland, vois s'il peut tirer quelques ficelles à Tandem.

Tandem fournissait à la police son logiciel de surveillance vidéo. Ce logiciel hérissait tous les groupes de défense des libertés individuelles, mais parfois, il aidait la police à trouver ce qu'elle cherchait avant qu'il ne soit trop tard.

— Je m'en occupe, promit Carling.

— Kentish Town. Est-ce qu'on a des unités dans le coin ?

— Sans doute une patrouille... Tu veux que je vérifie ?

Eh bien ? Voulait-elle qu'une unité de police fasse une descente dans l'appartement de Lowell Paton, à supposer que Hope et Simone étaient là-bas ? Elle voyait déjà le commandant Welland hausser un sourcil interrogateur.

— Laisse-moi d'abord appeler le portier. Et vérifie qui est dans les parages, au cas où on aurait besoin de renforts.

— Tu veux que j'aille là-bas ? demanda Carling.

— Non. Je veux que tu cherches Noah. Reste où tu es.

Elle refit le numéro de Noah, pendant que leur véhicule se dirigeait vers Kentish Town. Son portable était toujours éteint. Elle laissa un autre message : « Où es-tu ? (Elle ne chercha même pas à masquer la panique dans sa voix.) Rappelle-moi dès que tu as ce message. »

Hope Proctor avait emporté le kettlebell de son père dans sa fuite. Était-ce mal de la part de Marnie de vouloir retrouver Lowell Paton écrasé dessous ? Et Noah, s'il était là, en train de négocier ? Il avait éteint son portable en concession aux exigences de Hope, mais il allait bien. Hope punissait Lowell Paton. Il existait une justice dans ce monde, tout comme la paix entre les peuples, et le pain perdu gratuit pour toute tasse de café achetée dans son café préféré.

Personne ne n'aime à ce point, se rappela-t-elle.

Une luisance nacrée baignait l'immeuble de Paton, comme si le bâtiment était recouvert d'un préservatif géant. L'entrée était éclairée d'une lumière crue, les portes sécurisées. Marnie montra son badge au portier à travers la paroi de verre renforcé. Ce n'était pas l'homme que Noah et elle avaient vu la veille. Ce gardien était plus jeune, et ne paraissait pas inquiet de la présence de la police. Il enclencha l'ouverture des portes avec tout juste un coup d'œil à Marnie.

— Quand avez-vous pris votre service ? questionna-t-elle.

— À 6 heures.

Il avait un accent d'Europe de l'Est.

L'entrée dégageait l'odeur de la moquette neuve, du caoutchouc et du produit utilisé pour lustrer les miroirs des portes de l'ascenseur.

— Lowell Paton, dernier étage. Savez-vous s'il a eu de la visite ?

Le regard de l'homme s'égara. Marnie devinait qu'il cherchait dans sa mémoire les instructions du manuel en pareilles circonstances.

— Je suis sûre qu'il n'est pas dans vos habitudes de donner des informations à propos des résidents, mais il s'agit d'une urgence. M. Paton a-t-il eu des visiteurs depuis que vous avez pris votre service ?

— Deux filles.

Si seulement elle avait apporté des photos de Hope et Simone.

— Pouvez-vous les décrire ?

— Noires. Africaines. (Il mima de longs cheveux avec ses mains.) Une… blonde, ajouta-t-il en répétant son geste. L'ascenseur tinta et ses portes s'ouvrirent sur une femme à l'air las, un aspirateur à la main.

— Avaient-elles quelque chose avec elles ?

Le portier secoua la tête.

— Je ne m'en souviens pas.

— Et M. Paton les a laissées entrer ?

— Évidemment.

Il sourit de nouveau. Il supposait que ces femmes étaient des prostituées.

Marnie se demanda si Lowell avait l'habitude de faire appel à ce genre de services.

— Sont-elles toujours là-haut ?

— Bien sûr, elles sont restées.

— Personne d'autre ? Des visiteurs, je veux dire. Pas d'hommes ?

Il secoua la tête avec emphase.

— Pas d'hommes.

— Merci. (Elle s'éloigna du bureau pour appeler Carling.) Bon, lui dit-elle sans préambule, j'ai assez d'éléments pour justifier une intervention policière. Appelle-les.

23.

L'unité d'intervention s'arrêta devant l'immeuble de Paton un peu avant 15 heures.

Marnie était contente de voir Rex Carter à la tête de l'équipe. Carter était flegmatique et tenait fermement ses hommes. Sous sa houlette, pas de dérapage, même s'il ne fallait pas se voiler la face quand des boucliers et des matraques étaient de la partie.

— Qu'est-ce qu'on a ?

Carter avait depuis peu remplacé les Marlboro par des chewing-gums à la nicotine, qu'il faisait claquer entre ses dents avec l'air d'un type qui vient de se faire rouler à l'épicerie du coin.

— Pas d'armes à feu, à ma connaissance.

Comment résumer ce qui d'après elle se passait dans l'appartement de Lowell Paton ?

— Sans doute une prise d'otage, mais a priori pas de négociation possible. Deux, peut-être trois otages. Hope Proctor a filé du North Middlesex, où elle était traitée pour état de choc après avoir attenté à la vie de son mari.

— Elle était traitée pour état de choc ? Et lui, qu'est-ce qu'ils lui ont donné ?

— Quelques litres de sang. Elle l'a poignardé.

Carter fit claquer son chewing-gum. Il observa l'immeuble de haut en bas.

— Avec un couteau ?

— Oui.

— Pas d'armes à feu, tu en es sûre ?

Marnie repensa au petit numéro de gangster de Lowell Paton. L'argent de son père.

— Je ne peux pas te le certifier, reconnut-elle.

À travers le verre renforcé, ils virent le portier se pencher sur le bureau verni de la réception pour observer la femme en train de passer l'aspirateur.

— Pourquoi pas de négo possible ? voulut savoir Carter.

— Je crois qu'elle ne veut rien en particulier.

En dehors de punir Lowell Paton, et Noah Jake, s'il était là-haut.

— Tout le monde veut quelque chose, dit Carter. En ce moment, je tuerais pour une pizza quatre saisons et un paquet de cigarettes au goudron. (Il lui fit un grand sourire.) Elle vous connaît ? Hope Proctor.

— Oui, elle me connaît. Pas sûr qu'elle m'apprécie beaucoup. Et elle ne me fait pas du tout confiance.

— Folle, dangereuse ou désespérée ? interrogea Carter.

La question standard dans toute situation de prise d'otages. Marnie aurait aimé lui donner une réponse satisfaisante.

— Un peu des trois, se déroba-t-elle, mais si je devais faire pencher la balance d'un côté ? Je dirais folle.

Elle n'y croyait qu'à moitié, mais elle devait donner à Carter des éléments pour travailler.

— Folle, répéta-t-il. Génial. Ma catégorie préférée.

— On pourrait attendre Welland, proposa Marnie.

Carter fit une grimace qui indiquait clairement ce qu'il pensait du protocole.

— On *devrait* attendre Welland.

Elle détestait le protocole autant que lui, en particulier dans des moments comme celui-ci.

— Noah Jake fait peut-être partie des otages.

C'était la première fois qu'elle prononçait ces paroles à voix haute. Elles cognaient dans sa tête depuis les deux dernières heures, depuis que Leo Proctor l'avait mise en garde.

Carter hocha la tête, le regard compatissant.

— C'est votre sergent, c'est vous qui décidez. (Il posa la main sur la matraque à sa ceinture.) Je n'ai pas encore obtenu mon habilitation pour les armes à feu. Pas besoin de réveiller les types de Marsham Street. Enfin, je ne dis pas qu'ils dorment au ministère de l'Intérieur.

Côte à côte sur le trottoir, tous deux étudièrent le bâtiment.

— Comment se passe l'entraînement avec les armes à feu ? demanda Marnie. Tu as descendu un immeuble en rappel récemment ?

Carter observait la lumière nacrée qui baignait l'édifice.

— On dirait qu'il a été lubrifié…

— Ils sont au dernier, le penthouse.

— Plutôt haut pour une malade mentale. (Carter se tourna vers son équipe pour la briefer.) Et ils se demandent pourquoi je veux un flingue.

Ils prirent l'ascenseur jusqu'à l'avant-dernier étage de l'immeuble, puis l'escalier qui menait au penthouse. Par les fenêtres en forme de losange apparaissaient la lune et les étoiles au-dessus de la *skyline* londonienne. La musique crachait à plein tube derrière la porte. Le rythme de la musique électronique avec, entre deux battements, d'autres coups, qu'on pouvait facilement identifier comme des coups de poing. De la souffrance. Des sanglots. De la pop électro. Comme si les coups se synchronisaient avec la musique, ou qu'ils pouvaient s'arrêter.

Rex Carter cala son chewing-gum au creux de sa joue.

— Tu veux essayer de frapper ?

Marnie pointa du doigt le bélier.

— Avec ce truc peut-être.

L'adrénaline faisait danser ses doigts. Sa bouche était sèche. Carter avait insisté pour qu'elle porte une veste de protection, sinon elle restait dans la fourgonnette. Elle avait opté pour la veste. Le vêtement pesait lourd sur sa poitrine. La moquette palpitait sous leurs pieds, au rythme de la musique de l'appartement de Paton. Les voisins du dessous devaient être habitués : personne ne s'était plaint du bruit. Le vacarme camouflait tout ce qui se passait à l'intérieur.

Rex Carter fit un signe de tête aux policiers qui manœuvraient le bélier.

Puis il répéta à Marnie les consignes.

— Reste en arrière tant que je ne t'ai pas donné le feu vert.

Ses hommes projetèrent la tête de bélier métallique contre la porte, qui se fractura en deux au point d'impact, permettant à l'équipe d'intervention de s'engouffrer dans l'appartement.

Quand Marnie entendit Rex jurer à l'intérieur – un cri de surprise –, elle enjamba à son tour le panneau de bois brisé et pénétra dans l'immense penthouse.

Sur le canapé rouge, elle vit un magma de chairs enchevêtrées.

Trois corps. Deux femmes. Un homme. Tous nus.

Lowell Paton ne portait que sa chaîne en or. Rien d'autre. À l'aide de la chaîne enroulée autour de son poignet droit, il flagellait les deux filles sur le canapé. Les motifs des anneaux dorés apparaissaient sur les cuisses et les seins des filles.

Ce n'était pas Simone Bissell et Hope Proctor. Marnie n'avait jamais vu ces filles avant. Toutes deux avaient la peau noire et des dreadlocks. L'une d'elles s'était fait teindre en blonde. Des talons aiguilles et des fausses fourrures étaient abandonnés sur l'autre canapé. Un grand sac de faux cuir en plastique noir craquelé béait par terre. Rempli de gadgets SM bon marché, incluant un fouet et des menottes. Lowell avait choisi la chaîne en or à la place.

Rex Carter prit la télécommande et coupa la musique.

Dans le silence qui suivit, les filles découvrirent leur public et leurs sanglots se muèrent en lamentations.

Carter et son équipe fouillèrent l'appartement par mesure de précaution, mais il n'y avait personne d'autre. Aucune trace de Noah Jake.

Marnie brandit son badge.

— Lowell Paton ? Vous êtes en état d'arrestation pour coups et blessures volontaires.

— Pas question ! cria Lowell en plaquant la main sur ses parties génitales. Puis il observa tour à tour Carter, les autres policiers, et Marnie. Ces putes ? Elles m'ont supplié de les baiser !

Les deux filles s'étaient recroquevillées sur le canapé, et essuyaient la morve et le sang de leurs visages. Elles ne paraissaient guère plus âgées que les filles de Sommerville qui avaient attaqué Stephen Keele.

— Coups et blessures volontaires, répéta Marnie à Paton. Vous risquez la perpétuité. J'espère que votre père est vraiment riche, parce que vous allez avoir besoin d'un ténor du barreau.

24.

Des yeux sur le carrelage blanc près de sa tête. Des yeux et une bouche aux coins écaillés qui ne souriait pas. Allongé sur le sol, Noah Jake observait les fragments qui dessinaient un visage sur le sol. Cela l'aidait à supporter la douleur. À respirer. Rester en vie. Même s'il ne pensait pas pouvoir tenir encore très longtemps. Sa jambe gauche tressautait involontairement. Il la suppliait d'arrêter. Si Hope pensait qu'il donnait encore des coups de pied…

Concentre-toi.

Sur le visage dessiné par terre à hauteur de sa tête. Un visage amical. Il ne souriait pas, mais ne criait pas non plus, ne murmurait ni menaces ni promesses. Juste un visage. Esquissé par une petite fissure et deux fragments jumeaux : une bouche et des yeux.

C'était ainsi que fonctionnait la vision. Les yeux fournissaient une image au cerveau, qui cherchait la concordance la plus proche. Ce n'était pas parfait, ni fiable, mais cela suffisait, la plupart du temps. Nous sommes programmés pour reconnaître un ami ou un ennemi. Le cerveau voit des visages dans les murs de brique et les nuages, dans les taches d'encre et les prises de courant, dans les ébréchures du carrelage.

Psychologie pour débutants. Les femmes du refuge avaient toutes vu un mari violent et une femme maltraitée. Noah aussi. Tout comme Marnie.

Putain, ça fait mal…

Respirer. Se concentrer. Ignorer l'écrasante agonie de ses poumons, et la peur qu'une côté cassée provoque une hémorragie interne ou, pire, une perforation des poumons…

Mort lente par suffocation.

Leo Proctor n'avait pas laissé échappé la moindre plainte. Il avait traversé l'épreuve que Noah vivait en ce moment, et même pire encore, sans rien dire. Il avait laissé Marnie l'accuser de viol et de torture, alors que c'était lui la victime, pas Hope. À la merci de sa femme.

Noah comprenait le poids du machisme. Il comprenait que Leo ait tout fait pour garder le secret de sa maltraitance, face aux amis, aux collègues. Par fierté.

Pourtant arrivait un moment où les secrets devaient cesser.

Sa poitrine s'affaissa et il paniqua quand l'air se retira de ses poumons. Il sanglota, supplia son corps de rester calme. La panique ne faisait qu'aggraver la situation.

Chaque fois qu'il avait réussi à faire tomber la masse en se tortillant, elle l'avait remise en place. Chaque fois, elle avait frappé le kettlebell avec le marteau, à tel point que Noah avait cru sa poitrine sur le point d'exploser.

Cours intensif de conditionnement.

Elle avait emporté le boulet pendant vingt minutes, peut-être plus. Pendant le dîner. Alors que Noah commençait à se sentir soulagé, elle était revenue – avec le marteau, et le kettlebell.

Il avait appris à se tenir tranquille. À supporter le poids écrasant du boulet sur sa poitrine. C'était la chose la plus difficile qu'il ait faite de toute sa vie. Il ne savait pas combien de temps il allait encore tenir.

Il pouvait faire tomber le poids. Il lui restait juste assez de forces pour cela. Mais la chute ferait du bruit, et Hope reviendrait avec le marteau. Il ne pourrait pas endurer une nouvelle fois le marteau. Mieux valait rester immobile et laisser le kettlebell écraser sa poitrine plutôt que de bouger et se faire défoncer les côtes par Hope.

Il cligna des yeux en regardant le plafond. Là aussi, des visages se dessinaient, peu amènes. Un vampire dans une auréole d'humidité au-dessus de la baignoire. Des larmes perlèrent au coin de ses yeux, coulèrent dans ses oreilles. Il ne sentait plus ses mains, ligotées au-dessus de sa tête, à la tuyauterie qui courait sous le lavabo. Plus de sensations dans les mains, ni les doigts.

Concentre-toi.

Que lui avait-on appris dans les cours de traumatologie, et à la fac ? Mécanisme de survie. Il étrangla un rire dans sa gorge, effrayé de le laisser échapper. Il aimerait bien voir l'un de ses professeurs de fac étendu à côté de lui dans la salle de bains, avec un boulet en fer sur la poitrine.

Dan, pensa-t-il. *Merde, Dan, je suis désolé.*

Ce genre de pensée ne l'aidait pas. Bien au contraire, cela aggravait la situation, comme le marteau. Il pensa à sourire, à faire fonctionner ses muscles. Il aurait besoin de ce sourire au bureau. Quand il serait sorti de là et qu'il raconterait son calvaire, entrecoupé de blagues, aux gars du poste, Ron Carling et les autres – « Des poids, sur mes côtes ! Pas besoin de me payer un abonnement au club de gym ! »

Les os de sa nuque souffraient de la dureté du carrelage. Des palpitations de chaleur suggéraient un chauffage par le sol. Quelqu'un devrait dire à sa colonne vertébrale que le sol était chaud. À l'entendre, il était étendu sur un bloc de glace.

Il aurait dû se défendre quand il en avait eu l'occasion, au moment où elle l'avait traîné jusqu'ici, mais elle obligeait Simone à le surveiller avec le marteau. Simone s'en serait servi, elle aussi. Un simple regard à son visage lui en avait donné la certitude. Dieu sait de quoi Hope l'avait menacée pour la soumettre ainsi à sa volonté.

Simone, songea-t-il, *je suis désolé.*

Il était dans une maison inconnue, à la merci d'une folle qui considérait tous les hommes comme des primates, et qui avait tenté d'en assassiner un – si seulement il avait été plus attentif –, pour lui donner la mesure de sa folie.

Dan. Dan, je t'aime.

Putain, ça fait mal.

Marnie Rome allait retrouver sa trace. Elle avait déjà des soupçons sur Hope, voilà pourquoi elle lui avait demandé de ramper sous l'escalier dans la maison des Proctor. Pour savoir si un homme pouvait tenir là-dedans. Ils étaient tout près de la vérité, à ce moment-là. Tout près de résoudre l'énigme. Si le coup de fil de Felix Gill ne les avait pas détournés de chez les Bissell…

Marnie finirait par comprendre. Elle était douée. Lisse et froide en surface, alors qu'en réalité le feu couvait. Si on écoutait attentivement, on pouvait presque l'entendre crépiter.

Marnie Rome réunirait une escouade armée et viendrait à sa rescousse. Forcément. Envisager un autre dénouement lui ferait perdre tout espoir.

25.

— Que savons-nous de cette femme, Hope Proctor ?

Toby Graves avait un nom de mauvais augure pour un négociateur de prise d'otages – *graves* signifiait « tombes » –, mais Marnie appréciait son attitude : calme, attentif aux détails qu'Ed Belloc et elle lui avaient donnés. Elle avait fait venir Ed au poste de police après avoir fait mettre Lowell Paton sous les verrous. Elle n'avait pas encore eu le temps, néanmoins, d'annoncer à Ed l'arrestation de Paton. Graves était le négociateur d'astreinte, venu d'urgence à la demande de Welland.

C'était le petit matin, mais personne n'allait dormir. Pas avant d'avoir trouvé Noah Jake.

Le poste de police était en alerte rouge. Ron Carling et Abby Pike attendaient des nouvelles du traçage GPS du portable de Noah. Toby Graves, en jean et pull noirs, buvait un café avec Marnie et Ed.

— Hope a poignardé son mari devant une poignée de femmes maltraitées soigneusement choisies, pour qu'elles témoignent qu'il s'agissait d'un cas de légitime défense. (Marnie posa le dossier médical sur la table, avec la déposition de Leo.) Voilà ce qu'elle lui a fait avant de le poignarder, et ce qu'elle l'a persuadé de lui faire.

Toby Graves parcourut les pages en silence.

— Personne ne l'a vue depuis qu'elle est sortie de la station de métro Kentish Town hier après-midi. C'est bien cela ?

— Oui. Nous avons envisagé qu'elles aient pu prendre un taxi, mais jusqu'ici nous n'avons pas retrouvé leur trace.

— Pourquoi Kentish Town ?

— Nous pensons que c'était une mise en scène pour Simone, pour lui démontrer son pouvoir.

Graves désigna la photo de Hope et Simone à Kentish Town.

— Peut-être que c'est *ça* la mise en scène. Peut-être que ce petit numéro était pour vous, pas pour Simone.

Marnie étudia l'image des deux femmes, regrettant que son cerveau soit aussi lent. Un élément lui échappait. Elle le savait, mais n'arrivait pas à mettre le doigt dessus.

— Vous pensez qu'elle voulait nous faire croire qu'elles se rendaient chez Lowell ?

— Peut-être. (Graves se tourna vers Ed.) Vous les connaissez mieux que moi, mais ces femmes savent comment se déplacer sans être vues, n'est-ce pas ? Je parle des femmes comme Simone Bissell.

Ed hocha la tête.

— Pas seulement Simone. Hope aussi.

— Vous les mettez dans la même catégorie ?

— Dans ce domaine, oui, en effet. Personne ici ne peut nier qu'elle a été victime de maltraitance pendant son enfance.

Graves en prit mentalement note et hocha la tête.

— Parlez-moi de la valise.

— D'après Leo, c'est là qu'elle gardait le kettlebell de son père, avec un marteau. Son « kit », comme l'appelle Leo.

Cette idée rendait Marnie malade d'inquiétude pour Noah.

— Donc, elle est armée. Le kettlebell est son arme de prédilection. (Graves posa de nouveau le doigt sur la photo.) Elle est en fuite. Pourquoi se ralentir avec une valise, et Simone ?

— Elle veut un témoin, suggéra Ed.

— C'était déjà le cas au refuge, dit Marnie. Un public. Des témoins. Des femmes qui approuvent ses actes. Et lui donnent raison.

— D'accord, dit Graves. Je vois pourquoi vous pensez qu'elle pouvait en avoir après Lowell Paton. Pour montrer à Simone ce que méritent les hommes violents. Supposons qu'elle soit allée à Kentish Town parce qu'elle savait que la police la recherchait. Elle se laisse prendre dans le champ des caméras de surveillance deux ou trois fois, fait semblant d'être aux ordres de Simone et non l'inverse. Ensuite quoi ? Elle disparaît. Avec sa complice. (Il marqua une pause, par respect pour la situation, puis ajouta :) Que vient faire Noah là-dedans ?

— Noah a sauvé la vie de Leo au refuge. Et Leo pense que Hope veut se venger de lui.

— Leo pense aussi que Hope l'aime, ajouta Graves en lisant la déposition. Même si elle lui brise les côtes avec des briques.

— Noah a disparu. Je ne vois pas où il pourrait être, à moins qu'il ait voulu aider Hope, la croyant en danger avec Simone.

— Comment aurait-il su où aller ?

— Hope a dû l'appeler. Peut-être a-t-elle d'abord essayé le poste de police.

— Peut-être… peut-être… (Graves n'aimait pas cela.) Que savons-nous ? Son père vit dans un logement social. Elle n'est pas allée là-bas. Chez qui d'autre pourrait-elle bien se cacher ?

— Personne. On ne voit personne.

Hope n'avait aucune famille, aucun ami. Peut-être Marnie devrait-elle avoir pitié d'elle. Ce n'était pas le cas. Elle avait pitié de Simone Bissell, et de Noah Jake. Noah avait beaucoup d'êtres chers qui souffriraient – pleureraient – si Marnie ne réussissait pas à le trouver à temps. Ses parents. Un petit frère. Daniel Noys.

Graves perçut la frustration – et la fatigue – dans sa voix. Il regarda Marnie et Ed tour à tour.

— Si elle n'en a pas après son père, s'agit-il seulement de se venger de Noah ? Pour avoir sauvé la vie de Leo ?

— C'est impossible, dit Ed. Elle avait besoin de Simone. Simone était son amie au refuge. D'après les autres femmes, elle aurait fait n'importe quoi pour Hope. Si Hope l'a entraînée dans sa fuite de l'hôpital, cela a certainement un sens.

— Peut-être que Simone a tenu les rênes au début, suggéra Graves en croisant les bras, cherchant à démêler toute l'histoire. Hope l'a laissée faire et a joué les victimes, lui laissant prendre tous les risques. Elle a fait croire à tout le monde que leur fuite était l'idée de Simone. Simone était son alibi, en cas de nécessité. Elle devait être absolument sûre de pouvoir la manipuler si les choses tournaient mal. Par exemple si la police faisait des déclarations sur Hope, qui elle est, ce qu'elle a fait.

— Elle a convaincu Leo qu'elle était une victime, dit Ed. Même après tout ce qu'elle lui a fait subir. Technique classique des auteurs de sévices, partager les torts pour s'assurer le silence de la victime. En faire son complice. C'est ainsi que le père de Hope a procédé avec elle.

— Ce sont des affaires de famille… (Marnie pensait à voix haute.) Les formes qu'elles prennent… des triangles… la famille de Hope, celle de Simone.

Ma famille, songea-t-elle.

Elle savait ce que signifiait être enfant unique. Une famille de trois formait un triangle, aux angles aigus. Parfois, elle avait regretté un frère ou une sœur, pour adoucir les angles, former un cercle. Après son départ, ses parents avaient recueilli Stephen Keele pour restaurer cette forme anguleuse familière.

Hope était l'alibi de Kenneth Reece. (Elle répétait les mots d'Ed.) Elle lui disait qu'il était un bon père, ainsi il pouvait se mentir à propos de l'homme qu'il était. Elle était le seul témoin de leur mariage. La violence de son père, les souffrances de sa mère. La guerre derrière les portes closes…

Marnie n'était pas au courant de malheurs particuliers dans sa famille, entre ses parents, mais elle avait compris très tôt qu'elle servait de régulateur. Quand elle était partie, ils avaient été obligés de la remplacer.

— Hope était fille unique.

— Nasiche Auma avait des frères et sœurs, mais Simone Bissell était enfant unique. Elle est le prix que Charles et Pauline ont rapporté d'Ouganda, le souvenir touristique ultime.

— Ce sont des affaires de famille, répéta Graves, invitant Marnie à poursuivre son raisonnement.

— Nous allions chez les Bissell… quand nous avons eu le message téléphonique de Felix Gill. C'est là que Noah est allé, pour reprendre les recherches là où nous les avons laissées.

Elle était déjà debout. Comment avait-elle pu mettre autant de temps à en arriver à cette conclusion ? Si elle ne faisait pas tant d'efforts pour éradiquer le passé, ne plus penser à sa famille…

— Noah s'est rendu chez les Bissell pour leur poser des questions sur leur fille. Leur maison est sur son parcours de jogging, il me l'a dit. Je parie que c'est là que Hope a emmené Simone. Pour lui montrer comment gérer une famille qui veut vous détruire.

— Vous parlez des parents de Simone ? demanda Graves.

— Ses parents adoptifs, précisa Ed. Charles et Pauline Bissell.

Un bruit à la porte attira leur attention.

— Patron ? (C'était Ron Carling, le regard brillant.) On a localisé son GPS.

— On a une piste pour le téléphone de Noah, dit Marnie à Ed. Tu te rappelles l'adresse des Bissell ?

— Putney Hill, hasarda Ed. SW15 je crois.

— C'est ce que tu as ? demanda Marnie à Carling.

— Non. Enfin, si, c'est bien la localisation. Mais j'ai mieux que ça. (Il leur montra l'écran d'un portable.) Il nous a envoyé un texto. Noah. Le voilà.

— Il a envoyé un texto sur le portable du poste ? demanda Marnie.

Pourquoi ne pas lui avoir écrit à elle ? Elle prit le téléphone et le leva de manière que Graves et Ed puissent lire le message en même temps qu'elle.

Noah – ou une autre personne – avait tapé *Nasicheauma.*

Graves fronça les sourcils, les yeux plissés sur le petit écran.

— Ça ne veut rien dire, si ?

— C'est le vrai nom de Simone, dit Ed en croisant le regard de Marnie. Nasiche Auma.

26.

Il faisait un noir d'encre dans la salle de bains. Hope avait éteint la lumière. Au début, Noah en fut reconnaissant. La nuit avalait une partie de la douleur, l'aidait à réfléchir. Il tandit l'oreille aux bruits de la maison, à l'affût d'un indice de ce que faisait Hope, mais n'entendit que l'écho de son propre pouls qui résonnait dans l'obscurité.

Où était-elle ? Où était Simone ?

Il savait que Simone avait peur. Il l'avait lu sur son visage quand elle l'avait frappé avec le marteau. Elle était de retour à l'endroit où Paton l'avait séquestrée, à tenter de survivre. Noah ne lui en voulait pas pour le marteau, ni pour le reste.

Peut-être ne devrait-il pas blâmer Hope non plus. Hope avait sans doute eu un Lowell Paton dans son existence. Un homme qui l'avait tellement effrayée qu'elle en était venue à vivre ainsi. À faire le mal autour d'elle, à imposer sa volonté aux autres…

Marnie Rome lui avait parlé de l'examen médical de Hope, des preuves de sévices. Hope était une victime, une femme brisée. Noah devrait en tenir compte. Cela faisait une différence.

La porte de la salle de bains s'entrebâilla.

Il retint son souffle, cligna des paupières, les yeux grands ouverts dans le noir. Aucune lumière ne filtrait de l'autre côté de la porte. La maison était plongée dans les ténèbres, enveloppée de silence. Un souffle caressa ses pieds et remonta le long de son corps jusqu'à son visage. Il serra les dents pour s'empêcher de supplier. La dernière fois, ses suppliques ne l'avaient pas aidé.

Un tic-tac, comme une horloge, mais au niveau de la tête. Des perles, qui s'entrechoquaient ?

— Simone ?

Il avait soufflé son prénom. Sa voix était craquelée au fond de sa gorge, écrasée par le poids sur ses poumons. La porte se referma dans un chuintement. Le silence. Elle était là avec lui. Il pouvait sentir la silhouette de son corps dans l'obscurité.

— Simone… (Les mots lui faisaient mal, mais c'était peut-être sa dernière chance de lui parler.) Tu vas bien ?

Un long moment, elle ne fit pas le moindre mouvement. Il commençait à se dire qu'il avait des hallucinations, qu'il rêvait sa présence.

L'air frémit au-dessus de lui. Le cliquetis des perles, le balancement des tresses. Il fouilla les ténèbres à la recherche de son visage, du blanc de ses yeux.

— Simone ?

Elle s'agenouilla à côté de lui. L'odeur de poisson frit imprégnait ses vêtements, tout comme la peur. Il la voyait maintenant. Pas avec ses yeux. Avec ses terminaisons nerveuses, comme les soldats blessés apprenaient à voir de nouveau.

Elle tendit le bras et toucha la poignée du kettlebell. Le tremblement de sa main lui fit l'effet d'une décharge électrique à travers le boulet de fer, jusque dans sa poitrine. Ses dents déchirèrent l'air qui s'exhala de ses poumons.

Où était Hope ? Avait-elle envoyé Simone ici pour le faire souffrir ? Non, Hope aurait allumé la lumière. Elle aurait voulu assister au spectacle.

— Simone…

Elle se pencha vers lui. Il sentit l'extrémité de ses tresses sur sa joue et tressaillit tant – merci mon Dieu – il ne croyait plus à l'arrivée des secours.

Les deux mains de Simone empoignèrent la boule de fer. Le choc se mua en un tintement étouffé, comme si la luette d'une cloche roulait à l'intérieur de sa cage thoracique. Elle se redressa, le bas de sa jupe frôla son flanc, et l'air afflua dans ses poumons lorsqu'elle se releva, arrachant le boulet de sa poitrine, de ses côtes brisées, de son cœur écrasé, de la douleur immense, comme jamais il n'en avait ressenti.

Il laissa échapper un sanglot déchiré, fracturé.

Simone s'agenouilla et posa la paume moite de sa main sur sa joue. Il se rendit compte qu'elle voyait parfaitement dans le noir. Il se sentait exposé, mais cela n'avait plus d'importance, maintenant que le poids – ce putain de poids – n'était plus là. Il se moquait du reste. La corde qui lui meurtrissait les poignets sous le lavabo… L'idée glaçante que Hope était quelque part dans la maison, avec un marteau, des couteaux…

— Merci… Dieu… merci.

— Elle veut que je la coupe.

Trop d'endomorphine dansait dans sa tête. Dansait et planait… Qu'avait-elle dit ?

— Elle veut… quoi ?

Simone s'allongea à côté de lui par terre. Et tendit les bras vers ses mains liées. Trouva ses doigts et en effleura les extrémités. L'os saillant de son poignet. La pulsation de son pouls. Au-delà, son avant-bras. La surface lisse des points et des circonvolutions des cicatrices, comme du braille.

Noah ne savait pas lire le braille. C'était inutile. Son histoire était là, dans les dommages profonds qu'elle avait infligés à sa peau.

— Elle veut que je la coupe, souffla Simone. Comme ça. Et… pire.

— Où… où est-elle ?

— Elle dort, murmura Simone avec incrédulité. Par terre. Elle dort par terre.

Noah se remémora la maison d'exposition, le lit des Proctor avec ses oreillers empesés et son matelas raide, jamais utilisés.

— Simone. Il faut que… tu me… détaches.

Il marquait une pause entre chaque mot, pour recouvrer son souffle.

— Il faut l'aider… Hope… elle a besoin… d'aide.

— J'ai peur.

— Moi aussi. (Il agrippa sa main.) Moi aussi. (Il attendit que le tremblement de sa poitrine s'apaise.) Où sont ton père… et ta mère ?

— Nulle part.

— Je ne comprends pas.

— Loin. Ils sont loin.

Il sentait son attention se relâcher, un effet de l'angoisse et de l'épuisement.

— Qui d'autre se trouve dans la maison ?

— Personne. Seulement elle.

Elle soupira contre sa joue, une exhalaison aigre.

— Va chercher un couteau dans la cuisine et libère-moi.

Elle ne répondit pas.

— Simone ? Un couteau. Vite. Avant qu'elle se réveille.

Toujours aucune réaction.

Il devait tenter autre chose.

— Nasiche.

Le corps de la jeune femme se raidit instinctivement.

— Nasiche. Va chercher un couteau. Maintenant.

27.

Quand Marnie quitta le poste de police avec Toby Graves et Ed Belloc, Daniel Noys l'attendait à l'accueil.

— J'ai reçu un texto de Noah. (Il était blême d'angoisse.) Que se passe-t-il ?

— Que disait le message ?

Marnie enfila sa veste et fit signe à Ed et Graves de partir devant, elle les rejoindrait dans une minute sur le parking.

— Rien, lui répondit-il en tendant le téléphone. Lisez.

Un smiley. Sans préambule ni signature.

C'était loin d'être un bon présage.

— À quelle heure a-t-il été envoyé ?

— Il y a quarante minutes. J'ai essayé de l'appeler, sans résultat. J'ai tenté de vous joindre ensuite, mais ils n'ont pas voulu me passer votre ligne, alors je suis venu.

Dan serrait le portable si fort que ses jointures craquèrent.

— J'ai besoin… de savoir ce qui se passe.

Elle hocha la tête.

— Je le sais, mais là je dois partir. Nous savons où il est.

Les yeux de Dan faillirent sortir de leurs orbites.

— Vous lui avez parlé ?

— Pas encore.

Ils essayaient d'appeler le portable de Noah depuis la réception de son message, sans succès. Graves espérait négocier avec le ravisseur, mais si personne ne répondait au téléphone, cela ne risquait pas d'arriver.

— Restez près de votre téléphone, dit-elle à Dan. J'ai votre numéro. Je vous appelle dès que j'ai des nouvelles.

Dan baissa les yeux sur le portable dans sa main.

— Ce n'est pas lui qui a envoyé ce message. (Il releva les yeux sur elle, le regard voilé de larmes.) N'est-ce pas ?

Toby Graves patientait dans le van Mercedes Sprinter, avec Ed et une équipe d'intervention de quatre policiers. Marnie leur fit un signe de tête, prit place à côté d'Ed et boucla sa ceinture.

— Quelqu'un a prévenu l'ambulance de service ?

Graves acquiesça.

— C'est fait.

— Bien.

Elle jonglait avec deux portables. L'un des deux était réservé à un éventuel message ou appel de Noah – ou de la personne en possession de son téléphone. Dan Noys avait certainement raison. Noah n'avait pas envoyé de smiley.

« Nasiche Auma » résonnait comme un avertissement.

Le smiley était un message cruel, personnel. Marnie soupçonnait Hope de l'avoir envoyé, mais pourquoi les alerter à propos de Simone ? À moins qu'elle ne veuille lui faire porter le chapeau…

Son autre téléphone vibra – celui qui n'attendait pas de message de Noah. Elle répondit pendant que le van louvoyait entre les voitures en direction de Putney Hill.

— Mademoiselle Rome ? Ici Paul Bruton, de Sommerville.

Sa bouche, déjà rêche, s'assécha complètement. C'était le milieu de la nuit. Pourquoi Bruton l'appelait-il si tard ?

— C'est une urgence ?

Elle n'avait aucune envie d'entendre ce qu'il avait à dire. Sa tête et sa poitrine ne pouvaient supporter davantage d'angoisse.

— Je suis en pleine situation de crise.

Après une courte pause, Bruton déclara :

— Dans ce cas, cela peut attendre, bien entendu.

— Est-ce qu'il va bien ?

— Oui.

Il paraissait sincère.

— Bien. Je vous rappelle dès que je peux.

Elle raccrocha et effaça les empreintes de ses doigts sur l'écran de son téléphone.

Ed lui toucha le bras.

— Ça va ?

Elle hocha la tête.

— Stephen, mais d'après Bruton il va bien. Il voulait peut-être me donner des nouvelles de l'enquête en cours.

Elle voulut fermer les yeux. Se retrancher quelques secondes de la mer de visages dans le Sprinter. Elle était heureuse de la proximité d'Ed, de son soutien tacite. Ce dernier était là sur ordre de Toby Graves, à cause de son lien avec Simone, mais Marnie lui était reconnaissante de sa présence. Elle n'était pas certaine de réussir à affronter ce qui les attendait chez les Bissell sans Ed.

Un jour, songea-t-elle, bientôt je lui rendrai la pareille.

Graves venait de parler au téléphone. Il mit fin à l'appel et se tourna vers Marnie.

— C'était Welland. Un véhicule blindé est à notre disposition, si on en a besoin.

— Je préférerais attendre de voir ce qu'on va trouver là-bas.

Elle voulait éviter les armes à feu pendant l'intervention, si possible.

Les rues étaient pratiquement désertes, pourtant ils n'allaient pas aussi vite qu'elle l'aurait voulu. Chaque seconde comptait, elle le savait. S'ils arrivaient une minute trop tard, cela pouvait coûter la vie de Noah Jake.

Ron Carling appela ensuite pour leur donner des nouvelles des Bissell.

— Ils sont à Marrakech. Ils ont pris l'avion il y a une semaine et ne rentreront pas avant jeudi prochain.

— Donc la maison est vide.

— Aucune alerte de la part des voisins. La maison est équipée d'un système d'alarme, d'après la police, mais il ne semble pas y avoir eu d'effraction.

Marnie se tourna vers Ed.

— Simone n'aurait pas gardé une clé, si ?

— J'en doute.

— Mais elle connaît la maison…, reprit Marnie au téléphone. Est-ce qu'on va avoir beaucoup de monde sur place ?

Carling comprit qu'elle parlait des voisins.

— *A priori* non. La maison est isolée. Je vous envoie des photos des rues, pour que vous ayez la configuration du quartier.

— Merci, dit-elle avant de terminer l'appel.

— Les Bissell sont à Marrakech, expliqua-t-elle à Ed. Je suppose qu'ils ont laissé tomber l'humanitaire.

— Ils ont abandonné après avoir adopté Simone. (Ed observa les lumières de la ville par la vitre.) Ils n'ont jamais imaginé qu'elle reviendrait à la maison. Maintenant elle est là, et pas eux.

Il croisa son regard et lui fit un sourire – dans une piètre tentative d'optimisme.

Aucun d'eux n'osait poser la vraie question : qu'allaient-ils trouver dans la maison de Putney en l'absence des Bissell ?

28.

Le sol de la salle de bains n'était plus chaud. Noah commençait à penser qu'il ne l'avait jamais été, qu'il avait imaginé la pulsation de la chaleur sous son corps. Si les Bissell étaient partis, ils n'auraient pas laissé le chauffage en route. Il se demandait ce qu'il avait bien pu imaginer d'autre.

Où était Simone ? Nasiche. Il ne l'avait pas vue depuis qu'il l'avait envoyée chercher un couteau dans la cuisine. Combien de temps s'était écoulé depuis ? Quelques secondes sans doute. Une minute tout au plus. Dans le noir, il était facile d'oublier l'apparence de la pièce, de se croire dans une autre salle de bains, de penser qu'il n'était lié à rien en dehors de sa curiosité et sa peur.

Rosa, sa mère, fait le ménage. Il se cache dans le placard et l'observe par une fissure. Le bras de sa mère décrit des cercles sur le sol qu'elle frotte hardiment. La poussière est partout. Les germes. Elle nettoierait la maison toute la journée si elle le pouvait. Le placard sent la lessive, les serviettes et les draps propres. Le ballon d'eau chaude gargouille quand elle ouvre les robinets pour rincer le lavabo et la baignoire. Il a peur de sortir, au cas où elle commencerait. À frotter, encore et encore. Il a six ans. Fils unique. Sol ne naîtrait pas avant un an. Noah sait qu'il devrait aider sa mère. Pas seulement avec le ménage… avec tout ce qui la terrifie. Le danger qu'elle voit partout, le regard fixe et apeuré qu'elle pose sur lui. Plus tard, elle l'emmènera à l'hôpital, parlera aux médecins de terreurs nocturnes et de pipis au lit, ou d'une éruption sur sa peau qui était là il y a un instant, vraiment. Des policiers amènent des fêtards, ivres, à l'hôpital. Il devrait leur demander de l'aide. Quelqu'un pourrait peut-être découvrir ce qui fait si peur à sa maman. Il n'ose pas lui poser la question. Il ne l'aide pas. Il se cache, lâche qu'il est, dans les serviettes propres, jusqu'à ce qu'elle ait terminé.

Les cris en provenance du salon des Bissell le ramenèrent brutalement à la réalité.

— Simone ! (Il tira sur la corde qui lui cisaillait les mains. La douleur lui vrillait la poitrine.) Simone !

Ce n'était pas Simone, du moins pas seulement.

Hope criait aussi. Les deux femmes poussaient des cris de terreur, et de rage.

La maison tremblait sous les hurlements, l'air vibrait comme s'il était en feu.

La peur. La rage.

Il ne pouvait les atteindre, ne savait pas ce qui faisait trembler la maison.

Le gémissement, qui n'avait plus rien d'humain, s'intensifia, tel le feulement d'un loup qui se battait pour dominer le clan, dans la nuit que Noah ne voyait pas.

29.

La propriété, isolée, datait des années trente. L'allée privative était éclairée sur les derniers mètres par des lampes de sécurité. Des roses, là encore. Une haie d'épineux noirs. Marnie remarqua fugitivement les buissons de roses, sans quitter des yeux les fenêtres de la maison. Aucune n'était éclairée. Un porche avec deux portes au lieu d'une.

— Il serait plus facile d'entrer par-derrière, dit Graves. Combien de pièces au rez-de-chaussée, vous vous en souvenez ?

— Quatre, répondit Marnie. Elle connaissait ce type de pavillon. Une grande cuisine au fond. Un salon, une salle à manger, et une salle de bains.

— Une salle de bains au rez-de-chaussée ?

— Oui.

Elle montra du doigt les tuyauteries qui couraient sur le côté de la maison, et le placard métallique qui renfermait le système de ventilation du rez-de-chaussée. C'était le même agencement que la maison de ses parents. Quatre pièces en haut, quatre en bas.

Les souvenirs affluaient dans son esprit malgré elle – les empreintes de mains couleur rouille sur les murs de la cuisine, la substance poisseuse qui collait à ses chaussures –, mais elle les repoussa.

Elle devait se concentrer. Là. Maintenant.

Les policiers s'approchèrent de la maison, se coulèrent en dessous du niveau des fenêtres. Graves voulait entrer par-derrière. L'aube naissante nimbait les gilets pare-balles noirs des agents d'une lueur dorée. Marnie observa les images satellite fournies par Ron Carling.

— Jardin d'hiver derrière, rapporta l'un des policiers de l'unité. RAS dans la cuisine. Rideaux tirés dans les deux autres pièces, mais du mouvement à l'intérieur.

— Qu'en pensez-vous ? interrogea Graves. On attend l'escouade armée ?

— Il n'y a pas de raison de croire à la présence d'armes à feu.

L'unité d'intervention se tourna vers Marnie pour avoir la confirmation de cette information.

Elle hocha la tête, puis haussa les épaules à l'intention de Graves.

— À vous de décider.

— On pourrait essayer de rappeler Hope, dit Graves. Sur le portable de Noah.

— On n'arrête pas depuis une demi-heure. Elle ne répond pas.

Marnie croisa les bras sur sa veste de protection, la deuxième qu'elle portait aujourd'hui.

Ed Belloc était équipé lui aussi, mais Graves lui avait interdit de quitter le Sprinter. Il était prêt à intervenir en cas de besoin, pour Simone. Sinon, pas question qu'il s'approche de la maison.

Marnie ne voulait pas parler à Hope Proctor. Elle voulait entrer dans la maison, pour Simone et Noah.

— Allons-y, dit-elle à Graves. On a déjà trop attendu.

30.

Elle connaissait cette maison. La forme des fenêtres, l'agencement des pièces. Seule l'extension à l'arrière était différente. Les Bissell avaient rempli le jardin d'hiver de guides de voyage, de photographies et de souvenirs. Un tapis aztèque, des pots moulés à la main, ce qui ressemblait à un berceau en roseaux tressés. Marnie avait tous ses sens en alerte, attentive aux moindres détails éclairés par les faisceaux des lampes torches. L'extrémité brûlée des roseaux, les grains de sable et de terre sur le sol pierreux, les pliures sur le dos des livres. Les grains de poivre sous l'oreille gauche de Toby Graves, où il ne s'était pas bien rasé.

Les hommes de l'unité se faufilèrent à travers le fatras du jardin d'hiver pour gagner la cuisine. Les fantômes de l'autre maison se pressaient autour d'elle. La maison que Stephen Keele avait détruite, aussi sûrement que s'il l'avait incendiée ou fait exploser d'une bombe.

Dans la cuisine des Bissell, les lampes halogènes incrustées au plafond étaient telle une constellation d'étoiles blanches. Les faisceaux des torches les balayèrent une à une. Une pièce aux dimensions normales, en dépit de l'immense îlot central et d'une impressionnante batterie d'ustensiles aux murs. L'air empestait la chapelure et le poisson frits. Les faisceaux parcoururent l'espace sans trouver le moindre signe de vie.

Marnie resta derrière les agents, derrière Toby Graves. Occultant la pièce familière où elle se trouvait, elle se concentra sur la porte qui menait au salon. Terrorisée par ses fantômes, les ombres rétiniennes de ses parents. Les plaies défensives sur les paumes de sa mère. Les flaques du sang de son père sur le parquet de bois blond. Impossible de repousser ces images, aussi les laissa-t-elle envahir son esprit : l'impression brutale de luminosité le soir des funérailles, pendant qu'elle attendait le départ des derniers proches. Le lendemain matin, elle avait été la première au commissariat, encore étourdie, confuse, suppliant Welland de la renvoyer sur le terrain, pour l'obliger à avancer plutôt que d'avoir à affronter son chagrin. Ne pas se laisser la moindre chance de s'arrêter et d'avoir à réfléchir au vide que leurs morts avaient créé dans son existence.

Dans le bloc des Bissell manquait un couteau. Encore un. La veste de protection pesait lourd sur ses épaules, tel un enfant pendu à son cou. Ce n'était pas comme la dernière fois, à Kentish Town. Cette fois, pas de porte enfoncée, pas d'avertissements criés par-dessus la musique. Dans cette maison, seul régnait le silence, tendu comme une corde.

Tu arrives trop tard.

La pensée fut trop vive, trop pernicieuse pour être étouffée. Trop tard. Encore une fois.

La chair de poule sur sa nuque. Elle chercha vaillamment dans ses souvenirs de quoi pouvoir endurer les prochaines minutes. Trouva sa mère en train de plier les draps. Marnie pourrait se glisser sous les draps de coton propres et voler une étreinte à sa mère. Elle pourrait, mais ne le fait pas.

Pendant tout ce temps, elle priait.

Une prière agnostique, pour Noah Jake.

Pour ne pas vivre le même dénouement.

Devant elle, les lumières fusèrent, faisant fuir les ombres sur les murs.

Ils avaient trouvé les deux femmes. Toby Graves leur parlait dans le salon. Un discours à voix basse, professionnel.

Marnie les observa depuis le seuil.

Hope Proctor et Simone Bissell étaient entrelacées par terre, leurs corps si intimement mêlés qu'il était difficile de les distinguer l'une de l'autre. Du sang aussi, mais pas autant qu'elle le craignait. Elle resta suffisamment longtemps pour s'assurer que toutes deux étaient en vie, puis suivit l'unité pour fouiller le reste de la maison.

— Simone…

L'écho d'un cri, brisé, émergea de la salle de bains du rez-de-chaussée. Marnie passa devant les policiers, tapa du poing sur l'interrupteur extérieur, se rua dans la petite pièce, trébucha sur la valise près de la baignoire et atterrit à genoux près de Noah.

— Noah…

Elle ne savait pas quoi faire.

Les mains de son coéquipier étaient ligotées au-dessus de sa tête à un tuyau sous le lavabo. Il s'était arraché la peau des poignets à force de tirer dessus. Ses chevilles étaient nouées avec la même corde bleue. Ses pieds nus. La transpiration faisait luire son visage. L'air sortait péniblement de ses poumons. Elle tourna la tête et cria en direction du couloir :

— J'ai besoin d'aide ici !

Noah frissonna, cligna des yeux pour chasser les perles de sueur, et se concentra sur le visage de Marnie. Elle était si près qu'elle sentit la vague de soulagement qui le traversa.

— Où as-tu mal ? C'est grave ?

— Simone… (Il hoquetait.) Où est… Simone ?

— Saine et sauve. (Son pouls était filant, faible sous ses doigts. Sa peau était moite, froide.) Dis-moi si c'est grave !

— Côtes… cassées.

Elle regarda autour d'elle et tomba sur le reflet morne du kettlebell sur le carrelage, à un mètre de Noah. Elle ôta sa veste, l'étendit sur sa poitrine, puis prit plusieurs serviettes sur une étagère pour le recouvrir entièrement, avant de poser la main sur sa joue.

— Ça va aller. L'ambulance est là. Tu es sauf maintenant.

— Hope…

Elle attendit la suite, mais il ne put en dire davantage.

— Noah, j'ai besoin que tu restes avec moi. Noah !

— Oui…

Il rouvrit docilement les yeux, cligna des paupières.

Elle entendit un remue-ménage dans l'entrée, et se recula pour laisser la place à une ambulancière.

— Côtes cassées et déshydratation, dit-elle.

La femme hocha la tête, s'agenouilla près de Noah et vérifia ses constantes.

Marnie s'assit sur le rebord de la baignoire avec un sentiment d'impuissance. Que se passait-il dans la pièce adjacente, avec Hope et Simone ? Elle ne bougea pas de la baignoire. Elle voulait pouvoir dire à Dan Noys qu'elle n'avait pas quitté Noah une seconde.

— Comment ses côtes ont-elles été brisées ? demanda le médecin.

— Avec un kettlebell…

Noah se contracta comme sous la morsure du mot.

— Désolée, dit la secouriste en faisant courir doucement ses mains sur la poitrine du blessé.

Noah lui fit un vague signe de tête, ses paupières papillonnèrent et ses yeux se fermèrent. Il se rappela enfin de les ouvrir et parcourut le plafond d'un regard fiévreux.

Un second ambulancier apparut sur le seuil. Il n'y avait pas assez de place dans la salle de bains pour trois personnes. Marnie se leva, un moment étourdie, et sortit de la pièce pour laisser les médecins s'occuper de Noah. Debout dans le couloir, d'où elle suivait les opérations, elle entendit de nouveau des voix dans le salon. Toby Graves posait des questions.

Les secouristes avaient séparé Simone et Hope. Leurs voix se superposaient pendant qu'ils soignaient les plaies des deux jeunes femmes. Même à distance, le silence d'Ed était un réconfort. Marnie s'en enveloppa immédiatement, se demandant si les femmes de l'autre pièce faisaient de même.

À l'extérieur, sur l'allée gravillonneuse de la maison, elle composa le numéro de Westbourne Grove.

— C'est Marnie Rome. Il est là. Je crois que ça va aller. On l'emmène à l'hôpital St George, à Tooting.

— J'y serai. (Le soulagement de Dan Noys était perceptible dans sa voix tremblante.) Merci.

L'ambulance emmena Noah Jake à l'hôpital St George. Les secouristes les suivaient avec Hope et Simone, chacune dans des voitures séparées. Ed accompagna Simone. Marnie et Toby Graves montèrent avec Hope.

Un ambulancier suréleva le bras gauche de Hope, entaillé dans un mouvement défensif. Son bras droit présentait une blessure similaire, mais sans gravité. Elle avait besoin de points de suture, peut-être d'une transfusion sanguine.

Les Bissell devraient changer la moquette de leur salon.

Les secouristes nettoyaient encore le sang de Simone, mais jusque-là ils n'avaient repéré aucune plaie sur elle. L'un des hommes de l'unité d'intervention avait trouvé un couteau de cuisine sur la scène du crime, à présent sous scellés. Dans la main de Simone.

Hope sanglotait et répétait comme un mantra :

— Ce n'était pas sa faute. Ce n'était pas sa faute.

Simone ne disait rien, ne versait pas une larme, le regard perdu au loin, bien loin de Hope. Loin de tous. Ce dont elle avait été témoin, ce qui s'était passé ici, elle était incapable de le dire.

Trop tard, songea de nouveau Marnie.

Devant Graves et les autres, Marnie prononça les mots qu'elle aurait dû dire plusieurs jours plus tôt, au refuge de Finchley.

— Hope Proctor, je vous arrête pour l'agression et la tentative de meurtre de Leo Proctor. (Elle se tut et regarda droit dans les yeux bleus de son interlocutrice.) Et pour violences volontaires aggravées sur Noah Jake.

Hope était secouée de sanglots. Marnie dit doucement à Simone :

— Je dois vous lire vos droits, en attendant de savoir ce qui s'est passé.

Les policiers la surveillaient. Elle pouvait entendre la voix de Welland à son oreille lui rappeler ses erreurs passées.

— Vous comprenez ? demanda-t-elle à Simone.

Le regard de Simone la traversa.

Marnie lui lut ses droits, puis se tourna vers Ed.

— Reste avec elle, d'accord ?

Il hocha la tête.

— D'accord.

L'agent Abby Pike les rejoignit à l'hôpital St George. Marnie lui rapporta les charges qui pesaient à présent sur Hope.

— Reste bien avec elle. Et menotte-la dès que les médecins t'en donneront l'autorisation.

Abby hocha la tête.

— Comment va Noah ?

— Ils l'ont emmené au bloc opératoire. S'il n'a pas d'hémorragie interne, il a de bonnes chances de s'en sortir. Excellentes même.

Marnie laissa Abby avec Hope et gagna l'entrée principale pour attendre Daniel Noys.

Le soleil se levait timidement, éclairant peu à peu les toits et les vitres des voitures. Il avait plu dans la nuit. Quelques flaques clairsemaient la route. L'astre était trop ténu pour offrir la moindre chaleur, pourtant Marnie tourna son visage vers l'orbe orangé.

Elle noua ses cheveux en se demandant si l'agitation de la nuit se lisait sur son visage, comme sa veste de protection avait laissé des marques sur sa chemise. Elle prêta l'oreille aux bruits de l'hôpital dans son dos, aux déplacements des corps, aux bruissements des portes battantes.

Au bout d'une minute, elle prit son portable et appela Paul Bruton à Sommerville pour savoir ce qu'il avait à lui dire, décidée à ne pas le laisser saper sa joie retrouvée.

31.

Une lueur pâle flottait au-dessus de Noah Jake. Il sentait un faisceau de chaleur sur son visage, mais ne pouvait ouvrir les yeux pour en identifier la source. Il avait aussi conscience d'une pression sur ses paupières, comme un bandeau. L'anesthésique ? Oui, les médicaments.

La moindre parcelle de sa poitrine le faisait souffrir. Les points de suture, chacun une douleur aiguë et distincte, tiraillaient sa peau sur ses côtes. Le sang palpitait à ses tempes. Il demeurait immobile et respirait par le nez – de lentes et profondes inspirations, sachant ses côtes brisées. Il avait intérêt à rester éveillé, pour l'inspecteur Rome. Elle avait besoin de sa déposition.

— Hé !

Dan ? Dan.

Noah espérait dessiner un sourire sur ses lèvres malgré l'anesthésique.

— Hé…

Dan posa son front sur celui de Noah, et resta ainsi jusqu'à ce que Noah sente les battements de son cœur contre son épaule. Il manqua les derniers mots. Il les sentit effleurer l'arête de son nez, caresser ses lèvres.

— Quoi ? Dan. Je ne…

Le baiser de Dan avait l'amertume du café, un goût de nuits sans sommeil et d'angoisse.

— Désolé… ruiné… tes plans… Pour vendredi soir.

— Pour un paquet de vendredis, corrigea Dan. À moins que le médecin ne recommande une bonne position avec les côtes cassées.

— Peut… toujours rêver.

Dan posa son pouce sur l'arcade sourcilière de Noah.

— Bon sang… tu sais que tu as failli me tuer.

— Vraiment… désolé.

Il aurait voulu lever le bras et passer ses doigts dans la frange de Dan, le rapprocher de lui. Mais ne put que tourner la tête et lui embrasser le poignet. Ils restèrent ainsi un long moment.

— C'est l'heure, finit par dire Dan.

— Quoi ?

— Ils ne m'ont donné que cinq minutes. Le temps est écoulé. Tu as besoin de beaucoup de repos.

— Plutôt que… des body-tequila frappées.

— Je retiens l'idée.

— Moi aussi.

Noah voulut prendre la main de Dan, mais s'aperçut qu'il la tenait déjà, légère, de la même tiédeur que son corps.

32.

Hope Proctor s'assit derrière le miroir sans tain, les lèvres scellées. L'alibi de son corps couvert d'hématomes, et maintenant d'entailles, profondes, sur ses bras.

Victime était écrit partout sur sa peau.

Elle avait menti à Toby Graves, comme à Ed Belloc. Dans une minute, elle mentirait à Marnie Rome. Elle mentait facilement, de tout son être. Son visage en forme de cœur, ses yeux bleus mentaient. Ses bras ensanglantés et bandés, la ligne frêle de ses épaules mentaient. Les larmes qu'elle faisait couler à son gré, comme si le chagrin était un robinet.

Ed attendait Marnie. Il portait encore sa chemise tachée du sang des mains de Simone. Marnie se demanda si elle avait l'air aussi lessivée que lui. Ils s'installèrent dans le désordre chaleureux du salon, avec son fatras de livres et de CD, une pièce qu'elle avait toujours trouvée apaisante.

— Café ? proposa Ed. Ou Peroni.

— Une Peroni ça me va.

Ed apporta deux bouteilles et un décapsuleur, fit sauter les capsules et tendit une bière à Marnie. Elle choqua le goulot de sa bouteille contre celle de son compagnon.

— Chin chin.

Ed se percha sur le bras du canapé, à un mètre d'elle.

— Tu plaisantes ? dit-elle en lui faisant signe de s'approcher. J'aurais bien besoin d'une épaule. Pas pour pleurer, juste… me reposer.

Ed s'installa à côté d'elle.

— Beaucoup mieux, dit-elle en se nichant contre lui, reconnaissante.

Ils burent en silence. Puis elle déclara :

— Tu sais, la fille qui a violé Stephen ? Elle s'est tailladé les poignets. Elle va bien, ils l'ont trouvée à temps, mais ils ne la laissent plus sans surveillance. Bruton dit que Stephen ne s'est pas approché d'elle depuis l'agression. (Elle but une nouvelle gorgée de bière blonde et fraîche.) Bruton n'avait pas l'air convaincu.

— Et toi ?

— Si je suis convaincue ? Je n'ai pas assez d'éléments pour me faire une idée claire. (Elle fit tinter sa bouteille contre la sienne.) Je parle comme un bon flic, tu vois ? Je sais encore le faire quand c'est nécessaire.

— Tu vas aller le voir ?

— Dans quelques jours peut-être. (Elle avait perdu son sentiment d'urgence à propos de Stephen.) Rien ne presse. Il n'ira nulle part, et moi non plus.

Ed posa son menton dans sa main.

— Je peux te demander ce qui va arriver à Simone ?

— Je ne sais pas, pas encore. Elle ne parle pas, pas plus que Hope. (Marnie boucha le goulot de la bouteille de son pouce.) Nous sommes arrivés trop tard, Ed. *Je* suis arrivée trop tard. Une nouvelle fois.

— Pas trop tard pour Noah.

— Trop tard pour savoir ce qui s'est passé là-bas. Entre Hope et Simone.

— Simone va s'en sortir. Cela prendra sûrement un bout de temps, mais elle va guérir. Elle te dira ce qui s'est passé. Tu n'es pas arrivée trop tard. Noah est vivant, Simone aussi.

Marnie posa la tête sur l'épaule de son compagnon. Peut-être n'était-il pas trop tard, pour Stephen. Ses parents avaient voulu le sauver. Voilà ce qu'elle devrait tenter de faire : honorer leur mémoire en nourrissant cet espoir. Continuer à y croire.

— Rome…

— Mmm ?

— Tu peux rester, tu sais. J'ai un lit.

— Je croyais qu'on était sur le lit.

— Un autre. Plus confortable. Et plus grand.

— Dans ce cas, d'accord, merci.

Dans la semi-pénombre de la chambre, elle se déshabilla et se tint debout, nue dans la lumière pâle.

Le regard d'Ed parcourut son corps de haut en bas.

— Waouh ! Rome…

— Tu peux toucher, dit-elle sans bouger.

Il prit son visage entre ses mains, tendrement, et lui embrassa les paupières, puis les coins de la bouche et enfin, avec chaleur, les lèvres.

33.

— C'est ma faute, dit Noah. J'ai dit à Simone d'aller chercher un couteau. Je l'ai appelée Nasiche.

Marnie s'assit sur le lit d'hôpital et noua ses cheveux.

— Je voulais te parler de la culpabilité, mais j'ai eu une très bonne nuit de sommeil, donc je garde la leçon de morale pour une prochaine fois.

Pas seulement de sommeil, devina Noah. Elle rayonnait littéralement de l'intérieur.

— Simone a pris le couteau pour me libérer. Je ne sais pas ce que Hope a fait pour que ça se termine comme ça. Simone a dit qu'elle voulait qu'elle la coupe.

— Hope voulait que Simone la coupe ? demanda Marnie en fronçant les sourcils. Tu en es sûr ?

— C'est ce qu'elle a dit. Je lui ai dit que Hope avait besoin d'aide. Je lui ai demandé d'aller chercher le couteau, de revenir trancher mes liens. Je ne sais pas ce que Hope a fait… Je n'ai rien pu voir.

— Tu n'as rien entendu ?

— J'ai entendu… des cris…

Marnie observa son visage.

— Quel genre de cris ? Peur ou angoisse ?

— Les deux. Elles étaient… elles criaient toutes les deux. Terrorisées et enragées à la fois. (Noah se redressa sur ses oreillers avec une grimace.) Je n'ai rien pu voir.

La douleur était pire ce matin. Il savait que cela signifiait qu'il était en train de cicatriser, mais cela l'empêchait de se concentrer sur les propos de Marnie. Elle lui avait parlé de Leo, des roses jaunes apportées au refuge pour servir de déclencheur. Des dégâts causés par Kenneth Reece à la psychologie de sa fille, l'abus d'alcool, son mépris…

Dans la pièce adjacente, le bourdonnement de la radio de l'hôpital perturbait la concentration de Noah. Il s'efforça de le garder à distance, de se focaliser sur l'essentiel.

— Simone a attaqué Hope. C'est bien ce qui s'est passé ?

— On dirait bien. Simone ne veut parler à personne, pas même à Ed. Je ne crois pas un mot qui sort de la bouche de Hope. On n'a pas d'autre témoin, et Hope est la seule à avoir des blessures défensives. Simone n'est pas blessée.

— Elle a dit… que Hope voulait être coupée, qu'elle voulait que Simone la scarifie. (Noah pointa les bandages de ses poignets.) As-tu vu ses cicatrices ?

— Celles de Simone ou Hope ?

— Celles de Simone. Je ne les ai pas vues, mais je les ai senties. Elle… était pétrifiée.

— Hope la terrorisait.

Un bref sanglot s'échappa de la pièce voisine. Il ne dura pas, se muant presque aussitôt en un rire gêné.

— Elle est là ? interrogea Noah. Dans cet hôpital ? Simone. Elle est ici ?

— Oui, mais pas à cet étage. Le chirurgien dit que tu as eu de la chance. Pas d'hémorragie interne.

— Et Hope ? Elle est ici ?

— Non. Tu penses qu'elle voulait te tuer ?

Noah n'avait pas besoin de réfléchir à la réponse.

— Oui.

— Tu sais comment ça marche, dit-elle avec un sourire d'excuse. T'a-t-elle dit qu'elle voulait te tuer ?

— Non, mais elle a fait preuve d'une totale absence d'intérêt pour mon bien-être. (Trop de mots. Il dut faire une pause pour recouvrer son souffle.) Kettlebell. Marteau.

Marnie jeta un coup d'œil à la jambe contusionnée de Noah.

— Comment as-tu été blessé à la cheville ? Avec le marteau ?

Noah cligna des yeux vers le plafond, puis regarda Marnie.

— La cheville, c'était Simone. Hope aurait… elle m'aurait brisé la jambe.

Marnie se tut. Puis elle finit par dire :

— Simone t'a frappé avec le marteau.

— Elle était… terrorisée. Elle faisait tout ce que Hope lui demandait.

Un nouveau silence.

— Hope lui a demandé de te frapper avec un marteau, reprit Marnie. Tu l'as entendue le dire.

Noah se mordilla l'intérieur de la joue.

— Non, mais c'était… évident… à les observer.

— Hope le nie.

— Nie quoi ? Qu'elle a forcé Simone à lui obéir ?

— Tout. Elle nie tout.

L'esprit de Noah tournait comme une dynamo cassée, sans rien trouver.

— Elle…

— … nie tout. Simone est responsable de tout. Simone l'a obligée à quitter l'hôpital. L'a forcée à retourner chez elle pour prendre le kettlebell. Puis à s'introduire dans la maison des Bissell. Quand tu es arrivé, Simone t'a agressé. Elle t'a ligoté et torturé.

Noah ravala sa nausée.

— Le kettlebell. Elle dit que c'était Simone ?

— Oui.

La voix de Marnie était ferme, sans concession. Elle s'était déjà brûlé les ailes avec les erreurs qu'elle avait commises au refuge.

— Je vais avoir besoin d'une liste précise de tout ce que Hope a dit et fait.

— Elle… a pointé un couteau sur mon torse. M'a frappé avec le manche. Dans la gorge. A posé le kettlebell sur ma poitrine et… l'a enfoncé… avec le marteau.

À la fin de sa phrase, il peinait à respirer.

Marnie lui recouvrit la main de sa paume.

— Plus tard. Quand tu auras récupéré…

Il secoua la tête.

— Je veux… le faire maintenant. Cette fille doit être enfermée.

— Elle est enfermée, le rassura Marnie en gardant sa main sur la sienne. Quand tu iras mieux, on prendra le temps de discuter.

— Ayana…, bredouilla-t-il.

— Rien de neuf, mais on continue à chercher.

— Les parents de Simone…

— À Marrakech. On les a contactés.

Ils ne le sauraient jamais. Charles et Pauline Bissell. Ils ne sauraient jamais ce qui s'était passé dans leur maison en leur absence. Personne ne saurait rien si Simone ne trouvait pas un moyen de dire la vérité. Elle était en état de choc, sinon pourquoi ne racontait-elle pas à la police ce qui s'était passé dans la maison ?

Marnie se leva.

— Dan attend. Je vais retourner au poste.

Noah ne voulait pas qu'elle parte, pas tout de suite. Il avait tant de questions.

— Hope a dit que… je faisais semblant. Que je n'étais pas… un vrai flic.

Elle s'arrêta sur le seuil pour lui répondre.

— Elle a menti. À propos de Leo. De Simone. De toi. Elle ne sait rien faire d'autre.

— J'ai demandé à Simone d'aller chercher un couteau, répéta Noah, au désespoir, je l'ai appelée Nasiche. Je voulais qu'elle soit… Nasiche.

Elle hocha la tête, prit mentalement note de cette information, sans surprise ni censure.

— C'est ce qu'on voulait tous. Ed, Toby Graves, moi. Nasiche savait comment rester en vie.

Noah n'avait pas la force de mettre des mots sur ses sentiments. Il était l'un de ceux – un de plus – qui avaient manipulé Simone Bissell. Pas étonnant qu'elle se soit refermée sur elle-même. Il avait essayé d'imaginer la scène. Le couteau dans les mains de Simone. Hope s'était réveillée et avait levé les bras pour se défendre…

Était-ce aussi simple ? Hope s'était défendue contre l'agression de Simone ? Parce que Noah avait fait remonter à la surface une autre série de souvenirs que ceux liés aux roses jaunes ? Cela lui avait sauvé la vie, cela avait peut-être même épargné Simone, mais à quel prix, si Hope le niait à présent et jouait les victimes ?

— Une dernière chose, dit Marnie sur le pas de la porte. On a arrêté Lowell Paton. Le SPJ veut l'inculper de coups et blessures volontaires.

— Simone… ?

— Pas Simone, pas encore. Deux autres filles. Pris la main dans le sac, comme dans un rêve.

Comme Simone. Prise la main dans le sac. Les mains ensanglantées, avec un couteau, dans une flaque du sang de Hope Proctor.

— Henry Stuke, se rappela Noah en s'efforçant de se redresser. Il avait une main cassée. Il a dit que cela s'était passé à son travail, mais il surveillait le refuge – et l'hôpital. On n'a pas pu le relier aux autres femmes, Simone ou Ayana. Ron a pensé que c'était une perte de temps, mais il avait une main brisée. Comme Leo.

Marnie referma la porte et revint près du lit.

— Dis-moi tout.

Noah secoua la tête, avec l'impression atroce d'avoir le torse enroulé de barbelés.

— Il ne le reconnaîtra jamais. Si Hope lui a fait subir ça… Il est pire que Leo, bien pire. Un vrai mec, bien viril. Il n'admettra jamais qu'une femme lui a mis une dérouillée.

— Peut-être, dit Marnie en s'asseyant à côté de lui. Raconte-moi quand même toute l'histoire.

34.

Deux étages plus haut, le soleil qui filtrait à travers les vitres renforcées faisait jouer des reflets dorés dans les cheveux d'Ed.

— Rome…

Il lui sourit sous sa frange. Elle résista à l'envie de recoiffer ses cheveux ébouriffés, dont elle était responsable.

— Comment va Simone ? dit-elle en faisant un signe de tête en direction de la chambre privative.

La vitre de la porte close leur permettait d'entrevoir la jeune femme alitée, dont le profil de bois sombre se découpait sur les oreillers blancs.

— Endormie, dit Ed.

— Anesthésique ?

— Non, simplement endormie.

— Je voulais te dire… on a arrêté Lowell Paton hier soir.

— Ed lui jeta un bref regard.

— Où ?

— Dans son penthouse. Il frappait deux filles. Le SPJ hésite entre préjudice corporel et coups et blessures volontaires. L'avocat de Lowell essaie de le faire passer pour simples voies de fait avec consentement, mais, avec cinq témoins, il n'a aucune chance. Le consentement ne tient pas debout. (Elle sourit à Ed, heureuse de pouvoir lui donner de bonnes nouvelles.) Il va aller en prison.

— Pour combien de temps ?

— Au moins cinq ans, plus si on a de la chance.

Ed regarda la jeune femme endormie dans la chambre d'hôpital.

— De la chance, répéta-t-il.

— On ne devrait pas s'en remettre à la chance, je sais. Et il mérite bien pire, pour ce qu'il a fait à Simone.

Ses yeux lui brûlaient. Elle les ferma un bref instant, revoyant la scène de l'arrestation dans l'appartement de Paton. Le sac rempli de gadgets SM bon marché, les pleurs des filles. Celles-ci ne savaient pas dans quoi elles mettaient les pieds. Elles avaient pensé qu'à deux elles n'avaient rien à craindre, que ce n'était qu'un jeu. Un jeu de gosse de riche blanc. Elles ne savaient quel genre d'animal était Paton, ce qui l'amusait dans l'existence.

— Elles étaient gravement blessées ? Tu as parlé de coups et blessures…

— Il les a frappées, mais on est arrivés avant que la fête ne commence vraiment. Enfin, l'idée que Lowell se fait de la fête…(Marnie jeta un coup d'œil à sa montre.) Il est convoqué au tribunal à 13 heures. Je dois aller à Talgarth Road, en tant que responsable de l'arrestation.

Il hocha la tête.

— As-tu le temps de prendre un petit déjeuner d'abord ?

Elle lui sourit.

— C'est moi qui invite.

Son café favori, pour le pain perdu et l'arôme du café. Trop tôt pour la foule du déjeuner, trop tard pour le petit déjeuner. Le propriétaire les conduisit à une table du fond, leur apporta un pot de café, un autre de lait chaud, et les installa avec soin avant de se retirer dans la cuisine.

Marnie observa Ed prendre sa tasse dans ses mains, une lente volute de fumée arrondir l'angle de sa joue. Ses yeux suivirent la courbe de ses doigts jusqu'à son poignet piqueté de taches de rousseur.

— J'ai des ennuis, dit-elle. Au boulot.

Ed posa sa tasse.

— Dis-moi.

— Hope… (Elle dessina sur la serviette de tissu un motif du bout du pouce.) Elle met tout sur le dos de Simone. La fuite de l'hôpital, les sévices infligés à Noah, tout. Elle a un avocat. Je ne l'ai pas encore rencontré. Il nous menace de négligence policière. J'ai échoué à lui fournir la protection appropriée contre Simone.

— Elle… tu plaisantes.

— Pas du tout. C'est plutôt malin de sa part, je dois le reconnaître. Elle n'aurait jamais dû rester seule à l'hôpital après ce qui est arrivé à Leo. Son avocat veut savoir pourquoi elle n'a pas été arrêtée, ou au moins placée sous surveillance policière. Il n'a pas tort.

Le commandant Welland avait décrit l'avocat de Hope comme une « insupportable tique envoyée sur terre pour lui taper sur les nerfs », ce qui ne rassura guère Marnie, cible de la tique en question.

— Et les preuves apportées par Noah ?

— Son avocat prétend que son témoignage est biaisé. Un truc racial. Noah Jake ne veut pas admettre que son agresseur était la femme noire.

Ed avait l'air si sérieux qu'elle fut obligée de sourire, et leva la main pour caresser le pli de son front.

— Allez ! Je n'ai pas dit mon dernier mot !

Il lui prit la main et la garda dans la sienne.

— Si elle passe devant un jury…

— Je sais. Que verra-t-il ? On est revenus à la case départ, avec un nouveau public pour la voir jouer son rôle de victime. De nouvelles attentes à combler.

Ed secoua la tête.

— Si seulement nous avions quelqu'un au refuge pour nous dire la vérité sur ce qui s'est passé avec Leo… Ayana était la mieux placée.

— Mais on ne sait toujours pas où elle est, dit Marnie, les doigts sur le pouls de son compagnon. Au moins, nous savons qu'elle n'a pas quitté le pays, pas encore. Je suppose que tu n'as pas de nouvelles d'Hatim.

— Désolé. Un détail, quand même. Kenneth Reece. J'ai passé quelques coups de fil, à propos de son logement d'Excalibur House. Il a une cirrhose à un stade avancé. Le foie est trop endommagé pour une transplantation et il est traité pour une hépatite C infectée. Autrement dit… il est mourant.

— Justice naturelle. Crois-tu que Hope l'a deviné, la dernière fois qu'elle l'a vu ?

— Possible. Elle est suffisamment clairvoyante. Et elle savait qu'il n'allait pas bien.

Le pain perdu arriva, sentant si bon que Marnie saliva. Les couverts enveloppés dans une serviette de lin étaient tièdes. Des grains de sucre brun décoraient le bord de l'assiette et se dissolvaient dans le cœur chaud du pain. Le propriétaire apporta du lait mousseux et leur resservit du café.

— Merci, dit Marnie avec un sourire.

Cet endroit était son petit secret, jalousement gardé. Ed se rendait-il compte de ce que l'emmener ici signifiait ?

— As-tu le temps de passer là-bas après ?

— À Finchley ? Bien sûr. (Ed mangea un morceau de pain perdu.) Oh ! Waouh ! Rome ? C'est le meilleur petit déjeuner que j'aie mangé depuis…

— Attention…

Il lui fit un large sourire et en reprit une généreuse bouchée.

— D'accord, je vais être obligé de venir ici tous les jours.

— Tant que tu n'oublies pas de passer me prendre.

Le sucre au coin de sa bouche faisait briller son sourire.

— Toutes les routes mènent à toi, Rome.

Le portable d'Ed glapit. Il s'essuya les mains et consulta l'écran, sourcils froncés.

— C'est un texto de Tessa. Elle dit qu'elle a quelque chose à nous montrer.

Il lui tendit le téléphone. Le message de Tessa était plutôt énigmatique, ni urgent ni angoissé, demandant simplement qu'Ed vienne au refuge dès que possible. *Viens avec IR.*

— C'est toi, précisa Ed.

À Finchley, l'échafaudage était désert, la bâche de plastique du toit claquait au vent. La porte était dûment verrouillée. Britt les fit entrer, puis retourna dans la salle commune. Elle s'assit à côté de Mab et posa sur ses genoux l'écharpe pourpre qu'elle tricotait. Mab l'aidait, une pelote de laine entre ses mains gantées. Elle adressa un grand sourire à Marnie et Ed, l'air alerte et joyeuse.

— Bonjour ! Regardez qui est là.

— Comment allez-vous tous les deux ? demanda Britt. Vous avez des nouvelles pour nous ?

— Oui, répondit Marnie, nous avons trouvé Simone et Hope.

— Ah, c'est formidable ! N'est-ce pas, Mab ?

Mab hocha la tête, toujours rayonnante. L'arrivée de Britt avait transformé le refuge et ses résidentes. Tout semblait propre et confortable. Des fleurs fraîches sur la table, une nouvelle bibliothèque remplie de livres, des coussins pour égayer les canapés, et un tapis du meilleur effet sur le sol.

Tessa était assise près de Shelley. La télévision était allumée, mais Tessa ne la regardait pas. Elle remplissait une grille de mots croisés avec un stylo. Quand elle vit Marnie et Ed, elle donna un coup de coude à Shelley.

— Ils sont là.

— Je le vois bien, hein, je suis pas bigleuse.

Shelley tourna la boucle dorée de son oreille gauche, les yeux rivés sur la télévision, les poings fourrés dans les poches lâches de son survêtement. Quelques brillants étaient tombés du velours noir, laissant derrière eux des petits points de colle bleue.

Tessa leva les yeux au ciel.

— On a parlé à Mab après votre départ. On a pensé que vous deviez entendre ce qu'elle a à dire.

— Très bien, dit Marnie en s'installant à côté de Mab, attendant qu'Ed s'asseye à son tour. Qu'est-ce que vous voulez nous dire ?

Mab fit un sourire radieux à Ed.

— Teddy, tu es un gentil garçon.

— Merci, ma belle. Tu voulais nous dire quelque chose ?

— On tricote une écharpe.

— Oui, je vois ça.

— Parle-leur du téléphone, dit Tessa. Allez, Mab. C'est important, tu te rappelles ?

Comme Mab ne disait rien, Tessa expliqua :

— Elle a peur d'avoir des ennuis, mais on lui a dit que ce n'était pas comme les bagues et le reste.

— Ouais, renchérit Shelley, tout le monde se fout de mes bagues.

— La ferme ! dit Tessa. Dis-leur pour le joli téléphone, Mab. (Elle jeta un coup d'œil à Marnie.) Il y avait une pub pour un portable à la télé et, eh bien, on s'en veut de ne pas l'avoir écoutée avant. À propos d'Ayana. Alors quand elle a parlé du téléphone… On a pensé que vous voudriez savoir.

Ed pêcha son propre portable dans sa poche et le montra à Mab, qui sourit.

— Il est beau ce téléphone.

— Très beau, confirma Britt sans cesser de tricoter, ses aiguilles cliquetant comme le tic-tac d'une horloge.

— Pas aussi joli que l'autre, dit Tessa en faisant un signe de tête à Marnie.

— Comment est-il, Mab ? demanda Ed.

— Il a des diamants, répondit Mab. Elle l'a laissé dans sa chambre.

Ed garda un ton neutre pour demander :

— Ayana l'a oublié ?

— Pas Ayana, elle croyait que j'avais seulement le sien. L'autre. Le nouveau. Celui de Hope.

Une poussée d'adrénaline courut dans les veines de Marnie.

— Mab, dit Ed en s'accroupissant à côté d'elle et en prenant l'une de ses mains gantées. Où est le joli téléphone maintenant ?

Mab semblait troublée. Elle s'accrocha aux doigts d'Ed.

— Je l'ai mis en lieu sûr. Je le garde pour elle.

Ed hocha la tête.

— Je le sais. Tu es très méticuleuse, Mab. Tu prends bien soin des objets. Veux-tu me montrer ce téléphone, s'il te plaît ? Que je voie combien il est joli ?

35.

— Mab avait le portable de Hope ?

Noah Jake, adossé à ses oreillers sur son lit d'hôpital, avait meilleure mine.

— Caché dans la doublure de son fauteuil, expliqua Marnie en s'asseyant près de lui. Ed m'a expliqué que Mab est une petite chapardeuse. Elle collectionne les objets que les gens oublient derrière eux.

Noah fronça les sourcils.

— Hope n'a jamais parlé d'un téléphone perdu…

— Encore un de ses petits secrets. Leo est persuadé qu'elle n'en a pas. Sous-entendant même qu'elle ne saurait pas s'en servir. Je suis sûre qu'il le croit. Cela fait partie de l'alibi de Hope. Son mari l'a isolée, ne la laissait pas téléphoner. Mab l'a trouvé juste après l'agression. Hope voulait sûrement que Simone le lui apporte à l'hôpital. Elle se croyait en sécurité, avec Simone pour couvrir ses arrières. Elle ne savait pas que Mab avait récupéré son portable et l'avait planqué dans son coussin. (Elle se servit un verre d'eau.) Un joli portable, avec une pochette classe, un peu comme celui d'Ayana, mais plus cher. Heureusement que Mab porte des gants. On n'a trouvé que les empreintes de Hope dessus.

La grimace de Noah disparut.

— Continue, je veux tout savoir.

Marnie marqua une pause avant de lui relater la suite.

— Un soir, le portable d'Ayana a disparu. C'était la veille de l'agression. Elle en a parlé à Jeanette, qui lui a dit d'aller trouver Mab. Toutes savaient que Mab chipait des objets de temps en temps. Ayana l'a interrogée à propos du portable, mais Mab a nié l'avoir pris. Elle s'est emportée, alors Ayana l'a laissée tranquille. Le portable est réapparu, et Ayana a supposé que Mab le lui avait restitué. Le lendemain de l'agression, Mab a trouvé un autre téléphone, caché dans la chambre de Hope, et l'a pris. Je suppose que Hope comptait sur Simone pour l'apporter à l'hôpital. Hope ne pouvait risquer de l'emporter elle-même, cela ne collait pas avec son alibi. (Elle vit Noah assembler les différentes pièces du puzzle.) Nous avons l'historique du portable de Hope. Elle a passé un appel après l'agression. Chez Ayana.

— Ayana… avait le numéro de chez elle sur son portable ?

— Comme le dit Ed, il est difficile de lâcher prise. Le numéro était enregistré dans ses contacts. Elle n'a jamais appelé elle-même, mais Hope l'a fait. Juste avant de poignarder Leo.

Noah ferma les yeux, et les rouvrit tout aussi subitement.

— Hope a appelé le numéro des parents d'Ayana ?

— Et a parlé à ses frères. Oui.

— Ensuite…

— Personne ne t'a suivi jusqu'au refuge. Ce n'était pas ta faute. C'était Hope.

— Pourquoi ?

Il semblait perdu, malgré la douleur dans ses côtes, preuve de la perversion de Hope Proctor.

— Sûrement parce que Ayana a vu clair dans le jeu de Hope. Sans doute pas pour tout, mais assez pour que Hope voie en elle un témoin hostile. Un témoin dont elle pouvait se débarrasser d'un coup de fil. C'est ce qu'elle a fait juste avant de poignarder Leo. L'éliminer de son chemin.

Noah s'agita dans son lit.

— Tu l'as retrouvée ? Ayana ?

— Pas encore, mais on va la trouver.

— Et Hope ? demanda Noah.

Marnie fit la moue.

— Je m'occupe de Hope. Elle ne sait pas encore que nous avons son téléphone. Je vais le lui dire moi-même. À elle et à son avocat.

— As-tu parlé avec Henry Stuke ?

— Pas encore. Mais je vais le faire.

— Et Simone ?

— Simone a besoin de temps. Comme toi. Pour cicatriser. (Elle se leva et s'attarda un moment.) Comment va Dan ?

— Bien, merci. Comment va Ed ? demanda innocemment Noah, le sourire aux lèvres.

— Pas un vrai flic ? répondit-elle en lui rendant son sourire. Je t'avais bien dit qu'elle mentait.

36.

— Alors, Simone Bissell ne parle pas ?

Derrière son bureau, le commandant Tim Welland astiquait la photographie de sa voiture préférée à l'aide de sa cravate favorite.

Il était près de 15 heures. Marnie était de retour de Talgarth Road, où le magistrat de service avait refusé la liberté sous caution de Lowell Paton. Elle éprouvait un regain d'optimisme, même si elle devait rester sur ses gardes. Ed avait de bonnes nouvelles pour Simone, quand elle serait prête à les entendre. Paton irait en prison pour un long moment.

— Elle ne parle même pas à Belloc ? demanda Welland. D'habitude, c'est lui le charmeur de ces dames.

— Simone est en état de choc. Je suis sûre qu'elle finira par parler à Ed, mais elle a besoin de temps.

— Et pendant ce temps, Patrick Rolfe se prépare à nous accuser de négligence. Vous êtes dans sa ligne de mire, inspecteur. Comment allez-vous vous en tirer ?

— J'ai ma petite idée. Grâce à une preuve concrète.

— Heureux de l'entendre… Hope Proctor a la tête de l'emploi. (Welland reposa le cadre à sa place sur le bureau.) Surtout avec ses pansements. Rolfe va l'exhiber partout comme un trophée.

Marnie hocha la tête.

— Toute sa défense repose sur la crédibilité de sa victime. Il suffit d'une faille et son dossier s'écroule.

Welland se mit à réarranger ses stylos dans un pot de fromage Stilton vide. Le pot dégageait encore une légère fragrance de son ancien contenu.

— Rolfe veut savoir pourquoi on ne s'attaque pas à Simone Bissell. Il a l'air de croire que le SPJ n'en ferait qu'une bouchée. Il n'a pas tort, surtout après l'affaire Nasif Mirza. Cette fois, on a une arme, des empreintes, le lieu du crime… et on leur demande de poursuivre la victime.

— Hope Proctor était une victime il y a longtemps. Si Rolfe est malin, il s'en servira. De ce qu'elle a enduré quand elle était petite.

— Plaider la folie quand il peut facilement obtenir son acquittement, avec des dommages-intérêts en prime ? Pas le genre de Rolfe.

— Vous le connaissez mieux que moi. Il est plutôt cher, non ? Je trouve qu'il cadre mal avec la théorie d'isolement de Hope. Le monde est vaste et effrayant, pourtant elle a su comment mettre la main sur un ténor du barreau. Ça ne tient pas debout.

Welland balaya sa remarque d'un revers de la main.

— Rolfe est un opportuniste. Il sent la compassion du public à des kilomètres à la ronde. Encore plus quand il y a des indemnités compensatoires en jeu. C'est lui qui l'a approchée, pas le contraire.

Il se leva et prit sa veste.

— Je viens avec vous sur ce coup-là.

Marnie cligna des yeux.

— Vous ne me faites pas confiance ?

— Je compte sur vous, corrigea-t-il. Pour gérer Rolfe et sa cliente. Inspecteur Rome… (Il posa sa grosse patte sur son épaule.) La tueuse de dragons…

Elle cligna de nouveau des paupières, absurdement reconnaissante pour la main lourde qui la maintenait ancrée là.

— Patrick Rolfe n'est pas un dragon. C'est un parasite.

— Un lézard, temporisa son chef. De la famille des dragons. Prospère en terrain aride, habile grimpeur… (Son sourire était inerte mais chaleureux.) Vous pourriez le terrasser dans votre sommeil.

— Rolfe, peut-être. C'est Hope qui m'inquiète.

37.

Dans son survêtement gris trop large, Hope avait l'air d'avoir seize ans. Elle avait noué ses cheveux en queue-de-cheval, ce qui mettait en valeur sa peau parfaitement lisse. L'inquiétude qui se lisait dans son regard n'était pas sincère. Fabriquée. Comme tout le reste chez elle. Marnie voulait la vraie Hope, née Reece. Celle qui se cachait sous plusieurs déguisements, pour la montrer à Tim Welland et Patrick Rolfe. Marnie s'assit et posa une boîte d'archives sur la table de métal.

— J'ai rencontré votre père à Dulwich, déclara-t-elle sans préambule.

Les lèvres de Hope remuèrent. Quand elle se mit à parler, sa voix n'était qu'un souffle :

— Comment… comment va-t-il ?

— Comment va-t-il ? répéta Marnie en croisant les doigts sur la table. Il est fier de vous.

Hope ouvrit ses grands yeux bleus, sans voix. Rolfe fit mine de siffler. Welland croisa les bras, une expression ferme sur le visage.

— Oui, fier de vous. D'être une survivante. Et je cite : « sa brave petite cinglée ».

Hope secoua la tête en regardant Rolfe.

— Vous n'en avez pas marre de tout ça ? (Marnie voulait vraiment le savoir.) Vous n'êtes pas fatiguée de faire semblant d'être une autre – cette brave petite fille ? Une gentille petite poupée bien élevée et terne ? Moi je le serais. J'en serais malade, dégoûtée. Surtout après avoir planté un couteau dans la poitrine de mon mari.

Toutes ces années à osciller entre la petite fille modèle et la survivante. Ce visage duel, cette obligation de toujours bien faire, par peur des conséquences si elle commettait le moindre faux pas. Elle n'avait sans doute jamais été heureuse, pas vraiment. Et jamais en sécurité.

— Est-ce que ce petit discours va nous mener quelque part ? De préférence vers une preuve quelconque ?

Rolfe portait une cravate rouge vif sur une chemise blanche, aux boutons de manchettes ornés d'un écusson. Les boutons étaient de trop, ils flattaient son ego à chaque mouvement de main.

Marnie l'ignora et s'adressa à Hope :

— Votre père dit que vous n'avez jamais trouvé à redire à ce qu'il faisait. Nous savons ce qu'il a fait. À Gayle, votre mère. Cela ne vous pose vraiment aucun problème ?

Hope se recroquevilla sur elle-même. De ses doigts graciles, elle entortilla une mèche de cheveux blonds. Depuis son arrestation, elle rongeait ses ongles, détruisant la preuve rose nacrée.

— Il dit que vous ne l'avez pas contacté depuis l'enterrement de votre mère. Pourquoi cela ?

— Leo ne voulait pas, murmura-t-elle. Il… il n'aimait pas mon père.

— Et votre père ne l'aimait pas. Pourquoi ? Parce que Leo n'était pas assez viril à son goût ? Ne soulevait pas des poids, ne battait pas les femmes, comme les vrais hommes ?

— Ces questions ont-elles une quelconque pertinence ? coupa Rolfe en se penchant en avant.

Sa cravate vermillon faisait penser à la tranchée sanglante d'une poitrine lors d'une autopsie. Il n'était pas pressé. La patience rendait son visage encore plus lisse.

Marnie lui adressa un sourire prudent.

— Les poids sont pertinents. Un kettlebell en fer de vingt kilos, avec les empreintes de votre cliente dessus. Elle s'en est servie pour casser les côtes de son mari. Et du sergent Noah Jake.

— Nous en avons déjà discuté. Ma cliente a agi sous la contrainte, elle craignait pour sa vie.

— Ce n'est pas ce que dit le sergent Jake. Il a été assez clair sur le plaisir que votre cliente a pris à le torturer. De plus, il est convaincu qu'elle voulait le tuer. Nous avons là un choix délibéré d'arme. Le kettlebell appartient à votre cliente. Il se trouvait chez elle. Elle l'a utilisé pour enfoncer les côtes du sergent Jake, après l'avoir menacé avec un couteau.

— Couteau retrouvé dans les mains de Simone Bissell, précisa Rolfe. Et qui a servi à infliger des blessures potentiellement mortelles à ma cliente.

— Expliquez-moi encore pourquoi le sergent Jake s'est retrouvé ligoté sur le sol de la salle de bains et a failli mourir ? demanda Marnie à Hope.

— Certainement…, dit Rolfe en se redressant dans son costume sur mesure. (Marnie aurait juré avoir entendu Tim Welland grogner.) Personne ne nie que le sergent Jake a subi un grave traumatisme entre les mains d'une jeune femme perturbée. Étant donné le passé de Simone Bissell, je suis sûr que nous comprenons tous l'instinct chevaleresque qui a poussé le sergent Jake à la protéger. Mais pas au prix de la justice qui doit être rendue à ma cliente.

— « Elle s'est assise sur mes jambes (Marnie lisait la déposition de Noah) et a pointé son couteau sur ma poitrine. Elle m'a dit de me méfier car cette fois "cette salope avec la carte téléphonique ne pourrait pas m'aider". Quand j'ai voulu parler, elle m'a frappé à la gorge avec le manche du couteau. »

— Chevaleresque et politiquement opportun, dit Rolfe.

— Politiquement quoi ? intervint Welland.

— Correct, si vous préférez. Politiquement correct. (Rolfe tira sur ses manchettes.) Je doute que ce soit une coïncidence que le sergent Jake et Simone Bissell aient la même couleur de peau…

— Il est jamaïquain. Elle est ougandaise. Et vous vous êtes bigot.

— … et la même préférence sexuelle, termina Rolfe.

— Je retire ce que j'ai dit. Vous êtes une honte pour les bigots.

— Elle a raison, dit Welland en pointant son pouce vers l'avocat, si vous jouez cette carte avec le SPJ, il ne fera qu'une bouchée de vous. Noah Jake est un magnifique témoin. Nous le savons tous.

— Il a plutôt intérêt, répondit Rolfe avec un dédain étudié. Vu que vous n'avez rien d'autre. Vos agents ont pris le couteau des mains de Bissell. L'inspecteur Graves peut témoigner du traumatisme de ma cliente après l'agression. Votre témoin était dans une autre pièce quand cela s'est passé.

Welland haussa les sourcils.

— Attaché à un tuyau sous le lavabo par votre cliente. (Il fit un signe de tête à Hope.) Vous faites des nœuds plutôt costauds pour quelqu'un qui n'en a jamais fait.

Hope se recroquevilla de nouveau. Dans une minute, elle serait parfaitement invisible. Un bref instant, Marnie eut pitié d'elle – était-ce le seul moyen qu'elle avait trouvé pour survivre quand elle était petite ? En prenant le moins de place possible dans cette maison oubliée de Dieu ? Ils ne voyaient pas Hope Reece, ni même Hope Proctor. Pas vraiment. Ils voyaient le peu qui restait d'elle après que Kenneth Reece avait fait opérer sa magie paternelle.

Noah Jake avait vu la vraie Hope dans la salle de bains de la maison des Bissell. Marnie invoqua l'image de ses poignets sanguinolents, la peau arrachée à force de tirer sur ses liens.

— L'inspecteur Graves a été témoin des talents de comédienne de votre cliente. Elle a fourni une prestation remarquable. Noah a eu droit à une représentation privée, hors scénario. Et le commandant Welland a raison, c'est un sacré témoin. Diplômé en psychologie avec mention très bien. Vous auriez dû en tirer avantage, dit-elle à Hope, plutôt que de jouer à le torturer. Enfin, j'imagine que les vieilles habitudes ont la peau dure.

— Je doute fortement, répondit Rolfe, que Leo Proctor ait le culot de se parjurer après tout ce qu'il a fait subir à sa femme. Ces brutes sont toutes les mêmes… des lâches au fond d'eux-mêmes.

— Est-ce la vérité, Hope ? (Marnie ne quittait pas des yeux la jeune femme assise à côté de Rolfe.) Êtes-vous une lâche au fond de vous ? Comme votre père ?

Hope se gratta les coudes. Ce faisant, elle souleva ses manches, révélant les bandages de ses bras.

— Montrez-lui votre tatouage, reprit Marnie. Le même que celui de votre père. Et votre peau. Montrez-lui ce que vous avez fait à votre peau. Nous savons déjà ce que vous avez fait subir à Leo.

— Ma cliente a suffisamment souffert de vos préjugés à son encontre, inspecteur. Sans votre incompétence, elle serait dans le lit d'hôpital qu'elle n'aurait jamais dû quitter.

— Elle était dans un lit d'hôpital ! Elle s'est enfuie dès qu'elle a compris que son mari avait une chance de s'en sortir et de raconter la vérité sur les sévices qu'elle lui infligeait.

— Les sévices qu'elle lui infligeait ? répéta Rolfe. Vous avez lu le dossier médical : nous avons la preuve que ma cliente a été violentée par son mari. Vous croyez vraiment que le SPJ va fermer les yeux là-dessus ?

— Votre cliente prenait des inconnus dans les bars dans le but précis de se faire maltraiter. Vous l'a-t-elle dit ? Je suis sûre qu'on peut retrouver un ou deux de ces hommes. En fait, nous en avons déjà un. Vous aurez du mal à la faire passer pour une victime quand on aura prouvé qu'elle est adepte de relations sexuelles sadomasochistes.

— Encore un préjugé de votre part.

— Inspecteur, dit Welland, est-ce qu'on pourrait en venir au fait? Je commence à avoir mal au cul sur cette chaise métallique.

Marnie prit la boîte d'archive et la poussa vers Hope.

— Vous avez dit ne pas avoir été en contact avec votre père depuis le mois d'octobre, parce que Leo ne l'aimait pas. Vous auriez pu l'appeler pourtant, non? Pendant que Leo était au travail.

Hope prit sa queue-de-cheval entre ses deux mains, étirant la peau de son front.

— Il… il vérifiait les relevés téléphoniques. Pour savoir qui j'appelais.

— Vous n'avez jamais pensé à vous procurer un portable? Sans le dire à Leo? Beaucoup de femmes maltraitées le font, par précaution.

L'appât était lancé. Une lueur fugitive, froide, traversa son regard bleu.

Hope ne regarda pas la boîte d'archive, mais elle avait peur de ce qui se trouvait dedans.

— Je n'avais pas d'argent à moi. Il ne m'en laissait jamais.

— Vous auriez pu économiser un peu d'argent sur les courses, non?

— Il vérifie tout. Il cherche la moindre erreur dans la maison pour avoir une raison de me punir.

— Oh, nous avons vu la maison. Charmante. Leo avait sa propre chambre, juste sous l'escalier.

— C'était… c'était la mienne. Il m'obligeait à m'encastrer là-dedans. (Hope parcourut la pièce des yeux, évitant le regard sceptique de Welland.) J'essayais de ne pas bouger. Vraiment. Mais c'était trop dur. Je ne pouvais pas respirer là-dedans, j'étais piégée…

— C'est drôle que ce soit lui qui ait les ongles cassés et vous la manucure parfaite. Jusqu'à ce que vous réalisiez que vos jolis ongles risquaient de vous trahir.

Marnie posa la main sur la boîte, laissant à Hope le temps de la regarder, de chercher à deviner ce qu'elle contenait.

— Donc, continua Marnie, vous n'avez jamais possédé de portable ?

— Non… pas rien qu'à moi.

Elle couvrait ses arrières.

— Mais vous savez vous en servir. Vous avez envoyé des textos avec le portable de Noah. À la police et à Daniel Noys.

— Ce n'était pas moi – c'était *elle* – Simone.

— Vraiment ? On aurait dit des avertissements. Pourquoi Simone aurait-elle cherché à nous mettre en garde contre Nasiche Auma ?

— Je ne sais pas. Elle est folle. Ce n'est pas sa faute. Ce qui lui est arrivé est horrible. Je la comprends. (Elle en appela à Rolfe, utilisant ce ton féroce que Marnie avait admiré au refuge.) Ce n'est pas sa faute.

— Très généreux de votre part, dit Marnie. Donc, nous sommes bien d'accord : vous ne possédez pas de téléphone portable.

— Je vous l'ai dit : pas à moi seule. Il ne me permettrait pas…

Marnie souleva le sac plastique et le posa sur la table. Les strass de la housse protectrice clignaient sous la lumière.

— Essayons encore, voulez-vous ?

Hope détourna le regard.

— Ce téléphone ne m'appartient pas.

Rolfe ne regarda même pas le sac en plastique. À tout moment maintenant, il allait dire à sa cliente de se taire, de la fermer.

— C'est votre téléphone. On a retrouvé vos empreintes dessus. Et seulement les vôtres. (Marnie prit un document dans la boîte.) Voici le relevé téléphonique de ce portable. Vous avez appelé chez vous. Qui d'autre l'aurait fait ? (Elle prit une seconde feuille dans la boîte.) Et le relevé de votre téléphone fixe le confirme. (Un troisième relevé vint s'ajouter au deux premiers.) Vous avez aussi appelé la maison d'Ayana Mirza. Le matin du jour où vous avez tenté d'assassiner votre mari. Parce que vous avez compris tout de suite qu'Ayana était une menace pour vous. C'est la seule qui n'est pas entrée dans votre petit jeu. Parce que Ayana sait que les femmes sont capables de violence, comme les hommes.

— Non, dit Hope en secouant furieusement la tête. Non !

Marnie posa les preuves accablantes sur la table, à l'attention de Rolfe. Le portable et les relevés. Aucune erreur possible.

— Vous n'avez toujours pas compris ? demanda-t-elle à l'avocat.

Un sourire étira la partie inférieure du visage de Welland.

— *Vous n'avez toujours pas compris ?* C'est très bon ça, Rolfe, non ?

— Ce n'est pas mon téléphone, répéta Hope en se tournant vers son avocat, avec son regard de poupée le plus convaincant. C'est une ruse ! Je vous l'ai dit : elle me déteste ! (Elle jeta à Marnie un regard empli de mépris.) Depuis le début, elle me traite comme une suspecte. Elle est folle. Je ne sais pas quel est son problème. Pourquoi a-t-elle rendu visite à mon père, si ce n'est pour me causer des ennuis ? Il n'y avait rien pour elle là-bas – il n'y a rien pour personne. Je le sais. J'ai grandi avec lui.

Elle frissonna.

— Vous accusez ma cliente de posséder un téléphone portable ? (Rolfe posa sur la table un élégant BlackBerry.) Alors vous devriez m'arrêter aussi.

— Rangez ça, grogna Welland comme si Rolfe s'était démasqué.

— Ayana Mirza est une jeune femme qui a failli être aveuglée par ses frères. Ils lui ont jeté de l'eau de Javel dans les yeux. Elle vivait au refuge parce qu'elle craignait pour sa vie. Ce n'était pas une mascarade. Elle n'était pas là pour manipuler des femmes battues. Mais par peur. Peur d'être retrouvée par sa famille, ramenée chez elle et torturée, ou tuée. (Elle posa la main sur le sac plastique.) Votre cliente a indiqué à la famille d'Ayana où la trouver. Résultat, Ayana a été kidnappée du refuge par ses frères. Elle est portée disparue. Probablement torturée. Ou morte.

— Ce n'est pas vrai, murmura Hope. Vous mentez.

— Vous m'avez demandé pourquoi nous étions venus au refuge ce matin-là. Le matin où vous avez tenté de tuer Leo. Je vous ai répondu que c'était pour voir Ayana. Si vous ne la détestiez pas encore, votre opinion était faite. Elle a ruiné vos plans, mais vous savez ce que je pense ? Je pense qu'elle aurait sauvé la vie de Leo même sans notre aide. C'est une fille courageuse, intelligente et généreuse. Compassion et force. C'est elle, la vraie survivante. Pas vous. C'est Ayana.

Hope trembla et détourna le regard.

— Votre mère est allée dans un foyer l'année précédant le diagnostic de son cancer incurable. Pour la première fois de sa vie, elle se trouvait dans un lieu sûr. Elle s'est fait des amies là-bas, des femmes qui comprenaient les épreuves qu'elle a traversées, et qui se soutenaient mutuellement. Ses premières vraies amies.

Hope sanglotait. Elle se voûta, comme pour se protéger de Rolfe, d'eux tous.

— Vous pensez qu'elle serait fière de vous ? De ce que vous avez fait à ces femmes de Finchley ? À Ayana Mirza ? Ou bien la fierté de votre père vous suffit-elle ?

Le visage de Hope était noyé de larmes. Marnie voulait croire à la sincérité de ces larmes. Vraiment. Tout le monde, même Hope Proctor, méritait une chance de se repentir. Le reste – la justice, la prison, la réhabilitation – n'avait aucun sens sans l'exercice du remords.

— Vous ne pouvez rien pour Ayana, dit-elle à Hope, mais vous pouvez aider Simone. En nous disant la vérité sur ce qui s'est passé. Elle croyait en vous. Elle était prête à se battre pour vous.

— Inspecteur…, dit Rolfe, près d'émettre une objection.

Marnie l'ignora et soutint le regard de la jeune femme.

— Nous avons Lowell Paton. Il va croupir en prison un bon moment. Je pense que vous serez d'accord pour dire que c'est une bonne nouvelle. Grâce au témoignage de Simone, il aura ce qu'il mérite. Une peine de réclusion à perpétuité. Vous pourriez l'aider. Aider Simone à l'envoyer derrière les barreaux. À retrouver sa vie. C'est le pouvoir que vous avez sur elle. J'aimerais avoir ce genre de pouvoir.

Elle guetta le moindre changement dans l'expression de Hope, se demandant si elle perdait son temps.

Peut-être venait-elle de donner à cette femme une autre forme d'alibi, un nouveau déguisement à porter, mais sans l'espoir que les gens peuvent changer, à quoi bon continuer ?

Après que Hope eut été ramenée dans sa cellule, Welland attendit Marnie dans le couloir.

— Plutôt risqué, votre petit laïus final. Lui demander d'aider Simone Bissell.

— Je voulais savoir si elle était capable de remords véritable.

— C'est le boulot de Rolfe. Nous, on monte un dossier contre elle. Laissez son avocat s'occuper de sa défense.

Marnie hocha la tête, si épuisée qu'elle se sentait prête à pleurer.

— Vous croyez que son mari fera un témoin convaincant ? demanda Welland.

— Peut-être, avec le soutien approprié. (Elle repoussa ses cheveux de son visage.) Et puis il nous reste Henry Stuke. Je vais essayer de le convaincre de témoigner, de nous dire ce qui s'est passé entre eux après leur rencontre dans cette boîte de nuit.

— Un vrai mec viril, grommela Welland. Ce n'est pas comme ça que Noah l'a décrit ? Dans ce cas, bonne chance. Autant décrocher la lune.

— Nous avons besoin de preuves. Sans ça… je vois mal comment obtenir une inculpation. J'ai passé beaucoup de temps avec Hope, mais je ne suis pas sûre de ce qui se passe dans sa tête. Tout ce que je sais, c'est qu'elle est dangereuse. Elle ne peut pas être laissée en liberté dans les rues. Stuke le sait. Si comme je le crois elle lui en a fait baver… il est un témoin clé.

— D'accord. Mais allez-y avec Ron Carling, vu qu'il est incapable d'additionner deux plus deux.

Marnie secoua la tête.

— Je ne veux pas effrayer Stuke. J'ai plus de chances de le faire parler si je suis seule.

38.

À West Brompton, les lumières naissantes des rues jetaient sur la façade de la maison d'Henry Stuke des ombres de la taille du poing.

Marnie frappa à la porte et patienta en caressant du bout des doigts la zone de son cou où Ed l'avait embrassée. Il l'avait embrassée à une douzaine d'endroits et plus encore. Cela ne la faisait plus souffrir. C'était une autre forme de douleur. Elle ferma les yeux et sourit, juste une seconde, puis les rouvrit quand la porte s'ouvrit.

Henry Stuke était aussi large d'épaules que Leo Proctor, mais se tenait voûté, en homme trop grand qui s'efforce de s'encadrer dans l'embrasure basse de la porte. S'il se redressait, il serait imposant. Teint olive cireux, yeux noisette pâles et un petit creux dans le nez que beaucoup de femmes devraient trouver attirant, Marnie en jurerait.

Il jeta un coup d'œil par-dessus son épaule, dans la maison.

— Je viens de coucher les petits… Ce n'est pas le meilleur moment…

Une voix grave, comme sa large poitrine. Il suffisait de l'imaginer en pantalon de coton et chemise bleue en train de danser dans une boîte de nuit pour comprendre pourquoi Hope l'avait choisi : un mâle dominant avec une touche de domesticité – ou bien était-ce une pointe d'amertume ? L'un ou l'autre, Hope savait en tirer parti.

— Ne vous inquiétez pas, dit Marnie avec un sourire en réponse à l'objection de Stuke. Je parlerai à voix basse.

Il recula, ouvrit la porte toute grande pour la laisser entrer, puis la referma derrière elle. La maison respirait les enfants, la fatigue, la sueur et le plastique chauffé. Elle était telle que Noah l'avait décrite : un temple désordonné à la gloire des jumeaux qui dormaient à l'étage. Des jouets partout dans la petite entrée se disputaient l'espace avec les chaussures, les anoraks et une poussette canne mal pliée.

Stuke observa le fouillis d'un air défaitiste.

— Et si on allait dans la cuisine ? Je peux faire bouillir de l'eau.

— Ce sera parfait, merci.

La cuisine était légèrement mieux rangée que l'entrée, avec son odeur de compote de fruits, de lait stérilisé, et ses sacs-poubelle parfumés pour masquer l'odeur des couches sales.

— Thé ou café ? demanda Stuke.

— Comme vous voulez, merci. Puis-je vous aider ?

— Merci, je m'en occupe.

Stuke remplit la bouilloire, la mit en route, puis prit deux tasses dans l'égouttoir et les posa sur le comptoir, après avoir poussé le récepteur du babyphone et un biberon stérilisé. Il faisait tout avec sa main droite, gardant la gauche cachée dans sa poche.

Sa nuque était raide, sa posture hostile. Il lui en voulait de lui avoir proposé son aide. Elle allait devoir avancer prudemment ses pions si elle voulait des preuves contre Hope. Cet homme ne ferait rien qui risquerait de compromettre sa masculinité. Hope avait fait un sacré travail d'émasculation. La main de Stuke était-elle sa seule blessure ?

Marnie prêta l'oreille à ce qui se passait à l'étage, où dormaient les jumeaux. La maison affichait un calme étrange, comme si les murs et le plafond étaient imperméables au bruit. Une pellicule de graisse brune recouvrait les carreaux au-dessus de la cuisinière.

— Le sergent Jake m'a dit que vous étiez un oncle maintenant, en plus d'un père.

Stuke lui tournait le dos, occupé avec les tasses.

— Ouais.

— Votre femme est-elle toujours chez votre sœur ?

— Sucre ?

— Non merci. Monsieur Stuke…

— Henry.

— Henry. Je voudrais vous parler de Hope Proctor.

— Qui ?

— Hope Proctor. Elle vivait dans un foyer pour femmes, à Finchley.

Stuke ne se retourna pas vers elle. Il posa sa main droite sur le comptoir, le dos raide. La bouilloire crachota de la fumée.

— Jamais entendu ce nom, désolé.

Sa voix contenait un avertissement : attention…

— Vous la connaissez peut-être sous un autre nom, à moins qu'elle ne vous en ait pas donné quand vous l'avez rencontrée, mais c'est bien Hope Proctor. Elle a été arrêtée par la police.

— Je ne la connais pas. (S'il se raidissait encore, il allait se casser d'un coup sec.) Elle a fait quoi ?

— Elle a poignardé son mari.

Stuke se dirigea vers le réfrigérateur.

— Content de ne pas la connaître alors.

Il ouvrit la porte, prit une brique de lait et la referma. Le courant d'air délogea une liste de courses du comptoir, qui voleta lentement jusqu'au sol.

Marnie se baissa pour la ramasser, et la parcourut : *lingettes, jus de fruits, shampoing doux…*

Du stylo bleu sur une feuille de papier avec des lignes. L'encre était plus épaisse par endroits, plus fine à d'autres. Stuke était repassé sur certains mots, quand son stylo ne marchait pas. Elle se releva, la liste à la main. Son corps tout entier sonnait l'alarme.

Lingettes, jus de fruits, shampoing doux…

C'était la même écriture que la lettre de menaces retrouvée dans le sac à main de Hope. Stuke l'avait déguisée, mais c'était bien la même. Personne n'avait écrit de lettre de menaces à Simone Bissell. Le message était destiné à Hope Proctor, et de la main d'Henry Stuke.

Sale petite garce t'est morte. Tu te crois a l'abri. Tu rêve salope !

— Reposez ça sur la table, voulez-vous ?

Stuke ne se retourna pas. Il avait des yeux dans le dos.

Il savait que Marnie avait la liste de courses entre les mains. Selon toute probabilité, il pouvait entendre son cœur battre dans sa poitrine. Il n'était pas seulement la victime de Hope. Il était l'homme qui avait promis de lui faire payer.

L'eau se mit à bouillir.

La bouilloire continua à bouillonner jusqu'à ce que Stuke la prenne et verse l'eau furieuse dans les deux tasses.

Marnie regarda tout autour d'elle en quête d'une arme pour se défendre, sans succès.

Tous les objets lourds et tranchants… Stuke les avait placés hors d'atteinte des enfants. Ils rampaient maintenant, avait-il dit à Ron Carling. Tout était hors de portée, sur des étagères hautes.

Stuke reposa la bouilloire électrique sur sa base. Il sortit sa main gauche de sa poche et la leva vers l'étagère, où se trouvaient les sachets de thé, près d'un bloc de couteaux de boucher.

Un froid glacé la saisit.

— Monsieur Stuke. Henry.

Il lui laissait voir sa main. Sa serre. Il ne l'aurait pas fait s'il n'avait pas compris qu'elle savait.

— Vous étiez là-bas, dit-il de but en blanc, au refuge, dans la Mondeo.

La main de Stuke farfouilla l'étagère à la recherche de la boîte de thé, et la posa sur le comptoir.

— Oui, oui, j'étais là, répondit Marnie.

Il finit par se tourner et lui fit face. De toute sa hauteur.

Elle essaya de sourire. Ce n'était pas simple. La lumière dessinait sur le visage de Stuke de grandes ombres, tels de larges hématomes. À côté de lui, le frigo paraissait petit, malgré sa grande taille. Un homme immense, dont elle ne pouvait voir les yeux.

— Où est Freya ? Où est votre femme ?

— Là-haut.

Stuke fit tomber un sachet de thé dans chacun des mugs et les enfonça dans l'eau bouillante de son pouce estropié. C'était l'œuvre de Hope, avec le kettlebell : elle avait écrasé la main de Stuke, l'avait transformée en une serre crochue, une protubérance qu'il pouvait ébouillanter sans tressaillir. Stuke était un homme viril, un vrai. Mais Hope l'avait humilié, mutilé, et il voulait sa revanche.

— Avec les jumeaux ? Freya est avec les jumeaux ?

— Non. (Stuke remua les tasses avec une cuillère, l'une après l'autre, sans la quitter des yeux.) Pas avec les jumeaux.

Marnie sentit sa gorge se serrer, et ses yeux la piquer. Stuke secoua la cuillère et la posa sur le côté. Il se frotta la bouche du dos la main.

— Elle a pris des cachets. Ils lui en ont prescrit.

— Elle… elle dort ?

Il hocha la tête d'un mouvement brusque.

— Les jumeaux… dorment eux aussi ?

(Nouveau hochement de tête.)

— Vous êtes seul, reprit-elle. À vous occuper de deux bébés et d'une adulte.

Mon Dieu, faites que ce soit vrai !

Stuke jeta la cuillère dans l'évier avec fracas.

— Toujours, dit-il.

Il était toujours seul. Toujours à veiller sur eux.

— N'avez-vous personne pour vous aider ?

Il prit une tasse de thé, les lèvres retroussées.

— Je m'en sors, non ?

— Hope…

— Ne prononcez pas le nom de cette salope.

Il posa la tasse sur la table, là où Marnie ne pouvait l'atteindre que si elle faisait un pas vers lui, à la portée de ses poings.

— Elle va aller en prison. Pour longtemps. Double tentative de meurtre, violences aggravées…

— Double ?

— Son mari et le sergent Jake. Vous l'avez rencontré. Il est venu ici.

Stuke s'humecta les lèvres.

— Elle lui a fait quoi, à lui ?

— Elle lui a écrasé les côtes avec un kettlebell.

Il hocha lentement la tête, suçant sa langue comme s'il goûtait sa réaction à la nouvelle. Il n'était pas Leo Proctor. Il n'avait pas honte, ou pas seulement, de ce que Hope et lui avaient fait. Il était blessé, dangereux. Et avait le bloc de couteaux à portée de main.

— Comment s'appellent-ils ? demanda Marnie. Les jumeaux. Vos bébés ?

Il cligna des paupières, passa d'un pied sur l'autre, chassant les ombres un bref instant. La lumière blanche et poudreuse au-dessus de sa tête rendait son regard flou et hagard. Il cligna de nouveau des yeux. Lentement.

— Gabriel et Lily. Gabe et Lil.

Elle retint sa respiration. S'il leur avait fait du mal… il n'aurait pas pu prononcer leurs prénoms aussi facilement.

— Jolis prénoms. Inhabituels.

Il frotta ses yeux de son poing aux os saillants.

— C'est Freya qui les a choisis.

— Elle ne s'en sort pas. Pas aussi bien que vous.

— Elle a pris des médicaments, dit-il comme s'il prononçait le nom d'une maladie. Elle dort la majorité du temps. Ils disent que ça va s'arranger.

— Vous pourriez vous faire aider. Avec Gabe et Lil. Avec Freya.

Se concentrer sur sa famille, continuer à dire les prénoms. Lui rappeler ce qu'il a à perdre.

Il secoua la tête.

— Je m'en sors très bien. C'est moi qui fais tout le boulot. Avec les gamins. Avec elle. Je fais mon boulot.

Il ne leur avait pas fait de mal. Pas encore. Il ne serait pas aussi en colère si tel était le cas. N'est-ce pas ?

— Oui, mais vous pouvez demander de l'aide. C'est permis.

— Pourquoi vous êtes là ? À cause d'elle ? Qu'est-ce qu'elle raconte, cette salope ? Qu'est-ce qu'elle raconte sur moi ?

La colère le grandissait, le rendait menaçant.

— Rien. Elle ne reconnaît aucun fait. C'est pour ça que je suis là. J'ai besoin d'un autre témoin, de quelqu'un qui me dise qui elle est vraiment. Son mari a peur. Les femmes du refuge aussi. Mais pas vous, Henry. Vous devez penser à Gabe et Lil. Ils ont besoin de leur papa. (Marnie prit une brève inspiration.) Si vous nous aidez à la mettre sous les verrous… vous pourrez retrouver votre vie. Avoir une seconde chance. Peu de gens ont cette opportunité.

Stuke tremblait de colère.

— Vous pensez que c'est ce que je veux ? (Il eut un rire bref.) Ma vie ? Cette putain de vie ? Stupide garce. Tu ne comprends rien.

Marnie s'obligea à sourire.

— D'accord. Je vois, et vous savez quoi ? Je vais partir maintenant. (Elle posa la main sur son sac.) Je vais vous laisser réfléchir cette nuit, et je passerai demain matin pour voir comment vous vous sentez.

Il riait à présent, plus un ricanement qu'un rire.

— Essaie toujours.

La porte de la cuisine se trouvait derrière elle. Elle ne se rappelait pas la hauteur de la poignée, ni la proximité de la porte. Et ne pouvait se permettre de la chercher à l'aveuglette. Donc, elle allait être obligée de lui tourner le dos.

— Vous ne pouvez pas les laisser, dit Stuke en levant ses yeux pâles vers le plafond. Vous ne pouvez pas les laisser seuls avec moi. C'est dangereux.

Marnie prêta l'oreille au tic-tac de sa montre à son poignet. Les secondes s'égrenaient interminablement. Combien encore avant qu'il fasse un mouvement ? Il vibrait de rage, de désir, et pire encore.

— Que voulez-vous ? (Elle resta immobile, espérant l'inciter à faire de même.) Si vous ne voulez pas une seconde chance ? Si vous êtes malade de cette existence que d'autres vous envient… Une femme et des enfants. Que voulez-vous ?

— De la chance ? Vous trouvez que j'ai de la chance ?

— Beaucoup de gens ont bien moins que vous.

— Ah ouais ? C'est eux qui ont une putain de chance. Enlève ta veste.

— Quoi ?

— Il fait chaud ici. Enlève ta veste.

La situation s'envenimait.

— Monsieur Stuke… vous savez que je ne vais pas faire cela.

Il fit courir son regard pâle sur elle, tel le faisceau d'une torche. Ses lèvres se retroussèrent.

— Si, tu vas le faire. Je sais ce que tu veux. Vous êtes toutes les mêmes garces.

Il était fou furieux. Ses lèvres luisaient de bave. Quelle part de ce comportement devait-il à Hope ? Quelle autre lui appartenait en propre ?

— Qu'est-ce que je veux, d'après vous ? demanda Marnie.

Tant qu'il parlait, il n'agissait pas. Dès qu'il ferait un mouvement… ce serait terminé.

— La même chose que cette salope. Tu es bien venue ici, hein ? Alors que tu sais ce que j'ai fait.

Oui, elle le savait. Tim Welland lui avait dit d'emmener le sergent Carling avec elle, mais elle avait insisté pour agir seule. Marnie Rome, la tueuse de dragons. Elle devait le faire seule. Excepté qu'elle ne l'était pas. Elle n'était jamais seule quand la peur s'emparait d'elle. Les fantômes se massaient autour d'elle dans la cuisine. Ses parents, et Stephen Keele.

Stuke disait :

— Vous êtes toutes les mêmes. La seule différence, c'est que cette garce a prétendu être faible. Devant tout le monde, elle fait semblant d'être jolie, bien comme il faut. Exactement comme toi, qui joues les dures. Mais je suis plutôt doué pour voir sous la surface des gens, et là-dessous, tu n'as rien d'une coriace. Tu es désespérée, sinon tu ne serais pas là à mendier ce que je sais. Sachant ce que j'ai fait.

— Je ne sais pas ce que vous avez fait. Pas vraiment. (Son pouls s'était calmé. Elle ne le quittait pas des yeux, pas même pour chercher un arme ou une issue de secours.) Dites-le-moi.

Stuke fit un pas en avant, balançant sa main abîmée comme une masse.

— Je lui ai donné ce qu'elle voulait.

— Racontez-moi.

Elle cherchait à gagner du temps. Revoyait les blessures défensives sur les mains de son père. Stephen, tête baissée au tribunal, se cacher de tous.

Dépasse ta peur.

Utilise-la.

Peur, douleur, colère… À moins de mettre la main sur une vraie arme, l'arsenal émotionnel était tout ce qu'elle avait à sa disposition.

— Racontez-moi, insista-t-elle.

— Laisse tomber, grogna Stuke. On était consentants. Tu ne tireras rien de deux adultes qui ont eu ce qu'ils voulaient.

Marnie désigna du menton sa main estropiée.

— Comme votre main. C'est ce que vous vouliez ?

Il leva son poing et l'observa. Une mouche bourdonnait dans la cuisine, cognait à la fenêtre. Si Marnie s'enfuyait – si elle tournait les talons et se mettait à courir –, jusqu'où irait-elle ? Jusqu'au couloir ? Peut-être jusqu'à la porte d'entrée. Elle s'imaginait trébucher sur l'un des jouets éparpillés dans l'entrée, s'affaler par terre, le poids de Stuke s'écraser sur elle, la piéger…

— T'aurais dû voir dans quel état elle était… quand j'en ai eu fini avec elle.

L'envergure de Stuke emplissait tout l'espace.

— Je l'ai vue, répondit Marnie. Elle n'avait pas l'air si mal en point.

Elle n'aurait jamais dû dire cela. Mais Stuke se figea, et darda sur elle un regard animal.

— Je crois que vous ne lui avez rien fait, continua-t-elle. Je crois qu'elle ne vous a laissé aucune chance.

Il retroussa les lèvres, montrant les dents, et serra les deux poings, le valide et l'estropié – qui n'avait plus aucune sensation. Lequel cognerait le premier ? À moins qu'il n'empoigne une arme, histoire de couper court à ce petit jeu. Une partie d'elle en avait assez.

Va de l'avant.

Ils n'avaient pas pu l'arrêter. Greg et Lisa Rome. Ils n'avaient pas pu stopper un gamin de quatorze ans. Pourquoi ? Si elle savait comment cela s'était passé – comment il avait réussi à les tuer – peut-être qu'elle réussirait à rester en vie. Du coin de l'œil, sur la plus haute étagère, elle vit l'éclat morne de l'acier des couteaux.

Stephen Keele avec les lunettes de son père, la défiant de cesser de le haïr.

Reste avec moi, dit-elle à sa mémoire. *J'ai besoin de toi.*

Deux adultes incapables d'arrêter un gamin de quatorze ans qu'ils désespéraient d'aimer. Parce qu'ils n'avaient pas vu le vrai Stephen, pas avant qu'il ne s'approche tout près d'eux, pour les tuer.

— Je crois que Hope ne vous a pas laissé la moindre chance, répéta-t-elle. Elle a attendu que vous ayez le dos tourné et vous a frappé avec un kettlebell. Vous n'avez pas pu réagir.

Voilà, il fondait sur elle, dents serrées. La parlotte était terminée.

Bien. Elle en avait marre de faire la conversation. Elle devait garder son souffle pour des choses plus importantes comme…

Esquiver son premier mouvement pour l'attraper, plonger et saisir la poignée de la porte, qu'elle dut relâcher quand il l'empoigna par le col et la jeta contre la table, où elle rebondit durement, et heurta la porte du réfrigérateur dans sa chute. Il se jeta sur elle, mais elle roula vivement sur le côté pour éviter qu'il ne l'écrase de tout son poids.

Son visage était tout près du sien. Bouillant de rage, dents serrées, il était persuadé de l'avoir à sa merci.

Pas question.

Elle se mit sur le flanc et lui asséna un bon coup de pied dans la figure, lui faisant ravaler son sourire.

Il se releva et lui empoigna le col. Un bruit de déchirure. Elle lui donna un autre coup de pied. Ces cours d'autodéfense portaient enfin leurs fruits, si ce n'est qu'elle frappa le mauvais poing, celui qui ne sentait plus rien. C'était comme frapper du ciment mouillé.

Il enroula son poing dans la doublure déchirée de la veste de Marnie, la plaqua sur la table et lui pressa le visage contre le plateau de bois, jusqu'à ce qu'elle sente l'odeur de désinfectant, de talc et de son propre sang entre ses dents.

L'écrasant de tout son poids, il souffla dans son cou : « salope » et passa sa main libre sous sa chemise pour la peloter, palpant l'encre noire de sa peau.

— Tu veux savoir ce qu'on a fait ? On a baisé. On s'est mordus, griffés. Elle a adoré. Elle voulait que je lui fasse mal.

Elle adore le goût de son propre sang. Ça l'excite. Et ouais, j'ai fait une erreur, je lui ai tourné le dos une seconde, mais c'est normal – chacun son tour. D'abord elle, puis moi. Seulement la dernière fois, je n'ai pas eu droit à mon tour. Elle m'a niqué, la garce. (Il lui serrait le cou de sa main estropiée.) Je ne l'ai pas baisée. Elle m'a laissé moisir dans cette chambre d'hôtel puante et a filé retrouver sa petite existence factice. Mais je sais ce qui est réel. Je la connais. Donne-moi trois minutes seul avec elle et tu vas voir – ils vont tous voir ! Je sais comment la faire crier. Elle le sait. C'est pour ça qu'elle a essayé de m'arrêter. Parce qu'elle sait que je connais son vrai visage. Le reste du monde s'est peut-être laissé prendre à son petit numéro, mais je peux nommer tous ses petits vices. Tout ce qui la fait jouir. Tous ses désirs.

La voix de Stuke se brisa sur le dernier mot. Ses mains cessèrent soudain de bouger, mais son poids clouait toujours Marnie sur la table.

Un souvenir lui revint brutalement en mémoire, comme un flash : le trottoir devant la maison de ses parents, chaud et graveleux, la main de Tim Welland qui tenait la sienne, l'éclat éblouissant de la voiture de son père. Tout comme du verre, friable. Tout. Elle est en mille morceaux et ne peut pas se lever. Ne pourra jamais se relever…

Un gémissement aigu s'éleva sur leur gauche. Stuke se redressa brusquement, à la fois pétrifié et à bout de souffle.

Marnie en profita pour se dégager du corps de son agresseur et lui donna un coup de pied bien placé cette fois, en plein dans le genou. Elle entendit le cartilage craquer sous l'impact. Stuke s'écroula sur le côté, et elle lui asséna un coup de coude entre les omoplates, ce que le fit tomber face contre terre. Sans plus attendre, elle se baissa et lui passa les menottes, qu'elle serra fermement.

Dès qu'elle en eut la force, elle se releva.

Les râles de Stuke couvraient les gémissements en provenance de l'étage : les jumeaux étaient réveillés.

Gabe et Lil. Ils avaient besoin de leur père, hélas!

Leurs cris avaient arrêté la folie de leur père, l'avaient ramené brutalement à la réalité. Gabriel et Lily. Stuke avait peur d'eux. Peur du poids des responsabilités. Le pouvoir qu'ils avaient sur lui. Le pouvoir de Hope était infime en comparaison.

La veste de Marnie était fendue en deux dans son dos. Elle lissa sa chemise, la glissa dans sa ceinture, noua ses cheveux. Cela terminé, elle cessa enfin de trembler.

— Vous allez me donner ce dont j'ai besoin pour inculper Hope Proctor. Si vous le faites, je ne porterai pas plainte. Je vous aiderai à vous sortir de ce merdier et à être un père pour vos enfants. Votre famille. Parce que vous avez la chance d'en avoir une.

Stuke ne grognait plus à présent. Il sanglotait. Le front sur le sol, il sanglotait.

Marnie recula. Elle prit son portable et appela le commissariat.

— Je suis chez Henry Stuke. J'ai besoin d'une voiture et d'un agent de liaison des familles, le plus vite possible. Traitez-le comme une urgence.

Le babyphone s'était tu. Soit les jumeaux s'étaient rendormis, soit leur mère s'était réveillée et s'occupait d'eux.

La maison était de nouveau silencieuse, et à présent Marnie se rappelait que, de l'extérieur, elle paraissait semblable à toutes les autres.

39.

Noah Jake avait renoncé à lutter contre la radio de l'hôpital, qui bourdonnait sans discontinuer dans le service d'à côté. Dan lui avait apporté son smartphone, réglé sur la station LBC. Noah mit ses écouteurs et écouta vaguement l'émission, dans l'espoir de ne plus penser à l'élancement de ses côtes.

Il s'était endormi après le départ de Marnie, et avait rêvé qu'au tribunal Hope aspirait la sympathie du jury comme une éponge.

Simone ne faisait pas partie de son rêve, mais Noah se réveilla en pensant à elle. Où était-elle ? Qui s'occupait d'elle ? Avait-elle enfin réussi à parler ? Au moins à Ed Belloc ? Il se rappelait la réaction de la jeune femme quand il l'avait appelée Nasiche, et sentit de nouveau la morsure de la culpabilité – Marnie lui avait promis une leçon de morale à ce sujet. Il tenta de faire bouger sa cheville. Il voulait sortir de là.

LBC diffusait une émission à ligne ouverte. L'animateur répondait à des appels d'auditeurs. Noah avait coupé le son pour bouger sa cheville, et le ralluma au moment où l'animateur présentait une auditrice de Whitechapel.

— Nous sommes en ligne avec une jeune femme qui veut nous parler de sa vie dans le nord de Londres. N'est-ce pas, Anna ?

— Ayana.

Sa voix était parfaitement claire, comme si elle était dans le studio à côté de l'animateur.

Ayana.

Noah pressa ses doigts sur les écouteurs pour les maintenir en place. Ses côtes lui faisaient mal, mais il ignora la douleur. Il chercha autour de lui une feuille de papier, ou un autre téléphone. Il ne voulait pas se déconnecter de la radio.

— Ayana. Vous nous appelez de Whitechapel, n'est-ce pas ?

— Des Fieldgate Mansions de Myrdle Street. Bloc 10, immeuble G.

Oui ! Bien. Reste en ligne.

L'animateur se mit à rire.

— Voilà qui est… très précis. Merci, Ayana. Que vouliez-vous nous dire ?

— J'ai besoin de la police. Je suis retenue contre mon gré par mes frères, Nasif et Turhan Mirza.

Sa voix était ferme, urgente, mais pas hystérique. Elle avait répété son texte avant d'appeler la radio.

— Nasif est recherché par la police pour une agression dans laquelle un homme a perdu sa main. Il est très dangereux et j'ai très peur. Mon nom est Ayana Mirza. J'habite l'immeuble G, bloc 10, de Fieldgate Mansions, Myrdle Street.

Courageuse Ayana.

Noah se sentait revivre. Il avait le doigt prêt à appuyer sur le numéro abrégé de Marnie Rome.

L'animateur lui posa une question sur la police. Pourquoi n'avait-elle pas appelé la police ?

— Je n'étais pas sûre de pouvoir parler à la bonne personne. Tout le monde n'est pas fiable dans la police.

— Eh bien, vous allez certainement parler à la bonne personne maintenant, Ayana.

D'après l'hésitation dans sa voix, il était clair qu'il n'était pas préparé à ce genre de situation.

— Je suis certain qu'un grand nombre de nos auditeurs est en train d'appeler la police, et je sais que notre directeur de la rédaction le fait aussi ! Tenez bon, quelqu'un va venir vous chercher très bientôt.

Ne sois pas idiot, il faut qu'elle reste en ligne. Pour être sûr qu'elle va bien. On doit entendre sa voix… les gens doivent l'écouter…

L'animateur dut se faire la même réflexion, car il ajouta :

— Continuez à parler, Ayana, s'il vous plaît. Dites-nous ce qui se passe là-bas.

— Je suis dans une chambre au fond de l'appartement. Ils ont fermé la porte à clé. Mes frères sont dans la chambre près de l'entrée. Ma mère est sortie. J'ai caché… j'ai caché le téléphone. Ils m'ont fouillée, mais ne l'ont pas trouvé. Je suis douée pour cacher des objets, mais j'ai peur de ce qui va arriver quand ma mère va revenir. (Sa voix vacilla pour la première fois.) Très peur.

— Restez avec nous, Ayana. Restez en ligne. Londres vous écoute. Vous avez plus de deux millions de supporters ici, beaucoup sont proches de vous. Vous serez très bientôt saine et sauve.

Il avait raison : beaucoup trop de gens savaient où elle se trouvait maintenant.

Quelle fille intelligente !

Elle avait compris le pouvoir de ces émissions à ligne ouverte au refuge, quand elle avait regardé la télévision pour la première fois de sa vie. Elle apprenait vite. Ses frères ne pourraient pas l'empêcher de parler, plus maintenant. Pas avec deux millions de témoins. Et elle était prête à donner des preuves contre ses frères. Noah l'entendait dans sa voix.

— Londres, nous écoutons Ayana Mirza, une jeune femme retenue contre son gré à Whitechapel. La police en a été informée, et est en chemin…

Noah appuya sur le bouton, et la radio se tut pendant que le téléphone composait le numéro de Marnie Rome.

Note de l'auteur

Le Visage du mal est une œuvre de fiction, mais certains personnages et leurs histoires ont été inspirés (et étayés) par des recherches. En particulier, les livres et les sites suivants ont été d'importantes sources d'information.

Daughters of Shame, Jasvinder Sanghera, Hodder & Stoughton, août 2009.

The Invisible Gorilla, Christopher Chabris et Daniel Simons, HarperCollins, mars 2011.

« The Real CSI : What Happens at a Crime Scene ? », Craig Taylor, publié dans le *Guardian Weekend*, 28 avril 2012.

Site de soutien aux femmes victimes de violences conjugales : www.womensaid.org.uk

Site de soutien aux personnes victimes de mariages forcés et de crimes d'honneur : www.karmanirvana.org.uk

Remerciements

Encore des mots ? Oui, quelques-uns. Sans ces personnes, ce livre n'aurait pas été le même, et n'aurait peut-être même jamais vu le jour.

Mon agent, Jane Gregory, et son équipe, en particulier Mary, qui a refusé que mon manuscrit soit noyé dans la masse. Mon éditrice, Vicki Mellor, et l'équipe de Headline, qui m'ont si bien accueillie.

Mes premiers lecteurs, Elaine au Texas, J en Australie, et Becca.

La petite troupe de Max, en particulier Anne-Elisabeth, Claudia, Lisa, Manisha et Philippa. Rhian Davies, toujours pleine de bon sens. Linda Wilson, dont la promesse d'un déjeuner arrange tout. Alison Bruce, qui a d'excellentes théories sur John le Rouge. Mes pom-pom girls préférées, Vanessa Gebbie et Tania Hershman, et Venetia et Alan Sarll. Pita, pour son formidable travail d'édition préliminaire. River, pour la tequila et les avocats. Raven, pour son aide.

Anna Britten, dont l'amitié a fait toute la différence au bon moment.

Ma famille, qui n'a semble-t-il jamais douté de ma réussite et qui m'a toujours soutenue. Ma mère, la meilleure du monde. Ma sœur, Penny, qui a été ma première fan. Mes brillants frères, Mark et Nick. Mon mari David et notre extraordinaire fille, Milly. Un jour, je te laisserai lire ce livre.

Remerciements

[illegible]

[illegible]

[illegible]

[illegible]

Cet ouvrage a été composé par Datamatics
et achevé d'imprimer par
CPI BRODARD ET TAUPIN
La Flèche
pour le compte des Éditions J-C Lattès
17,Rue Jacob - 75006 Paris
en août 2015

PAPIER À BASE DE
FIBRES CERTIFIÉES

JC Lattès s'engage pour
l'environnement en réduisant
l'empreinte carbone de ses livres.
Celle de cet exemplaire est de :
1,400 kg éq. CO_2
Rendez-vous sur
www.jclattes-durable.fr

Dépôt légal : septembre 2015
N° d'édition : 01 – N° d'impression : 3012749
Imprimé en France